U0068638

華語文學
十五家

審美、政治與文化

張松建 著

目次

卷一：
詩史之際——楊牧的歷史詩學

引言：歷史的幽靈

自1956年開始，楊牧（1940-2020）為現代漢詩奮鬥了六十年，奠定一代宗師的地位，殆無異議。陳芳明指出：「楊牧孜孜不倦致力一個詩學的創造，進可干涉社會，退可發抒情感，兩者合而觀之，一位重要詩人的綺麗美好與果敢氣度，儼然俯臨臺灣這海島。」[1] 良有以也。值得注意的是，在1968年，楊牧寫下抒情短詩〈續韓愈七言古詩山石〉，標誌著他在浪漫唯美的詩風之外，開始「歷史詩」（poems including history）的創新實驗，直到2011年的〈歲末觀但丁〉問世，共計二十二首左右。此外，他還發表大量散文、翻譯和評論，縱論他對歷史意識的批評思考。

何謂「歷史意識」與「歷史詩學」？此處稍作介紹。首先，歷史意識指個人對傳統之典章文物從心而發的關切、敬意與溫情。其次，是在理性和學理的層面展開深入綿密的研討，獲得看待文藝、政治的思維方式或價值判斷。根據瑞士歷史學家布克哈特的研究發現，在十四世紀的意大利，由於人文主義者的推動，社會上興起了對於古典文化的巨大而普遍的熱情，是為尚古主義：「我們所生活

---

[1] 陳芳明：〈抒情的奧祕：《楊牧七十大壽學術研討會》前言〉，收入陳芳明主編：《練習曲的演奏與變奏：詩人楊牧》（臺北：聯經出版公司，2012年），IV。

的這個時代已經高聲地宣布了文化的價值，特別是古代文化的價值。但對古代文化如此熱誠崇奉，承認它是一切需要中的第一個和最大的需要，則除了十五世紀和十六世紀初期的佛羅倫薩人而外，是在任何其他地方都找不到的。」[2]英國歷史學家伯克認為，西方歷史學研究中的所謂「歷史意識」起源於歐洲的文藝復興時代，這體現在古典文化研究、法律、文獻與神話批評、歷史詮釋、基督教思想等各個方面。[3]如所周知，歷史意識在中國古典學術中堪稱大宗，以至於復古主義的幽靈盤桓不去，而且帶上政治利用和道德反省的實用主義動機，正如黑格爾所說：「這裡必須特別注意那種道德的反省——人們常從歷史中希望求得道德的教訓，因為歷史學家治史常常要給人以道德的教訓。」[4]文學與歷史的關係是什麼？如何借助文學再現歷史？文學如何從歷史編撰中實現自我理解？這些問題與文學、歷史一樣古老。亞里斯多德指出，詩和歷史的區別在於：詩描述可能發生的事，歷史記述已發生的事；詩傾向於反映事物的普遍性，歷史記載具體事件；詩意在模仿完整行動，歷史敘述一個時期內發生的所有事情；因此，「詩是一種比歷史更富哲學性、更嚴肅的藝術。」[5]維柯指出，人類最初的歷史是詩性的歷史，詩人必然是各個民族最初的歷史學家，因此他提出「詩性智慧」的說法[6]。德國學者庫爾提烏斯（Ernst Robert Curtius, 1886-1956）發現，歐洲文學的歷史意識出現於十九世紀初期——

---

2 雅各布・布克哈特著，何新譯：《意大利文藝復興時代的文化》（北京：商務印書館，1979年第1版），頁217。

3 彼得・伯克著，楊賢宗 高細媛譯：《文藝復興時期的歷史意識》（上海：上海三聯書店，2017年）。

4 黑格爾著，王造時譯：《歷史哲學》（上海：上海書店，1999年），頁6。

5 亞里斯多德著，陳中梅譯注：《詩學》（北京：商務印書館，1996年），頁81。

6 維柯著，朱光潛譯：《新科學》（北京：商務印書館，1989年），頁454-457。

為了理解我們的文明，我們歐洲人需要我們的歷史意識。黑格爾之前的所有哲學家（維柯是唯一的例外）都把歷史視為在整體上疏離於思想的某種東西，如果不是實際上與理性相反的話。黑格爾的哥白尼式功績是，從這種與精神疏離和相反的元素中，承認了一種精神自身的形式。對於黑格爾來說，歷史就是疏離了它自身的精神、並且採取了偶然事件的形式。唯有以這種方式，精神才能展示它自身形式的完整範圍。[7]

根據盧卡奇的歷史小說研究，從法國大革命和拿破崙戰爭中，數百萬歐洲人第一次直接體驗到歷史，「歷史意識」於焉而生。司各特小說被認為是這種歷史意識的初次的經典體現，這種歷史小說的寫作原則被義大利的曼佐尼、法國的巴爾扎克、俄國的普希金與托爾斯泰等踵事增華。[8]歐洲文學的歷史意識自此蓬勃。即便在華茲華斯的抒情詩中，人們亦可發現歷史意識的蹤跡。伯克、濟慈、波德萊爾如何以抒情詩表現法國大革命這一齣壯美而恐怖的歷史劇？愛爾蘭大詩人葉慈如何與歷史對話、與傳統互動？龐德、艾略特的現代主義詩學如何銘刻歷史意識的流變？這些問題無不喚起西方學者的濃厚興趣。[9]楊牧是高才碩學的大詩人，學貫中西，博稽群籍，對西方文學耳熟能詳，尤其鍾愛濟慈、葉慈、艾略特的文學作品，他的文學興趣和歷史意識，也與這些西方作家有關。

[7] Ernst Robert Curtius, *Essays on European Literature*, trans. by Michael Kowal (Princeton, N.J.: Princeton University Press, 1973), p. 400.

[8] Georg Lukacs, *The Historical Novel*, trans. Hannah and Stanley Mitchell (London: Merlin, 1974).

[9] David Simpson, *Wordsworth's Historical Imagination: The Poetry of Displacement* (London: Methuen, 1987); Patrick J. Keane, *Yeats's Interaction with Tradition* (Columbia: University of Missouri Press, 1987); Alan Liu, *Wordsworth: The Sense of History* (Stanford: Stanford University Press, 1989); Geraldine Friedman, *The Insistence of History: Revolution in Burke, Wordsworth, Keats, and Baudelaire* (Stanford: Stanford University Press, 1996); Thomas R. Whitaker, *Swan and Shadow: Yeat's Dialogue with History* (Washington: The Catholic University of America Press, 1989).

本文啟用的「歷史詩學」概念，不同於義大利的維柯（G. B. Vico, 1668-1744）、俄國的維謝洛夫斯基（A. N. Veselovsky, 1838-1906）與巴赫金（M. Bakhtin, 1895-1975）、美國的懷特（Hayden White, 1928-2018）的論述。[10]維柯認為，每種文明每個時期都有審美完善的可能，每個民族每個時期的藝術品須被理解為變動的個別狀態的產物，根據自己的歷史發展而非絕對的美醜法則做判斷。這種「審美歷史主義」（aesthetic historicism）即是「歷史詩學」。維謝洛夫斯基說，研究詩歌的歷史流變可以闡明詩的本質，他的「歷史詩學」運用歷史比較觀察文學體裁的演變。這種方法被巴赫金繼承。巴赫金從「體裁詩學」轉到「歷史詩學」，《陀思妥耶夫斯基詩學問題》、《拉伯雷的創作與中世紀和文藝復興時期的民間文化》被公認為歷史詩學的傑作。懷特認為，歷史編修是以對文獻和歷史遺存的研究為基礎，但它不同於科學話語，它運用詩性、修辭性的敘述技巧，對歷史事實展開假想性的建構，他把自己的研究描述為歷史詩學。和上述觀點不同，我採納美國學者朗根巴赫（James Longenbach）的《現代主義歷史詩學》一書的定義。朗根巴赫根據他對龐德、艾略特的研究，把歷史詩學定義為：想像、闡釋、重寫歷史人物與事件的策略模式。[11]在此歷史詩學的定義下，我們發現，楊牧或直接歌詠歷史人物、歷史事件，以此作為整個詩篇的寫作重心；或僅以歷史人物、歷史事件作為一個契機或線索，

---

[10] Erich Auerbach, "Vico and Aesthetic Historicism," in James I. Porter ed., *Time, History, and Literature: Selected Essays of Erich Auerbach* (Princeton, N.J.: Princeton University Press, 2014), pp.36-45; 維謝洛夫斯基維著，劉寧譯：《歷史詩學》（南昌：百花文藝出版社，2003）；巴赫金著，白春仁 顧亞玲譯：《陀思妥耶夫斯基詩學問題》（北京：生活‧讀書‧新知三聯書店，1988年）；巴赫金著，李兆林 夏忠憲等譯：〈拉伯雷的創作與中世紀和文藝復興時期的民間文化〉，收入錢中文主編：《巴赫金全集》第6卷（石家莊：河北教育出版社，1998年）；懷特著，陳新譯：《元史學：十九世紀歐洲的歷史想像》（南京：譯林出版社，2004年）。

[11] James Longenbach, *Modernist Poetics of History: Pound, Eliot, and the Sense of the Past* (Princeton: Princeton University Press, 1987).

由此帶出自我主體，以期抒情言志。但是無論採取哪種寫作類型和詮釋角度，楊牧強調歷史與當代的有機聯繫，相信過去之中有未來，實乃一以貫之的立場。

一、歷史意識的興起及其性質

楊牧的歷史意識是如何興起的？它的中西知識源流是什麼？以下文字，首先探討楊牧在跨國經驗和知識冒險當中如何塑造歷史意識，進而考察這種歷史意識的哲學基礎，希望透過這種詩學淵源的考索，彰顯楊牧詩的思想性與歷史性。

（一）古代文史世界：早年的知識準備

楊牧在東海大學修讀西洋文學系，孺慕中國古代文史，與徐復觀等師輩過從甚密。在柏克萊加州大學，他追隨陳世驤教授攻讀比較文學，選取古典文學作為興趣志業──

> 通過各種文學理論的實驗和證明，陳先生使我認識另一面的文學趣味：文學並不是經籍，因為它要求我們蓄意地還原，把雕版印刷的方塊字還原到永恆生命，到民間，到獨特的個人，然後，指向普遍的真理。也只有在這縝密還原的功夫以後，我們才能斷定文學也有某種普遍的真理。柏克萊的四年餘，我無時不在追求這種藝術的境界，設法出入古代英國和中國的文學，在陳先生的鼓勵和監督下，互相印證兩種文化背景和美學標準下的產物，追求先民在啟齒發言剎那間，必然流露的共通性。[12]

---

[12] 楊牧：《傳統的與現代的》（臺北：洪範書局，1974年），頁225-226。

楊牧以《詩經》研究作為博士論文題目，鑽研先秦文學、漢魏六朝詩文、唐詩，出版《陸機文賦校釋》，對明清詩歌與王國維的學術發表過綿密紮實的論文。他與青年人談詩，相信古典的價值在於啟示的力量，超越感官而臻於精神，提供其他生活經驗或學術訓練所不可能流露的真理，豐富詩人的幻想世界。[13]楊牧發現，文學傳統乃是歷代作者之最精粹作品的歷史累積，而新詩的創新突破正是繼承傳統而來；新詩在風格形式上回歸傳統的要求「絕非復古的呼聲，而是掌握古典性格和轉化古典詩型的要求」，這不是為了恢復傳統文學的面貌，卻是新詩傳統取向的趨勢中立竿見影的實踐。[14]此外，他研習古英文、古希臘文、歐洲中世紀文學，其中目的之一正是為尋獲歷史意識：「我明白我學的是陳舊的文學，盎格魯－撒克遜的粗糙，但假使能夠從這種浸淫裡捕捉一點拙樸的美，為自己的詩尋出一條新路，擺脫流行的意象和一般的腔調，又何嘗不是很有意思的呢？」[15]楊牧絕非復古主義者，他強調的不是現代性與傳統的斷裂而是歷史連續性、生機活力與支持意識（subsidiary awareness），他的歷史意識與史華慈的說法相互支持：「過去經驗的某些部分，無論好壞，都會繼續存在於當前。因為文化的整體並不是一個生物有機體的整體，即使過去的文化在整體上已經死亡，但是某些因素會繼續存活。在某些意義上，部分比整體更有意義，也可能比整體更有生命力。」[16]

---

[13]　楊牧：〈古典〉，收入楊牧：《一首詩的完成》（臺北：洪範書局，2004年），頁67-78。

[14]　楊牧：〈新詩的傳統取向〉，收入楊牧：《隱喻與實現》（臺北：洪範書局，2001年），頁3-10。

[15]　楊牧：《楊牧詩集 I：1956-1974》（臺北：洪範書局，1983年），頁613。

[16]　Benjiamin Schwartz, "History and Culture in the Thought of Joseph Levenson," in Maurice Meisner ed., *Mozartian Historian: Essays on the Works of Joseph R. Levenson* (Berkeley: University of California Press, 1975), pp.108-109.

（二）「歷史的歐洲」：庫爾提烏斯的啟悟

　　庫爾提烏斯是近世德國羅曼語學者，與施皮澤（Leo Spitzer, 1887-1960）、奧爾巴赫（Erich Auerbach, 1892-1957）並稱於世。楊牧在柏克萊期間學習德語文學，服膺於庫氏的皇皇巨著《歐洲文學與拉丁中世紀》（*European Literature and the Latin Middle Ages*, 1948），將第一章譯成中文。庫氏認為，歐洲不應被肢解為「地理的碎片」而應該是「歷史的歐洲」。歐洲文學從荷馬到歌德橫亙二十六個世紀，是一個「可感知的整體」，研究歐洲文學必須結合歷史觀念和語文學方法。庫氏指出，人類從十九世紀以來對於自然的瞭解超過此前所有時代的總和，在這些新知當中，比較不為人熟知的是歷史知識的增長，它雖不會改變人類生活的外貌，卻改變了所有參與思辨的人的思維方式，導向人類意識的擴充和澄清，假以時日，足以解決人生許多實際問題。為證實這點，他舉出三位學者的論著：德國神學家特洛爾奇（Ernst Troeltsch, 1865-1923）的《歷史主義及其問題》，英國歷史學家湯恩比（Arnold J. Toynbee, 1889-1975）的《歷史研究》，法國哲學家柏格森（Henri Bergson, 1859-1941）的《創造進化論》。

　　特洛爾奇探討現代歷史意識的演變及其問題，認為歷史主義足以為「歐洲精神」的精髓下定義；西方人繼承了西方思想文化的整體，必須促使它通過歷史主義的錘鍊，以完整一致的新姿態崛起，最有效的方式是像但丁《神曲》或歌德《浮士德》那樣，創造偉大的藝術象徵。湯恩比認為，歷史推進過程中最重要的單元是文化，文化單元有二十一種，歷史研究應該注意文化起源的問題；詩的形式是歷史主義的終極思維，因為我們現在的知識狀態是僅僅六千年時間演化下來的產物，這份知識可以使用比較研究的方法加以掌握，而一旦我們想像原來歷史可能比人們認知的時間長十倍，甚至

一百倍，科學方法即告失敗，而唯有使用「想像虛構的文學」，亦即詩的形式才有可能加以表現。柏格森以「生命力」概念詮釋宇宙運行，認為大自然必須憑藉現實萬物以表達生命，而生命之步步提升則殊途異趣，動物僅憑藉本能生存，而人類則有意識、智慧和想像力；創造想像的敘事文學之功能成了人類生命的必要工作，不僅只為愉悅生物官能而已，更為神祇和神話的創造，最後，完全脫離宗教世界的局限而成為獨立的運作。這種創造力是一切偉大文學的根，無窮無盡的源泉，見於歷萬劫而不亡的詩。這些詩是繁複的歐洲文學裡最遠的地平線，也是歐洲文學的實質本體[17]。

庫爾提烏斯由此得出一個洞見：以「詩」為代表的想像虛構的文學，可以表達深邃的歷史意識，越過現代世界的浮華表面，抵達文學與思想的深處。我認為，這或許是楊牧歷史詩的寫作動機之一。

（三）「傳統與個人才能」：T. S.艾略特的影響

楊牧的文章〈歷史意識〉針對文學青年醉心於傳統而缺乏批評精神，舉出艾略特（T. S. Eliot, 1888-1965）的〈傳統與個人才能〉作為補偏救弊的諍言。艾略特認為，傳統之於作家意義重大，它不是消極僵化之物而是一個有廣闊意義的東西。人們不能抱著復古主義態度，盲目或膽怯地遵循它。傳統並非繼承就能獲得，人們只有通過艱苦勞動才能獲得。人們需要一種理性開放的態度：瞭解傳統，尊重傳統，但是並不因循傳統，而是對其批判吸收，追求創新精神。艾略特指出，文化或文學傳統之動能在於它包含一種「歷史意識」（historical sense），對任何一個超過二十五歲仍想繼續寫詩的人來說，這種歷史意識絕不可少，因為它迫使一個人寫作時不僅對

---

[17] 楊牧：〈庫爾提烏斯論歐洲與歐洲文學〉，收入楊牧：《隱喻與實現》，頁309-334。

他自己一代瞭若指掌，而且感覺到從荷馬開始的全部歐洲文學，以及在這個大範圍中他自己國族的全部文學，構成一個同時存在的整體。這種歷史意識使得作家明瞭文學傳統中哪些應該被淘汰，哪些可以保留。這種歷史意識使他強烈意識到他自己的歷史地位和他的當代價值。[18]

艾略特的〈傳統與個人才能〉處理的核心議題是文化或文學傳統而非特定的「歷史意識」問題，但是楊牧對此文非常傾心，譯成中文置於他的〈歷史意識〉一文的開端。1980年代初期，楊牧從西雅圖隔海遙望臺灣詩壇，對喧囂一時的以「橫向移植」取代「縱向繼承」的詩論不以為然，他思考的是重大問題：如何振作新文學，讓它在時間川流中定位,肩負繼往開來的使命？如何才能使得我們的詩既是中國的、也是現代的，不但是一種藝術也是一種觸媒？怎樣才能同時把握到文學昇華和落實的境界？當他研讀艾略特的這篇文章，不期然而獲得心靈的啟蒙、自由與解放——

> 在這種絕對的認知裡，歷史意識教我們將永恆和現世結合看待。我們下筆頃刻，展開於心神系統前的是無垠漫漫的文學傳統，我們紙上任何構造，任何點、線、面，任何內求和外發的痕跡，聲音無論高低，色彩縱使是驚人的繁複，狂喜大悲，清明朗淨，在在都有傳統的印證，卻又與過去的文學迥異，卻又如此確切地屬於現代，和今天的社會生息相應。唯有一個理解傳統，認知過去的詩人，始能把握到他與他的時代的歸屬關係。[19]

---

[18]　艾略特：〈傳統與個人才能〉，李賦寧譯：《艾略特文學論文集》（南昌：百花洲文藝出版社，1994年），頁1-11。
[19]　楊牧：〈歷史意識〉，收入楊牧：《一首詩的完成》，頁64-65。

准此，楊牧熱情呼籲臺灣詩人，要讓三千年的中國文學和四百年的臺灣經驗構成一個並行共存的秩序，成為自己創作的源頭活水，胸懷可貴的歷史意識，跨越時空，讓古人和今人同在，延續一個永不消逝的過去，生生不息，永無止境。

（四）「歷史作為戲劇性體驗」：葉慈的衝擊

葉慈（W. B. Yeats, 1865-1939）是愛爾蘭詩人、劇作家、民族復興運動的先驅，嚮往中世紀文化和東方神祕主義。葉慈（尤其是他的晚年詩作）的強項是他植根於深厚的傳統當中，他至少在詩學、哲學、宗教方面與浪漫派傳統保持深切的互動，他在連續性與斷裂、傳統與革新間維持富有成效的張力，重新啟動過去的生命同時又能避免尼采所嘲笑的那種陳舊落伍的「木乃伊化」。[20]楊牧在愛荷華大學讀書期間，就已關注葉慈甚於其他浪漫詩人，他編譯過《葉慈詩選》，發表過〈葉慈的愛爾蘭與愛爾蘭的葉慈〉、〈英詩漢譯及葉慈〉等散文，一再向這位愛爾蘭詩人致敬。

對葉慈而言，歷史無非就是一個神祕的對話者，有時是對詩人自我的一個明亮的反射，有時是抗衡那個自我的一種陰影力量。這種幻想性的、悖論性的對話，既是顯著個人的，也是高度傳統的，這是潛伏於葉慈複雜而持續的成長的一個中心事實[21]（。葉慈提出，存在兩種類型的詩：第一是「幻象的詩」，第二是「自畫像的詩」或「戲劇性表達」。因此他從兩個不同視角去理解歷史：其一是「體系視角」（systematic perspective），它建構複雜的歷史模式（pattern）、體系（system）和全景圖（panorama），忽略自己在

---

[20] 關於這方面的全面精緻的論證，參看Patrick J. Keane, *Yeats's Interaction with Tradition* (Columbia: University of Missouri Press, 1987); Stan Smith, *W. B. Yeats: A Critical Introduction* (London: Macmillan, 1990).

[21] Thomas R Whitaker, *Swan and Shadow: Yeats's Dialogue with History* (Washington: Catholic University of America Press, 1989), p.4.

充滿變化和偶然性的世界中的介入，在沒有時間性的幻象中找尋自我欺騙的避風港。在此意義上，歷史就是所謂「幻象」（history as vision）。齊克果（Søren Aabye Kierkegaard, 1813-1855）認為，這種歷史理解屬於黑格爾哲學遺產的一部分，他攻擊它是一種思想錯覺，從生命的倫理要求向後倒退。其二是所謂「存在視角」（existential perspective），它把歷史視為一齣戲劇，詩人對這幕歷史劇中的焦點（focus）和時刻（moment）很有興趣，凝神觀照，移情投入，從中獲得戲劇性體驗（dramatic experience）。其實，後一個視角就是詹明信概括的「存在歷史主義」（existential historicism），本文第三節會進一步分析，茲不贅述。葉慈的《幻象》（A Vision, 1925）顯示他能夠從兩種角度去把握歷史，有時把歷史再現為模式、體系和幻象；有時把歷史描述為個體的戲劇性體驗。本文第二節將會論證，楊牧的歷史理解屬於「存在歷史主義」的範疇，他沒有興趣去把歷史刻畫為幻象、系統和全景圖。葉慈是「面具」理論（mask）的發明者，認為面具是詩人的「社會性自我」、「另一個自我」、「反自我」，詩人運用面具塑造人物角色（personae），增添戲劇性效果：「假使我們不能想像自己有別於真實的自己，並設法扮演那第二個自我，我們就不能將紀律加諸己身，只能從旁人那裡接受一種紀律。主動扮演之美德不同於消極接受一種流行的法典，前者具有戲劇感，意識清醒而帶有戲劇效果，是一假面之穿戴。」[22]楊牧的性格內向靦覥，他筆下的歷史人物其實是他的戴著人格面具的另一自我。借助於歷史詩的角色扮演，楊牧喚起悠遠的歷史記憶，克服認同危機，深化一己之生命體驗，突破了單薄的抒情主義，達到艾略特所謂的「非個人化」的詩學境界。

---

[22] 吳潛誠：〈假面之魅惑：楊牧翻譯《葉慈詩選》〉，須文蔚編：《楊牧》（臺南：臺灣文學館，2013），頁260。

（五）楊牧與「存在歷史主義」

楊牧提供一種反實證主義的觀念去理解歷史，展示才華與學養，卓然自成一格。然則，他的「歷史意識」是什麼樣的性質呢？在此，有必要考察這種歷史意識的「哲學基礎」，觀察楊牧如何與現代歷史哲學展開跨文化對話。二十世紀歷史學家拋棄了實證主義的、目的論的、直線性的歷史觀，不再把歷史視為對當前的負面影響，歷史不是作為發生在「過去」（the past）的一連串事件而存在，它是「當前」（the present）的活生生的組成部分，有轉化的動能：「歷史不是線性的或循環的事件模式，而是一個重寫本——在其中，當前實際上由整個過去的殘跡所構成的。」[23]

德國哲學家狄爾泰（Wilhelm Dilthey, 1833-1911）認為，對人、對生命的研究需要內在的同情與體驗，歷史作為人類活動的集合，同樣需要用「同情」和「體驗」去探索其內在的意義：「為了理解過去，歷史學家必須把他自己的生命吹拂進入過去中，通過他的移情與本能，復活過去某一特定時刻的生活經驗。」[24]狄爾泰強調作為經驗知識之源泉的歷史，唯有歷史才向我們表明人是什麼；不是通過對於自身的思辨，也不是通過心理學實驗，而是通過歷史，人才發現他是什麼。[25]在德國文化史家班雅明（Walter Benjamin, 1892-1940）的筆下，「歷史的天使」企圖把破碎的世界修補完整，但是「進步」的風暴把天使刮向他背對著的未來。班雅明反對實證主義的歷史書寫，強調在當下境遇中再現歷史記憶：「歷史地描繪過去並不意味著按它本來的樣子（蘭克）去認識它，而是意味著捕捉一

---

[23] James Longenbach, *Modernist Poetics of History: Pound, Eliot, and the Sense of the Past*, p. 168.

[24] 里克曼著，殷曉蓉 吳曉明譯：《狄爾泰》（北京：中國社會科學出版社，1989年），頁16。

[25] 同上，頁255-262。

種記憶，意味著當記憶在危險的關頭閃現出來時將其把握。」[26]在同一場合，他重申「當下」之作為書寫歷史的現實環境的重要性：「歷史是一個結構的主體，但這個結構並不存在於類同、空泛的時間中，而是坐落在被此時此刻的存在所充滿的時間裡。」[27]在時間川流中，歷史和當下共處於一個互動的辯證結構中，只有被現代性所啟動和重釋的歷史，才真正具內在深度。這顯然就是克羅齊所謂的「一切歷史都是當代史」。伽達默爾（Hans Georg Gadamer, 1900-2002）論述歷史意識扮演的積極角色——

> 任何時代都必須以自己的方式理解流傳下來的文本，因為文本附屬於整個傳統，正是在傳統中文本具有一種物質的利益並理解自身。一件文本向解釋者訴說的真實含義並不只依賴於為作者及其原來公眾所特有的偶然因素。因為文本總是也由解釋者的歷史情景共同規定，因而也就是為整個歷史的客觀進程所規定。[28]

伽達默爾認為，當前的視域處於不斷的形成中，絕不可能離開過去，理解活動總是一個過去和當下的視域相融合的過程，歷史只是根據我們的未來才對我們存在。

法國哲學家柏格森（Henri Bergson, 1859-1941）指出，時間把人的經驗組織起來，這是意識特有的，並且是自由的基礎。現在就在自身之中包含著過去，現在不是被過去作為它外部的某種東西所決定的；過去繼續活在現在之中，和現在融合一起，賦予現在以特殊

---

[26] 漢娜・阿倫特編，張旭東 王斑譯：《啟迪：班雅明文選》（北京：生活・讀書・新知三聯書店，2008年），頁267。

[27] 同上，頁273。

[28] 伽達默爾著，夏鎮平 宋建平譯：《哲學解釋學》（上海：上海譯文出版社，1994年），頁16。

意義。充溢宇宙的是「生命衝力」（élan vital），人的生命是意識之「綿延」（durée）。要把握宇宙和生命實在的奧祕，只能透過直覺。直覺是同情的內省，主體把自我的生命深入到對象的內在生命之中，移情體驗，主客合一。[29]

義大利思想家克羅齊（Benedetto Croce, 1866-1952）揭示「一切真實的歷史都是當代史」的看法。歷史不是關於死亡的歷史而是關於生活的歷史。過去、現在和未來處於一種有機的關聯。[30]面對已變成文本的歷史，後之來者如何去理解和闡釋？克羅齊指出，移情、想像、體驗乃是重要手段：「你想理解一個多里安人或一個西西里的新石器時代人的真正歷史嗎？首先你就應該看能不能設法使你自己在心理上變成一個多里安人或一個西西里的新石器時代人。」[31]因此在克羅齊看來，「詩歌和歷史是呼吸的同一器官的兩翼，是認識精神的兩個互相聯系的環節。」[32]克羅齊這種歷史哲學在歐美歷史學界產生了極大的迴響，深刻影響了英國的柯靈烏和德國的施皮澤、奧爾巴赫等人。[33]

英國歷史學家柯靈烏（R. G. Collingwood, 1889-1943）指出，歷史的過去並不像是自然的過去，因為它不是死掉的過去，而是在某種意義上目前仍然活著的過去。[34]我們只能以我們今天的心靈去思

---

[29] 柏格森著，江志輝譯：《創造進化論》（北京：商務印書館，2004年）；柏格森著，吳士棟譯：《時間與自由意志》（北京：商務印書館，2005年）。

[30] 克羅齊著，傅任敢譯：《歷史學的理論和實際》（北京：商務印書館，1997年），頁68。

[31] 克羅齊著，傅任敢譯：《歷史學的理論和實際》，頁104-105。

[32] 克羅齊著，田時綱譯：《作為思想和行動的歷史》（北京：商務印書館，2016年），頁257。

[33] 韋勒克指出，克羅齊美學理論是二十世紀所產生的最有影響的理論，不僅在義大利美學界占統治地位，而且在大多數西方國家裡都是如此，包括柯靈烏、奧爾巴赫和施皮澤。威萊克著，林驤華譯：《西方四大批評家》（上海：復旦大學出版社，1983年），頁9-10。韋勒克討論的是克羅齊的美學問題，但我認為克羅齊的歷史哲學同樣影響了柯靈烏、施皮澤、奧爾巴赫。

[34] 柯靈烏著，何兆武譯：《歷史的觀念》（北京：商務印書館，1997年），頁344。

想過去，一切過去的歷史都必須聯繫當前才能加以理解。對歷史學家來說，他要發現的對象不是單純的事件而是其中所表現的思想，「一切歷史都是思想史」；而要發現那些思想，歷史學必須運用先驗的想像力。歷史想像不是裝飾性的而是結構性的，「每一個新的一代都必須以其自己的方式重寫歷史。」[35]

我認為上述觀點就是詹明信（Fredric Jameson, 1934- ）所謂的「存在歷史主義」（existential historicism）。存在歷史主義研究歷史瞬間或獨特遙遠文化的文本，對其施以全神貫注的注意。面對無窮無盡的文化種類，為避免經驗主義的事實羅列，存在歷史主義制定統一的原則，認為歷史經驗是現在的個人主體同過去的文化客體相遇時產生的。過去與我們有迫切具體的聯繫，歷史學家的工作就是把當前的生命吹入過去之中。[36]當然，強調歷史寫作與虛構文學的互滲，或以歷史編修運用了詩學、修辭和情節佈局而貶低其客觀性，這種「歷史意識的危機」在十七世紀晚期和二十世紀晚期，都有大宗例證，前者與現代性的興起、笛卡爾哲學有關，後者聯繫到後現代性、以及針對笛卡爾預設的批判。[37]

楊牧固然看重歷史的意義、價值和目的，但他的歷史意識不是傳統類型。在楊牧歷史詩的背後潛伏一種深刻的洞察力：過去不可能與現在相互隔絕，以虛構性文學書寫的歷史記憶，為人類的生活世界賦予秩序和意義。為了理解歷史人物和歷史事件的意義，詩人不能置身事外，而是需要把自己的生命吹進過去，施展共鳴和同情，從時間川流中復活死滅的歷史，為當下的個人生活提供新方向。不僅如此。楊牧暗示歷史的模式與體系不可信賴，他避

---

[35] 柯靈烏著，何兆武譯：《歷史的觀念》，頁345。
[36] 詹明信著，張京媛譯：〈馬克思主義與歷史主義〉，收入張旭東編：《晚期資本主義的文化邏輯：詹明信批評理論文選》（北京：生活・讀書・新知三聯書店，1997年），頁145-193。
[37] Peter Burke, "Two Crises of Historical Consciousness," *Storia della Storiografia* vol. 33 (1998): pp.3-16.

免建構宏大的歷史全景圖，轉而聚焦於歷史性的時刻和瞬間，企圖把歷史轉化為個人的戲劇性體驗，主體介入，移情感應。楊牧的重構歷史、古典新詮的詩作，是從自己在當代的跨國經驗和生活處境出發，其表達的思想意識之所以不僅是個人的而且也是現代的，正因為植根於他的歷史情境。所以，楊牧的歷史理解屬於存在歷史主義，大可與西方歷史哲學展開對話。

二、歷史詩學的策略與模式

楊牧認為，他的古典題材現代詩的寫法不同於一般的抒情詩，因為它以客觀縝密的觀察為經，以主觀掌握的神態聲色為緯，兩者互動，演繹繁簡不一的故事。[38] 楊牧詩的歷史書寫與古典資源乃是構成其風格的重要成因，歷來頗受肯定，但也有若干面向尚待詮釋。陳黎、張芬齡發現，楊牧自詩經、漢賦、六朝駢文、神話傳說找尋素材和思考方向，「但楊牧並無意複述故事情節，無論是借用其標題，或渲染想像，融入歷史情境（葉維廉稱這樣的手法為透過面具發聲），或引述其中的字句，營造氣氛，或融入典故，凸顯主題，他皆試著以現代寓言捕捉其神韻，甚至賦予它們新的意義，開創新的對話空間。」[39] 這是精準的觀察。至於楊牧啟用哪些闡釋模式，陳、張未有進一步透露。後來，陳義芝針對楊詩與中國古典的關係有精緻分析，洞察其內省的氣質：「楊牧的古典浸潤，形成其思想結構、心靈體系、人生境界，不僅再造詩的形式美，更揭示現代人生自省的意義。楊牧採用古典，分明是一獨立的經驗存在，經他加入想像，使人物史實或文本角色成為自我內省的心象。」[40]劉

---

[38] 賴芳伶：〈孤傲深隱與曖昧激情：試論《紅樓夢》和楊牧的「妙玉坐禪」〉，須文蔚編選：《楊牧》，頁169-200。

[39] 陳黎 張芬齡：〈楊牧詩藝備忘錄〉，須文蔚編選：《楊牧》，頁235-258。

[40] 陳義芝：〈住在一千個世界上——楊牧與中國古典〉，收入陳芳明主編：《練習曲

益州整合胡塞爾的現象學和柏格森的生命哲學，研討是類古典題材的詩篇，認為楊牧以歷史時間表述存在本質，有「以我觀史」、「以我擬史」等三種意義。[41]劉著提升了楊牧研究的理論思辨水準，不過語言晦澀亦有時可見。奚密指出，楊牧固然啟用古典題材，但是他的詮釋角度是現代的——

> 如果葉珊早期作品的古典印記來自它對中國詩詞語言和意象的熔鑄，那麼1960年代中到1970年代中的十年裡，楊牧作品最突出的特色就是它對古典題材的處理與古典資源的運用。前者表現在詩人對中國傳統的反思與重現——或借用楊澤的話，「表演」和「改編」上，而後者則展示為詩人轉化古典，賦予其現代意義的原創性。[42]

「古典題材」未必實有其人，例如〈林沖夜奔〉、〈妙玉坐禪〉，人物純屬虛構，沒有涉及史實，亦無歷史意識。大體而言，這些歷史詩大多使用人格面具，又以第一人稱抒情模式者居多，訴諸「戲劇性獨白」，容或以對話和獨白結構全篇。[43]又涉及三個人物（創作主體、人物角色、歷史原型）的辯證互動，以及雙重的話語裂隙和張力（創作主體與人物角色，人物角色與歷史原型），不但關係到「詩與真」的古老話題，也透露出文學再現歷史時的兩難處境。

的演奏與變奏：詩人楊牧》，頁297-336。

[41]　劉益州：《意識的表述：楊牧詩作中的生命時間意識》（臺北：新銳文創，2013年），頁139-168。

[42]　奚密：〈楊牧——臺灣現代詩的Game-Changer〉，陳芳明主編：《練習曲的演奏與變奏：詩人楊牧》，頁28。

[43]　劉正忠：〈楊牧的戲劇獨白體〉，臺北《臺大中文學報》第35期（2011年），頁289-328。

我認為，楊牧啟用的歷史闡釋的策略模式，約略分為兩種，本文會分析楊牧的現代詩文本，挖掘不同模式的內在精神向度，然後針對兩種模式的相互關係和寫作用意，展開深入的說明。

（一）「人我二分」模式

隱身的創作主體對筆下的作為客體的歷史人物，採取居高臨下的旁觀姿態，主體與客體的界限明顯，人我二分，迥乎不同。這種詮釋角度標識了藝術與生活、歷史與當代的界限。在此模式下，人物角色與歷史原型相比，差別不大。楊牧在生活中邂逅某個機緣，有感而發，在抒發思古幽情之餘，也表達當下境遇中的感懷。綜觀這些詩，人物角色或處於隱形（例如阮元），或粉墨登場（例如杜甫），雖有寫意和工筆之別，但都處於「失聲」狀態，抒情自我由此寄託心念，發揚意志。先看〈經學〉——

> 明駝守著大門庭／山鷹掩翅靜立／校勘十三經，比類韓魯齊／一殿一堂都是悄寂無聲／炬火燒於鐵馬咽啞處／／蘭芷蒲葦一律驅逐／寡歡的湘夫人也請止步／唯焚書以前的／題目鑱在四壁牆上／其他的偽異文章戰戰兢兢瀕臨／／一口古井，吟哦給自己聽／吟罷似晨星，化作／苔蘚水沫／／周南召南十五國風／小雅大雅周魯商頌／[44]

阮元（1764-1849），江蘇儀徵人，既是有「九省疆臣」之稱的政治人物，又是乾嘉漢學的著名學者，編纂《皇清經解》、《十三經注疏》。阮元歿後，後人在揚州建造阮家祠堂。此詩寫於1972年，起因於楊牧在西雅圖做的一個夢，他夢中遊覽阮學士祠堂。詩

---

[44] 楊牧：《楊牧詩集Ⅰ：1956-1974》（臺北：洪範書局，1983年），頁533-534。

人以想像的筆觸，描繪祠堂肅穆莊嚴的氛圍，點出阮元博稽群籍、為往聖繼絕學的成就，以《楚辭》中湘夫人的浪漫形象對照，突出阮公的端莊行止。當時楊牧在華盛頓大學研究中國古典文學，日有所思，夜有所夢，遂以短詩向這位儒家人物致敬，也暗示他當時的心靈狀態。在詩中，阮元沒有出場，創作主體無法深入其內心，他的敬仰之情投射在「明駝」、「山鷹」、「鐵馬」、「火炬」、「古井」、「苔蘚水沫」等客觀對應物上。

到了〈秋祭杜甫〉這裡，楊牧對歷史人物從遠觀到近視，杜甫不再像阮元那樣是靜態缺席的形象，而是展示出複雜的離散經驗——

> 我並不警覺，惟樹林外／隱隱滿地是江湖，嗚呼杜公／當劍南邛南罷兵窺伺／公至夔州，居有頃／遷赤甲，瀼西，東屯／還瀼西，歸夔。這是如何如何／飄蕩的生涯。一千二百年以前……／公孫大娘弟子舞劍器／放船出峽，下荊楚／嗚呼杜公，竟以寓卒／／今我廢然望江湖，惟樹林外稍知秋已深，雨雲聚散／想公之車跡船痕，一千二百年／以前的江陵，公安，嶽州，漢陽／秋歸不果，避亂耒陽／尋靈均之舊鄉，嗚呼杜公／詩人合當老死於斯，暴卒於斯／我如今仍以牛肉白酒置西向的／窗口，並朗誦一首新詩／嗚呼杜公，哀哉尚饗[45]

〈秋祭杜甫〉文體模仿「祭文」格式，為距今一千二百年以前的詩聖招魂。整首詩以敘事為主，開篇由現實生發聯想，回溯歷史，而以「竟以寓卒」結束第一節；接著再由現實出發，重敘杜甫

---

[45]　楊牧：《楊牧詩集Ⅰ：1956-1974》，頁558-559。

的飄蕩生涯，「如今」一詞又把讀者從歷史拉回到現實。「牛肉白酒」典故的挪借，不但透露了楊牧看重「小說家語」之「同情的文學趣味」[46]，而且置換在祭詩中造成諧趣的效果，在將「詩聖」人性化的同時，隱約透露著身為留美學人生活相對優裕的詩人，寄予流離亂世的「民族詩人」一絲人道的悲憫。如果考慮到這首詩作於1974年，其中容或還隱含著對身陷大陸遭受「文革」迫害的文人一點不忍的同情。值得注意者，創作主體在詩中表現為主導抒情敘事之「我」，杜甫淪為沉默的「他」，他的身世故事不是自動呈現出來的，而是透過「我」的敘述而展示出來，他是被凝視、被打量、被裁剪、被塑造的「客體」。那麼，杜甫被敘述者所凸顯的是哪個方面？這首詩排列十三個地名，如此不憚繁瑣，用意何在？個人以為，原因只能從楊牧的個人際遇去揣測。楊牧在1964年赴美留學，先去愛荷華大學，在「國際作家工作坊」度過兩年，取得碩士學位，接著到柏克萊加州大學攻讀博士學位。1970年暑假，離開柏克萊，居於東北部的新英格蘭，在麻塞諸塞大學有短暫的教書生涯，「其後數年，頗有波動，曾三度返臺，一度遊歐。」[47]1972年，楊牧移居美國西北部，任教於西雅圖華盛頓大學。估計這種漂泊離散（Diaspora）的經歷讓楊牧刻骨銘心，他在1974年研讀杜詩，不免把個人在當下境遇中的心情投射到杜甫身上，截取老杜晚年的生活橫斷面，反覆敘說其「飄蕩的生涯」。杜甫人生中的快樂片段，例如壯遊的青年時代，四川草堂的快樂時光，在楊牧有選擇性的敘述下，都被省略了。[48]在全知視角的模式下，歷史人物喪失了自我表現的能動力量，任人敘述和闡釋。這種「人我二分」模式無法超越

---

46 楊牧採用杜甫死於白酒牛肉的小說家語，正是為了說明杜甫的人間性，參看《瓶中稿》後記。

47 楊牧：《楊牧詩集Ⅰ：1956-1974》，頁617。

48 關於〈秋祭杜甫〉的詳細分析，參看張松建：〈一個杜甫，各自表述：馮至、楊牧、西川、廖偉棠〉，臺北《中外文學》37卷3期（2008年12月），頁103-145。

「看」與「被看」的預設結構，在再現歷史時面臨兩難，限制了詩人自由發揮的空間。

2011年歲暮，楊牧翻閱法國畫家多雷（Gustave Doré, 1832-1883）的插圖本《神曲》，情動於衷，寫下〈歲末觀但丁〉。詩分三節，採用「我」（創作主體或抒情自我）、「你」（但丁）、「我們」三種人稱。詩中的「但丁」是楊牧所仿效的精神導師，但僅是一個次要角色，它是投射楊牧之美學理念的「客觀對應物」，激發抒情自我之靈感的「對話者」。第一節寫信念、毅力、挫折、呼救。「我」經歷過但丁那種精神困境，懷抱心物契合的美學，追求聲音和物象交織，堅忍不拔，邁向藝術的新高度，自信個人的理解力超越常人。雖然，他稍識但丁的神學和形上理論，但在遇到試探和考驗之後，信心微乎其微，不禁抬頭呼救但丁的大名，以求安慰指點。第二節聚焦於詩人的寫詩經驗。藝術的奧義游離不定，當自己的創作陷入了困境，文本成為「自閉的宇宙」，詩人只能寂寞徘徊，期待但丁伸出援手。兩節文字鋪陳創作甘苦，浮現出《神曲》中的「黑森林」、「猛獸」、「維吉爾」、「地獄」等意象，但是但丁不是直接表現的對象。第三節開頭，抒情自我的目光回到《神曲》的插圖上，敘說但丁的飄零身世和文學功業——

> 炬火轉生寒，眼神黯淡不見／幾顆愈越朦朧的星辰在偏西方位／輕呼，提醒，即使此刻人間／盔鍪與甲冑上猶堅持忍耐著露水／累積的光陰忐忑挪揄，為軍士／猶豫的手勢，腳步，和單薄的／臉色敷衍隊形，事實證明／準螢失墜剎那甚至北斗的殘餘／也紛紛消逝如老去，遺忘的棋局[49]

---

[49] 楊牧：〈歲末觀但丁〉，收入楊牧：《長短歌行》（臺北：洪範書局，2013年），頁117-118。

但丁在暮年寫作《神曲》的時候，正值義大利半島四分五裂，禮法不存，暴力橫行。詩中從朦朧的星辰寫到寥落的北斗星，暗示時間在無形中的推移，突出但丁在長夜中的悲天憫人、憂世傷生的情操。不過，但丁對民族文學的貢獻，仍是楊牧的關懷所在──

> 在更空洞，寂寥的僧舍角落／經典翻開到無窒礙的一頁：早期／最繁複的句子通過新制，流麗的／標點栩栩若生，生動的符號扣緊／一出不合時宜的悲喜劇，死去的神和／倖免的溺海者在譯文裡重組嶄新的／格律，或者讓佩涅羅珀隨農神之歌起舞／我隨著你畏懼的眼放縱尋覓，是非／紛若處看到詩人雜沓的煉獄[50]

　　但丁在空洞寂寥的修道院研讀經典，《神曲》翻譯歷史故事和神話傳說，讓作為方言土語的義大利語煥發光彩。篇末出現煉獄和天堂的場景，暗示著一個平行模擬：罪人經過煉獄的審判而得到贖罪，靈魂上升到天堂；詩人（包括但丁和楊牧在內）的藝術創作，要經過多少挫折橫逆，才有巔峰在望的機會。這首詩的創作主體轉向內在，訴諸內心獨白，雖採用「主客二分」模式，但是「我」與「你」（但丁）的位置不固定，呈現你中有我、我中有你的局面，雙方靈犀相通。

　　組詩〈禁忌的遊戲〉和〈歲末觀但丁〉屬於同類，共四首，採用樂曲的四重奏結構，表達愛的哲學、時間、永恆等主題，相信藝術具有超越政治暴力的動能，這就是語言的生命和文學的力量。楊牧雖含蓄提及西班牙詩人洛爾卡的受難，但這不是寫作主旨，而是作為指示主題的線索，所謂「借他人酒杯，澆自家塊壘」，歷史

---

[50] 楊牧：〈歲末觀但丁〉，收入楊牧：《長短歌行》（臺北：洪範書局，2013年），頁118-119。

人物和歷史事件的面影越加模糊，以突出作者在當下境遇中的感懷，諷喻影射，如是而已。在〈西班牙 一九三六〉這首詩當中，「我」的獨白以及與友人「你」的對話占據大宗篇幅，涉及遇難於西班牙內戰的詩人洛爾卡和存在主義哲學家烏納穆諾，他們均在1936年去世。但他們的身世不是描寫重點，楊牧真正關心的是「一個民族／如何悼念充塞在大氣中／那久久不散的魂魄呢？」他自述寫作目的：「我通過對於西班牙和洛爾卡的設想和詠頌，反映一些和我們同樣切身的現實。」[51]此詩的微言大義是：戒嚴時代的臺灣充滿白色恐怖，一如佛朗哥治下的西班牙，匱乏民主自由，充滿犬儒氣息，對於詩人和哲學家一類人物的死滅，臺灣該如何安頓他們呢？「我」在霧中疾奔，長久守候，感到一片迷惘。〈民謠〉虛構了一個逃難的年青女性，她投靠詩人洛爾卡，講述其患難生涯，被改編為民謠。這首詩採取第二人稱角度，把洛爾卡描畫成一個機緣論的浪漫主義者，一個「文學病」患者，喜歡在生活中捕捉事例並給予審美化，體驗自我主體的抒情快感。在創作主體的凝視下，洛爾卡沉默不語，但其神情動作暴露了個性。[52]

（二）「主客合一」模式

在此詮釋模式下，創作主體施展奇思異想，跨越時空，化身為楊牧筆下的人物角色，移情體驗其內心。這番主體介入的結果是，演員和觀眾合一，直接發聲，「歷史」被描繪成一種戲劇性體驗。根據書寫方式的不同，這種模式又可細分為三類。

第一類是創作主體旨在還原歷史情景，詩中的人物角色與歷史原型差別不大，通過人格面具的發聲，彰顯特定時期的歷史。

---

[51] 楊牧：〈詩的自由與限制〉，收入《楊牧詩集II：1974-1985》（臺北：洪範書局，1995年），頁515。

[52] 楊牧：〈民謠 羅爾卡死難四十週年祭〉，收入《楊牧詩集II：1974-1985》，頁172-173。

〈馬羅飲酒〉寫於1977年，楊牧化身為英國文藝復興時代的詩人馬羅，縱酒狂歡，吟詩唱歌，馬羅詩的中文譯文鑲嵌在這首詩的文本中，構成互文效果和戲劇性，充滿羅曼蒂克的幻想。[53]〈孤寂 一九一〇〉作於1994年，楊牧當時在香港科技大學擔任客座教授，詩中的「我」是俄國文豪托爾斯泰，「你」是其夫人索菲亞（Sophia Tolstoy, 1844-1919）。晚年的托翁由於其社會改革計畫和宗教理念遇到挫折，與夫人矛盾加劇，內心苦悶之下，遂在1910年11月離家出走，不幸罹患肺炎，歿於梁贊省的一個偏僻的小火車站。這詩寫他彌留之際的內心獨白。此時他身體衰朽，記憶減退，意志消散，對夫人的愛與恨已然消失，回首平生，感到無限的孤寂。[54]

　　更精緻的詩篇是〈鄭玄寤夢〉。鄭玄（127－200）是東漢經學大師，一生不慕榮利，轉益多師，博採眾長，遍校群經，取得驚人的學術成就，乃有「經神」之譽。《後漢書‧鄭玄傳》載：「五年春，夢孔子告之曰：『起，起，今年歲在辰，來年歲在巳。』既寤，以讖合之，知當命終，有頃寢疾。」建安五年即西元200年，是庚辰年（龍年），次年為辛巳年（蛇年）。舊說歲在龍蛇，對聖賢不利。鄭玄夢醒，認為自己大限將至，非常惶恐，不久即生病，數月後就辭世了。〈鄭玄寤夢〉通篇以「我北海鄭康成」的口吻自訴心聲。第一節寫鄭玄從夢中醒來，推窗外看，庭中奇樹開花，石礫在新月下閃光，牆外萬頃夜色，遠處是袁紹和曹操的大軍在官渡對峙。在第二節，鄭玄的回憶聯想紛至杳來：少時不甘為聽訟收租的嗇夫，追求千秋萬歲的事業；問學於馬融而深得賞識，臨別時馬氏感慨欷歔。楊牧直探鄭玄的內心，移情體驗，把一代宗師寫得凜

---

[53]　楊牧：〈馬羅飲酒〉，收入《楊牧詩集Ⅱ：1974-1985》，頁231-235。

[54]　楊牧：〈孤寂‧一九一〇〉，收入《楊牧詩集Ⅲ：1986-2006》（臺北：洪範書局，2010年），頁260-262。

凜然有生氣。雖然鄭玄自認來日無多，但是那種以道自任的人文精神，那種不虛此生的榮譽感，令人動容——

> 即令我和子遊子夏同列／孔子的門牆，聖人恐怕也會說：／「起予者玄也！」恐怕會的。然則／比諸顏回，宰我，冉有／三四子的／專長呢？我北海鄭康成，我曾／一拒何進之辟，再謝袁隗之表／耕讀東萊——／顏回居亂世，德行狷狷亦複如此／如此而已，至少我和閔子騫差不多。……我／北海鄭康成垂垂老矣／今夜是溫暖的春夜。應劭那傢伙說的是——／「春官位木正，」這時節／不免是萬物向榮的時節了／庭中一棵開花的奇樹站在威風中／芙蓉在池塘裡沉睡等待天明／中國在我的經業中輾轉反側。「起起」／孔子以杖叩我脛，說道：／「今年歲在辰，來年歲在巳」／歲至龍蛇賢人嗟。以讖合之／知我當死[55]

　　這首詩把大量典故轉化為「活文本」（living text），例如：文王斷訟，伊川擊壤，孟子說滕文公，王莽改制，問學馬融，辭謝何進和袁隗，奚落應劭，既符合鄭玄之學問博雅的身分，也是楊牧之熔鑄經史的學術專長。鄭玄的內心獨白顯示一個古人的理想性格，沒有大幅度的改編。這種主體介入的策略，深入人物內心，還原淹沒在時間川流中的真相，有元氣淋漓的人物和生動可感的細節。楊牧當時在華盛頓大學，醉心於中國古典世界，精通漢魏六朝文史，以現代詩為鄭玄造像，投射他對文化中國的歷史想像。
　　第二類是在「人物角色」與「歷史原型」之間製造錯位，重構歷史，古典新詮，用意在於表達現代意識。

55　楊牧：〈鄭玄寤夢〉，收入《楊牧詩集 II：1974-1985》，頁226-230。

〈延陵季子掛劍〉截取季子在徐君（「你」）墓前掛劍的時刻，這一個最有暗示性的瞬間，也是故事高潮的焦點所在，然後回溯人物生平，將其放入壓縮的時空中。創作主體和人物角色合一，以「我」的回憶、想像和聯想支撐全篇。第一節寫季子北遊歸來後，盤桓徐君墓前，感慨故人已矣。第二節追憶當年，二人一見如故，立下南歸贈劍的承諾，無奈遲歸，遂成陰陽兩隔。第三、四節寫道——

> 誰知我封了劍（人們傳說／你就這樣念著念著／就這樣死了）只有簫的七孔／猶黑暗地訴說我中原以後的幻滅／在早年，弓馬刀劍本是／比辯論修辭更重要的課程／自從夫子在陳在蔡／子路暴死，子夏入魏／我們都悽惶地奔走於公侯的院宅／所以我封了劍，束了髮，誦詩三百／儼然一能言善道的儒者了……／／呵呵儒者，儒者斷腕於你漸深的墓林，此後非儒非俠／這寶劍的青光或將輝煌你我於／寂寞的秋夜／你死於懷人，我病為漁樵／那疲倦的划槳人就是／曾經傲慢過，敦厚過的我[56]

　　季札（前576－前484），姬姓，又稱季子，乃是西周時期吳王壽夢第四子，封於延陵，著名政治家、外交家、文藝評論家。季札不慕榮利，屢拒父兄傳位，是為「季札讓國」的典故。他出使諸侯各國，不辱君命，又排難釋紛，名動一時。過從魯國，點評盛大的周樂，顯示卓越的美學品味。季札與孔子齊名，有「南季北孔」的美譽。楊牧集中刻畫季子掛劍時的內心感受；不過他添加一些情節：封劍束髮，皈依孔門；頌詩三百，奔走於朝；在北地胭脂的誘

惑下，遲遲不歸；最終理想幻滅，非儒非俠，感覺孤獨疲倦、憤怒哀傷，成為不問世事的隱士。准此，季子的故事褪去英雄主義、浪漫主義的色彩，呈現為一個游離於正史之外的失敗儒家人物的形象。作者說：「此詩表達的是我留美求學經驗內心之掙扎，率以寓意發之，意思不算隱晦。」[57]更準確地說，1969年的美國在越戰中泥足深陷，反戰運動蓬勃，楊牧自感知識分子無力介入社會，理想幻滅，嚮往古之儒者歸隱山水。是故，他重敘國史，再造季札，以古喻今，抒情言志。個中詩句──「中原以後的幻滅」，「弓馬刀劍」比辯論修辭重要，「誦詩三百」無濟於事，對「能言善道的儒者」的揶揄──所渲染的反智主義，已呼之欲出了。曾經傲慢敦厚的季札，英氣風發的形象，如今蕩然無存。他除了真誠的哀傷悔恨，還有無盡的幻滅和疲倦，如此而已。奚密發現：「儘管〈延陵季子掛劍〉取材於歷史，但它不涉及歷史本身，也不像古典詩中的詠史詩那樣評說歷史，以古喻今。詩人參考了季子作為一個歷史人物的種種相關資料，從中選出在其生命中似乎沒有直接關聯的兩件事（贈劍和評詩），賦予其有機聯繫和象徵意義。他不受原始材料的限制，並有意偏離傳統，提出新解，傳統被反諷地用來暴露己身的不足，召喚傳統的目的是為了顛覆傳統。」[58]旨哉斯言！

改編和重釋歷史人物，融入現代意識和個人看法，這種寫法在楊牧歷史詩中大有所在。〈續韓愈七言古詩「山石」〉作於1968年，詩人此時就讀於伯克萊，據《奇萊後書》的自述，「設想韓愈貶官的心境」，「揣摩一個儒者的風度和口氣」，「更保證詩的抒情或言志功能」，「採取一獨白的體式」。韓愈〈山石〉鋪陳清新俊爽的景物，表達對官場的厭倦和隱逸生活的樂趣，是「外向」寫

---

[57] 楊牧：〈一首詩之完成〉，收入楊牧：《人文踪跡》（臺北：洪範書局，2005年），頁73。

[58] Michelle Yeh, *Modern Chinese Poetry: Theory and Practice since 1917* (New Haven: Yale University Press, 1991), p.138.

實主義。但楊牧的續集迥乎不同，他寒窗苦讀，心懷落寞，於是重塑韓愈，貌似為其發皇心曲，其實表達的是自己對愛情的嚮往和對詩人本位的堅守。此詩描寫的時刻是「我與寺僧談佛畫」，楊牧有意顛倒時序，讓「我」首先設想天明時的城中景象，然後自述對詩的迷戀，回想仕途生變，經歷杯弓蛇影，大赦後的歡喜。第二節是抒情主體在熄燈前的回憶——

> 我與寺僧談佛畫，熄燈前／忽然憶及楊柳樹和／激激的流水也曾枕在耳際教我／浪漫如早歲的詩人一心學劍求仙／金釵羅裳和睡鞋就是愛情？／我的學業是沼澤的腐臭和／宮廷的怔忡／我愛團扇／飛螢／／但律詩寄內如無事件如鄜州／我只許渡江面對松檟十圍／坐在酒樓上／等待流浪的彈箏人／並假裝不勝宿醉／我不該攜帶三都兩京賦／卻愛極了司馬相如[59]

「我」不再是崢嶸崇高的儒家人物韓愈，而是一個在世俗功名、文學志業、愛情欲望之間困惑猶豫的現代人，一個醉心於團扇流螢、詩酒風雅的「司馬相如」的形象。這流露出濃重的懷疑主義、虛無逃避的情緒，以及浪漫逸樂的詩人形象，與韓愈相去甚遠，只能說是創作主體的自我投射了。

1969年，楊牧寫出〈武宿夜組曲〉。此詩假託武王伐紂軍隊中一群下級士兵的視角，質疑《尚書·武成》的官方歷史敘述，不再歌頌武王之仁政而是表達反英雄主義和反戰主義的當代意識。第二節的後半段如下——

---

[59] 楊牧：〈續韓愈七言古詩「山石」〉，收入《楊牧詩集Ｉ：1956-1974》，頁364-365。

這正是新月遊落初雪天之際／我們傾聽赴陣的豐鎬戰士／那麼懦弱地哭泣／遺言分別繡在衣領上，終究還是／沒有名姓的死者──／孀寡棄婦蓺麻如之何？當春天／看到領兵者在宗廟裡祝祭／顫巍巍地不好意思地立起[60]

　　第三節寫的是征夫（「我們」）凱旋，在渡頭等候思婦（「你」），告以夫亡的噩耗，目睹這名孀婦沉默上船後投水自盡。這折射出楊牧對越南戰爭的抗議。1968年，反戰示威遍及美國各地。8月，芝加哥的示威者和員警發生流血衝突。1969年1月，尼克森在總統就職典禮上宣稱：國家陷入了戰爭和分裂，需要和平與團結。當然，《詩經》有一貫的反戰情緒，楊牧心領神會，譬如：作於1985年的〈古者出師〉[61]。

　　其實，除了上述兩種闡釋策略，還有第三類模式：在真實的史實中完全虛構人物角色，近似「小說化」的筆法，交織偽史和信史，編織故事情節，以冷靜客觀的敘述姿態見長。目前為止，這方面的孤證是〈熱蘭遮城〉。本文第三章會對此有所論析，此不贅述。進而言之，在「主客合一」的模式下，楊牧運用的三種歷史敘事類型，仍有不小的差異。第一類旨在還原歷史情景，詩中的人物角色與歷史原型差別不大，這是寫作歷史詩的初步階段。由於所有的歷史寫作都要涉及類似的人物事件，所以這種寫作模式看不出楊牧的創造性。而且如果處理不當或用力過猛，歷史人物完全喪失了現代意識，這種詩篇回歸純粹的復古、擬古、尚古、懷古的傳統模式，因此意義不大。但在第二類型下（「古典新詮」），歷史人物不但與抒情自我幾乎完全重合，直接發聲，而且從傳統論述中脫穎而出，直接表達現代思想和主體意識，更能考驗作家的想像力和創

60　楊牧：〈武宿夜組曲〉，收入《楊牧詩集Ｉ：1956-1974》，頁375-376。
61　楊牧：〈古者出師〉，收入楊牧：《隱喻與實現》，頁231-244。

造性，實際上也拓展了歷史詩學的寫作範圍。至於像〈熱蘭遮城〉這種第三類型的詩篇，由於真假交織，虛實莫辨，近似於繁複綿密的戲劇詩和歷史小說，打破了歷史詩學的窠臼，煥發出驚人的創造力，無疑是楊牧詩中的上乘之作。

　　准此，本文採取脈絡化、文本細讀、概念化的方法，充分研討了楊牧之歷史詩學所採用的兩大策略。我認為，楊牧採取這些不同路徑並非隨機代表了不同的創作手法，而是具有內在意義與必要性。在「人我二分」的策略下，歷史人物是舞臺上的主角，他的言行完全呈現在觀眾面前，一覽無餘。但是，這種手法就像小說敘事學中的「第三人稱」敘述觀點，作者置身事外，人物宛如被隨意操縱的傀儡，而人物的內心波瀾如何，除了作者，觀眾和讀者無從得知。因此，為了展示歷史人物之複雜錯綜的內心，為了表達深刻圓熟的歷史意識，楊牧有必要離開「人我二分」的闡釋模式，另尋進路和可能性。此即「主客合一」的策略。在「主客合一」的闡釋角度下，原先的界限消失了，抒情自我就是歷史人物，兩者合二為一，不分彼此。這種手法近似於小說敘事學中的第一人稱敘事觀點，在「作者已死」的誘惑下，歷史人物的內心向讀者敞開，而讀者的興趣也被激發和調動起來，透過角色扮演而參與文本意義的創造。顯然，與「人我二分」的闡釋模式相比較，「主客合一」的寫作策略不但有強大的敘事能量，而且暗合現代闡釋學、接受美學、讀者－反應批評的要旨，更有利於楊牧表達其歷史意識和批評思考，因此，意義之大，更不在話下。

（三）移情的歷史與「瞬間美學」

　　楊牧的歷史詩滲透了較多的敘事性，但不是史詩或敘事詩，無法展示歷史的縱剖面，只能尋找歷史性的時刻。這種手法或許源於德語詩人里爾克（R. M. Rilke, 1875-1926）。研究者發現，里爾

克能夠具有一種「趨向人物或事件的深心，而在平凡中看出不平凡」的卓越的想像力，而且他「能夠在一大串不連貫或表面上不相連貫的時間中選擇出最豐滿、最緊張、最富於暗示性的片刻，同時在他端詳一件靜物或一個動物時，他的眼睛也因訓練的關係會不假思索地撇開外表上的虛飾而看到內心的祕隱密。」[62]顯然，楊牧對此並不陌生，他在詩集《禁忌的遊戲》後記裡談到里爾克創作《獻給奧菲斯的十四行詩》，把白朗寧夫人的十四行詩的形式發揚光大。其實，此手法也並非里爾克的最先發明。德國美學家萊辛（G. E. Lessing, 1729-1781）的《拉奧孔》論及繪畫藝術，已發現這種技巧：「繪畫在它的同時並列的構圖裡，只能運用動作中的某一頃刻，所以就要選擇最富於孕育性的那一頃刻，使得前前後後都可以從這一頃刻中得到最清楚的理解。」[63]據葉維廉的論述，在現代主義抒情詩中，「瞬間美學」有一以貫之的傳統，只有把握抒情瞬間，才能表現主體的心境、體驗和幻想。[64]楊牧歷史詩錨定的「最豐滿、最緊張、最有暗示性的瞬間」，大都有跡可循。譬如：原住民殺死吳鳳後在佳冬樹下立碑（〈吳鳳：頌詩代序〉），馬羅在大醉酩酊中憧憬愛情（〈馬羅飲酒〉），托爾斯泰在火車站孤獨陷入沉思（〈孤寂〉），鄭玄從惡夢中驚醒（〈鄭玄寤夢〉），季札在徐君墓前掛劍（〈延陵季子掛劍〉），韓愈與寺僧暢談佛畫（〈續韓愈七言古詩「山石」〉），武王伐紂軍中的一名士兵的遐想（〈武宿夜組曲〉），一名荷蘭殖民軍官性侵一位臺灣女子（〈熱蘭遮城〉），朱術桂殉國前的內心掙扎（〈寧靖王歎息辭

---

[62] 吳興華：〈黎爾克的詩〉，北平《中德學志》5卷1、2期合刊（1943年），頁74。

[63] 萊辛著，朱光潛譯：《拉奧孔》（北京：人民文學出版社，1997年），頁83。錢鐘書的〈讀《拉奧孔》〉指出，黑格爾的《美學》以及中國古代文論也有類似思想，參看錢鐘書：《七綴集（修訂本）》（上海：上海古籍出版社，1995年），頁33-61。

[64] 須文蔚 葉維廉：〈追索現代主義的抒情、瞬間美學與詩：葉維廉訪談錄〉，花蓮《東華漢學》第19期（2014年），頁477-488。

樓〉），沈光文在敵軍壓境時的思考（〈施琅發銅山〉），五王妃自縊前的獨白（〈她預知大難〉），吳鳳赴難前的緊張矛盾心理（〈吳鳳成仁〉）。這些詩刻意壓縮時空，捕捉暗示性的時刻和有意味的瞬間，移情體驗，推己及人。非常明顯，楊牧無意於建構宏大的歷史體系、模式和全景圖——就像荷馬、維吉爾、但丁、米爾頓、葉慈那樣——，是所謂「歷史作為幻象」（history as vision）。相反，他從時間川流中截取一個時刻，投射自我在當下的戲劇性體驗（history as dramatic experience）。通過這種饒富趣味和批評思考的歷史闡釋，現在與過去建立了有機的聯繫，歷史不再是僵死的事物而是生生不息的源頭活水。

三、歷史詩學與文化認同

在此，我們需要更清晰更深入地梳理楊牧的這種話語的蹤跡，發現他如何緣物抒情、自剖心神；然後，我們再針對相關的歷史詩，展開必要的文本分析。

在楊牧的文學世界中，臺灣經驗有不絕如縷的蹤跡，本土意識有一個漫長的演變過程。1960年代，他初到美國，由於自己的臺灣身分而失落迷惘，這體現在〈山窗下〉等作品中[65]。1976年，他批判臺灣現代詩一味模仿西洋現代詩，唯獨缺乏中國性格，他主張回頭掌握三千年偉大傳統的特質，「當茲另外一個時代即將開始的時候，我要建議我們徹徹底底把『橫的移植』忘記，把『縱的繼承』拾起；停止製作貌合神離的中國『現代詩』，積極創造一種現代的『中國詩』。」[66]在1978年，他為《楊牧詩集1》寫序，回顧詩藝演進，自稱

---

[65] 楊牧：〈山窗下〉，收入楊牧：《葉珊散文集》（臺北：洪範書局，1977年），頁195-198。

[66] 楊牧：〈現代的中國詩〉，收入楊牧：《文學知識》（臺北：洪範書局，1979年），頁7。

「我堅持著我所能認知的中國世界，試圖在那世界裡建立不受干擾的藝術系統。」但是不久，他開始產生出自覺主動的本土意識，更加關注他出生和長大的臺灣島。他在1979年寫的〈三百年家國〉討論1661-1925年臺灣詩源流。1983年，他完成〈現代詩的臺灣源流〉。也就在這一年，他寫下〈新詩的傳統取向〉，認為在臺灣和以臺灣文壇為依歸的海外地區，新詩繼承五四以來中國文學的正面精神，而且植根於臺灣的本土意識，故能迂迴突破，勇健發展：「臺灣三十年來的現代詩之所以迥異於中國這同一時期的產物，也因為大部分有心的詩人都願意承認這地緣文化的現實，體會臺灣的命運，臺灣的過去，現在，和未來，必須在詩的創作中得到完整的表現。」[67]1985年，楊牧從T. S. 艾略特的〈傳統與個人才能〉中汲取靈感，特意標舉「歷史意識」，然則如何獲得歷史意識呢？他鄭重指出，除了借鑒中國文學傳統，尤須強調必要的「臺灣經驗」──

> 一個自覺的現代詩人下筆的時候，必須領悟到詩經以降整個中國文學的存在；而在今天我們這個地緣環境裡，和順著這地緣環境所激盪出來的文化格調裡，我們也領悟到臺灣四百年的血淚和笑靨──這正如同盎格魯人及撒克遜人的特殊格調，對艾略特的啟示乃是無所不在的。要讓三千年的中國文學籠罩你虔敬創作的精神，也要讓四百年的臺灣經驗刺激你的關注，「體會到這些都是同時存在的，是構成一個並行共生的秩序。」[68]

　　寫於1996年的散文〈葉慈的愛爾蘭與愛爾蘭的葉慈〉提到斯威夫特（Jonathan Swift, 1667-1745）的諷刺文章中出現一位「福爾摩

---

[67] 楊牧：〈新詩的傳統取向〉，收入楊牧：《隱喻與實現》，頁9。
[68] 楊牧：〈歷史意識〉，收入楊牧：《一首詩的完成》，頁64。

沙人」，引進種種不良風氣，楊牧由此大發感慨。[69]後來，楊牧的〈詩和愛與政治〉重提此事，再次把愛爾蘭與臺灣聯繫在一起，而且在篇末發出熱烈呼籲：「詩是固守人性真情的方式，在我們的文學世界，同樣在葉慈的文學世界，從我們這裡看過去，當二十世紀即將邁入二十一世紀的時候，從臺灣……」。[70]2004年，他寫下〈臺灣詩源流再探〉，辯駁臺灣文學乃中國漢文學之附庸或邊緣的看法，認為四百年的臺灣源流孕育出獨異於其他文化領域的新詩，有不可磨滅的現代感和超越國族的世界主義，「勇於將傳統中國當做它重要的文化索引」，楊牧最後動情地寫道：「我們使用漢文字，精確地，創作臺灣文學。」[71]至此，楊牧文化認同中的中國性與臺灣性的交織、斡旋和相互補充，已經脈絡清晰，水到渠成了。當然我們也須指出，取材於臺灣歷史與臺灣文化認同之間仍有差距。楊牧的詩劇《吳鳳》就很難迅速地率入臺灣意識。

楊牧的歷史詩除了歌詠中西歷史人物，還書寫臺灣本土的歷史人物和歷史事件，包括〈吳鳳：頌詩代序〉、〈吳鳳成仁〉、〈熱蘭遮城〉、〈她預知大難〉、〈施琅發銅山〉、〈甯靖王歎息羈樓〉，在這些詩中往往有中國性與臺灣性的交融。其實，在楊牧吟詠其他歷史人物的詩中，亦有針對文化認同的思考。〈紀念愛因斯坦〉寫道，晚年的愛因斯坦不太思考物理學問題，反而把泰半時間用在思考猶太人的問題上。當抒情自我在普林斯頓大學校園的迴廊裡散步，隨著回音響起，恍若這位科學家在此散步，牽掛著以色列建國的問題——

你的信心和智慧鑴刻在演講廳的壁爐牆上。我在木蘭花影和

69　楊牧：〈葉慈的愛爾蘭與愛爾蘭的葉慈〉，收入楊牧：《隱喻與實現》，頁68。
70　楊牧：〈詩和愛與政治〉，收入楊牧：《人文蹤跡》，頁171。
71　楊牧：〈臺灣詩源流再探〉，收入楊牧：《人文蹤跡》，頁175-180。

茉萤的光輝下沉吟，我相信真理可以追求，民主和科學也可以。相對論與我無關，可是我能為以色列的奮鬥感動。猶太聖人，偉大的物理學家，你能為我的臺灣感動嗎？[72]

　　此詩寫於1979年，恰好是愛因斯坦誕辰一百周年，也是他提出「相對論」和中國發生「五四運動」六十周年。楊牧從相對論提出的時間「1919年」聯想到那年發生在中國的「五四運動」，這場運動已過去了整整六十年，但是它標榜的「民主」和「科學」尚未在臺灣結出碩果，反而窒息在戒嚴時期的白色恐怖下，思之令人黯然。准此，這首詩中就有中國性與臺灣性的交織互動，楊牧跨越時空障礙，在追思歷史人物之際，輾轉表達文化認同與本土意識，以及對於尊嚴政治的追尋。此外，〈吳鳳：頌詩代序〉寫於1976年4月的花蓮，描繪早期臺灣移民中最可歌頌的英雄事蹟。在日據臺灣時期與國民政府時期，吳鳳（1699-1769）因為在臺灣教科書中被描述為「革除原住民之出草陋習而捨生取義」的崇高形象而廣為人知。嘉義現存有吳鳳廟，奉吳鳳公為神祇。這首詩旨在召喚莊嚴久遠的歷史記憶，反映楊牧之追求「美麗壯嚴的人格，或和諧平安的世界」的人文理想——

　　我們這樣靜默地守望著／想與你說話，告訴你／瘟疫已經平息，是你是血／洗淨這閃光的大地——／金針花，檳榔果，衣飾鈴鐺／杵臼聲聲是新米。你會歡喜的／啊吳鳳，你會歡喜知道我們／在佳冬樹下深埋一塊磐石／我們把兩手張開如半月／表示期待愛的團圓／／我們把兩手張開／我們期待／我們愛[73]

---

[72]　楊牧：〈紀念愛因斯坦〉，收入《楊牧詩集II：1974-1985》，頁223。
[73]　楊牧：〈吳鳳：頌詩代序〉，收入《楊牧詩集II：1974-1985》，頁128。

「我們」指代原住民，「你」則是吳鳳，楊牧有意從原住民的角度頌讚吳鳳之殺身成仁、捨生取義的英雄氣概，認為這種精神可以超越阿里山、臺灣、中國，值得為全中國全人類頂禮膜拜，完全可以和耶穌的偉大人格相提並論。[74]顯然，楊牧塑造的吳鳳形象凸顯了英雄主義、浪漫主義的色彩，關於禮樂教化的描繪，回歸中國官方版本的歷史敘事、文化認同和漢族中心主義。自認為蠻夷、自甘於弱勢的原住民，完全屈從於主流文化價值體系。吳鳳的原鄉身世與中國歷史完全消失了，代之以「檳榔果」、「佳冬樹」、「阿里山」等臺灣本土的地景。

楊牧的〈吳鳳成仁〉出自詩集《禁忌的遊戲》，寫於1978年。楊牧禮贊的不是殺身成仁、捨生取義的道德人格，相反，他故事新編，重構歷史。開篇，創作主體化身為吳鳳，以第一人稱角度敘事抒情，啟用戲劇性獨白，道出吳鳳的心事。他自認是脆弱、孤獨、老邁的凡人，最渴望安靜的休息。夢回遙遠的故鄉，見到漢家城樓，失望地發現自己著迷的讀書人的理想，僅是「知識的幻影」而已。回想明清鼎革的歷史記憶，痛感聖賢書教人蹉跎猶疑，儒家的放言天下成為空言。後來，吳鳳追隨鄭成功的足跡，渡海來臺，入山教化番民，自比朱舜水、王船山，頗可聊以自慰，即使道不行，尚可以垂老的性命「詮釋泛愛親仁的道理」。在慷慨赴死之際，吳鳳的心情充滿糾結——

> 假如他們能記憶著我／讓阿里山／永離血腥和殺戮／一死不輕於張煌言從容就義／則吳鳳的性命並不足珍惜／雖然我還是恐懼，啊／昊天的神明，大地精靈／性命不足惜，雖然我還是／如此恐懼，何況一死之後／他們也可能就把吳鳳忘記[75]

---

[74] 楊牧：《北斗行》後記，收入《楊牧詩集II：1974-1985》，頁505-506。
[75] 楊牧：〈吳鳳成仁〉，收入《楊牧詩集II：1974-1985》，頁240。

楊牧有意以反浪漫、逆崇高的方式，低調敘述吳鳳對知識的懷疑、對儒家理想的幻滅、對政治暴力的無奈，再現晚年吳鳳的孤獨脆弱、惶恐焦慮的內心。這種移情體驗、主客合一的寫作方法，把這位英雄人物給予生活化、人性化的處理，挑戰那個單面刻板的人物形象，也巧妙反諷中國的正統歷史敘事。

寫於1975年的〈熱蘭遮城〉以延平郡王鄭成功於1662年擊敗荷蘭殖民者、收復臺南安平城（荷治時期呼之曰「熱蘭遮城」，Zeelandia）為本事，運用性別隱喻，觸摸三百年前臺灣的歷史創傷，在把殖民主義文本化之餘，傳達曖昧的思想立場。按照歷史學家的說法，熱蘭遮城作為殖民者与被殖民者相遇的「接觸區」（contact zone）[76]，其中的人物如何登場呢？第一節營造小說化場景——

> 對方已經進入燠熱的蟬聲／自石級下仰視，危危闊葉樹／張開便是風的床褥——／巨炮生鏽。而我不知如何於／硝煙疾走的歷史中冷靜踩躪／她那一襲藍花的新衣服／／有一份燦然極令我欣喜／若歐洲的長劍鬥膽挑破／顛倒的胸襟。我們拾級而上／鼓在軍中響，而當我／解開她那一排十二隻鈕扣時／我發覺迎人的仍是熟悉／涼爽的乳房印證一顆痣／敵船在海面整隊／我們流汗避雨[77]

創作主體化身為一名荷蘭殖民軍官（「我」），在明鄭軍隊（「對方」）攻打熱蘭遮城之際，他走上城牆的石級，放眼遠眺，心緒迷亂。在歷史戲劇的危急時刻，楊牧沒有直接描繪戰爭的

---

[76] Mary Louis Pratt, *Imperial Eyes: Travel Writing and Transculturation* (London: Routledge, 2nd new edition, 2017)

[77] 楊牧：〈熱蘭遮城〉，收入《楊牧詩集II：1974-1985》，頁92-93。

宏大場面，而是展開虛構性的、私密化的小敘事。無名臺灣女子（「你」）遭受荷蘭軍官性侵犯的場景，是臺灣在1624年淪為荷蘭殖民地的隱喻。在第二節，出現荷蘭軍官對無名臺灣女子的肉體之美的陶醉，暗示殖民者沉迷於熱蘭遮城的豐饒。楊牧或許從英國詩人多恩的名詩〈上床〉（「Go to Bed」）中獲取寫作靈感，不過他反仿多恩的手法和主題，訴諸地景的肉身化、國族的性別化、政治的情色化，旨在反思殖民地臺灣的一頁歷史。以女性身體隱喻國族政治，本是文學中常見的修辭。此詩的獨特在於，作為來自前殖民地的人民，楊牧沒有從女性受害者的角度去見證暴力、控訴不義，而是從殖民者的角度出發，重溯國史，移情體驗。在男性／帝國主體的凝視下，無名臺灣女子始終沉默無語，暗示殖民地臺灣被客體化、他者化、邊緣化了，苦難深重，無以自我表述。更加不可思議的是，殖民暴力被楊牧加以文本化之後，又變得唯美化、情色化和神祕化了——

> 默默數著慢慢解開／那一襲新衣的十二隻鈕扣／在熱蘭遮城，姐妹共穿／夏天易落的衣裳：風從海峽來／並且撩撥著掀開的蝴蝶領／我想發現的是一組香料群島啊，誰知／迎面升起的仍然只是嗜血的有著／一種薄荷氣味的乳房。伊拉／福爾摩沙，我來了仰臥在／你涼快的風的床褥上。伊拉／我自遠方來殖民／但我已屈服。伊拉／福爾摩沙。伊拉／福爾摩沙[78]

臺灣女子變成了慈悲寬仁的地母，以柔克剛，逆來順受，儼然有化解仇恨暴力的能量。荷蘭殖民軍官為其魅力所征服了，意亂

---

[78] 楊牧：〈熱蘭遮城〉，收入《楊牧詩集Ⅱ：1974-1985》，頁95-96。

情迷，喃喃獨語，不禁發出「不知如何踐躪蘭花新衣」、「有一份粲然令我欣喜」、「但我已屈服」之類的讚歎，對於即將喪失的殖民地流露帝國鄉愁。至此，楊牧採取超越善惡的人性原則，重構歷史，不僅消解國族敘事中的民族主義原則，也把荷蘭殖民者給予人性化甚至美化了，抹殺了殖民地人民本應具有的對於平等政治與尊嚴政治的訴求，結果，創傷記憶變得空洞化、虛無化了。陳黎讚揚此詩「將暴力與溫柔、戰爭與愛、悲涼與美感融合為一體，用柔性的姿態、平靜的語調表達出對殖民者的抗議，以及被殖民者的尊嚴。在他筆下，荷蘭軍官是富有人性的，福爾摩沙是有個性的，避開了善與惡的二分法，使得全劇更有戲劇張力。」[79]這不無道理，然而稍顯空洞。需要追問，面對殖民者與殖民地人民之間的不平等的權力關係，正直的知識分子究竟應該如何敘述歷史？〈熱蘭遮城〉不但昭告楊牧歷史詩中的中國性的退場與臺灣性的彰顯，而且顯示文學在表現歷史時的兩難處境：試圖還原本質主義意義上的歷史註定是不可能的；但過度的重構歷史，又面臨虛無主義和空洞化的危險。此即「歷史詩學」的局限性和盲點。

楊牧的〈她預知大難〉、〈施琅發銅山〉、〈甯靖王歎息羈樓〉，吟詠明鄭時期臺灣歷史人物，歸在詩劇《五妃記》殘稿的名下。[80]三首詩取材於1683年鄭克塽率眾投降施琅的史實，採用主客合一的詮釋模式，重構特定歷史時刻人物的內心波瀾。〈她預知大難〉寫作為五妃之一的「秀姐」自殺前的獨白——

> 啊夏天，華麗的劇場／舒暢，明朗。所有的生物／都在安排好了的位置搭配妥當／成長，讓我們也在精心設計的／佈景前專心扮演指定的角色／去奉承，乞憐，去嫉妒，迷戀／在

---

[79] 陳黎 張芬齡：〈楊牧詩藝備忘錄〉，收入須文蔚編選：《楊牧》，頁247。
[80] 張惠菁：《楊牧》（臺北：聯合文學出版社，2002年），頁207-208。

血和淚中演好一齣戲[81]

　　楊牧有意挑戰流行的男權主義歷史敘事，讓一名女性浮出歷史地表，勇敢發聲，彰顯生命主體的意志自由。「秀姐」在危機關頭的自殺舉動，亦非為了成全中國傳統文化中的名節。她的帶有嘲諷和無奈意味的言語，說明其早已預知大難，而在男人的權力遊戲中，女性的悲劇命運早已註定，因此無須張惶逃避，唯有專心演好自己的角色，如此而已。

　　〈施琅發銅山〉寫南明遺老、流寓臺灣的沈光文（1612-1688）在清軍壓境之際的內心活動。沈氏發覺，這個狂風暴雨的日子終於來臨，回首明清鼎革，國姓爺血戰熱蘭遮，驅逐荷蘭殖民者，保留大明衣冠二十二年。昔日登基的滿清小皇帝如今果斷鷹揚；相比之下，東甯小朝廷王氣黯然，在猜忌萎靡中苟延殘喘，大做其白日夢──

> 殊不知施琅早掛靖海將軍印／為報殺父之仇，歲月悠久／白髮蕭蕭，他不曾一刻或忘／這人是東海蒼龍，意氣足以興風／作浪，懷柔百神於波濤之間／國姓爺後無人能當。「施琅」／他曾經慨歎惋惜：「施琅與我／情同手足，棄我去乃是為父仇／不共戴天；縱使大過在他／疚恨終屬於我。」可惜這一脈／僅存的海上王氣就此幽晦暗淡／而那狂風暴雨的日子難道／就已經到了嗎？雖然／未必然[82]

　　沈光文號稱「海東文獻初祖」、「臺灣古典文學之祖」，此時已在臺灣居留了三十年。經過楊牧的改造，沈氏的遺民釉彩開始剝

---

[81] 楊牧：《隱喻與實現》，頁265-266。
[82] 楊牧：《隱喻與實現》，頁269-270。

落：他不再尊奉「漢賊不兩立」的正統論，反而對當今的大清皇帝和前來進犯的施琅頗有好評；他對鄭克塽的東寧小朝廷非議甚多，對其即將傾覆的命運除了指責和惋惜，似乎沒有流露太多的辯護和留戀，相反，他有一種宿命論者的無奈和鎮定，一份置身事外、坐岸觀火的冷漠。

〈甯靖王歎息羈樓〉同樣有故事新編、古典新詮的因素。朱術桂（1617-1683）是明太祖九世孫，南明時期任軍中監軍，隆武帝封之為甯靖王。後來追隨明鄭大軍抵臺，鄭成功以王禮待之。1683年，施琅率軍攻陷臺灣，鄭克塽降清，朱不願苟活，乃與五妃自縊殉國。臺南今存「五妃廟」，高雄建有「甯靖王墓」。史載朱術桂「儀容雄偉，美髯弘聲，善書翰，喜佩劍，沉潛寡言，勇而無驕，將帥士兵咸尊之。」朱術桂死前書於壁曰：「自壬午流賊陷荊州，攜家南下。甲申避亂閩海，總為幾莖頭髮，苟全微軀，遠潛海外四十餘年，今六十有六矣。時逢大難，得全髮冠裳而死。不負高皇，不負父母，生事畢矣，無愧無怍。」他的忠烈形象在官方史書中成為國族神話。這首詩開篇寫朱術桂狼狼獨語，汗水濕透了顏面。回首當年避亂東南，在戰鼓聲中頹唐撲倒。渡海來臺，在孤寂歲月裡維持「一具虛假表面的形象」。如今大敵當前，嚴霜的海天漂浮著鬼氣，甯靖王心事重重——

> 歎息吧／假使歎息，或者嗚咽，或者嚎啕／能教你封閉的胸懷就此迸裂／讓時間累積的羞辱和憤怒／從你精神的背面逸出，或者傾瀉／我們都將大聲歎息，如層迭的／烏雲在悶熱的空氣裡圍聚，鼓蕩／始終擠不出一滴雨水；雷霆／徒然在空中搬演狡點險惡的／臉譜，忠良奸詐賢愚不肖／嘲弄我的金珌，玉笏。歎息吧／嗚咽，嚎啕，讓宇宙的怨憤／膨脹，爆炸，將穹窿搖撼／將狂風暴雨震動我逃生的／東南半壁，

將千山萬水懍懍／鞭打龜裂的大地，為祖宗／創造末代的
沮洳[83]

原來那個鎮定從容、大義凜然的甯靖王，現在被趕下神壇。
偏安孤島二十餘年，他視野狹隘，無所事事，忠奸賢愚之輩對其非
但沒有敬仰，反而嘲弄他的大權旁落和名存實亡。兵臨城下，甯靖
王形單影隻，無力挽狂瀾於既倒，唯一能做的就是歎息、嗚咽或嚎
啕。死亡為他提供了自我發洩的契機，瘋狂釋放積壓已久的羞辱和
憤怒，詛咒宇宙與世界一同毀滅，好讓他體驗一下抒情快感，如此
而已。經過楊牧的改造，這位明朝宗室的偉岸形象已蕩然無存，他
幡然悔悟之下，終於發現自己的孤獨渺小和脆弱無助。

1996年夏，楊牧在花蓮鄉間整理《五妃記》殘稿，最終得詩三
首，自謂本非個人遊戲筆墨之作，「實屬平生一特殊階段有心之創
造」。[84] 三首詩中的人物來自臺灣歷史，但都游離於中國官方史籍
的正統形象，挑戰和顛覆傳統的詮釋角度。是故，楊牧的歷史詩學，
見證其文化認同中的中國性與臺灣性的交融和斡旋，這當然是後殖
民全球化背景下本土意識蓬勃的結果。話又說回來，歷史書寫與本
地現實之間，有一個影射結構；異國與本地現實之間亦然。前文提
及，楊牧將愛爾蘭與臺灣進行類比，其他還有楊牧對車臣、阿富汗
的書寫，其實亦具一定程度之歷史意識，但限於篇幅，茲不贅述。

結語：過去中的未來

楊牧的歷史題材的現代詩涉及歷史事件或人物，但不是史詩
或敘事詩，而是道地道地的抒情詩，有的呈現「抒情現代主義」

---

[83] 楊牧：〈甯靖王歎息鸝樓〉，收入《楊牧詩集Ⅲ：1986-2006》，頁273-274。
[84] 楊牧：《楊牧詩集Ⅲ：1986-2006》，頁505。

（lyric modernism）或者「現代主義抒情詩」（modernist lyric）的面向。在既有的研究裡，大多把楊牧的這類歷史書寫放到「傳統與現代」或「古典與現代」的框架中去討論，本文則適度把討論重心轉移到「歷史與詩」的課題，冀能比現有的研究更具闡釋力度；同時，本文運用翔實的歷史資料，結合文學文本的解讀以及西方歷史哲學的論辯，冀能把楊牧有關歷史意識和歷史詩學的論述，推進到更具宏觀色彩的論述。

必須指出，楊牧的歷史詩的寫作歷程，除了揮灑思古幽情、表現當代意識，也映照出他的文化認同的交織、震盪與偏移。其實，借助歷史意識以凝聚文化認同，例子所在多有。杜贊奇研究過民國歷史書籍的編纂，結果發現：「即使民國是政治分裂的時期，歷史不僅被用於為國族正名，歷史教育更是傳播歷史知識和培養國民身分認同的重要機制。歷史教育建立的認同不止於疆土經略，歷史知識和歷史教育亦深深地影響著民眾對過去的認識，從有利於國家的角度塑造民眾的自身形象，有助於在對抗帝國主義和在寰球競爭的環境下生存。」[85]當然，楊牧的歷史意識與當下的政治現實有關，若干指標性事件對其文化認同以及歷史書寫產生過深刻有力的影響。例如1979年的「美麗島事件」，1980年的「林宅血案」，1996年的臺海「導彈危機」。

楊牧已經為臺灣現代詩奮鬥了六十年，他被奚密譽為現代漢詩的「格局改變者」（Game-Changer），實至名歸。楊牧根據自己的跨國經驗和知識冒險，出入詩史之際，塑造歷史意識，詮釋和重寫歷史人物，顯示多重的策略模式與心靈目光。楊牧的歷史理解，或可與現代西方歷史哲學展開跨文化對話，促成他的文學風格與時俱變，介入全球化後殖民時代的歷史變革。一言以蔽之，楊牧的歷史

---

[85] 張頌仁等 主編：《杜贊奇讀本》（廣州：南方日報出版社，2010年），頁122。

詩學，從個人感懷出發，抵達公共領域；以抒情敘事為內容，卻有批評反省的向度；固然落筆於過去，但是旨歸在未來，因此在美學理念和在文化政治上，為現代漢詩貢獻了進路與可能性。

卷二：
文化中國與臺灣經驗──張錯的離散詩學

引言：「中國優利塞斯」

在美國華裔作家當中，張錯（1943-）是一個不容忽視的存在。張錯，原名張振翱，早年有筆名「翱翱」，身世極富傳奇性。祖籍惠州，在澳門出生，讀完小學，去香港受中學教育，繼而去臺灣政治大學攻讀西洋文學，畢業後赴美留學，在西雅圖華盛頓大學取得博士學位，此後一直任教於南加州大學。在跨越亞太和北美的流徙生涯當中，張錯勤奮耕種「自己的園地」，出版六十本左右的著作，文學作品占據了大宗，受到學術界的重視。[1]

綜而觀之，張錯作品的情感結構是什麼呢？1988年，他應邀在政治大學擔任客座教授，後來在詩中欣慰地說：「流浪了二十餘的中國優利塞斯，終於回到他島上的家園了」[2]，他以神話英雄自況，別有幽懷。三年後，其詩集《漂泊》由大陸出版，馮至在序言

---

[1] 陳鵬翔：〈張錯詩歌中的文化屬性／認同與主體性〉，吉隆坡《蕉風》492期（2001年），頁102-115；林幸謙：〈離散主體的鄉土追尋：張錯詩歌的流亡敘述與放逐語言〉，臺北《中外文學》31卷12期（2003年5月），頁153-181頁；李鳳亮：〈詩情眼識 理據──張錯教授訪談錄〉，長春《文藝爭鳴》2007年第5期（2007年5月），頁95-98；饒芃子 朱桃香：〈在異鄉浪遊的桂冠詩人──美籍華人張錯的詩歌藝術〉，上海《中國比較文學》總第72期（2008年9月），頁77-84；王榮芬：〈張錯現代詩研究〉，國立中山大學中文系碩士學位論文，2010年。

[2] 張錯：〈黃昏漫步政大校園有感〉，收入張錯：《檳榔花》（臺北：大雁書店，1990年），頁35。

中動情地寫道——

> 什麼地方應該是他遙遠的家鄉呢？他的家鄉不是某市某縣，
> 不是某鄉某鎮，而是長江大河流貫東西、有悠久文化的中
> 國，是過去一百多年蒙受苦難與屈辱的中國，是海峽兩岸至
> 今未能統一的中國。他的眼界廣闊，家鄉遙遠，無論是環視
> 周圍，或是回向內心，他孑然一身，無時不陪伴著難以擔當
> 卻又必須擔當的寂寞與孤獨。[3]

　　這段文字涉及文化中國、歷史記憶與地緣政治，最重要的是，
洞察到張錯的情感結構：「離散感性」（diasporic sensibility）。在
漫長的寫作生涯中，張錯據一己之跨國離散和知識冒險，發展出一
套關於「中國性」（Chinese-ness）和「臺灣經驗」的離散詩學，不
乏張力、弔詭、含混和矛盾情感（ambivalence）。這種論述集中體
現在四重關係——美國與中國、大陸與臺灣、臺灣人與外省人、世
俗世界與高雅文藝——的角力、緊張、拉鋸和斡旋上。換言之，作
為美國華人移民，張錯體會到跨國弱裔（transnational minority）的
邊緣化命運，堅持「中國人」的身分定位，自視為孤臣孽子，流落
海外。終其一生，他尊奉「中華民國」為正朔，指認臺灣為家園故
土；又從臺灣本位出發，抨擊中原心態和中國文化霸權。然而，
作為中華民國的子民，張錯又失望地發現：從1988年以後，他開始
淪為臺灣激進「本土化」運動的犧牲品，變成不折不扣的「外省
人」，忍受身分認同的二度危機。此外，目睹高雅文藝在現代世
界遭遇通俗文化的挑戰，張錯憂心忡忡。進入二十一世紀以來，張
錯醉心於古代中國的青銅器、瓷器、玉器等物質文化，以及繪畫書

---

[3]　馮至：《漂泊》（北京：人民文學出版社，1991年）序。

法等視覺藝術，遺世獨立，神與物遊，為故國文化招魂，抒發深沉的緬懷和臆想，其樂也陶陶。終其一生，張錯的中心關懷是：如何在多重邊緣、繁複錯置、跨國離散的生命史中，建構「中國性」論述，尋求個人的文化認同？本文企圖揭示張錯的離散詩學之形成和新變，進行理論化、歷史化和複雜化的處理，分析這種離散詩學的結構性危機，與當前流行的華語語系論述形成張力對話。

一、離散民族主義：追逐「血緣神話」

（一）「尋根的時代」

1991年，在「後天安門事件」的歷史情景中，杜維明感時傷世，提出「文化中國」（Cultural China）的命題。他把地緣政治中國的文化權威「去中心化」，重新把邊緣定義為中心，把文化中國建構為一個文化空間和符號世界，超越定義中國性的族群、疆域、語言與宗教的邊界，為海外華人思考中華文化提供嶄新的批評視野。[4]這對理解張錯的離散詩學，很有幫助。

1966年，張錯從政治大學畢業，出版第一本詩集《過渡》，分為五輯，第一輯名為〈漂泊無根的感覺〉。他在〈後記〉中自述，童年離散經驗形成創傷記憶，如今認為這是一種普遍象徵：「現代人是沒有根的，如一株水草」。後來，張錯多次自述他在澳門、香港、臺灣、美國之間，如何輾轉遷徙，形成跨國流動的經驗。因此張錯作品具強烈的中國性特質，把中國視為中華文化的根源，以及個人生命史的價值源泉。譬如：在去國十年之時，他讀到陶淵明的〈歸去來兮辭〉，慨然而生歸意——

4　Tu Wei-Ming, "Cultural China: The Periphery as the Center," *Dadelus* 120.2 (Spring 1991): pp. 1-32.

該怎樣向風傾訴我飄零的身世？／從根裡生長的，竟抓不住根，／十年我也曾這般樹過花過果過／也曾這般傘過蔭過林過／而十年的結果──／竟就是這一丁點兒的孤苦和伶仃？／／又該怎樣和露水對泣我一生的辛酸？／根向深層潛，我向上層升／相通的竟也就是那一脈微弱的心息，／十年我也曾花枝招展過／也曾紅花綠葉過，／可是脈絡分明的，／竟然只是我命運的掌紋／一任雨水淋滴／一任陽光撫潤。[5]

　　抒情自我化身為「落葉」，內心獨白，自問自答，傳達出身世之悲、失根焦慮和尋根衝動。離散主體的生命史和追求世俗成功的過程，就是一個在時空座標中告別「根」的過程。在結尾，抒情自我經過自我辯駁，從顧影自憐轉向心理釋然，確認「葉落歸根」的傳統論述。毫不奇怪，「根」的意象反覆出現在張錯的詩文中。在小詩〈安魂曲〉中有這樣的詩句：「這是尋根的時代，／這是血濃於水的時代。」[6]對於尋根的熱忱，令人心動。張錯移居美國多年，對西方文化瞭解很深，這是否威脅到他的文化認同呢？他在組詩〈室內植物〉中表示：「而且過度的西方性，／破壞了我一生東方溫柔的綠意。」[7]弔詭的是，一方面，他明確表達對中國性的堅守；另一方面暴露出本質主義的文化觀，相信存在一個純粹的、本真的、有固定起源和單一中心的文化實體，可供人們去尋求、發現和堅守。

　　張錯直言不諱地說：「浪漫與現實之外，我是一個徹徹底底的民族主義愛國者」[8]，他把個人的浪遊追索成對家國的思戀：「心

<hr>

5　張錯：〈落葉〉，收入張錯：《洛城草》（臺北：藍燈文化事業公司，1980年），頁133-134。

6　張錯：〈安魂曲〉，張錯：《錯誤十四行（含〈雙玉環怨〉）》（臺北：皇冠文學出版社，1994年），頁273。

7　張錯：〈室內植物〉，收入張錯：《錯誤十四行（含〈雙玉環怨〉）》，頁62。

8　張錯：《錯誤十四行（含〈雙玉環怨〉）》，頁153。

裡只有一個中國，我是一個無可救藥的主觀民族主義者，而我底渴切，實是懷鄉的苦戀。」這讓我們想起安德森發明的「遠距民族主義」（long distance nationalism）的命題，以及Adam Mckeown提出的「離散民族主義」（diasporic nationalism）的概念。[9]張錯定居美國多年，但在其內心深處，依然尊奉中華民國為「祖國」，在在揮灑民族主義。〈致陳君鳳跆拳三段〉寫道：「可是當日橫行的海上盜霸，／竟然在中國人的腳下俯首稱臣，／中國人終於站起來了。」[10]〈期待〉重寫老舍小說《駱駝祥子》和〈斷魂槍〉，哀悼中國的衰敗，期待中國復興[11]。〈貝珠淚〉再現葡萄牙、荷蘭、英國的殖民歷史，認為這造成華人身分認同的喪失：「慢慢我們在母蚌唾液的滋潤下，／變成一顆顆晶瑩光澤的珍珠，／並且不時為自己的身價而榮耀」[12]。

關於「中國性」，張錯的隨筆雜文有翔實的討論。例如：他回憶自己就讀於政治大學的時候，因為對「中國人」的身分有不同理解，竟然與班上的一名「馬來亞僑生」發生了衝突，他藐視後者的「不肯做一個堂堂正正的中國人」──

> 原因無他，只因他不承認自己是中國人。他是「華人」、馬來亞的中國人，不是中國的中國人，他甚至可以說，他是華籍人士，而不是中國人，他的華籍和馬來亞的其他種族如印度人、馬來人一樣，雖然他可以說華語，就像他們說印度語或馬來語一樣，但他絕對不是中國人。[13]

---

[9]　Benedict Anderson, *The Spectre of Comparisons: Nationalism, Southeast Asia and the World* (London: Verso, 1998), pp.58-76; Adam Mckeown, "Conceptualizing Chinese Diasporas, 1842 to 1949," *The Journal of Asian Studies* vol. 58 no.2 (May 1999): pp. 306-337.

[10]　張錯：〈致陳君鳳跆拳三段〉，收入張錯：《漂泊者》，頁125-125。

[11]　張錯：〈期待〉，收入張錯：《漂泊者》，頁129-134。

[12]　張錯：〈貝珠淚〉，收入張錯：《漂泊者》，頁135-146。

[13]　張錯：〈中國油瓶〉，收入張錯：《文化脈動》（臺北：三民書局，1995年），頁255。

其實，血氣方剛的張錯對「種族」（race）、「族裔性」（ethnicity）、「國族」（nation）、「公民權」（citizenship）、「民族－國家」（nation-state）等概念，缺乏深刻準確的認識，這也與中華民國的僑務政策有關。這位學生持有馬來西亞國籍，雖然屬於族裔上的「華人」，但不是法律意義上的「中國人」。彼時的中華民國採用血統原則而非出生地原則，而且出於反攻大陸的動機，把馬國華人視為中華民國海外僑胞，給予留學和就業的方便。張錯後來訪問新加坡，對南洋華人的狀況有所認識，稍微修正了一己之看法——

> 老華僑無法改變他們的背景，生為中國人、死為中國人，理所當然，什麼刑法也改變不了。但二十多年前開始，年輕的星馬華人便經歷著一種奇妙的變化，就像我前面的那位馬來僑生，擺明是「回國」升學，卻不承認自己是中國人，他們常操著流利而卻又文法不對、發音不純的高半音英語，在我念書那時，唬得臺生們一愣一愣的，其實我心裡非常明白，他的國語實在比他的英文好得多和純正得多。這位馬來亞僑生回臺升學的心理非常微妙，他像一個中國棄兒，一旦錦衣還鄉，卻又不甘認同，而偏要口作胡人語，以示不同。[14]

不過，張錯對「中國人」、「華僑」、「華人」、「華裔」等概念的看法，仍然模糊不清。[15]他把馬來學生的赴臺留學視為「回國升學」，又出於文化民族主義的傲慢和偏見，把後者貶低為「中國棄兒」，顯示出文化權力的霸權結構，強力鞏固了問題重重的血緣神話。另一個例子，是他對本土作家與海外作家的定義——

14　張錯：〈中國油瓶〉，收入張錯：《文化脈動》，頁256-257。
15　關於這幾個概念的細微區別，參看王賡武：《移民與興起的中國》（新加坡：八方文化創作室，2002年）。

我心目中的海外作家，不一定先要在國內寫作或成名，海外成長的，只要和國內文壇藕斷絲連，血濃於水便可，如此一來所謂海外海內，倒顯得不甚重要，但值得強調的是，海外絕對是本土的延伸，沒有本土的根，就沒有飄零的海外，海外強調的不是一個身分，而是一種處境，這種處境不斷隨著本土身分演變而遞變，也就是說，海外處境隨著對本土變化的認識而不斷糅合衝擊，再加上邊緣性及海外空間，它可以產生許多特殊反應及演出，成為比猶太民族流放下的「放逐文學」更具特色文學。[16]

　　海外華人處於離散境遇，本土國民有相對的本真身分，兩者之間存在辯證互動的關係——這些看法言之成理。不過，「藕斷絲連」、「血濃於水」、「本土的根」等一系列隱喻，再次確認了張錯所執念的中國性，其實是一種單面的、固定的、靜止的身分認同。其實，張錯的國族認同指向「中華民國」，認為中國文化的正朔就在臺灣，自認是飄零海外的文化遺民。他常以「中國人」自居，正是出於對於「文化中國」的執念。早年的張錯對大陸的共產政權不懷好感。他的詩集《死亡的觸角》出版於1967年，其中的二十三首新詩作於香港。張錯當時正在香港工作，目睹1967年爆發的「五七暴動」，對左翼勢力主導的這個暴力事件非常反感。

　　由於受到中國性的束縛，張錯的詩鮮少針對美國本土風景的描繪，相反，充斥著中國的歷史、神話和文學典故。試舉數例。〈落花時節〉採用戲劇性獨白，重寫杜甫的〈江南逢李龜年〉，李龜年的第一人稱口吻，自歷史深處發聲。〈除草〉複述魯智深在五臺山出家的故事。〈落草〉新編林沖逼上梁山的故事——以上來自詩集

16　張錯：〈海外作家症候群〉，收入張錯：《文化脈動》，頁58-59。

《錯誤十四行》。〈夢回鹹亨酒店〉想像紹興鹹亨酒店的情形。還有的詩重寫中國現代文學經典《家》和〈祝福〉——以上來自詩集《雙玉環怨》。〈將軍〉改編漢代飛將軍李廣的人生故事，寫詩人之失落迷惘的心情。〈遊俠〉寫漢代俠客郭解、朱家的故事。〈霸王〉寫項羽對故鄉和虞姬的想念。〈刺客〉寫中國歷史上的刺客快意恩仇的故事——以上來自詩集《春夜無聲》。詩集《漂泊者》中的〈柳葉雙刀〉懸想一把刀具的奇遇，暗喻海外華人的身世和中華文化的式微，其中有云：「柔然展呈一段無聲的中國，一節無法入史的軼事」。進入二十一世紀，張錯痴心不改，還是緬懷中國歷史人物，傳達個人的現代意識。他的〈夜聞龔一先生古琴〉敘述中華文化中的風義操守。〈謁黃花崗〉緬懷辛亥烈士。〈遙望——潮州海門蓮花峰〉從歷史名勝回顧南宋滅亡的歷史。〈秦兵馬俑〉批判秦始皇的暴虐和長生不老的妄想。〈梅關古道〉寫他遊覽《牡丹亭》的舊地，想起柳夢梅和杜麗娘的愛情故事。〈唐三彩載樂駝〉遙想唐代的歷史文化——以上來自詩集《另一種遙望》。這些詩的美學素質高下有別，但是「中國性」特質，一以貫之，不離須臾。

（二）離散詩學

　　張錯作品的中心內容是所謂「離散詩學」。離散，自希臘古風時代、希伯來古代時期，即已開始，所以可說是人類自古而然的處境。在現代性、後殖民的今天，離散故事處處可見，所以又有「全球離散」（Global Diaspora）的說法。Robin Cohen指出，在全球化時代，離散是一種新型的國際移民，它溝通全球城市，具有世界主義的橋梁角色。[17]離散促使人們去重新思考國家和民族主義的種種準則，重新構想公民與民族－國家的眾多關係。[18]相形之下，張錯

---

[17]　Robin Cohen, *Global Diaspora: An Introduction,* second edition (London and New York: Routledge, 2008).

[18]　Jana Evans Braziel and Anita Mannur, "Nation, Migration, Globalization: Points of Contention

的離散論述帶有強烈的傳統色彩，令人想到賽峰（William Safran）的理論總結：離散者的特點是，從中心到邊緣的散居，家國記憶和神話，在東道國的疏離感，渴望最終回歸，時時進行的對祖籍國的支持，被這種關係所定義的集體身分。[19]

　　張錯在詩集《漂泊者》序言中承認：「它代表著我流浪生涯在1980年代裡的一個逗號。」他的英文詩集《漂泊》（*Drifting*）中的大部分作品，都是取自於這本詩集，「足見流浪與漂泊，正是異鄉人多年來的恆常主題」。飄零的痛苦，身分的挫敗，還鄉的憧憬，在詩集中處處流露。〈滄桑〉的開篇就是感傷的詩句——

　　　　且讓我們以一夜的苦茗
　　　　訴說半生的滄桑。
　　　　我們都是執著而無悔的一群，
　　　　以飄零作歸宿。

　　在後半部分，張錯自認是無從認識東西南北的「落花的家族」，雖然在夏夜怒放，吸引遊人的圍觀，還是有沉痛的「孤兒意識」——

　　　　可是在每一個孤零的午夜，
　　　　我們冷啊！
　　　　這一群中國的孤兒，
　　　　還羈留在異國飄零啊！
　　　　我們從龐大的歷史憂患成長，

---

in Diaspora Studies," in Jana Evans Braziel and Anita Mannur eds., *Theorizing Diaspora: A Reader* (Malden, MA: Wiley-Blackwell Publishing, 2003), pp.7-12.

[19]　William Safran, "Diasporas in Modern Societies," *Diaspora* 1.1 (1991): pp. 83-99.

卻迷失在渺小生命的顛沛流離，

我們需要更完整一點的國，

和更美滿安定的家。[20]

在另一場合，張錯勾勒出一則支離破碎的家園神話，表達無法回歸的絕望感——

這曾是一尾流浪的魚，

流落在中國的外海，

它到處以孤獨為國土，

以波濤為家園，

以命運逆流的急湍，

激濺起生命無數青春的浪花，

藏在他心底那棲宿的渴切，

以及回歸的缺憾，慢慢隨著時光的迢遞，

化成一塊漠然無語的石頭。

有別於艾青、卞之琳的同題詩，張錯的「魚化石」是海外華人的隱喻，他們輾轉流落，忍受青春虛擲，體驗命運無常，最後孤獨終老，雖有對家園故土的渴切，但是無法回歸，徒然懷抱一腔缺憾，化成一塊沉默的魚化石，銜愁懷恨，如是而已。〈子夜歌〉寫抒情自我在子夜和黎明之間，在夢醒與重寢之間，難以安撫一己之惆悵心情——

尤其有一種身世，／不知如何去追憶和倒敘，／無休止的漂

---

[20] 張錯：〈滄桑〉，收入張錯：《漂泊者》（臺北：爾雅出版社，1986年），頁113頁。

泊與流蕩，／在子夜露水初濃之際，／是寒冷徹骨的沁涼
的，／無法平伏的憂國與壯志，／在月落與朝陽初露之分，
／是令人抖擻而激昂的，／身分亟待認定啊，／名分亟待追
認啊，／身世亟待明顯啊，／國勢亟待轉強啊！／子夜在異
國，／是無所適從的鄉愁時間，／人到中年的生命子夜，／
卻是一種欲語還休的沉默。[21]

　　一系列語氣急切的排比句，暴露抒情自我的焦慮，他認為個
人身世等同國族寓言，漂泊流徙的個人生活，見證現代中國的衰
弱和動盪。離散境遇中的詩人飽受失眠症的折磨，欲說還休，沉
默以對。最後，他決心從「夢的海洋」當中覺醒，進入「現實的
灘頭」，推開「歷史的門扉」，投入中華民族的「蔚藍的光輝」
——至此，張錯回歸夏志清所謂的中國現代作家的「感時憂國」
（obsession with China）傳統，讓個人的鄉愁增添一種英雄維度和
崇高感。這種關於家國離散的書寫，令人想起鮑照的〈蕪城賦〉、
庾信的〈哀江南賦〉、王粲的〈登樓賦〉等傳統文學作品。張錯在
〈秋賦兩首〉中自我塑造的詩人形象是：顛沛流離，形容憔悴，深
夜孤燈，形影相弔，與詩聖杜甫產生強烈的心理共鳴——

　　　到底是讀杜的年齡了，
　　　經過戰患的顛沛，
　　　感情的流離，
　　　才在一個孤獨的秋夜，
　　　想起北部山裡的一盞孤燈。[22]

---

[21]　張錯：〈子夜歌〉，收入張錯：《漂泊者》，頁1-2。
[22]　張錯：〈秋賦兩首〉之二，收入張錯：《漂泊者》，頁25-26。

張錯把杜甫的〈秋興八首〉的名句「叢菊兩開他日淚，孤舟一繫故園心」改寫成兩首現代詩，重申他對原鄉神話的信心，他形容自己的鄉愁，一如萵蕷之歸附松柏、磐石之苦戀土地。張錯有時在漂泊和歸航之間猶豫不定，但是念及國家危難，個人無法置身事外，因此產生終結離散、回歸故園的衝動——

> 所有的漂泊都將是歸來，
> 像螻蟻運糧的緩慢，
> 像燕子營巢的固執，
> 穿越過所有的蘆花與荻草，
> 靜靜地歸航。[23]

　　陳鵬翔指出：「張錯確確實實是離散文學的一個傑出的隱喻，而這個離散文學確也可以為任何想深入瞭解張錯詩文本精髓張開一個視窗。」[24]可謂精準的觀察。林幸謙也發現這個事實：「張錯並不像李歐梵那樣在中國文化的認同基礎上，同時包含了多元文化的接受心理，張錯的詩作顯然並沒有表現出李歐梵所說的那種『中國的世界主義』思想。」[25]這是很有洞察力的看法，因為張錯確實是一位民族主義者而非「世界主義者」（cosmopolitanism）。美國、加拿大華裔詩人中有不少是臺灣背景，例如：楊牧、葉維廉、杜國清、鄭愁予、洛夫、瘂弦、非馬等，他們也有離散書寫的詩篇，但相比之下，張錯在這個主題上投入更多。

---

[23] 張錯：〈孤舟──孤舟一繫故園心〉，收入張錯：《漂泊者》，頁34-35。
[24] 陳鵬翔：〈張錯詩歌中的文化屬性／認同與主體性〉，吉隆坡《蕉風》492期（2001年），頁113。
[25] 林幸謙：〈離散主體的鄉土追尋：張錯詩歌的流亡敘述與放逐語言〉，臺北《中外文學》31卷12期（2003年5月），頁168。

進而言之，張錯的離散詩學如果從「華語語系研究」（Sinophone Studies）的新視野來思索，還有辯難與檢討的餘地。近年來，這一研究領域在王德威、史書美、石靜遠的推動下，方興未艾，前景廣闊。王德威指出，有一種海外華語發聲姿態，那就是堅持故國黍離之思，拒絕融入移入國的文化，是為遺民，「遺民的本意，原來就暗示了一個與時間脫節的政治主體。遺民意識因此是種事過境遷、悼亡傷逝的政治、文化立場；它的意義恰巧建立在其合法性及主體性已經消失的邊緣上。」准此，王德威標舉「後遺民」的命題，以概述當代華語文學中的一個顯著現象。他說，「華語語系」文學與以往海外華僑文學、華文文學的最不同之處，就在於它反對尋根、歸根這樣的單向運動軌道，不再指涉位置的極限和邊界的生成，而是主張根據傾向和動能，放棄「根」的政治，追尋「勢」的詩學。[26]史書美多次強調，華語語系研究重視的是「反離散」、「語言混雜」、「反中國中心主義」的知識立場，她進而區分兩個重要的範疇，即，「離散之為歷史」以及「離散之為價值」，前者概括的是海外華人散居世界各地的歷史事實；後者指的是海外華人保持「僑居者」心態，堅持保守的文化優越感，永遠嚮往回歸中國原鄉，拒絕認同居住國的文化。[27]石靜遠不大關注華語語系的文化政治，她強調一個名為「文學綜理會商」（literary governance）的概念：「在地方與全球的層面之間，持續存在著政治與物質進程的拉鋸：一方面人們透過正字法學習語言和文字，另一方面，人們又有著對『母語』這樣一個基本的語言歸屬的依賴。總而言之，民族文

---

[26]　王德威：《華夷風起：華語語系文學三論》（高雄：國立中山大學文學院，2016年），頁27-33。

[27]　史書美著，趙娟譯：〈反離散：華語語系作為文化生產的場域〉，汕頭《華文文學》107期（2011年12月）；史書美著，吳建亨譯：〈華語語系的概念〉，吉隆坡《馬來西亞華人研究學刊》14期（2011年）；張曦娜：〈從華語語系文學觀點看新加坡華文文學——訪史書美〉，2016年5月24日新加坡《聯合早報》。

學同時作為共同的利益與衝突的根源也因此而生。」[28]對照上述看法，我們發現，張錯不主張「反離散」，拒絕做「後遺民」，他沒有依據後現代的眼光和標準，因時因地制宜，而是堅持「再離散」與「回歸」的傳統文學想像。因此我認為，張錯的離散詩學顯然不屬於「華語語系文學」的範疇，而應該放置在「世界華文文學」或者「海外華僑文學」的名下。

（三）歷史記憶

張錯之「中國性」論述的另一面向，是對中國歷史記憶的再發現，激發海外華人對普世人權和尊嚴政治的追尋。1982年6月，日本文部省在審定中小學的歷史教科書的過程中，篡改和美化日本對中國的侵略歷史，引起國際輿論的注意。在美國的中國留學生，基於民族義憤，發動示威抗議。張錯當時也寫下兩篇文章，表達民族主義熱情——

> 他們堅持的問我——為什麼你一定要回中國？這裡是亞美利加（美洲），這裡沒有中國人、歐洲人，這裡只有美國人，我說，你不明白，因為你不是中國人；我說，你也不明白，因為你已不再是中國人；我說，其他的人都不明白，因為他們都曾經愛過，但都只是愛他們的配偶或家庭。中國啊！中國，去愛你並不就是去捐款、去宣揚中國文化、去日本領事館示威。中國，我愛你，因為我愛你泥土上的每一個人，我愛你所以我要和你一起吃風飲霜。[29]

---

[28] 張曦娜：〈石靜遠談華語語系研究及其對母語觀念的重塑〉，2015年1月16日新加坡《聯合早報・繽紛》；Jing Tsu, *Sound and Script in Chinese Diaspora* (Cambridge, MA: Harvard University Press, 2014).

[29] 張錯：〈中國・中國啊〉，收入張錯：《翺翺自選集》（臺北：黎明文化出版公司，1976年），頁219。

張錯自述，他對中華民國有愛恨交加的心情，他要做一個真正的「中國人」而終被承認是一個中國人，卻不能隨時回中國去，他感到這是最大的荒謬：「而今夜最荒謬的是，一個無國籍的中國人竟然是最愛中國的人！」張錯表示，美國人不懂得他為什麼那麼渴望要做一個中國人，不懂得一個黃皮膚黑頭髮的中國人是怎樣的不可能變成一個美國人。張錯拒絕參加留學生和美國華人的遊行示威，拒絕做在海外抗議一輩子的空頭愛國者，他決心離開美國，回到臺灣。但是，第二次遊行示威、遞交請願書的時候，張錯毫不猶豫地參加了。[30]

　　1979年，張錯的詩集《洛城草》出版。他承認：「這幾年來，無論思想、風格、主題、文字的轉變，脈絡分明，其中尤以洛城草最為明顯。」[31]張錯放棄個人的浪漫抒情和虛無頹廢的自我，不再沉迷於純詩意象和美麗的童話，他準備理解赤裸裸的歷史和現實，追求歷史視野和思想深度：「開始把自己的經驗放入大眾的經驗，並且向他們學習和認識」，「我現在需要的是一個大的宇宙，而不是一個狹窄的心！」[32]此時的張錯正在南加州大學教書，他在洛杉磯的唐人街、天使島，耳聞目睹華人先祖自唐山漂洋過海、辛苦拓荒的經歷，詩風丕變，反對種族歧視，追求平等尊嚴，例如〈天使島〉、〈石泉 懷俄明〉、〈我們漸漸知道〉、〈舊聞一則〉、〈放火與點燈〉、〈傾訴〉、〈落葉〉、〈蟑螂〉。完成這些詩篇之後，張錯在詩集後記中欣慰地說：「我真的走出現代主義的死巷了」。

　　在詩集《雙玉環怨》（1984）序言中，張錯由自己的浪遊生涯，推己及人，關心流落在海外的中國人：「也許是自己的民族意

---

[30]　張錯：〈中國・我們令您太傷心〉，收入張錯：《翱翱自選集》，頁223。
[31]　張錯：《洛城草》（臺北：藍燈文化出版社，1980年），頁224。
[32]　張錯：《落城草》，頁224-225。

識，中國，是我一生的婚配，因而我開始關心與瞭解這一帶在外面的中國人，再進而去瞭解與關心上一代在海外的中國人，這是我新現實的一面。」[33]他追蹤兩代中國人（包括十九世紀目不識丁來美洲淘金的華工，以及當前在美洲居住的海外華人）的境遇，發現繁複的歷史變調。他的長篇敘事詩〈浮游地獄篇〉模仿楊牧的敘事詩〈林沖夜奔〉的結構方式，採用四個人物面具——兩個華人苦力、兩個洋人水手——以及戲劇性獨白，再現1871年的豬仔船遭遇火災、引起驚天海難的悲劇。

張錯的報告文學《黃金淚》，回顧十九世紀舊金山的華人礦工的血淚史，以及美國後來興起的排華運動，洋溢著民族主義情操。根據他的自述，他召喚歷史記憶，不是為了追溯先祖拓殖的感情，而是出於一種對身分認同的追尋——

> 一百多年前有一批金山客來了美國，留下來或返回唐山也好，歸化成美國人或回去做中國人也好，這一批人從頭到尾都是中國人，他們既沒有想到要變成美國人，也沒有可能將自己變成美國人；在某種程度上，無論風俗語言，他們都具備強烈的中國風，他們在美國常被稱為第一代，……（注：省略號為引者所加）……而「歸老唐山」卻恆是此志不渝的答案。一百多年後，也有一批金山客被放洋或把自己放洋來美國，也許，他們慣常用語言代表答案，他們無論在風俗語言，都頗能中西融會，而且也頗屬中級知識階層，他們也被稱為第一代。[34]

---

[33] 張錯：〈《雙玉環怨》原序：激盪在事件漩渦的聲音〉，收入張錯：《錯誤十四行含〈雙玉環怨〉》（臺北：皇冠文學出版社，1994年），頁157。

[34] 張錯：〈序《黃金淚》〉，見張錯：《黃金淚——美洲華工血淚史》（香港：三聯書店，1985年），頁1。

張錯認為，雖然時易世移，兩代華人相隔一百多年，他們的教育、職業、地位有很大差異，但是他們分享一種悲劇性的「中國隔離感」，無法參與祖籍國的社會變革。以他為代表的這一代華人，融會中西文化，身分認同面臨考驗，渴望強烈的「中國向心力」。張錯希望，借助追溯一百多年前的美洲華人礦工的血淚生涯，召喚國魂，凝聚國體。〈天使島上無天使〉這一章追溯舊金山外海的天使島，談到美國早期的排華事件、華工禁約。華工在礦區被歧視、被劫掠、被驅逐、被殘殺的事件，屢見不鮮，美國員警袖手旁觀。華人礦工大多流入城市，聚居在唐人街，開餐館或洗衣店，或做傭人僕役，成為好萊塢早期電影的定性人物。美國華人的會館等組織機構，雖以鄉情團結為原則，但是在異國而堅持中國文化習俗，違背美國的文化熔爐的開國理想，導致華人與當地文化格格不入，加劇當地保守人士對華人的排斥：「他們知道，生為中國人，死為中國鬼，這是無法改變的事實，可是，同樣不可改變的也是他們客居異鄉的現實，一百年前，這種矛盾發生在海外華人的勞動階層；今日，同樣的矛盾發生在許多海外的中國知識分子（身上）。」[35]〈大來〉這一章寫道，這是一個弱肉強食、有功利無道義的時代，張錯早知自己的中國人的身分定位，華工身世是對美國社會的諷刺，說明跨國交往的困難，這也是人類邪惡天性的自然流露——

> 美國是一個糅合世界各種族的大熔爐，這是開國的理想，但是不實現的理想便是謊言。以我個人的經驗而言，東仍是東，西仍是西，這是吉卜林肺腑之言。因為問題不在於東或西，或東西是否融匯，問題在於人性的自私與仇恨嫉妒。[36]

---

[35] 張錯：《黃金淚——美洲華工血淚史》，頁37。
[36] 張錯：《黃金淚——美洲華工血淚史》，頁3。

差不多十年後，張錯接受採訪，談到像他這樣的海外華人，一部分人在美國社會中追逐物質刺激、安於現狀，另外一部分屬於「有強烈中國背景與意識的海外中國人」，不滿足於生活溫飽，追求一種身分的歸屬感：「渴切地需要著一種強烈中國的向心力」[37]。所以，張錯的《黃金淚》返觀歷史，從篳路藍縷的華工身上，確認血濃於水的中國性神話，抒發感時憂國的精神，塑造離散境遇中的文化主體。

二、家國認定與地方之愛

（一）故鄉的自我認定

英國歷史學家蓋爾納在《民族與民族主義》一書中指出，現代民族－國家的建立為國族文化的保存提供必要的「政治屋頂」（political roof），也是維繫文化認同的一個條件和基礎。[38]這種史實，所在多有。以色列人被逐出聖城耶路撒冷以後、在世界各地輾轉流落一千多年，歷經千辛萬苦，終於在1947年建立了自己的國家。同樣可以想像，庫爾德人和巴勒斯坦人由於沒有國族身分，只能在分裂動盪的時代中流離失所，感受「無國之民」（stateless）的痛苦哀傷。

張錯在詩集《檳榔花》的序言中，有如此自述：「我想我畢生追求的不僅是一個家，還有一個國，不僅是一個國，還有一個家鄉。」[39]他日後回憶說，惠州是他的祖籍地，但是他無法像父親那樣對惠州懷有深刻的鄉愁。他在澳門香港生活了十二年，但是厭惡殖民地種種的專橫跋扈，以及大不列顛的帝國優越感，因此無

---

[37] 張錯：《批評的約會──文學與文化論集》（上海：上海三聯書店，1999年），頁318。

[38] Ernest Gellner, *Nations and Nationalism* (Ithaca, N.J.: Cornell University Press, 1983).

[39] 張錯：《檳榔花》（臺北：大雁書店，1990年），頁12。

從建構自己的國族認同，即使到了青春期，「奔流在我體內的民族血液，卻依然混沌一片，無所適從，一直到抵臺為止，情況才見改觀。」[40]從1962年到1966年，張錯就讀於政治大學的西洋文學系。在木柵的黃金四年，他接受良好的高等教育，獲得必要的文化資本；受到文學的啟蒙教育，開始發表作品，擴大人際網路，獲得社會資本。他還與林綠、陳鵬翔、王潤華、淡瑩、黃德偉等同學一道，組建文藝社團「星座」，創辦刊物，引起文壇重視，獲得象徵資本（symbolic capital）。這些為他在未來的文學事業和職業發展，奠定了良好基礎。此外，他還邂逅來自越南的華僑女生藍慰理，收穫了甜蜜的愛情。可以想見，在寶島臺灣，這位無國之民取得了國族認同，找到道德空間中的方向感。多年以後，張錯在詩集《雙玉環怨》自序中，坦然承認：「也許是自己的民族意識，中國，是我一生的婚配」，臺灣是「一個我尋到自己的根的地方」，他在臺灣發現了中國，開始皈依「中國民國臺灣」，他的濃烈的臺灣情懷，令人動容。

大學畢業後，張錯離開了臺灣，暫居香港，不久就赴美留學，先在楊百翰大學讀碩士學位，後來去西雅圖的華盛頓大學，攻讀比較文學博士學位。最後，他移居洛杉磯的南加州大學，成為美籍華人，結婚生女，生活安定下來。不過，他還是心有隱痛，因為來自失鄉的缺憾。張錯在洛杉磯，與臺灣隔海相望，時刻關注臺灣的動向。下面是他在《文化脈動》中的自述——

> 《文化脈動》是一章成績表，它記錄了我對臺灣文化關懷的觀察與觀念；而每日在海外閱讀書報竟成了每日功課，包括五份臺灣報紙，一份本地英文「洛杉磯時報」，以及每月

---

[40] 張錯：《檳榔花》，頁14。

（尤其月初）紛紛湧至的臺灣雜誌期刊，與陶潛那句「心遠地自偏」剛剛相反，因為心近，即使海天遙隔，每天發生的事情依然親切熟悉，猶如身歷其境、耳聞其聲、眼觀其狀。

《文化脈動》是張錯寫作於1993-1994年的文章合集，全都是他對於「臺灣」文化發展之觀察和期待。迄今為止，張錯出版了六十本左右的著作，只有三本在大陸出版，兩本在香港出版，其餘均由臺灣出版，足見他對臺灣的美好感情。《文化脈動》之一是〈食蓮〉。1988年，張錯在課堂上與同學們一道，閱讀英國詩人丁尼生的詩歌〈食蓮人〉，遙想希臘古風時代，尤利西斯在特洛伊戰爭結束後，海上漂泊十年，誤入食蓮人島嶼的故事。張錯情動於衷，自比尤利西斯，他的「臺灣鄉愁」油然而生──

> 我已經回來了，臺灣不是食蓮島，它應該就是我的綺色佳！可是飄零的我，是否要假扮乞丐去試探闊別多年的家園？孤獨的我，又該敲那一扇門，找那一家去試探？我誦讀的聲音顫抖而傷感，然後又充滿懷疑，是否夏天來臨，又是我遠航的時候？是否我必須很快就要擺除這一陋習，自每天正午到兩點鐘的昏睡中醒轉過來？[41]

毫不誇張地說，漂泊離散是張錯的情感結構，臺灣經驗是他二十多年的中心關懷。他的詩集《春夜無聲》中的〈屈問〉，有意模仿屈原的長詩〈天問〉，以一連串排比句，羅列「家鄉、語言、山水、田園、神話、廟堂、香火、神明、江渚、煙波、衣冠、江湖」等想像地景，認定它們不管出現如何狀態，仍是自己的情感歸屬。

---

[41] 張錯：〈食蓮〉，收入張錯：《文化脈動》，頁217。

最後，他決定告別異國、歸返「故鄉」，在想像中回到臺北、花蓮、宜蘭。

從1976年開始，張錯每年在假期返回臺灣。描繪臺灣經驗的作品，當推1990年出版的詩集《檳榔花》。1988年，他在政治大學客座，因此擁有一段較長的臺灣經驗，撫今追昔，述往思來——

> 縱觀半生的萍蹤，在美居留最久，長達二十多年，港澳為次，各為六年，臺灣最短，僅四年。然一生對家國的認定，卻以臺灣為始，在那裡我不但發現我的中國，同時更恆以臺灣的本土，作為我家鄉的歸屬。[42]

張錯說，雖然近來在美華人大增，但自己仍然每年都回臺灣，萬里來奔，出於民族情感和私人情結；在臺期間，彌補了心中缺憾，但是行色匆匆，增加了依依不捨和內心矛盾。他說：「故鄉不是先驗性名詞，它應該是經驗性的，它不是每一個人生下來就擁有的，而是在後天的培養與認定，及不斷的潛移默化。」這樣一種自我理解和自我規定，相似於現代民族學者對族群和民族的定義：既可從地理、語言、文化、風俗、宗教等客觀因素來定義，也可根據人的主觀願望和情感歸屬來定義。張錯說，這是他創作生命中的一個轉捩點和高潮：「另一個開始與機會，讓我認識家鄉，讓家鄉接受如聖經內的浪子回家。」在旅途中，張錯偶然見到「檳榔花」，臺灣著名花卉，他感動地說：「檳榔花忽然變成了一種特殊象徵，它代表了我對臺灣的留戀，以及在這一切過程中的輝煌。」張錯承認自己不是土生土長的臺灣人，「然而我對臺灣的一山一水，一草一木，都懷著誠懇感恩的心情去認識、學習，和接受。我確

---

[42] 張錯：《檳榔花》（臺北：大雁書店，1990年），頁13。

實把臺灣看作成我的中國夢了。」所以他對日本友人深情地說：「中國優利塞斯仍是快樂的，／他不再患得患失，／因為他終於回到中國來了。」[43]在〈檳榔花開的季節〉當中，張錯傲然宣佈：「我一生的故事，／已經決定以臺灣為結局，／並且終生不渝。／我不想唱和流浪的歌，／因為我已疲倦於長途的跋涉。」[44]在《檳榔花》這部詩集中，張錯深情描繪臺灣的風物景觀和人情世態：臺北梅村、鞍馬山莊、鹿港、白河、嘉義、高雄、南苑，借用文化地理學家段義孚的概念，這些詩熔鑄了張錯對臺灣的「地方之愛」（topophilia）。[45]

（二）臺灣與中國

　　張錯早年認同「中華民國臺灣」，他對大陸的共產政權不抱好感。那麼，在文藝創作和學術領域，他是如何看待臺灣和大陸的關係？應該說，張錯既認識到臺灣文學的本土歷史軌道，也傾向於在「中國文學」整體框架內思考臺灣文學。1987年，張錯翻譯出版《千曲之島：臺灣現代詩選》[46]。在序言中他談到臺灣現代詩與中國現代詩的關係：「臺灣現代詩既是中國大陸新詩主流的延續，也是臺灣本土苦難傳統的承繼。臺灣現代詩自成一格，有其獨特的中國代表性。」[47]這種歷史敘事概括了臺灣現代詩與中國現代詩的源流關係，以及前者的本土傳統、獨特性與代表性，不過還是把文學史圖像簡單化了。接下來張錯指出，由於歷史原因，日據時期的臺

---

[43]　張錯：〈中國優力塞斯——致白石嘉壽子〉，張錯：《檳榔花》，頁58。
[44]　張錯：〈檳榔花開的季節〉，收入張錯：《檳榔花》，頁120。
[45]　Yi-fu Tuan, *Topophilia: A Study of Environmental Perception, Attitudes, and Values* (New York: Columbia University Press, 1990).
[46]　Dominic Cheung ed. and trans., *The Isle Full of Noises: Modern Chinese Poetry from Taiwan* (New York: Columbia University Press, 1987); 張錯編：《千曲之島：臺灣現代詩選》（臺北：爾雅出版社，1987年）。
[47]　張錯著，奚密譯：《千曲之島：臺灣現代詩選》引言，頁2。

灣現代詩人，有日語寫作，有臺語寫作，有國語寫作，形成多語混雜的局面。然而，張錯的篩選、敘述和評價的標準，凸顯的是中國性的特質和中國認同的傾向。他舉出巫永福的詩〈祖國〉，認為「雖然他們以日文寫作，他們寫出來的詩卻是純中國的。」[48]張錯發現，巫永福、張冬芳、龍瑛宗以及一群來自臺南鹽分地帶的詩人，在二戰期間保存了濃厚的中國意識。張錯又舉出張我軍的三篇文章為例子，肯定其中「流露了與中國認同的熱望」[49]。1925年，孫中山先生去世的消息傳來，臺灣同胞一片震驚，張我軍偷偷寫了一首悼念詩，但沒有機會發表。張錯簡介這首詩，然後鄭重指出：「詩中臺灣對大陸的認同至為明顯。」[50]關於臺語寫作的原因及其優勢，張錯有簡潔切當的概括：「我們同時應注意的，許多臺灣詩人雖然反抗日本統治，那並不表示他們都與大陸的文學傳統認同。多年來，本土作家視自己為被生母與外強遺棄了的孤兒。他們堅持以臺語為寫作語言。」[51]縱然如此，我認為《千曲之島》仍有值得商榷之處。張錯在〈中文版後記〉中承認，他選詩標準是「基本上要呈現一種歷史進化的觀念」[52]，選入的詩人都是活躍在1950年代以後的作家，至於二十世紀早期的詩人，例如林修二、水蔭萍、楊華等人，幾乎完全缺席。張錯遺憾地表示，女詩人和青年詩人的作品，是他最感興趣和困擾的領域，但是未能加關注。此外我發現，有的原住民詩人也被張錯不小心地忽略了。

1991年，張錯評論楊牧和鄭樹森合編的兩卷本著作《現代中國詩選》（臺北：洪範書局，1989年）。他讚賞編者採取長時段和包容性的選擇標準，選錄1917至1987年的大陸、臺、港的現代詩：

---

[48] 張錯著，奚密譯：《千曲之島：臺灣現代詩選》引言，頁4。
[49] 張錯著，奚密譯：《千曲之島：臺灣現代詩選》引言，頁2。
[50] 張錯著，奚密譯：《千曲之島：臺灣現代詩選》引言，頁3。
[51] 張錯著，奚密譯：《千曲之島：臺灣現代詩選》引言，頁5-6。
[52] 張錯：〈中文版後記〉，見《千曲之島：臺灣現代詩選》，頁503。

「一方面強調了臺灣詩作返本歸源的中國新詩傳統，另一方面也重新過濾海外華文文學的定義。」[53]張錯認為，把中國性和臺灣性結合的做法，既照顧現代漢詩的中國起源和互動關係，也兼顧臺灣和香港的版圖脈絡，乃是詩選的優點所在。更重要的是，張錯認為這本詩選突出了「中國性」標準的認定——

> 無疑突出了他們中國性的向心力。這種內心渴切，再加上早期大陸、臺灣兩地水火不容互不往來的政治情勢，使文藝工作者更客觀而方便地吸收兩地的動態，進而增強他們中國性的認定。這方面和東南亞其他華文作者是稍有不同的，這是一個極端複雜的問題，我們期待將來能會有學術性的會議專題討論，尤其是如何在中華性與中國性之間發展出一種客觀而有理可循的態度去為他們定位。[54]

張錯注意到港臺大陸的現代詩，和東南亞華語詩歌相比，具有不同的特質和複雜性，他把「中國性」內涵拓展為更有本土化、空間化特色的「中華性」，為這個課題提供一種進路和可能性。1994年，在臺灣召開過一次文學會議，作家李昂就文化認同議題，向在座的三位華裔學者提問。張錯後來談到此事說，如果他當時在場，一定會爽快地回答——

> 我的中心是中華民國臺灣，從那裡成長茁壯的，那裡就是我的母體。可是如何去定義及定位中華民國臺灣，倒應該成為以後文學或文化會議的課題，狹義的排除它的中國性或是廣義的以它的中國源流去沖散本土凝聚土壤，都徒陷入萬劫不

---

[53] 張錯：〈詩的傳世〉，收入張錯：《批評的約會：文學與文化論集》，頁19。

[54] 張錯：〈詩的傳世〉，收入張錯：《批評的約會：文學與文化論集》，頁19-20。

復極端。[55]

關於臺灣文學之中國性和本土性的關係，究竟該如何去辯難和批評？張錯有自己的獨立思考，他既反對激進本土化論述，也反對誇大中國性特質，他秉持穩健公允的文化態度。關於這點，下面會有詳細討論，此不贅述。

三、離散身分的二度危機

張錯的臺灣經驗令人動容，也遭遇意想不到的挑戰。這裡首先分析他對臺灣文化的認識，再討論他在本土化運動中的遭遇。1994年，張錯發現中華文化在臺灣進行的本土化乃是確鑿的事實，應該給與同情的理解——

> 雖說臺灣文化是中國文化的一支，但自1947年以來，這一支已旁生枝葉了，無論在廣義文化，到狹義的文學、藝術，都像雲門《薪傳》內那些離鄉背井的遊子，雖然血緣上依然無悔的歸祖列宗，但在成長過程裡，卻無疑在臺灣本土找到養分更多更甚於在中國大陸。[56]

張錯的看法是，臺灣文化是中華文化的在地化、本土化、空間化的結果，所謂「一本萬殊」，「月映萬川」。這當然有他個人的思考在。他還不忘指出，本土化另有抵抗中原心態和中國文化霸權的意義——

---

[55] 張錯：〈中央與邊陲〉，收入張錯：《文化脈動》，頁107-108。
[56] 張錯：〈文化的極端與異端〉，收入張錯：《文化脈動》，頁112。

卷二：文化中國與臺灣經驗——張錯的離散詩學　073

> 無疑，臺灣文化衍變自中華文化毫無疑問，但單面強調母體
> 文化的附屬徒然增長中華文化在中國大陸的中原心態，而這
> 類中原心態所顯現出張牙舞爪的大國沙文主義，正是當初薩
> 伊德最關心的西方霸權擴張的帝國主義。[57]

　　不過，張錯在這裏把「中國中心主義」等同於「西方帝國主義」，顯然是錯誤的比附，因為前者僅僅是一種話語實踐（discursive practice），而後者包括了一整套的制度規劃：軍事占領、政治壓制、經濟盤剝、文化侵略，兩者豈可同日而語？最後，張錯總結說：「因此我覺得，本土與中國，不止是文化體的大小分別，而是它本身的內涵孕育，如果本土擁有偉大的胸襟，它同樣可以成為獨當一面的中華文化個體。」[58]這篇文章寫作於1994年，其實有事後反思的意味。從1980年代開始，臺灣的政經形勢發生巨變，在李登輝等政治人物的推動下，激進「本土化」思潮抬頭，而且越演越烈，甚至要求徹底割斷臺灣與大陸、與中華文化的聯繫，認為臺灣雖然遭受荷蘭、西班牙、清廷、日本的殖民與國民政府的治理，但是自古以來自成體系，需要重塑臺灣文化的本真性、純粹性與獨立地位。[59]自此之後，身分認同成為困擾臺灣的一大難題，省籍矛盾浮出水面，族群撕裂處處可見。可以想見，張錯的「中華民國臺灣」論述，他的「中國文化」正統論，必然遇到不小的挑戰。

　　1988年，自美返臺的張錯，耳聞目睹激進本土化抬頭，儼然有「不知今夕何夕」之感。詩集《檳榔花》的開篇就是一首抒情小詩〈臺灣經驗〉——

---

[57]　張錯：〈文化的極端與異端〉，收入張錯：《文化脈動》，頁112。
[58]　張錯：〈文化的極端與異端〉，收入張錯：《文化脈動》，頁112-113。
[59]　這方面最有代表性的觀點是歷史學家曹永和提出的「臺灣島史」的概念。

在生命不斷轉動的底片裡，／我已準備好剪接一段臺灣經驗／充滿繽紛流躍的色彩／每一格子的過跳／甘心而舒暢。／啊！臺灣經驗／這是一部大銀幕彩色片，／劇情緊湊，／主角動人，／無論是編導與演出的提名裡／都是我人生影藝院裡／一座座奪目輝煌的奧斯卡。[60]

張錯萬里來奔，在臺灣找到了認定的故鄉和道德空間中的方向感，歡欣鼓舞。另一方面，他時時流露一種時空措置、不與世諧的苦惱和不安：「可是我同時又懷著深深的恐懼，臺灣——我的家鄉與國家，是一個巨大而不可預測的變數。」[61]追溯臺灣的前世今生，目睹激進的本土化，他進退兩難。他原本有從此定居臺灣的念頭，後來遇到不愉快的經歷，又悄悄打消了這個念頭。有一次，張錯觀看臺灣的地方戲「布袋戲」，心中五味雜陳，他寫下一首小詩，抒情言志——

千里來奔的我／常被一種莫名沮喪所侵襲，／恐懼啊！恐懼，／迷途的野獸，／誤入陌生的森林。／真的那麼重要？／「你在開始學習臺語嗎？」／昨夜有人問我，／語言的陌生，／就永遠註定做一個異地的異地人？／外省的外省人？／邊緣的邊緣人？／就必須在第一語言，第二語言，／甚至第三語言以外去學習第四語言？／為什麼我們要分裂，中國？／臺灣，為什麼我們還要分裂？／母親，為什麼您一定要讓一生流浪／歸來的兒子感到慚愧，陌生，而無力？／悲愴的我，／看著這一群幸福歡愉的孩童，／羨慕得令我心痛！[62]

60　張錯：《檳榔花》，頁24-25。
61　張錯：《檳榔花》，頁19。
62　張錯：《檳榔花》，頁53-54。

抒情自我之前把臺灣視為安適自在的家園，如今驚覺自己如迷途的「野獸」，懷著沮喪恐懼的心情。他觀看布袋戲，聽到國語、粵語、英語之外的第四種語言：陌生的「臺語」，這是製造身分識別和等級結構的標示。他發現自己竟然變成了「異地的異地人」、「外省的外省人」、「邊緣的邊緣人」，他的身分認同突然處於一種渙散、破裂、混亂和迷失的境地。張錯羨慕身旁的一群幸福歡愉的兒童，自己在茫然無措之下，發出了一連串傷心的疑問句，他眷念的還是已經破碎的「血緣神話」（myth of consanguinity）[63]。張錯由個人身世回溯兩岸分治的事實，聯繫離散經驗與歷史記憶，使得這首詩成為張錯作品中最動人的詩篇。奚密曾以此詩為例，研討現代漢詩的「邊緣處境」，確是鞭辟入裡的觀察。[64]陳鵬翔指出：「《檳榔花》這本詩集在張錯生命中確實具有鮮明的標竿意義」[65]，誠良有以也。《檳榔花》出版三年後，張錯的另一本詩集《漂泊者》有機會再版，他特意增加了一個〈新序〉，其中寫道

———

　　　　二十世紀的中國人最艱辛的竟不是生死抉擇，而是身分的確
　　　　定與追認，去做一個中國人本來就簡單得見山是山，見水是
　　　　水，但歷史的謬誤，國運的乖離，時間的失誤，空間的調
　　　　變，種種人為因素的陰錯陽差，卻讓我感到見山非山，見水
　　　　非水。1988年我收拾好一顆漂泊的心，重返臺灣懷抱，並以
　　　　一卷《檳榔花》作為宣言，可是一葉知秋，一些反應仍然令

[63]　按：「血緣神話」是美國華裔學者周蕾提出的著名概念，參看Rey Chow, *Writing Diaspora: Tactics of Intervention in Contemporary Cultural Studies* (Bloomington: Indiana University Press, 1993), p. 24.
[64]　奚密：《從邊緣出發：現代漢詩的另類傳統》（廣州：廣東人民出版社，2000年），頁47-49。
[65]　陳鵬翔：〈張錯詩歌中的文化屬性／認同與主體性〉，吉隆坡《蕉風》第492期（2001年），頁108。

人寒慄。也許我的命運註定就是終身漂泊,「何離心之可同分,吾將遠逝以自疏」,永遠有一個城市等待我去居住,永遠沒有一個家。[66]

　　張錯追溯他寫作《檳榔花》時候的臺灣遭遇,明確點出現代中國人和海外華人的身分認同危機。由於時空變化、陰差陽錯,張錯現在是流落海外的孤臣孽子,他幾乎重新回到「無國之民」(the stateless)的狀態,而且淪為象徵意義上的「無家之人」(the homeless)。不過他似乎下定決心,保持終身漂泊的狀態。

　　作為留學臺灣的外省人,張錯相信「中華民國臺灣」,以及「中華文化臺灣」,1994年8月,他再次撰文,表達憂慮──

　　　目前臺灣本土文化建立過程中最大的負擔,在於它與中國文化強烈的對抗性與排斥性,像一個孩童,無論被撫養自他的親生父母或養父養母,在尚未學會書寫自己的姓氏以前,就先要辨清在科學下,或醫學下、理性下辯證出來自己的DNA,好像唯有如此的血液的鑑證,才可理直氣壯的長大成人。殊不知在文化成長過程裡,恰好與準確的科學或醫學一絲不苟的鑑證相反,文化的優生學裡,沒有純種,相反,它要求的卻是極大地混血雜生(hybridity)。[67]

　　文化理論家霍爾(Stuart Hall)、巴巴(Homi Bhabha)等人,針對人類歷史上的文化「混雜性」現象,早有精彩深刻的論述,辯駁了本真性(authenticity)神話的虛浮不實。張錯有意借用這一理論說辭,批判激進本土化運動的本質主義傾向。張錯不否認臺灣文

---

[66] 張錯:《漂泊者》(臺北:書林出版公司,1993年)序言。
[67] 張錯:《文化脈動》,頁139。

學的本土性和主體性，但是反對誇大其與大陸文學的差異性。他以美國文學史為例證，主張以寬廣開放的胸懷，「在前人篳路藍縷之下繼承歷史文化的使命，去綜合、包涵、吸收，並且以一種高貴的情操與肯定（而不是扼殺）當初播遷來臺的日子。」[68]十年後的張錯再次表達他對走火入魔的激進本土化風潮的批評。他首先承認：「我是一個強烈民族主義者，多年來人在海外，格外來得迫切。另一方面，中華民國轉型入臺灣，我的適應幾乎是遲鈍和緩慢的。」然後他徵引安德森之「想像的共同體」的論述，毫不妥協地重申自己的看法──

> 1994年，我已開始認識到，假如臺灣要成為偉大國家，它必須擁有高貴情操與寬容胸襟，兼收並蓄，有容乃大。因此，強調臺灣本土的「雜性」，比強調本土的「純性」好得多。[69]

　　張錯對臺灣新版「政治正確」的質疑和辯難，顯示其道德勇氣和批評思考。這些看法與西方理論家遙相呼應。美國學者沃爾夫（Eric Wolf, 1923-1999）認為：我們最好是把人類「文化」看作是一系列的過程，這些過程建構、重構和拆解了文化材料；那種固定的（fixed）、單一的（unitary）、有界限的（bounded）文化概念，必須讓位於對文化集合（cultural sets）之流動性和滲透性的自覺意識。凱文・羅賓斯（Kevin Robins, 1947-）強調，在一個急劇變化的時代，堅持那種身分與連續性的陳舊意識，已經不再具有任何積極意義了。[70]從臺灣史的軌道來看，絕對的本土化論述，難免有疵

---

[68]　張錯：《文化脈動》，頁140-141。

[69]　張錯：〈美麗的回顧〉，收入張錯：《靜靜的螢河》（臺北：三民書局，2004年），頁131。

[70]　Kevin Robins,「Tradition and Translation: National Culture in Its Global Context, in John

瑕。放大歷史視野來觀察，今天的臺灣文化是一系列文化材料的混雜、融合、斡旋和再創造的結果，這其中包括：漢族文化、原住民文化，以及近現代的荷蘭、西班牙、日本的殖民帝國文化，它們顯然都發揮了一種「歷史合力」的效果。

結語：為「故國文化」招魂

　　進入二十一世紀，張錯保持旺盛的精力，接連出版多本著作，包括詩集《另一種遙望》（2004）、《詠物》（2008）、《連枝草》（2011），以及散文集《尋找張愛玲及其他》（2004）、《從大漠到中原：蒙古刀的鑒賞》（2006）、《雍容似汝》（2008）、《瓷心一片》（2010）、《青銅鑒容》（2015）、《傷心菩薩》（2016）。他從南加州大學榮休之後，兼職臺北醫學大學人文藝術中心講座教授，品鑒青銅器、瓷器、玉器、書法、繪畫等文物和藝術，遊目騁懷，其樂也陶陶。他的詩集《另一種遙望》之一是〈清宮舊藏「十二色菊瓣盤」〉，描繪貢品菊花小磁片，文筆冷靜細膩，暗諷專制集權的奢侈腐化，大有諷喻詩的特色。他的詩集《另一種遙望》之一是〈唐三彩載樂駝〉，寫休斯頓美術館所展覽的唐三彩；〈斷劍〉寫成都出土的戰國墓穴中的斷劍殘骸。張錯的詩集《詠物》，吟詠的不是眼前的實在景物，而是凍結於時間川流中的已成歷史遺存的物質文化，詩人超越有限的視覺形象，神遊物外，捕捉生命中剎那即逝的美麗。然則，張錯的如此舉動，究竟所為何事呢？從學術立場和個人愛好來說，他從「文學批評」拓展到「文化研究」，從「語言再現」（verbal representation）躍進到「視覺再現」（visual representation），這是比較文學的跨學科轉向，正如他

Corner and Sylvia Harvey eds., *Enterprise and Heritage: Crosscurrents of National Culture* (London: Routledge, 1991), p.43.

在《中西文化的衝突——利瑪竇入華考》的序言中承認的那樣。[71]不過，張錯的「晚年心境」有超乎此者在。對他來說，如何處理自我認同、主體位置以及心靈歸宿，乃是重中之重。經歷激烈的內心掙扎，他持守「文化中國」的知識立場，以不變應萬變，在中國藝術史的世界，召喚歷史幽靈，恢復對「中國性」的確認和承諾。這其實是他一貫的中心關懷。

總而言之，我閱讀張錯的著作，聯繫他一生的言行，感覺名如其人、恰如其分。雖然張錯對其筆名的來源有過解釋，但是如果超越作者意圖，仔細玩味起來，則張錯之「錯」，其實涵義豐富：舉凡錯誤、認錯、錯體、錯位、張惶錯失、政治錯誤、大錯特錯、將錯就錯、一錯到底，皆已囊括其中矣。這些涉及他的人生道路、私密情感、身分認同、文學實踐、學術路徑。就人生經歷而言，他一生輾轉流落，宛如無根浮萍，空間錯位。他的情感生活豐富多彩，似乎有錯失良機、懺情認錯之意。說到詩歌寫作，他拒絕中規中矩的體裁，以一本詩集《錯誤十四行》，挑戰流行已久的正宗十四行詩體。尤為重要者，他在多重的種族、國族、族群的夾縫中苦苦支撐，張惶失措。他質疑美國的「文化熔爐」之說，堅持以「中國人」自居，追求大義名分，毫不馬虎。在臺灣激進本土化蓬勃之際，他逆流而上，孤身犯難，執意回歸「文化中國」。在別人眼中，這都是明顯的「政治錯誤」，儼然大錯特錯。然而，張錯拒絕改弦更張、與時俱進，他在晚年醉心於物質文化和藝術世界，索性將錯就錯，一錯到底了。以後現代的標準來看，張錯拒絕「反離散」，不做「後遺民」，如此倔強固執，怎一個「錯」字了得？

---

[71] 張錯：《中西文化的衝突——利瑪竇入華考》（香港：香港城市大學，2002年）自序。

話說回來，張錯的跨國離散經歷，見證海外華人的心靈一頁。他的離散詩學在名家輩出、世代交替的全球華語文學中，絕對是不容忽視的存在，也會繼續引起學術界的批評和論辯。張錯以弔詭的臺灣經驗，追求文化中國的理想，矢志不渝；他以孤臣孽子自居，終其一生而不變，也算是求仁得仁、有始有終了。

卷三：
亞洲的滋味——梁秉鈞的食饌詩學

引言：透過食物的「眼睛」

　　食物在人類社會中占據顯要位置，不僅關係到健康、營養、生命的範疇，而且與文化建制、社會規則、權力結構有密切的聯繫，激發人的情感、欲望和想像，是物質文化和商品文化的綜合。這方面的研究所在多有。[1]生態人類學家安德森指出，中國人使用食物來判別族群、文化變遷、曆法、家庭事務以及社會交往；幾乎所有的商業交易、家庭拜訪、宗教事務，都在合乎禮儀的宴會和食物供奉中進行；作為社會地位、禮儀地位、特殊場合及其他事務的標誌，食物已不全是營養資源而且是一種交流手段；中國食物的複雜精巧大多歸功於食品在社會體系中獨一無二的地位。[2]香港在1842年因為淪為英國殖民地而首次出現在國際舞臺上，過去兩個世紀以來英國、歐洲大陸、中國的政治事件決定性地影響香港的發展進程。[3]隨著二戰後香港的恢復重建，經濟騰飛，回歸中國，香港躋

---

[1]　西尼・W・敏茨（Sidney W. Mintz）著，劉曉譯：〈甜與權：糖在現代歷史中的地位〉，收入孟悅 羅鋼主編：《物質文化讀本》（北京：北京大學出版社，2008年），頁268-319；Nuno Domingos, Jose Manuel Sobral and Harry G. West eds., *Food between the Country and the City: Ethnographies of a Changing Global Foodscape* (London: Bloomsbury, 2014)。

[2]　尤金・N・安德森著，馬孆 劉冬譯：《中國食物》（南京：江蘇人民出版社，2003年），頁194-196。

[3]　法蘭克・韋爾什著，王皖強 黃亞紅譯：《香港史》（北京：中央編譯出版社，2007

身「亞洲四小龍」之列，消費主義蓬勃，成為著名的購物之都、美食天堂。[4]

　　從先秦到明清，飲食作為物質和象徵占據文化實踐的中心，產生政治、社會、道德的涵義，飲食書寫乃文學的大宗，陶潛、李白、蘇軾、張岱、《金瓶梅》、《紅樓夢》等作家作品，無非犖犖大端，吸引了中西學者的注意，成為學術會議的主題和期刊專欄的題目。香港飲食文化興旺發達，借助文字和影像等媒介，得到淋漓盡致的表現。就飲食文學而言，梁秉鈞是其中的佼佼者，他被李歐梵譽為「詩人中的美食家，美食家中的詩人」。梁從1960年代中期開始寫詩。1970年代，梁就注意到文學與飲食文化的關聯，針對奧哈拉和陳映真的作品，寫出兩篇觀察敏銳的評論。從1997年開始，他有意識地書寫有關食物的詩，對食物充滿誠意、耐心和讚美，這種關懷延續到2012年。他寫的食物詩，講究節奏韻律，配合歌舞、音樂、裝置藝術，展開跨界對話。從1997年開始，梁與李家升聯辦以食物為主題的詩與攝影展，在多倫多、香港、東京、慕尼黑舉辦，用食物探討文化歷史，回答與「九七」有關的種種問題。1998年，他的英譯影像集Foodscape（《食事地域志》）出版。關於這件事的緣起，他說：

> 因為食物在日常生活裡不可少，具體又多姿多彩，在種種人際關係和社會活動中都有它的位置，顯示了我們的美感和價值觀，連起偏執和欲望；雖然過去嚴肅和高雅的作品不以它入詩，對我來說卻實在是想反覆從不同角度去探討的好題材。所以便有了《食事地域志》組詩和後來的食物詩。[5]

4　謝均才主編：《我們的地方我們的時間：香港社會新編》（香港：牛津大學出版社，2002年），頁1-38。

5　參看梁秉鈞：《東西》（香港：牛津大學出版社，2000年）後記〈食物、城市、文

2000年，梁出版新詩集《東西》，包含14首與食物有關的作品。2002年，梁親身參與劉小康策劃的裝置藝術展「亞洲的滋味」，八位亞洲藝術家創造八種最能代表他們國家菜色的食物盒子，梁氏寫詩放在盒內，探討食物與文化的關係。2003年，梁在香港外國記者俱樂部舉辦「食物與城市」攝影展。次年，他與李家升、陳敏彥在香港文化博物館合辦「香港食境詩：文字圖像裝置」展覽會，包括新詩、攝影、裝置藝術。2005年，梁在香港三聯書店舉辦「都市、人物、食府」攝影展。2006年，他的詩集《蔬菜的政治》由香港牛津大學出版社刊行。2009年，他的小說《後殖民食物與愛情》出版，從食物、愛情的角度，以喜劇荒誕的手法寫「九七」後人們如何面對生活中種種變化。2013年，梁以飲食文化為主題的散文集《人間滋味》由中國人民大學出版社出版。

　　准此，梁建構一種「食饌詩學」，透過食物的眼睛，思考離散族群、歷史記憶、地緣政治、文化認同的課題，在題材領域和美學風格上為現代漢詩貢獻一己之才情。

一、飲食書寫與離散族裔

　　「離散」（Diaspora）源於希臘文diasperien，由dia（跨越）和sperien（耕種或散播種子）兩個詞根構成。在古希臘與羅馬時代，戰亂造成人民的流離失所，這是「離散」一詞的由來。在聖經教義中，「離散」最初指被逐出聖城耶路撒冷而流落於世界各地的猶太人。從十六世紀開始，伴隨全球殖民擴張，西非黑人被大規模販賣到美洲，這構成另一個類型的離散。[6]十九、二十世紀，亞洲、非

化〉。

6　Jana Evans Braziel and Anita Mannur, 「Nation, Migration, Globalization: Points of Contention in Diaspora Studies,」 in Jana Evans Braziel and Anita Mannur eds., *Theorizing Diaspora* (Malden, MA: Blackwell Publishing, 2003), pp.1-2.

洲、拉丁美洲的人們由於戰亂、災荒、貧窮等原因，離鄉背井，漂泊海外，成為現代意義上的跨國離散者。

梁氏對飲食書寫有自覺意識，他這樣寫道：「食物做為描寫對象，目的是要介紹食物，還是要詠物抒情，藉以喻意？怎樣寫食物特色及其文化意涵？食物本身形色兼備，作為文化與政治也大可探索，但抽空作為一種觀念，又未免索然無味了。」[7]梁從飲食角度談傳統文化在香港的變化移位，認為這些變化「當然跟作為南方海港城市香港本身的性質有關，與它的西化背景、商業經營、一代一代移民的來去也有關。」[8]梁在中國大陸出生，一歲時移居香港，後來留學美國，又重返香港工作。在多次出國遊歷的過程中，他接觸不少離散族群，對他們的身世頗為好奇，於是透過食饌詩學的聲色光影，碰觸文化政治的課題。准此，「離散」與「食物」在其文字世界發生了關聯。

1998年，梁客居柏林，身處西方而回望東方，懷念東方的人情和食物，因為距離而時時看見了經濟與政治的變遷。他的〈茄子〉在多倫多寫成，從異鄉事物寫離散華人的身世。詩中的「你」是一個典型的離散華人：父親是廣東人，母親來自北京，自己從小在臺灣長大，後來移民加拿大，輾轉在家族、國族、種族的夾縫中，見證現代中國的歷史滄桑──

> 我記得在簡陋但舒適的舊居／母親買過肥美的茄子／佛像那樣供在客廳中心／後來生活就亂了，獨自在外面／總沒法煮回那樣的味道／／你父母當日不知是什麼心情／隨移徙的人潮遠渡了重洋／言語裡滲入了變種的蔬果／舌頭逐漸習慣了

---

[7]　梁秉鈞：《人間滋味》（北京：中國人民大學出版社，2013年），頁158。
[8]　梁秉鈞：〈嗜同嘗異──從食物看香港文化〉，載《香港文學》第231期（2004年3月），頁18。

異國的調味／像許多同代人，大家逐漸離開了／／一個中心，失去了原來的形相／但偶然我們又從這兒那兒絲絲縷縷的／什麼裡嘗到似曾相識的味道／好似是煮糊了的皮肉，散開了又／凝聚：那麼鮮明又消隱了的自己[9]

「茄子」這種普通的食物滿足了口腹之欲，喚起抒情主體的童年記憶，在抒發時間之軸上的懷舊外，也連結了不同的地理空間，把不同人物的身世聚焦於此。詩人動情地寫到，海外華人離開了「中國性」這個中心，年深月久，不再落葉歸根而是適應異國文化和生活，放棄「原來的形相」。在一個偶然場所，海外華人從茄子的形狀、味道聯想到似曾相識的文化根源，那是一個「鮮明而又消隱了的自己」。這首詩從小處入手，使用日常生活中的簡單意象，聯結故國和異鄉、過去和現在、時間和空間，指向離散與文化認同的議題。

〈蘇豪的早餐〉寫詩人與一對華人夫婦在紐約酒店共進早餐，運用電影中的蒙太奇手法，堆砌五彩斑斕的視覺意象，筆法冷靜簡約，頗有意象派詩歌的風致，表現一對香港夫婦移民紐約的心事，再次回到離散華人這個主題——

一灘白顏色下面隱現／紅色／橙色／淡黃／嶙峋的灰白牆上／斑駁的痕跡／樹影／孤獨的一瓣紅花／早晨的一碗白色乳酪淹沒了／木瓜／芒果／香蕉／離家二十年的畫家腦中浮現了／鄉下的果樹／哥哥黃色的嘴巴／所有從成熟到腐爛的香蕉[10]

---

[9] 梁秉鈞：〈茄子〉，收入梁秉鈞：《游離的詩》（香港：牛津大學出版社，1995年），頁122-123。

[10] 梁秉鈞：〈蘇豪的早餐〉，see Martha P. Y. Cheung ed., *Travelling with a Bitter Melon: Leung Ping-kwan Selected Poems* (Hong Kong: Asia 2000 Limited, 2002), p.226.

此詩共有四節，第一節和第三節相互指涉，近似音樂中的重複結構。第三節和第四節在寓意上相互補充，而且有從物到人、從外到內的遞進關係，人物的職業身分從暗示到明說，含蓄點出他在當下的心態。這首詩聚焦於簡潔生動的色彩描寫，去掉冗餘的隱喻、關係詞和邏輯說明的語法，純粹從畫家的視角去觀察靜物，讓其在空間中自動呈現。然後，隱身的抒情自我，深入畫家的內心，移情體驗，展開散漫自由的聯想回憶，不動聲色地帶出漂泊離散、傷逝懷舊的情愫。

　　「離散」不單是海外華人的身世也是許多亞裔人士的境遇，梁把抒寫範圍擴大到其他種族，同樣有深切動人的詩篇。有一次，他訪問法蘭克福，一位學者朋友委派女兒（詩中的「你」）充當嚮導。這個女孩的身世奇特：母親來自越南，父親是美國反戰人士，這段浪漫的跨國婚姻無疾而終，父女之間亦存在代溝。梁有感而發，寫下〈越南的木瓜樹〉[11]。詩的開篇敘述兩人參觀一個展覽館，「你」對火紅年代的學潮無動於衷，反而沉浸在對父親的怨懟情緒中。接下去，「我」建議大家去吃越南菜以調整她的情緒。「木瓜沙律」和「酸蝦湯」是道地的越南菜餚，能夠喚起離散者的親密經驗，「我」試圖激發這名混血女子的家族記憶。然而，她對作為地理概念的「越南」毫無感情，反而念念不忘母親的愛之奉獻。她的越南裔的母親，當年由於戰亂而離鄉背井，輾轉漂泊到歐洲，後來經歷結婚和離異，辛苦養育子女。在詩的末尾，詩人想像，在這名青年女子的祖籍國越南，在戰爭終結之後的土地上，有無數像木瓜樹一樣的人民，勇敢堅強地生存著──至此，詩人在戰爭創傷、離散經驗、血緣情感間建立了微妙的聯繫，深刻有力地凝聚於「木瓜樹」這個虛擬的文學地景上。

---

[11] 梁秉鈞：〈越南的木瓜樹〉，收入梁秉鈞：《東西》（香港：牛津大學出版社，2000年），頁14-15。

飲食文化、離散經驗與身分認同的關係，在名詩〈帶一枚苦瓜旅行〉中得到表現。這首詩充滿豐饒的想像和深刻的思考，它製造三個人格面具——身在異國的香港人「我」，臺灣友人「你」，經歷跨國旅行的「它」（苦瓜）——，設置三個戲劇性場景：「你」乘坐飛機到香港帶來苦瓜，「我」又攜帶苦瓜到了柏林，「我」獨自面對苦瓜時的想像和獨白。在詩的開篇，「我」食用了友人帶來的苦瓜，嘗到甜中帶苦的味道，感念友人的善意；然後以生動幽默的筆觸，描畫苦瓜的旅心，接下來描寫這枚「跨越兩地不同的氣候和人情的」苦瓜的形貌和身世，想像其在旅途當中經歷的窘境——

你讓我看見它跟別人不一樣的顏色／是從那樣的氣候、土壤和品種／窮人家的孩子長成了碧玉的身體／令人舒懷的好個性、一種溫和的白／並沒有閃亮，卻好似有種內在的光芒／當我帶著這枚白色的苦瓜乘坐飛機／來到異地、踏上異鄉的泥土／我才想到問可曾有人在海關盤問你：／為什麼不是像大家那樣是綠色的？／仔細檢視它曖昧的護照，等著翻出麻煩／無辜的初來者背著沉重的過去靜候著／它還是那令人舒懷的好個性，收起酸澀／平和地諒解因工作辛勞而變得陰鬱／兩眼無神且苦著臉孔的移民局官員[12]

有人指出，梁「借著對一枚在旅途中得到的苦瓜的溫柔描繪，引領我們反思人際關係的脆弱，種種分離與團聚，以及為了再遇而必須跨越的界限。」[13]這顯然是皮相之見。還有人發現，此詩迴響著類似余光中〈白玉苦瓜〉的「國家政治情結」以及「國家機器對

---

[12] 梁秉鈞：〈帶一枚苦瓜旅行〉，*Travelling with a Bitter Melon*, p.266-268.
[13] 桑德林：〈評「帶一枚苦瓜旅行」〉，收入陳素怡主編：《僭越的夜行：梁秉鈞新詩作品評論資料彙編》下卷（香港：文化工房，2012年），頁610-611。

抗造成的愛國尋根之情」[14]——這言之有理，惜乎未有深入。準確地說，臺灣的白玉苦瓜形貌獨特，與大陸苦瓜迥然不同，這隱喻1949年大陸變色，大批中國人移居臺灣，兩岸分治，形塑不同身分認同。「白玉苦瓜」由於氣候、環境、水土的原因，長成獨特的白色，不同於常見的綠色，這種獨特的形象遭到外人的普遍誤解。顯然，這不但隱喻臺灣的特殊身分及其與中國內地的差異，還暗示著兩者因為具有相似性——「中華民國」的英文是R.O.C.，「中華人民共和國」的英文是P. R. C.，兩者的拼寫近似——而在國際社會遭遇尷尬（「曖昧的護照，等著翻出麻煩」）。這首詩寫於1998年6月的柏林。當時，蘇聯和東歐劇變，東西德已經統一，冷戰大幕至此落下，香港終結了英國殖民管控而回歸中國，瞻望「九七」之後的情景，港人焦慮不安。那麼，臺灣的前途又會怎樣？這個島嶼經過荷西殖民、清廷割臺、日據時期、國民政府接管、本土派崛起，真是歷盡滄桑（「背著沉重的過去」），目前它該如何擺放自己在國際政治格局中的位置？梁氏由白玉苦瓜憶念臺灣友人，感慨欷歔，同病相憐。接下來，詩人對白玉苦瓜之身世與心態，展開一連串充滿憐愛的質詢——

> 我吃過苦瓜才上飛機／為什麼它又長途跋涉來到我的桌上／是它想跟我說別離之苦？失意之苦？／它的身體長出了腫瘤？它的臉孔／在孤獨中長出了皺紋了？／老是睡得不好，老在凌晨時分醒來／睜著眼睛等到天亮？在那水紋一樣的／沉默裡，它說的是疾病之苦？／是沒法把破碎的歷史拼成完整？／是被陌生人誤解了，被錯置／在一個敵意的世界之苦？[15]

---

[14] 江濤：〈「在一枚苦瓜上歌頌肉體」〉，收入陳素怡主編：《僭越的夜行：梁秉鈞新詩作品評論資料彙編》上卷（香港：文化工房，2012年），頁152-153。

[15] 梁秉鈞：〈帶一枚苦瓜旅行〉，收入 *Travelling with a Bitter Melon*，頁268。

這段內心獨白移情體驗苦瓜的種種複雜的感受：別離、失意、孤獨、沉默，甚至失眠、衰老和疾病，這象徵離散族群的痛苦與無奈，他們放逐原鄉，永絕家園，無力把「歷史的碎片」拚湊成完整的文化寓言，而且處處遭到陌生人的誤解，被錯置在一個充滿敵意的世界上，需要重塑身分認同。在這首詩的結尾，「我」擺放杯盞，隔著汪洋大海，默默寄語臺灣友人：面對人世間的種種缺憾，「白玉苦瓜」就像一位超然物外的智慧老人，它洞若觀火，心知肚明。

二、亞洲想像與革命敘事

（一）「亞洲的滋味」：從國族拯救食物？

　　無論從歷史來看還是從現實而言，「亞洲」都是一個相對於歐洲而言的獨特存在。汪暉指出，亞洲不是一個亞洲的觀念而是一個歐洲的觀念：「在近代歐洲思想中，亞洲概念始終與疆域遼闊、民族複雜的帝國體制密切相關，而這一體制的對立面是希臘共和制、歐洲君主國家──在19世紀的民族主義浪潮中，共和制或封建君主國家都是作為民族－國家的前身而存在的，也是作為區別於任何其他地區的政治形式而存在的。」[16]帝國主義、殖民主義乃是近代世界歷史的基本構造，在上述歷史條件下，「亞洲」在歐洲殖民者的凝視下凸顯了自身的特殊性，宗主國根據東方主義思維把自己的殖民統治合法化了。時至今日，當人們談論亞洲的時候，首先想到的是廣袤無垠的地理空間、漫長殘酷的殖民統治、多樣性的文化實踐，以及動盪黑暗的政治秩序。

　　梁的飲食書寫不但涉及香港文化和離散族群，而且指向亞洲之地緣政治和歷史記憶。梁的四本詩集《游離的詩》、《東西》、

---

[16] 汪暉：〈亞洲想像的政治〉，收入汪暉：《去政治化的政治》（北京：生活・讀書・新知三聯書店，2008年），頁413。

《蔬菜的政治》、《普羅旺斯的漢詩》都有關於亞洲食物的篇章，不妨一併討論之。這些詩吟詠新加坡的海南雞飯，香港的盆菜、菜乾、金必多湯，越南的釀田螺，寮國的菜肉飯，泰國的冬蔭功湯，印尼的雅加達黃飯，馬來西亞的椰漿飯，韓國的石鍋拌飯和新濾酒，日本的湯豆腐、京漬物、鮟鱇魚鍋，在在活色生香，令人食指大動。值得注意的是，梁在與羅貴祥的對話中提及他寫這些詩的時候，沒有特意關注散居各地的中國人，他有意超越中國中心論與民族主義：「我對亞洲文化的興趣，令我想避免純粹由國族主義的角度看問題。」[17]那麼，梁氏是如何訴諸美學修辭，反思亞洲的文化和政治、歷史和現實？在韓國吃榮光黃魚，梁氏產生了如此一番遐想——

> 你看見我／頭顱和尾巴還保留了／可辨認的形狀／還是固執地指向／我想去的方向／／可是我的身體／其實已經歷了多重變故／經歷了海峽鹽風的吹刮／經歷了刀剁的錯亂經歷了骨肉的分離／棒打的傷痛／經歷了暗室的囚禁／經歷了自由的喜悅／／所以我的身體特別甜美／請耐心咀嚼／你嘗到了嗎？[18]

　　黃魚產地在著名的韓國城市「光州」，這個地名喚起滄桑悠久的歷史記憶：「冷戰」政治造成的南北韓對峙（「骨肉的分離」），淪為日本殖民地和1950年代的「朝鮮戰爭」（「刀剁的錯亂」，「海峽鹽風的吹刮」），政治強人全斗煥一手製造的「光州事件」（「棒打的傷痛」，「暗室的囚禁」），以及軍事獨裁終結

---

[17] 梁秉鈞：《蔬菜的政治》（香港：牛津大學出版社，2006年）附錄〈羅貴祥、梁秉鈞對談〉，頁136。

[18] 梁秉鈞：〈在光州吃榮光黃魚〉，收入梁秉鈞：《普羅旺斯的漢詩》（香港：牛津大學出版社，2012年），頁93。

之後，韓國走上民主化道路（「自由的喜悅」）。詩人化身為一尾黃魚，從「物」的角度入手，採用內心獨白的方式，見證韓國人在百年歷史中的痛苦和喜悅。梁的某些詩抨擊帝國主義對亞洲的殖民管控。〈印尼飯〉寫他旅居柏林期間，在一間亞洲餐館吃印尼飯。他首先從香料生發聯想：印尼的藍天綠樹、海洋小島、火山、氣候、殖民歷史、香料流傳。接著，詩人從餐館的壁畫想起印尼的稻米栽培以及相關的神話傳說，感慨「白米煮成的白飯平復所有的辛酸」。但是，異國風情被突如其來的新聞報導打碎了，一種深刻的浪漫反諷於焉出現——

> 坐在柏林這亞洲飯館裡／像昔日傳來香料／傳來今日新聞／美麗的島上／發生了醜惡的事情／扭曲的政治爆發了惡行／健康的身體／竟有猙獰的面目／早已不能和諧共處／只是在絕境裡相煎／／你吃一口飯／夾一箸菜／香料好像變了味／變酸了變苦了／焦黑的一團什麼？／為什麼會變成這樣？／你停下筷子／吃不下去／你擔心／熨帖一切的白飯也不能治療這種創傷[19]

　　白米和香料是印尼人日常生活中最普通的食物，這些東西在歷史上吸引了英國、荷蘭等帝國主義國家接踵而至，進行了長達數百年的殖民墾拓，香料貿易逐漸形成海上和陸地上的運輸線，由此流傳到西方世界，促進東西方之間的文化交流。[20]但是，獨立後的印尼沒有妥善好處理國內的種族矛盾，反而有意地把種族主義制度化了，華人在社會結構中始終處於邊緣位置，成為歷次暴力衝突的犧

---

[19] 梁秉鈞：〈印尼飯〉，收入梁秉鈞：《東西》，頁20-21。
[20] 多爾比著，李蔚紅譯：《危險的味道，香料的歷史》（天津：百花文藝出版社，2004年）。

牲品。1998年爆發的大規模排華騷亂震驚了全世界，身在柏林的梁秉鈞消息得知後，滿懷悲愴，食不甘味。這正是〈印尼飯〉的寫作背景。這首詩採取生態人類學的角度，再現食物與情感欲望、權力結構、跨文化交流、族群政治之間的複雜互動。關於這點，梁氏有如下自述：「表面上看來，大家都有米飯和香料，但當我們細看，會嗅到香料中各種社會混論背後的尖銳痛楚，顏色裡見出了帝國主義及殖民主義遺留下來的各種酸甜苦辣；米飯則似是人民每天承受的苦難的安慰。香料和米飯，也是圖畫與音樂、意象與敘事。遮掩的面具與底下埋藏、扭曲的身分。」[21]與〈印尼飯〉存在互文性的，還有梁在2002年寫的〈耶加達黃飯〉以及在2004年寫的〈亞洲的滋味〉。後一首詩以哀矜動人的筆調寫道：收到印尼友人寄來的醃製蒜頭，尚未打開，就傳來印尼大海嘯的消息，「天地不仁，以萬物為芻狗」，他心緒茫茫，感慨繫之。[22]在前一首詩中，他提到中國豆油是印尼菜的主要調料，但這首詩主要是從印尼角度寫作的而不是從中國視點出發的——

> 印度帶來了香料和咖哩／阿拉伯人的串燒變成沙爹／荷蘭人覬覦豆蔻和茴香／中國人背著豆豉和菜籽逃離／豉油遠道而來定居在這裡變甜／餐桌的海岸線上無數小島／大家都沒法把香料殖民／黃薑染黃了我的指頭／香蘭葉總有濃郁的香氣／辣椒火爆拒絕向任何人低頭／火山熔岩那麼熾烈／大海岩層那麼嶙峋，只有——／米飯是我們共同的言語／米飯是我們安慰的母親／米飯包容不同的顏色／米飯熨帖腸胃裡舊日的傷痕[23]

[21] 梁秉鈞：《蔬菜的政治》後記，頁138。
[22] 梁秉鈞：〈亞洲的滋味〉，收入《蔬菜的政治》，頁25。
[23] 梁秉鈞：〈耶加達黃飯〉，收入《蔬菜的政治》，頁21。

此詩凸顯印尼的歷史悠久、種族混雜、文化多元。包括咖哩、豆蔻、茴香、黃薑、香蘭葉、辣椒在內的香料，講述一個與印度人、阿拉伯人、荷蘭人、中國人相關的故事，此即霍爾的國族敘事：「它提供一套故事、形象、地景、腳本、歷史事件、國族符號和儀式，這些代表或再現了給國族賦予意義的共用經驗、悲傷和成功與災難。這些在國族的歷史、文學、媒體和大眾文化中不斷講述和重述。」[24]詩的焦點是香料和米飯，但沒有揮灑民族主義。詩人發現，雖然殖民分子和被殖民者構成權力光譜的兩端，但「香料」超越了種族與國族的宏大敘事，成為所有人共用的日常生活用品和物質文化。印尼的氣候和環境比較惡劣，經常爆發火山、地震和海嘯，對本國人民的生存構成嚴重威脅。但是，「米飯」這種基本的食物卻有溝通階級、收拾人心、包容種族、消除傷痕的不可思議的效果。當然，這裡所謂的「舊日的傷痕」包括1965年和1998年的兩次排華騷亂。因此，梁氏表達一種超越善惡的個人主義人性論，一種「民生的智慧」，消解民族主義和道德尺度，強調人類的物質需求的正當性。這種缺乏英雄維度和崇高感的人性論，實際上是梁氏食饌詩學的中心。關於這點，下文將詳細論析，茲不贅述。

梁氏對「亞洲的滋味」念茲在茲，關心的不只是歷史和政治的議題。〈馬來椰漿飯〉批評馬來西亞的城市化和現代化導致農村耕地銳減，造成城鄉對立和貧富懸殊。[25]〈金必多湯〉諷喻殖民地的商業買辦造成的飲食風尚，歡愓市場邏輯和商業法則導致人們利慾薰心，良善無存。[26]〈二人壽司〉透過食物隱喻盤根錯節、愛恨交加的中日關係：「無數的過去」、「隱藏的苦澀」、「無窮的宿怨」，梁氏認為兩國一衣帶水，但是形同陌路，關係總難

[24] Stuart Hall, "The Question of Cultural Identity," in Stuart Hall, David Held and Tony Mcgrew eds., *Modernity and Its Futures* (Cambridge, U.K.: Polity Press, 1992), pp. 293-295.
[25] 梁秉鈞：〈馬來椰漿飯〉，收入梁秉鈞：《蔬菜的政治》，頁22-23。
[26] 梁秉鈞：〈金必多湯〉，收入梁秉鈞：《蔬菜的政治》，頁36。

熨帖。如果人對食物沒有戀愛的感情，進食只是物質消耗而已。[27]
梁對越南菜「釀田螺」的描寫，在妙趣橫生之外，更有發人深省的
思考——

> 把我從水田撿起／把我拿出來／切碎了／加上冬菇、瘦肉和
> 洋蔥／加上鹽／魚露和胡椒／加上一片奇怪的薑葉／為了再
> 放回去／我原來的殼中／令我更加美味／／把我拿出來／使
> 我遠離了／我的地理和歷史／加上異鄉的顏色／加上外來的
> 滋味／給我增值／付出了昂貴的代價／為了把我放到／我不
> 知道的／將來[28]

　　這首詩以「田螺」的口吻自述一道菜餚的製作過程，敘述、
獨白和思考貫穿全篇，所有被動的行為都顯示了主體性的喪失。田
螺被人們從水田中撈起來，被迫離開天然的棲息地。不久，它的鮮
肉又被活生生地從硬殼中掏出、剁碎，與上等的食材混雜起來，然
後又被塞回殼中，結果，一個鄉野的原料「增值」成為一道名菜。
結果，田螺滿足了人們的饕餮欲望，自己卻付出了生命的代價。這
其實象徵了殖民地的本土文化的命運：被迫抽離自己的地理和歷史
根源，毫無自由選擇的餘地，被宗主國的強勢文化所掌控和塑造，
表面上摩登光鮮，實際上代價慘重，面臨茫然不可知的未來。這正
是後殖民思想家法農（Frantz Fanon, 1925-1961）批判的那種情形：
「在殖民統治的範圍裡沒有，也不可能有民族文化、民族文化的生
命、文化創新或民族文化的轉變。」[29]

---

[27] 梁秉鈞：〈二人壽司〉，收入 Travelling with a Bitter Melon, pp. 248-249.
[28] 梁秉鈞：〈釀田螺〉，收入梁秉鈞：《蔬菜的政治》，頁16。
[29] 弗朗茲・法農著，萬冰譯：《全世界受苦的人》（南京：譯林出版社，2005年），頁166。

（二）從「臃腫的理想」到「民生的智慧」

梁秉鈞也借著飲食書寫表達自己對冷戰政治和共產主義的思考。從1947開始，以英美為首的資本主義陣營和以蘇聯為首的社會主義陣營，展開曠日持久的政治、軍事、意識形態的對抗，直至1989年的東歐劇變，1991年的蘇聯解體，終於宣告「冷戰」（The Cold War）的終結。此後，福山的「歷史終結論」，杭廷頓的「文明衝突論」先後出籠，成為國際政治領域中最有影響力的論述。從地理疆界看，香港與中國大陸毗連，發生在神州大地上的激進運動不免波及香港的日常生活。1960年代，香港左翼勢力蓬勃，他們受到「文化大革命」的影響，在1967年5月發動臭名昭著的「六七暴動」，由最初的罷工示威，演變為針對港府的恐怖襲擊和大規模的社會騷亂。[30]梁氏當年才十八、九歲，生活在彼時的香港，對這個暴力事件不會陌生。我們通讀其大部分著作，發現他的自由主義立場非常強烈，對左翼思潮和社會主義的評價，常常是流行的負面看法。

1989年，波蘭長期執政的統一工人黨被剝奪領導地位，次年，多黨制出現了，波蘭成為東歐社會主義陣營發生劇變的「領頭羊」。三年後，梁秉鈞訪問波蘭，發現物價飛漲，通貨膨脹，在國營酒店的沉沉欲墜的帷幕後面，似乎有幢幢的歷史魅影，於是他好奇地思考：政治的轉折是否會改變「食物」的味道呢？[31]1997年，在柏林牆坍塌若干年後，梁秉鈞訪問德國，參加學術圓桌會，受德國朋友的殷勤招待，他品味不同滋味的啤酒後，對德國的政治轉型、對全球社會主義產生了一些看法——

---

[30] 張家偉：《六七暴動：香港戰後歷史的分水嶺》（香港：香港大學出版社，2012年）。

[31] 梁秉鈞：〈一所波蘭餐館〉，收入 Travelling with a Bitter Melon, pp.196-197.

看襤褸的人走過眼前撿拾破爛／在歷史的廢墟裡舉杯／那種
微微苦澀的味道／／在全個城市最龐大的建築地盤／豎起新
的商標，高科技的展覽場內／預言著不知怎樣的明天／／不
斷在尋找，不斷在試味／／這一杯太濃了，那一杯太淡了／
這一杯的酸味答允你有甘甜／不同的酵母和小麥，配合不同
的礦泉／各以獨特的方式釀製／含有更多或更少的槐花／／
不斷爭論，不斷調整／這一杯是歷史的辛辣，這一杯是／
人情的溫和，這一杯是／公眾空間裡公民圍坐談天的共識／
／需要時間、耐性、好意／無數失敗了再嘗試的配方[32]

　　全球社會主義運動變成一堆廢墟，兩德統一後面臨經濟難題，
貧困人口不斷攀升，城市建設和高科技展廳的前途難以預測。針對
理想社會制度的設計，人們在不斷尋找、嘗試、爭論和調整。值得
欣慰的是，噩夢般的歷史終於掀開了新頁，人們告別「歷史的辛
辣」，迎來「人情的溫和」，專斷的意識形態和極權政治消逝了，
市民們熱情參與公共領域，取得許多共識。在這裡，「酒味」的濃
淡酸甜的嘗試，不同釀製方式的選擇，暗示民主政治和多元文化，
隱喻政治治理和制度選擇沒有絕對正確的配方，人們不應該屈從於
歷史必然性的鐵律，應該邁向開放、包容、實驗性的方向。

　　〈年娜的茄子〉寫於2006年，梁氏當時在法國的沙可慈修道院
擔任駐院作家。有一次，他受到法國友人「年娜」的款待，有感而
發，寫下這首詩[33]。茄子魚子醬的烹飪者年娜，是一名年長的法國
女性，父母曾在東歐流離失所，親人在愛沙尼亞備嘗辛酸。後來，
年娜篤信共產主義，在1970年代與全家短暫移居俄國，後來理想幻
滅了，她們離開了俄國。在1980年代，年娜親身見證蘇東劇變後

[32]　梁秉鈞：〈柏林的啤酒〉，收入 Travelling with a Bitter Melon, p.228.
[33]　梁秉鈞：〈年娜的茄子〉，收入梁秉鈞：《普羅旺斯的漢詩》，頁13-14。

的政治動盪，她在1990年代重訪俄國，在她曾經待過的「公社農場」憑弔往事。「茄子」這個平淡的食物意象連貫了不同歷史時空中的人物與事件，其中有家族身世和個人記憶，有人倫親情和青春熱血，有政治變革和社會動盪。在梁秉鈞眼裡，茄子的龐大體型令人想起蘇聯的公社農莊，它是共產主義之「臃腫的理想」的象徵符號。這段人生經驗中的嚮往與愛恨，不會輕易消失，它層層累積在日常生活的食物中，一旦遇到合適的場合，就從記憶深處奔湧而出。

〈在巴黎「中國俱樂部」吃毛沙拉〉[34]寫於2000年，梁氏即景抒情，借題發揮，以戲謔反諷的調子，解構革命神話。抒情自我從沙拉的奇怪名字，聯想到毛澤東和胡志明等亞洲革命領袖：「沙拉為什麼姓毛？／西芹和鳳梨味道不錯／卻與紅蘿蔔一同認錯族譜／更像胡志明領導的革命／不似長征的口糧／也沒有湖南臘肉／你可肯定其他作料／不都是帶著腦袋逃亡了？」法國在1968年掀起左翼社會運動的高潮，不久後席捲歐美，對全球資本主義體系的反叛，對平等政治和尊嚴政治的追尋，據說是這個運動的宗旨之一。[35]致敬「毛主義」可能是「毛沙拉」這道名菜的起源，只是當年的革命理想如今已淪為消費主義時尚。發生在1789年的法國大革命曾經在世界歷史上產生了深遠影響。中國曾經是世界革命的中心地帶，尤其是在1970年代，「國家要獨立，民族要解放，人民要革命」成為不可遏制的歷史洪流。梁有意對這道菜開玩笑，表面上是對「本真性」（authenticity）的追問，背後是對中國革命的懷疑、挪揄和否定，這是晚期資本主義文化空間中的流行論調。「毛沙拉」變成一個擺放在錯誤時間、錯誤空間中的無根存在，對中國食客喚不回失

---

[34] 梁秉鈞：〈在巴黎「中國俱樂部」吃毛沙拉〉，收入梁秉鈞：《東西》，頁88-89。

[35] 參看夸特羅其・奈仁著，趙剛譯：《法國1968：終結的開始》（北京：生活・讀書・新知三聯書店，2001年）；馬克・科蘭斯基著，程洪波等譯：《1968：撞擊世界的年代》（北京：生活・讀書・新知三聯書店，2009年）。

落的親密經驗，但是對西方食客成了有趣的異國情調。「中國俱樂部」是餐館的名字，詩人吃驚地發現，中國悠久的歷史傳統、多樣化的文化實踐和豐富的政治價值，都被完全抽空了，變成由市場邏輯和商業法則支配的消費主義時尚。那麼，梁的看法、立場和態度又是如何呢——

> 中國不過是月分牌上的旗袍／你我輕易變成了自行車的擺設／火柴盒上有愛人的瞳孔／虛榮華服與茶蒂組織俱樂部／流血流淚或是傾倒醬油／激情與熱血已不令人信服／蔥蒜經歷流亡與豉椒重逢／耳邊盡有說不盡的話

「旗袍」、「自行車」、「火柴盒」等物品，被認為是神祕的中國文化的象徵，「中國」在這裡被異國情調化了，落入西方人的東方主義想像。不過，這不是此詩的重點。梁認為，中國革命是空洞無意義的過眼雲煙，民族主義沒有價值，家常的物質生活（蔥、蒜、豆豉、辣椒）雖然平淡瑣碎，卻足以抵抗歷史劫灰。二十世紀的革命歷史喪失了英雄維度和崇高感，暴露出虛浮不實的本相。只有個人主義的生活態度，只有品嘗無盡的人間好滋味，才是浮生值得留戀的地方。這正如周蕾的觀察，梁詩「不熱衷於輝煌的英雄故事、堂皇的文字和片語，它們總是透過省略梁氏最感興趣的細節和片段，把歷史鑄成紀念碑。」[36]然而，這種意識形態的癥結何在呢？以下會有進一步分析。

〈蕁麻菜湯〉寫於1999年，梁氏從柏林的一道菜餚帶出德國人的創傷記憶——

---

[36] 周蕾：〈一種食事的倫理觀〉，香港《作家》第15期（2002年4月），頁118。

是火燒一般的葉子／曾經灼傷採摘的手掌／是我們戰時的貧
窮／煮成今日的從容／是親人的顛沛流離／煮成懷舊湯羹的
家常／是我們山邊的針葉／煮成今日的甜美／／是切膚的傷
痛／煮成今日的遺忘／是巨大臃腫的理想／煮成粉飾的芥末
／是失愛的苦惱／煮成淡漠的微笑／是狂暴的自棄／煮成瘦
弱的希望／／是我黃竹的鄉下／是你樸素的衣裳／是我們父
母的憂患／是我們兒女的將來／細碎也真細碎／完整也未嘗
不完整／解我們百年的愁／解我們千載的渴／／仍有戰火在
蔓延／仍有誰的姊妹被殺戮／仍有人活在貧窮中／仍有人失
去她的至愛／頹垣廢壁的磚石／上面有難忍的印記／我們可
把一切磨成粉末／煮成一鍋鮮綠的濃湯？[37]

　　蕁麻乃多年生草本植物，喜歡山坡、路旁或宅旁的溫濕環境，
莖葉上的蜇毛有毒，人一旦碰觸之，即引起皮膚刺疼、搔癢、燒
傷、紅腫等後果。蕁麻除了經濟價值和藥用價值外，又因富含蛋
白質、膳食纖維、胡蘿蔔素、維生素C，具有可觀的膳食營養，可
加工成各種菜餚，在歐洲國家有廣闊市場。[38]「蕁麻菜湯」在柏林
頗為流行，起源於二戰期間，在這首詩中是核心意象，詩人從近
距離觀察蕁麻菜湯，從長時段思考德國的過去、現在和未來。詩
的第一、二節出現兩組對比，涉及三個歷史階段的生活世界。在
第一節，是戰爭年代與和平年代的對比：一端是往昔生活的貧窮無
望、顛沛流離，另一端是如今的從容、甜美、懷舊的居家生活。在
第二節，是冷戰年代與後冷戰年代的對比：前者是社會主義國家東
德的烏托邦理想，造成民眾的切膚的傷痛、失愛的苦惱、狂暴的自
棄；後者是柏林牆倒塌、兩德統一的十年後，國人對歷史創傷的逐

---

[37]　梁秉鈞：〈蕁麻菜湯〉，收入梁秉鈞：《東西》，頁54-55。
[38]　參看百度百科上關於蕁麻的介紹（http://baike.baidu.com/view/49057.htm）。

漸遺忘，過著平淡自由的日常生活，對於不可知的未來懷著微弱的希望。梁氏以「巨大臃腫的理想」對比「粉飾的芥末」，有多重反諷寓意：這是政治意識形態與日常生活的對照，暗示前者的脆弱如同渺小的芥末，更隱喻前者的「灰飛煙滅」的下場。香港文化批評家阿巴斯以〈木瓜〉為例，說明梁詩讓「物」直接說話而無須扭曲語言，製造大量的歷史反諷（historical irony）。[39]實際上，〈蕁麻菜湯〉亦可作如是觀。這首詩再次流露出梁的頑強看法：共產主義意識形態，雖然臃腫龐大，但是短暫脆弱，不可依靠，比不上「民生的智慧」來得長久堅固。這首詩的第三節轉換視角，從倫常日用的角度敘寫蕁麻與人類的情感欲望、生活世界的關係。由蕁麻葉做成的菜湯是貧苦人家的食物，喚起「我」在香港黃竹坑的童年記憶（「黃竹的鄉下」）；蕁麻莖杆中的纖維可以做成粗糙的布匹（「樸素的衣裳」），支撐人們的日常生活。這些細碎的衣食需求，帶出父母的望子成龍的心態，以及對家庭團圓的憧憬，這正是華人社會千百年來的期待。詩的最後一節，由個人所處的和平年代和安穩生活，想到世上仍然有人生活在戰爭、貧困、親情撕裂的陰影中，無法享有蕁麻菜湯這種基本的物質生活。因此，抒情自我發出人道主義的質詢：人們可否把各種痛苦不幸磨成粉末，煮成一鍋鮮綠的濃湯，撫慰破碎的身心，瞻望幸福的願景？阿帕度萊從文化視野思索「物的社會生命」，在地毯、布匹等物質文化的生產、流通和消費中揭示物的文化傳記和價值政治。[40]這首詩從蕁麻菜湯入手，抒寫身世遭遇和文化政治，詩人的思緒在過去、現在、未來之間自由穿梭，從戰爭到和平，從冷戰到後冷戰，由個人記憶到族群命運，由日常生活到家國政治，由歐洲歷史到華人世界，由物質屬

---

[39] Ackbar Abbas, *Hong Kong: Culture and the Politics of Disappearance* (Hong Kong: Hong Kong University Press, 1997), p.134.

[40] Arjun Appadurai ed., *The Social Life of Things: Commodities in Cultural Perspective* (Cambridge, U.K.: Cambridge University Press, 1988).

性到情感欲望，虛實交錯，具體而微，實實在在地寫出了「歷史的分量」。

對「民生智慧」的讚美，不無庸俗的氣味，構成了梁的食饌詩學的一大亮點。這方面的代表作還有〈在峰景酒店〉。[41]在澳門回歸前的峰景酒店，詩人回顧個人記憶，留戀眼前的美景和食物，擔心這一切不久就會消逝於無形。詩歌穿插了澳門當地年長者的懷舊情緒，以及太平洋戰爭的歷史記憶，但是，沉重的歷史抵不過好萊塢的災難片。詩人感歎：政權輪替，翻雲覆雨，世界如戲臺，誰才是這齣戲的真正主角？「我們」（香港人和澳門人）老是在歷史場景裡充當臨時演員，這片土地經常變換它的主人。詩人發現，儘管殖民地風雲變幻，但是「民生的智慧總不會輕易消失」，百姓的日常生活總會繼續進行，「巴西的紅豆煮肉、莫三比克的椰汁墨魚／到頭來還是它們留下來，伴著桌上／一種從甘蔗調製成的飲品」。這裡流露出對王朝興衰、國家治亂的厭倦，一種個人主義生活趣味的耽溺，一種「去政治化」的寫作姿態──這又何嘗不是一種唯美的傑作、頹廢的情調、市民的趣味呢？梁對革命政治、社會主義的消極態度，他的淡漠超然的家國觀念，深刻投射出於他身處殖民地香港之歷史情境中所形成的「位置性」（positionality）。一位香港學者分析過這種心態之歷史成因──

> 我們的集體記憶所指的是安德森（Benedict Anderson）講的
> 「想像社群」，其歷史文化的功效在於，從1949至1984年的
> 三十五年期間，為殖民地人民提供了一個有全面機制的想像
> 空間，讓他們建構一種真正家園的感覺。香港人這種錯置的
> （想像的）認同過程，乃扎根於1950年代過渡期以來不斷翻

---

[41] 梁秉鈞：〈在峰景酒店〉，收入梁秉鈞：《東西》，頁42-44。

新而多番錯置的歷史環境。重要的是，我們的社會想像便這樣地在跌撞中給建構成否定「國家性」為文化政治生活主體的合法價值制約。[42]

　　梁氏如此沉湎於食物的文化屬性，如此看重日常生活的價值，這種思想意識牢牢植根於（後）殖民地香港的歷史情境。而且，否定國家意識形態是包括梁氏在內的許多香港作家的共識，這形成了他們在文藝理念上的「香港特質」。可以想見，當梁氏果斷解構了國族主義的宏大敘事，那麼，剩下來的只有具體實在的物質生活了。套用杜贊奇的說法，梁氏這個寫作策略，或可名之為「從國族拯救食物」（rescuing food from the nation）[43]。不過話又說回來，雖然香港歷史情境中的「位置性」是梁氏思想立場的根源，但是，我們要想真正理解中國革命的內在邏輯及其政治價值，就必須把自己從這種自由主義意識形態中解放出來，超越「凡是存在的都是合理的」這種庸俗黑格爾主義，盡量貼近歷史現場，針對「革命」這個理論問題展開批評和辯難，如此才有可能獲得生產性的、創造性的見解。

三、文化交往與認同政治

　　論及梁氏的飲食書寫，文化批評家周蕾敏銳地發現：「在梁的詩中，物質的實際存在和中心性成了老生常談（commonplace）與共處（common place）的共同表達：『常談』之義包括陳腔濫調、平庸、乏善可陳而率直地存在的對象；『共處』之義則指一個人與

---

[42] 王宏志 李小良 陳清僑：《否想香港：歷史、文化、未來》（臺北：麥田出版社，1997年），頁273-274。

[43] Prasenjit Duara, *Rescuing History from the Nation: Questioning Narratives of Modern China* (Chicago, Ill.: The University of Chicago Press, 1995).

人相遇，物與物交接，一個互動性和相向性被積極地重新創造的場地。正如梁在他一本散文集《書與城市》中所提及，他最關注的題目是不同文化之間的關係。」[44]易言之，通過銘刻飲食的物質符號與象徵寓意，梁氏針對文化議題展開深入思考，其中包括：跨文化交往的原則、香港的身分認同與文化政治、全球城市與文化混雜。

（一）跨文化對話與文化認同

　　文化交往和跨文化對話是人類歷史的常態，在全球化時代更是無處無之。如何在自我意識中斡旋關於他者的知識，達到對於對象的深刻理解，是一個闡釋學的問題。梁如何看待這個問題？他說自己曾有遠行歐美的經驗，「來往之間，特別感到游離不定，在不同文化中間遊走，有時也可以幫助自己調整不少成見，回到居住的地方，想從文化參差的比較想下去。」[45]在詩集《東西》後記中，他有如下見解——

> 當我們嘗試用另一種文化能夠接受的觀念去解釋自己，我們
> 可又擔心會失去了原來的具體樣貌，原來的文化意蘊。……
> （省略號為引者所加）我們今天很難再只是簡化地說西方打
> 量東方、用陳腔濫調把對方歪曲定型；東方同樣也在用既定
> 的目光端詳西方，用自己的偏見為對方造像呢！我們只能在
> 種種偏執的夾縫裡，感到荒謬之餘也試找一些空間，試去發
> 現其他種種可能的看法與關係。我們固然看到，像在德國波
> 茨坦無憂公園所見，西方傳統上有不少臆想製造出來的中國
> 茶室，有時有些猜想和誤讀也未嘗沒有帶來一些有創意的想

---

[44] 周蕾：〈香港及香港作家梁秉鈞〉，周蕾：《寫在家國以外》（香港：牛津大學出版社，1995年），頁139-140。

[45] 梁秉鈞：《游離的詩》（香港：牛津大學出版社，2014年），頁148。

法；另一方面中國近百年來對西方的接觸與想像，有時帶來新的視野，有時也帶來自我否定與自我歪曲。

傳統闡釋學家施萊爾‧馬赫、狄爾泰強調闡釋者要超越自身的偏見和曲解，重建文本所暗示的本來的生活世界，以獲得作者的主觀意圖為終極目的。但是，現代闡釋學家伽達默爾則認為，闡釋者和對象一樣具有歷史性，理解不是重建而是調解、是一種包含其自身的闡釋學情景的創造性的過程；因此所謂的「偏見」並非必然是錯誤的或不正確的，並非不可避免地會歪曲真理，它其實為我們整個經驗的能力構造了最初的方向性。[46]梁氏的觀點呼應了伽達默爾的理論，他超越民族主義情操，以平常心打量東西方的文化交往，通達地認為其間總難免有偏見、誤解和臆想之處，西方人的東方主義（Orientalism）想像，以及東方人的西方主義（Occidentalism）[47]理解，正是跨文化對話中的常見現象，也未嘗沒有新的視野和創造性的發現。

梁的〈北京栗子在達達咖啡館〉是一首有寓言意味的詩作。抒情自我置身於瑞士一家展示前衛藝術的咖啡館，觀賞舞臺表演，感歎瑞士人對於中華文化的探訪，只是出於對古老神祕中國的好奇心而已，他們在舞臺上戮力展示的氣功、針灸等表演，變成了滑稽低俗的商業消費活動；梁氏覺得，如果超出表象去觀察真實的中國，那麼，「摸著石頭過河」的改革開放就是一出「實驗劇」，充滿不同利益集團的噪音。准此，眼前這場文化交流的好戲到底有多少成果可言呢？詩的結尾推出一個特寫鏡頭──

---

[46] 伽達默爾著，夏鎮平 宋建平譯：《哲學解釋學》（上海：上海譯文出版社，1994年），頁9。

[47] Edward W. Said, *Orientalism* (New York: Vintage, 1979); Chen Xiaomei, *Occidentalism: A Theory of Counter-Discourse in Post-Mao China* (New York: Oxford University Press, 1995).

> 北京栗子不大喜歡古怪的咖啡店／鮮綠襯得它有點貧血／它在陰影中照相失去焦點／一不留神又不知滾到哪個角落去了／另一方面這些時髦的咖啡店／也沒有善待我們來自農村的同胞／對它的滄桑一點也不感興趣／勢利地嘲笑紆尊降貴地保持沉默／想在它平凡的硬殼上獵奇又宣佈失望／唉呀，文化交流真是不容易的一回事！[48]

　　土氣的「北京栗子」越洋過海，來到瑞士的摩登咖啡館，它與周圍的環境格格不入，外形顯得貧血蒼白，待在陰影中不是眾人注意的焦點，它茫然無措，尷尬失態。市儈的客人們對於歷史滄桑的北京栗子沒有絲毫興趣，有的發出勢利的嘲笑，有的保持高貴的沉默，它平凡的外表也無法激起人們的獵奇衝動。最後，詩人以「卒章顯其志」的方式，感慨文化交流的困難重重，可謂畫龍點睛之筆。

　　文化交流的困難不僅體現在中國和西方之間，即使在來自亞洲國家的族群之間，照樣有交流上的隔閡。〈菜乾湯〉寫於1997年，敘說一群香港人在加拿大唐人街的一個中餐館聚會，他們發現鄰座的一對越南新人正在舉辦婚禮，而「我們」食用了傳統粵菜「菜乾湯」，喚回舊日的集體記憶，想起菜乾的製作、親情的紐帶、個人的離散海外；然後，詩人從散漫的對話和內心獨白中揭示一系列問題——

> 孩子們不欣賞這怪味道／我上次喝菜乾湯——什麼？聽不清楚，／你說什麼？——一定是好多年以前的事了／孩子們沒有黴雨的記憶，不喜歡／晒乾或醃製的蔬菜，他們埋怨／這

---

[48] 梁秉鈞：〈北京栗子在達達咖啡館〉，收入梁秉鈞：《普羅旺斯的漢詩》，頁81-83。

過氣的唐人街酒家，擠滿了亞洲人／吃的東西都太鹹（我該
怎樣解釋菜乾的／來源？怎樣由過去的口味變化到今天？）
／埋怨大廳那兒越南人還在高聲唱歌／教我們沒法交談。
唉，他們好似想保存／過去的生活方式在一個陌生的世界
裡／是一場婚宴啊，好像那麼開心／如果我們聽懂他們的
話，能從佈滿皺紋的嘴角／喧鬧的聲音裡聽懂他們的歌[49]

　　在過氣的唐人街酒家用餐的華族兒童，不喜歡帶有地緣特色
的傳統粵菜「菜乾湯」，也不關心它的身世來歷和口味變化，這暗
示華族文化在現代世界的無可奈何的沒落，以及成年人與兒童之間
的代溝。重要的是，正在進行中的越南人的婚宴儀式，不能引起在
場華人的興趣，他們想在一個陌生世界裡保存過去的生活方式，看
來已經不大可能了。抒情自我感慨的不僅是傳統文化（華人的，越
南人的）在現代世界的衰落，而且還有不同種族之間文化交流的隔
閡。除了華人，在這首詩的第一、二節還出現拿著麥克風高歌的
越南男子、開雜貨店的柬埔寨人、開外賣店的泰國人，這說明溫
哥華是一個「全球城市」（global city）和「離散城市」（diasporic
city）。梁氏的言外之意是：由這些「跨國弱裔」（transnational
minority）維繫的多元文化，不僅需要得到強勢文化和主流文化的
接納，更需要弱勢族群之間的相互溝通、彼此欣賞，這或許正是費
孝通宣導的「和而不同」、「美美與共」的文化態度。
　　梁秉鈞在文化上的看法是辯證的：一方面，他樂觀地相信，文
化交往、跨文化對話難免誤解和隔閡，但仍有必要性和可能性；另
一方面，他批評純粹的、世界性的大同理想，強調諸種文化的歷
史性和差異性，以及認同政治之無所不在。〈青蠔與文化身分〉

---

[49] 梁秉鈞：〈菜乾湯〉，收入 *Travelling with a Bitter Melon*, pp.240-242. 按：此詩重出於梁氏
　　詩集《游離的詩》，頁120-121，篇末注明寫作時間是1994年，字句稍有不同。

寫「我」與友人參加比利時的「國際藝術節」，聽到不同的藝術見解，於是從一道名為「青蠔」的食材，思考「文化身分」的議題——

> 都說青蠔沒有身分的問題，／也許是這樣？在布魯塞爾／我們照樣吃加拿大的青蠔／那位來自大陸的第六代導演老在說／藝術是純粹的、世界性的。東方？／西方？並沒有什麼大不了的分別。／捷克的小說家，他認為，還不是／照樣寫出了法國式的小說！／那青蠔呢？／可我總覺得不是那麼世界性／有些地方養得肥美，有些乾癟／由於營養不良，或是思想過度／不計代價地發展工業的地方／化學肥料流入河裡，令青蠔／變了味道。有些連帶著泥沙／有些盛在銀盆裡，用白酒煮／用豉椒炒，肯定適合不同的口味。／那我們呢／有不同的背景和不同的口味嗎？[50]

　　來自不同產地的青蠔自有不同的形貌，由於不同的烹飪方法，味道迥異，這是青蠔的身分印記。由此類推，不同身世背景的人當然有不同的文化品味。藝術的題材、風格、形式植根於不同的地理、文化、語言的疆界和不斷變化的歷史性，不可能是純粹的、世界性的東西，東西方藝術的差異性是客觀存在的，捷克作家不可能寫出法國小說，世界主義（Cosmopolitanism）是一種幻覺，文化藝術都打上了認同政治的烙印。這首詩還出現一個臺灣藝術家和一名中國第六代導演，前者幻想自己是日本人或者比利時人，後者貶低文化身分是老套問題，認同「宇宙性」的說法。梁氏語帶嘲諷地

---

[50] 梁秉鈞：〈青蠔與文化身分——送給鴻鴻，紀念同遊的日子〉，收入梁秉鈞：《游離的詩》，頁107-108。此詩被收入 *Travelling with a Bitter Melon*, pp.232-234，內容相同，沒有副標題，寫作時間是1997年。

指出——

> 可是宇宙裡／老是有不同的青蠔哩，帶著／或窄或寬的殼，
> 陳列在雪上／適合不同的遊客品嘗。我們一樣嗎？／捷克的
> 小說家其實並沒有，我認為，／寫法國式的小說。中國的青
> 蠔離了隊／千里迢迢之外，還是不自覺地流露了／浸染牠成
> 長的湖泊。青蠔有牠的歷史／並沒有純粹抽象的青蠔

　　這首詩有較多的知識化、概念化的痕跡，但是仍然有吸引人
的地方。這裡採用音樂中的重複結構，從不同青蠔的事實性重申文
化藝術的歷史性，認為那種超越歷史限定性的純粹抽象的東西，根
本不存在。梁秉鈞發現，弔詭的是，在那名第六代導演追求虛妄的
「宇宙性」的姿態背後，正是一種流行於開發中國家的根深蒂固的
西方主義，一種自我殖民化的話語實踐，如是而已——在這裡，梁
氏解構膚淺偏執的現代性、全球化和普遍主義意識形態，顯示了他
對文化政治的深刻洞察力。

（二）香港時空、混雜文化、「九七大限」

　　1949年，梁秉鈞出生於中國廣東，四歲喪父，由母親獨立撫
養其長大，童年時移居香港，在那裡長大成人。香港是他終生
廝守的家園，借用人文地理學家段義孚的術語，梁的大宗作品
顯示他對香港的「地方感」（the sense of place）或「地方之愛」
（topophilia）。[51]文化人類學家蕭鳳霞指出：「在某種意義上，香
港處在帝國的邊緣實乃幸運之事。儘管空間狹窄，但是香港的居

---

[51]　Yi-Fu Tuan, *Space and Place: The Perspective of Experience* (Minneapolis: University of Minnesota Press, 1977); Yi-Fu Tuan, *Topophilia: A Study of Environmental Perception, Attitudes and Values* (New York: Columbia University Press, 1990).

民、移民和本地人集體創造了一些非凡的文化和政治空間，在那裡他們可以選擇和實施他們覺得最有意義的方案。」[52]關於香港，人們往往持有物質主義、消費主義的刻板印象，與此聯繫的是華麗、奢侈、揮霍、浪費、炫耀、墮落。然而，梁氏「教導我們在日常、卑微的、散文化的事物中挖掘寶藏的各種方法」（周蕾）。進而言之，香港的人文地理、個人記憶與文化認同，經常是他思考和書寫的主題。梁氏提到他計畫在1992年初，編成一冊以《家》為名的詩集，是從「家事」開始，經歷離家的歐美經驗，再帶著不同目光回看家事，但是詩集沒有出版，他得出的結論是：「離家不一定是出門，是離開了熟悉的脈絡、彼此有共識的觀點、可以歸類的範圍。」[53]

關於香港的文化空間，梁指出，「香港文化的特色，見諸文化空間的混雜變幻。」[54]在1995年前，他對香港的文化空間憂心忡忡，因為他發現這是「一個混雜、擠迫而又危險的空間」，這開放空間會輕易失去，他不確定是否可以讓它成為一個創造、友善、穩定、包容的家園。他在隨筆〈無家的詩與攝影〉中針對香港身分表達疑慮。香港是帶有異國情調的亞洲殖民地城市，華洋雜處，文化多元，是中西古今的碰撞雜糅，時間與空間的混雜激起人的懷舊衝動，因此這種曖昧的文化認同產生了奇特的魅力——

> 那些遙遠的空間也帶來遙遠的時間：舊日的殖民地、殖民者記憶中永遠的剎那、世紀末的頹廢、邊緣性的面對巨變的時空。總是異國的情調……時間也可以說是懷舊的過去……（省略號為引者所加）危機與玩笑、頹廢的縱情與健康食

---

[52] Helen F. Siu, "Hong Kong: Cultural Kaleidoscope on a World Landscape," 收入潘毅 余麗文主編：《書寫城市：香港的身分與文化》（香港：牛津大學出版社，2003年），頁131。

[53] 梁秉鈞：《游離的詩》後記，頁147。

[54] 梁秉鈞：《游離的詩》後記，頁145。

物、古往今來的中外不同的時空，好似毫無禁忌地擠在一起。它有趣的地方，正是世界與本土相遇，義大利餐廳旁有日本小吃、酒吧隔鄰賣魚腩粥，在最不是香港的地方，香港的現實又在街頭巷尾浮現出來。香港是什麼也不是那麼容易界定。古董商在櫥窗放滿秦俑或唐三彩瓷馬招徠顧客。外來的遊客呢，不管長居短處，也總在這裡找到摹擬的家鄉。好奇的年輕人在這裡一瞥西方的潮流，回港的留學生在這裡回憶外國生活。[55]

　　這表現的就是班雅明說明的「文化翻譯」（cultural translation）的現象。文化翻譯否認先前給定的原初文化的本質主義，認為所有形式的文化不斷處於「混雜」（hybrid）的過程，文化混雜產生新的無法辨識的不同的東西，一個意義和表述協商的新領域。[56]陳清僑指出，香港的殖民狀況特殊，使得香港人被兩種敵對的權力關係所圍困：一方面是中國固有的文化霸權（透過家族、民族等社會性、論述性的文化網路而傳播），另一方面是英國殖民統治（透過官僚制度、教育和連串國家統治本位的後來所謂「不干預的」市場及文化政策而有效地運作）。香港城市的成長和香港人的生活都是通過上述兩種對立的身分生產過程而制定的，歷史早已把身分認同的「混雜性」植根於人們的社會想像中。因此，香港處於不知的未來和暫見的穩定之間，於是成為一個「恆常過渡的家園」。[57]梁氏強調，香港文化混雜性不可套用中／西、傳統／現代、本土／世界的二元標籤。梁在1998年訪問柏林，獲得觀察東西方文化的契機，感到文化混雜的無所不在：「由於身處西方回看東

---

[55]　梁秉鈞：《游離的詩》附錄〈無家的詩與攝影〉，頁137。
[56]　Homi Bhabha, "The Third Space: Interview with Homi Bhabha," in Jonathan Rutherford ed., *Identity: Community, Culture, Difference* (London: Lawrence & Wishart Limited, 1990), pp.209-211.
[57]　王宏志 李小良 陳清僑：《否想香港：歷史、文化、未來》，頁270。

方，中間又有機會往返東京的詩會和香港的會議，特別敏感地覺著了東西方種種相同與相異、以及相遇後的混雜與歧生。我逐漸發覺不是有一個西方與東方，而是有許許多多互相混雜產生的東西。」[58]實際上，梁氏對香港文化問題的思考，也集中體現在他的食饌詩學中。〈鴛鴦〉從香港的一種日常飲料寫起，深刻揭示背後的象徵寓意——

> 五種不同的茶葉沖出了／香濃的奶茶，用布袋／或傳說中的絲襪溫柔包容混雜／沖水倒進另一個茶壺，經歷時間的長短／影響了茶葉的濃淡，這分寸／還能掌握得好嗎？若果把奶茶／／混進另一杯咖啡？那濃烈的飲料／可會壓倒性的，抹殺了對方？／還是保留另外一種味道：街頭的大排檔／從日常的爐灶上累積情理與世故／混和了日常的八卦與通達，勤奮又帶點／散漫的……那些說不清楚的味道[59]

　　根據作者介紹，這裡的「鴛鴦」並非禽鳥、情侶或者纏綿動人的愛情小說，它指的是香港日常生活中流行的一種飲品，奶茶與咖啡的混合。[60]這裡描繪鴛鴦的製作過程，疑問和假設的口吻暗示某種不確定性，說明這種風味是出於高超手藝，否則就失去了強烈的本土特色。詩人認為，鴛鴦是中西文化相遇的結果，所謂「文化混雜」的結晶。他擔心強勢的殖民文化有壓倒弱勢的中華文化之虞，他批評文化嫁接（acculturation）的暴力，暗示不同文化的和平交往、混雜共生的重要，點出香港之本土文化的特色就是這種混雜性，這是一種具有雙重性的文化認同。

---

[58] 梁秉鈞：〈食物、城市、文化——《東西》後記〉，參看梁秉鈞詩集《東西》，頁170。
[59] 梁秉鈞：〈鴛鴦〉，收入 Travelling with a Bitter Melon, p.216.
[60] 梁秉鈞：〈嗜同嘗異——從食物看香港文化〉，參看梁秉鈞：《人間滋味》，頁16。

香港新界最傳統的菜式是「圍村菜」，發明人是那些最早從中國南來的農民，其中最有名的菜色當推逢年過節食用的「盆菜」。這種雜燴菜據說起源於南宋末年，文天祥大軍退守此地，當地農民傾其儲備的食物，臨時雜湊而成[61]。梁的〈香港盆菜〉如下——

> 應該有燒米鴨和煎海蝦放在上位／階級的次序層層分得清楚／撩撥的筷子卻逐漸顛倒了／圍頭五味雞與粗俗的豬皮／狼狽的宋朝將軍兵敗後逃到此地／一個大木盆裡吃漁民儲藏的餘糧／圍坐灘頭進食無複往日的鐘鳴鼎食／遠離京畿的輝煌且試鄉民的野味／／無法虛排在高處只能隨時日的消耗下陷／不管願不願意亦難不蘸底層的顏色／吃久了你無法隔絕北菇與排魷的交流／關係顛倒互相沾染影響了在上的潔癖／誰也無法阻止肉汁自然流下的去向／最底下的蘿蔔以清甜吸收了一切濃香[62]

　　盆菜由眾多的食材層層堆積而成：上層是肉類、海鮮或鮑魚或海參等罕見食材，中層通常是豬肉、乾冬菇等東西，底部是白蘿蔔、豬皮及豆腐等家常食材，貌似等級森嚴，其實賣相可觀，亦符合營養學原理。詩的第一節由食物引出民間傳說，其意並不在於抒發思古之幽情。帝王將相從習慣於鐘鳴鼎食，到離亂生涯中嘗試鄉民的野味，最後產生了大受民眾歡迎的菜餚，這是王綱解紐、禮崩樂壞導致世俗化和平民化現象。第二節提升到文化象徵的層次，暗示打破階級壁壘與地理疆界、展開文化交流的必然性。梁氏認為，中心與邊緣、高蹈與通俗、大傳統與小傳統、都市文化與鄉土文化，兩者不是二元對立、涇渭分明的關係，它們的相互交流和彼此

---

[61] 梁秉鈞：〈嗜同嘗異——從食物看香港文化〉，參看梁秉鈞：《人間滋味》，頁18。
[62] 梁秉鈞：〈香港盆菜〉，收入梁秉鈞：《蔬菜的政治》，頁15。

影響，實乃大勢所趨，就像盆菜中的肉汁由上而下的流向，再也自然不過。在詩集《東西》後記中，梁氏坦承：「《食事地域志》裡寫香港新界圍村節日的〈盆菜〉，這種層層混雜各種肉與菜的食物，也啟發了我用一種拚湊各種不同聲音和觀點的手法，以表達我們對九七的複雜心情。」進而言之，這首詩也可說是關於文化認同的一則形象化證詞。霍爾指出：「像每種歷史性的事物一樣，文化認同經歷了持續的變形。它絕非永遠固定於本質主義化的過去，它受制於歷史、文化和權力的持續不斷的遊戲。」[63]香港盆菜的傳奇身世也正是出於歷史偶然性、政治實踐和社會風俗的互動，梁秉鈞回溯歷史風雲，表達的是一份鎮定、樂觀和從容。

梁秉鈞之飲食書寫中關於香港命運的思考，其實不在少數。他流露的心情除了樂觀坦然和自尊自信之外，也有不難理解的焦慮不安。1995年，香港即將回歸久違的祖國，有人恐懼於「九七大限」，於是移民海外，以求「避禍自保」。針對這種躁動的社會意識和跨境流動的現象，梁氏坦率地說道——

> 也許你會想到我們一些朋友，（其中當然也有詩人），因為覺得香港越來越難安居，不得已移民海外。其實，對於他們和對於我的詩來說，現實的遷徙，在其他文化中安頓，都不是那麼容易的事。如果我覺得家園變成陌生地，那並不表示多有陌生的異鄉都可以輕易變成家園。人的遠適異國，正如詩文之翻譯成另一種語文，都是一個複雜錯綜的過程，冒著喪失自己被吞沒的危險。[64]

---

[63] Stuart Hall, "Cultural Identity and Diaspora," in Jonathan Rutherford ed., *Identity: Community, Culture, Difference*, pp.225-226.

[64] 參看梁秉鈞：《游離的詩》附錄〈無家的詩與攝影〉，頁135。

即使生長於斯的家園也有可能變成「異鄉」，但是，陌生的異鄉也未必能夠輕易變成親切的「家園」，彼時的香港人的心態，游移在家園和異鄉之間，有太多的疑慮、徬徨和無奈。既然對於梁秉鈞來說，「遠適異國」不切實際，不如索性留下來，近距離觀察世事流轉和人心波動。1997年農曆除夕，距離回歸只有半年時間，梁氏寫下一首新詩〈除夕盆菜〉，流露他對於「九七大限」的惶惑與猜疑。這首詩雜糅敘事、描寫、對話和獨白，拚貼猶如萬花筒一般的零碎鏡頭，製造出強烈的「末路狂歡」效果。更為可觀的是，梁氏交錯描繪進食盆菜的過程以及各階層食客的心態，後者包括：官方的安撫和統戰，百姓對經濟危機的憂慮，以及無所不在的疲倦、亢奮和茫然的情緒——

> ……香港協會新界西地區委員會／和航運界舉行除夕餐舞會。慶回歸。／迎九七。錦繡年華。風雲群英會。／排山倒海而來。用計算機算要交的稅。／下月要起租了。總在翻尋不同的東西。不知放到哪裡去。／交通混亂。留下大堆的垃圾。有魚。／有肉。文化打手陰魂未散，又再冒出頭來。／提醒有司小心獨立的腸臟。注意分離和顛覆的骨頭。／溫暖的感覺。「像母親伸出雙手迎接遊子。」／他中氣充足地說。我們也想好好過日子。／一個坐在車廂裡的人。一個走路的人。／一個露宿的人。一個有粉紅色勞斯萊斯和馬桶的。／一個在牆上塗鴉自稱九龍城皇帝的人。手舉起。／筷子舉起在半空。有些說不分明的什麼就在門檻外。[65]

[65] 梁秉鈞：〈除夕盆菜〉，收入 *Travelling with a Bitter Melon*, pp. 222-224.

「九七大限」變成一個流行於香港社會的詛咒和讖語，背後是對民族－國家的深沉的憂懼。那麼，香港作家應該如何去想像一個寬廣開放而又切合實際的願景？香港脫離殖民主義之後，是否仍然回歸民族－國家又重演歷史？李歐梵提出，應該超越這兩種二十世紀的模式，走向一個二十一世紀的國際化道路，不僅是後資本主義時代的跨國公司和國際市場之類的經濟說法，而應該追求全球城市中的多元文化主義模式。他認為，這些國際化大都市有多元語言和文化，社會流動性極大，形成多種認同；配合著商品流通、消費文化、多媒體等生活形式，具有挑戰和超越傳統民族－國家的可能性。[66]顯而易見，這些有關文化設想補充和發展了梁秉鈞等文藝家的思想認識。

結語：食物的文化傳記

　　在詩文集《食事風景》中，梁秉鈞把自己對食物的態度和盤托出：「食物是最樸素也最豐富的語言……我喜歡食物，相信通過食物有助我們瞭解自己和他人的文化。」[67]大體而言，梁氏食饌詩學的題材有香港、亞洲和世界的脈絡，而且朝向三個層次的辯證對話。其一，透過飲食的命運流轉，講述「離散族群」的身世，卻不鼓吹回歸故國原鄉、中心、起點的文化本質主義，而是對落地生根的生活保持善意的同情心。其二，描繪「亞洲食物」的文化傳記和價值政治，觸及帝國主義和殖民主義議題，但是超越了民族主義的歷史敘事。並且由食物而聯想個人在歷史風暴中的處境，諷喻社會主義運動和革命政治，強調民生智慧對百姓的重要性。其

---

[66] 李歐梵：〈一九九七年後的香港──國際性大都會的臆想〉，收入李歐梵：《尋回香港文化》（香港：牛津大學出版社，2002年），頁184-185。

[67] 蕭欣豪：〈無盡的文學盛宴：也斯跨界的文學視野〉，載香港《香港文學》第340期（2013年4月），頁26。

三，透過食物去深思香港的（後）殖民處境、文化認同、文化混雜性與全球城市的意義。識者以為，「梁氏不單拒絕那種傲慢地不屑以食物入詩的態度，更對食物抱有誠懇的思考，因而最終開啟一個全新領域，以探討食物究何所指此一課題，尤其在後殖民、後現代的香港時空中。」[68]確乎如此。我們從這種食饌詩學中所發現的，不僅有生動有趣的「食物」的文化傳記而且有深邃微妙的「價值政治」，這甚至延續下來，形成梁氏之文學寫作的「晚期風格」（late style）。

但是，閱讀梁氏的食饌詩學，人們在肯定其高才碩學之餘，亦不免產生「審美的疲勞」。當梁氏對飲食文化讚歎不止，解構民族主義和革命敘事，一些問題也隨之出現了。人們不禁對作者的思想立場發出叩問：既然「革命」是二十世紀世界歷史上最重要的社會抗議，既然中國、亞洲、世界都捲入了政治革命、社會革命和文化革命的海洋，既然飲食文化擺脫不了這一意識形態的重重糾纏；那麼，人們該如何去設計新的歷史視野和理論構想，去重新思考二十世紀的全球社會主義實踐和「革命遺產」及其政治價值？既然食物離不開現代民族－國家的地理、政治與文化的制約，那麼，人們應該如何通過食物的眼睛去重新評價「民族主義」及其正面意義？梁氏的詩學，已經碰觸了食饌詩學的文化認同與種族維度（例如與帝國主義、殖民主義有關的那些作品），那麼，蘊含在這種飲食文化中的「階級意識」與「性別政治」，如何在文學想像中得到有效的清理？這不但是梁氏本人無法迴避的問題，而且也是所有香港作家必須面對的問題。

---

[68] 周蕾：《一種食事的倫理觀》，第115頁。

卷四：
跨國現代主義：臺灣現代詩對新加坡的影響

引言：跨國流動現代詩

　　本文旨在透過翔實的文獻述評和細緻的文本分析，考察從1950年代以來臺灣現代詩對新加坡作家的影響，冀能推動當前的新加坡文學研究、臺灣文學研究、全球華語文學研究。

　　新加坡華文文學（簡稱「新華文學」）受到中國「五四」新文學運動的影響，起步於1919年，在新加坡獨立之前，它是「馬來（西）亞華文文學」（簡稱「馬華文學」）的一個分支。1949年，中華人民共和國建立，英國殖民當局為防範共產主義的傳播，禁止中國大陸出版的圖書流通到新加坡和馬來亞，但是臺灣與香港出版的圖書則不受限制。從1950年代開始，新、馬華文作家轉而閱讀從臺灣進口的文學圖書，借鏡其美學觀念和和寫作技巧，因此臺灣文學開始成為新、馬華文作家的重要參照。同時，一部分新、馬華文作家也開始在臺灣報章上發表作品，兩地的文學交流不曾斷絕。進而言之，從1960年代開始，林方、南子、英培安、陳瑞獻、謝清、梁鉞、王潤華、淡瑩、杜南發、蔡深江等新加坡詩人，從臺灣現代詩那裡尋獲創意的源泉，經過個人化改造和創造性轉化，促成新華現代詩的成形和壯大。毫無疑問，臺灣文學的研究已成為大宗；新華文學的研究也有可觀的成果。不過，臺灣現代詩通過哪些管道擴

118　華語文學十五家：審美、政治與文化

散和流傳到新加坡？新加坡詩人如何接受臺灣現代詩的跨國影響？在文學史層面，這種影響究竟產生了怎樣的後果？在全球化後殖民的時代，我們應該如何重新思考現代主義的文化政治？兩國學術界針對這些問題缺乏完整深入的研究[1]。所以，研究新華現代詩中的臺灣因素，重回歷史現場，追根溯源，探究現代主義的跨國流動，及其如何在異國文學中開花結果，促成當地文學史的成長，是一個饒有價值的學術課題。

準確地說，新華現代詩有兩個靈感來源：一是臺灣現代詩，二是西方現代詩，而這兩個譜系與新加坡有深淺不一的關聯。一些詩人較多地受益於臺灣現代詩的影響。有的詩人更多受益於西方現代詩的啟發，例如陳瑞獻的詩集《巨人》、《牧羚奴詩二集》與法國現代派文學有明顯的淵源，畢業於新加坡大學中文系的蓁蓁（丘柳川）受益於T. S.艾略特、沙特、加繆、貝克特的啟悟。還有的詩人兼而有之，例如：英培安的師法對象既有艾略特等西方詩人，也有瘂弦、楊牧等臺灣作家。有學者全面討論過新華現代主義文學如何受到西方現代主義文學的影響，聚焦於研究梁明廣、陳瑞獻等作家如何在1960-1970年代，借助新馬的報章雜誌，翻譯、介紹和評論西方現代文學，而且身體力行，揣摩學習，推動新加坡現代主義文學的蓬勃[2]。本文對西方影響存而不論，重點分析1950年代以來臺灣現代詩在新加坡的挪借和轉化，進而研討這種跨國影響的後果，在

---

[1]　必須承認，一些論著涉及臺灣現代詩對新加坡的影響，惜乎材料不完整，論述不精細。例如：黃孟文、徐迺翔主編的《新加坡華文文學史初稿》（2002）浮光掠影地談到臺灣現代詩在1950年代傳入新、馬的概況。黃典中（詩人辛白）的北京師範大學本科論文討論的是余光中詩。張萱萱的新加坡國立大學碩士論文以席慕蓉詩為研究對象。南洋理工大學的碩士生張英豪、博士生劉碧娟，分別以新華現代詩中的現代概念、新華文學中的現代主義為學位論文的題目。中國學者金進、趙順宏，韓國作家許世旭，也針對這個論題發表過初步的研究成果。

[2]　方桂香：《新加坡華文現代主義文學運動研究：以新加坡南洋商報副刊〈文藝〉、〈文叢〉、〈咖啡座〉、〈窗〉和馬來西亞文學雜誌〈蕉風月刊〉為個案》（新加坡：創意圈出版社，2010年）。

全球化後殖民時代重審現代主義的文化政治。

一、臺灣現代詩與新加坡的相遇

　　新加坡華文詩有兩大流派：一是受中國「五四」新文學影響的現實主義，感時憂國，涕淚飄零，追求平實易懂的大眾化，強調詩人的社會意識和道德責任；另一個是崛起於1950年代末期、1960年代初期的現代主義，即所謂的「新華現代詩」，它的一個靈感來源是臺灣現代詩。臺灣現代詩興起於1950年代初期。從大陸移居臺灣的紀弦（路易士）創立「現代詩社」，覃子豪、余光中、鐘鼎文等人創辦「藍星詩社」。洛夫、瘂弦、張默主持「創世紀」。這三個現代詩的流派引領臺灣詩壇新風尚，深刻影響到日後數十年臺灣詩壇的格局和方向。從1950年代開始，這些現代詩人的作品通過多種多樣的管道——報章雜誌、書店和出版社、留學和訪問，開始進入新加坡文壇，與當地詩人相遇，在另一種文化場域中被接受和學習，由此推動新加坡華文現代詩的發展壯大。

（一）報章與雜誌

　　從1956年開始，由香港的友聯出版社[3]在新加坡創辦的文藝刊物《蕉風月刊》，大量登載臺灣現代詩和詩論。在1950年代初期，從中國大陸移居香港的邱然（筆名燕歸來）、徐東濱、余德寬（筆名申青）等人，在香港創辦友聯社，旗下有多種刊物，宣揚民主政治和自由文化，作為對抗左派的文宣陣地，由余德寬擔任第一任社長。1954年12月，余德寬與方天離開香港，企圖在南洋發展

---

[3]　關於「友聯出版社」及其旗下組織刊物的創辦和運作情況，參看盧瑋鑾 熊志琴主編：《香港文化眾聲道》第一冊（香港：三聯書店，2014年）的相關章節；以及余英時：《余英時回憶錄》（臺北：允晨文化出版公司，2018年），頁135-149。

《蕉風》和星馬版的《學生週報》。1955年11月10日，《蕉風》在新加坡創刊，方天擔任主編，起初是半月刊，1958年改為月刊，又於1990年改為雙月刊，至1999年初休刊，出版時間長達四十三年，一共出刊488期。歷任主編是方天、姚拓、黃思騁、黃崖、白垚、陳瑞獻等。1956年，以中學生為讀者群的《學生週報》在新加坡創刊。1957年，姚拓受委託從香港來到新加坡，出任《學生週報》主編。1959年1月，《學生週報》和《蕉風》一道遷往吉隆坡，總代理在新加坡北橋路的友聯書局。在文化冷戰的年代裡，兩個刊物都由香港的友聯社提供資金和人員支援，在東南亞產生過廣泛的影響。

白垚（1934-2015，原名劉國堅）出生於廣州，中學時隨家人移民香港，愛好文學，臺灣大學歷史系畢業，旋即受聘於香港的友聯出版社，南來新、馬編輯文藝刊物[4]。在其推動下，從1959年到1968年，《蕉風》大量登載臺灣現代文學作品，幾乎每期都有臺灣現代詩。本文的〈附錄〉詳細羅列了發表在《蕉風》上的臺灣現代詩和詩論。根據我的粗略統計，在長達四十五年、共計488期的這份刊物上，臺灣詩人發表100篇左右的作品，其中包括：瘂弦的21篇作品，余光中、楊牧各自發表的14篇詩和詩論，周夢蝶的12首詩，夏菁的11首詩，羅門的9篇作品，覃子豪的6篇作品，洛夫的5首詩，瓊虹、羅青各自發表的4首詩，林綠、蓉子各自發表的3首詩，黃用、向明、林泠、辛鬱、吳望堯各自發表的2首詩，向陽、管管、張默、張錯、吳瀛濤各自發表的1首詩。這些都是資深詩人的作品。至於唐捐、紀小樣等12位臺灣青年詩人，各自發表1至2首詩。

---

[4]　白垚：《縷雲起於綠草：散文、詩、歌劇文本》（八打靈再也：大夢書局，2007年）；白垚：《縷雲前書》上下冊（雪蘭莪：有人出版社，2016年）；姚拓：〈開筆說蕉風〉，《蕉風》第458期（1994年2月），頁1-4；白垚：〈蕉風舊事，學報當年〉，《蕉風》第482期（1998年2月），頁13-16；申青：〈憶本刊首屆編委〉，《蕉風》第483期（1998年4月），頁84-86。

1959年，蕉風出版社出版一本五十頁的《蕉風文叢新詩選》，書名為《美的V形》，收錄羅門、周夢蝶、余光中、楊牧、周夢蝶、瓊虹等臺灣現代詩人的作品。白垚後來以筆名「凌冷」發表針對本書的評論[5]。不僅如此。《蕉風》也登載過22篇臺灣現代詩的評論和詩人訪談錄，評論或訪談的對象是余光中、管管、方旗、楊牧、夏宇、瘂弦、劉克襄、渡也、林燿德、羅門、唐捐，這些文章的作者是陳鵬翔、黃維樑、溫任平、鄭明娳、李有成、張錦忠、陳大為、張光達、藍啟元等等。從1969年開始，由陳瑞獻、李蒼、張錦忠等新、馬青年作家，開始接管這份刊物，強調本土化的編輯方針，扶持本地作家，凸顯南洋色彩，於是來自臺灣的稿件數量銳減。值得指出的是，吳戈整理的〈臺灣現代詩集總目〉，連載於1977年2月到9月的《蕉風》，收錄從1949年到1976年出版的臺灣現代詩集書目，共計一千餘種，包括專集、合集、總集、評論、詩選詩論、童話詩、翻譯詩集及詩選、詩刊、參考文獻等，資料翔實，對新馬作家和研究者都是重要的參考書目。

　　1984年5月，《五月詩刊》在新加坡創刊，直到2006年停刊，一共出版39期，這是新華文學中歷史最悠久的文藝期刊。這本刊物以現代主義為取向，起初為半年刊，從2003年的第36期開始，改為年刊。創刊號即推出一批臺灣現代詩，包括洛夫的〈鼠圖〉，蓉子的〈祝福〉、〈惜夏〉，余光中的〈近作二題〉，羅門的〈摩卡的視界〉、〈海邊遊〉。第2期發表余光中的〈心血來潮〉，羅青的〈畫山水口訣〉、〈落日閒話〉、〈我們是從外太空來的〉。第4期發表蓉子的〈蟲的世界〉、〈時間的旋律〉，楊維晨的〈走在影中〉。第5期發表余光中的〈推土機〉，張香華的〈今昔〉。第6期登載洛夫的〈近乎悲哀的體溫〉。第12期還有洛夫的〈再別衡陽

---

[5]　凌冷：〈新詩的轉變：評蕉風文叢新詩選《美的V形》〉，吉隆坡《蕉風》82期（1959年8月），頁6-7。

車站〉、〈風起廣場〉。此外，《五月詩刊》發表過其他臺灣現代詩人的作品，包括：葉泥、林煥彰、楊維晨、吳明興、張國治、楊平、顏愛琳、王志坤、田運良、陳份、鄭承偉、吳正格。

《學生週報》創刊於1956年的新加坡，1959年搬遷到吉隆坡，1974年停刊，偶爾發表臺灣文學及評論。余光中在第659期（1969年3月5日）發表的一篇文章〈從一首詩談起〉，通過對一首新詩〈灰鴿子〉的分析，討論現代詩創作的問題。夏之游的〈余光中的大大欣賞〉發表在第689期（1969年10月8日），此文以〈九張床〉為例，討論余氏的散文，盛讚其風格典雅和遼闊的想像，辯駁人們對余氏「炫弄學問」的指責，肯定其高才碩學。思默然的〈評介余光中的三首詩〉，登載於第701期（1969年12月31日），此文仔細討論〈森林之死〉、〈狂詩人〉、〈敬禮，海盜旗〉的手法和主題，給予非常正面的評價。

當然，《蕉風》、《學生週報》、《五月詩刊》都是延續時間較長、在新馬兩地有影響的文藝專刊。《南洋商報》、《星洲日報》、《聯合早報》等主流華文報的文藝副刊，以及其他短命的小型刊物，有時也登載一些臺灣現代詩。1989年，新韻文化事業公司出版《詩與微型小說雙月刊》第2集，其中收錄洛夫等臺灣詩人的作品。創刊於1994年的文藝刊物《後來》每期推介「十大書刊」，其中有臺灣詩人羅智成的《泥炭紀》、夏宇的詩集《腹語術》和《摩擦・無以名狀》、楊牧的四部散文集《疑神》、《搜索者》、《星圖》、《年輪》。《南洋商報》副刊「文林」在1980年代創刊，據說其編輯理念和版式設計頗受臺灣《聯合報》副刊編輯瘂弦的影響，專題欄目推介的外國作家以臺灣作者為主，包括瘂弦、葉維廉等詩人。[6]從1981到1982年，杜南發擔任《南洋商報》副刊

6　劉碧娟：《新華當代文學中的現代主義》（新加坡：八方文化創作室，2018年），頁69。

「文林」的主編，發表了羅青的〈詩壇風雲卅年——卅年來臺灣詩壇縱橫談〉，洛夫的〈現代詩論劍餘話——敬答新加坡讀者〉。

（二）書店與出版社

1950-1970年代，新加坡進入和平穩定的局面，華文書的閱讀風氣旺盛，華文書業進入一個繁榮昌盛的階段，直到1980年代，華校完全消失，教育徹底變為英文源流。當時的百勝樓集中了一大批書店，有所謂「五大華文書局」的說法，包括商務印書館、中華書局、上海書局、世界書局、南洋書局。這幾個書局歷史悠久，財力雄厚，包攬中小學教科書、華文詞典、中國和本地作家的文藝作品。此外，還有其他一些華文書局，例如張浪輝的南大書局，陳孟哲的青年書局，饒力吉的今古書畫店，楊善才的新華文化，友聯出版社在新加坡創辦的友聯書局。

根據周維介的研究，二戰後的新加坡華文報業迅速復原，蓬勃發展，大型書店如上海書局、商務印書館、大眾書局展示了活力；開明、現代、勝友等書店從大坡遷徙小坡；新興起的青年書局、學生書局、南大書局、友聯書局等也在小坡開張。這三股書業勢力匯流小坡，創造一個繁華書市，於1950-1960年代相互輝映，華文書業迎來前所未有的繽紛花期。大坡是華文報章的出版重鎮，1970年代以前，大坡的直落亞逸街、吉寧街，加上填土而成的羅敏申路與絲絲街，是報館與出版社叢生的地帶，大報小刊交錯期間，散發著不同品味的文化氛圍。[7]在1950年代初期，英國殖民當局為防範共產主義思潮的氾濫，嚴禁從中國大陸進口書籍。於是臺灣的華文圖書大量進入新加坡圖書市場，填補當時的文化真空。本地華文書店在這個時期的繁榮，有助於包括現代詩在內的臺灣文學進入新加坡讀

---

7 周維介：〈文化大坡之書店篇〉，新加坡《怡和軒》第31期（2017年5月），頁50-59；
周維介：〈再談文化大坡〉，新加坡《怡和軒》第37期（2018年10月），頁60-69。

書市場。售賣臺灣文藝書籍較多的書店，包括成立於1950年代的友聯書局、創辦於1975年的草根書室等。

　　新加坡的友聯書局成立於1952年，總部是位於香港的友聯出版社，歷經半個多世紀的風風雨雨，迄今仍在運營。在當時的政治氣候和文化形勢下，新加坡的友聯書局占盡優勢。大陸書籍的禁止進口，導致華文圖書市場的經營者被迫轉向臺灣、香港尋求貨源。南洋大學的創辦，師資大多來自臺灣，臺灣版的文史哲書籍和教科書的需求量大增，友聯書局成了「臺灣書專賣店」，一枝獨秀，風光無限。後來，中國興起「文化大革命」，文藝事業遭受重創，友聯書局從臺灣引進《文星》、《純文學》、《新潮文庫》等純文藝雜誌，作者群包括余光中、黃春明、陳映真、聶華苓、於梨華等臺灣著名作家。[8]當時就讀於南洋大學的詩人杜南發回憶說，他成長在1950-1970年代，見證新加坡華文書業最好的時代：「大學時常去橋北路的上海書局、大眾書局、啟信街的學生書店，但最常去的還是友聯書局及在橋南路的文化供應社，當時熱衷現代文學，這兩家書局都以臺灣版文學書刊為主，鄭愁予、楊牧、白先勇等臺灣現代詩、散文、小說書籍都在友聯書局購買，到文化供應社則購買《幼獅文藝》、《中外文學》等文學期刊。」[9]

　　草根書店的老闆英培安是知名作家，他心目中的理想書店是「它應該擁有一批能給讀者有所提示，繼而帶領閱讀者提升他們的精神水準」的圖書，所以，英培安堅持「嚴選文史哲好書」的經營原則，「甚至親自到港臺選書，充分表現出其身兼雜文家那股對參與生活及關懷的敏銳。」[10]從1975到2014年，整整四十年中間，草

<hr>

8　周星衢基金編著：《致讀者：新加坡書店故事1881-2016》（新加坡：周星衢基金，2016年），頁263-264。
9　杜南發：〈屬於自己的書店〉，周星衢基金編：《致讀者：新加坡書店故事1881-2016》，頁403。
10　周星衢基金編：《致讀者：新加坡書店故事1881-2016》，頁198-201。

根書室在英培安的苦心經營下，向本地讀者銷售處數量巨大的臺灣現代詩集，作者包括鄭愁予、余光中、洛夫、紀弦、周夢蝶、楊牧、羅門、瘂弦、楊澤、羅智成、林耀德等人。

在2009年到2011年，新加坡詩人原甸與香港《明報月刊》主編潘耀明，籌劃出版一套「世界當代華文文學精讀文庫」，由新加坡的青年書局和香港《明報月刊》出版社聯合出版，其中收錄一批臺灣作家。余光中的《余光中選集》全書分為三個部分，收錄〈南瓜記〉、〈宜興茶壺〉、〈國殤〉、〈地球儀〉等40首詩，以及17篇散文和10篇評論。洛夫的《給晚霞命名》分為〈詩歌篇〉、〈散文篇〉二輯，收錄〈泡沫之外〉、〈狼尾草的夏天〉、〈另一種顛覆〉等80首詩。瘂弦的《於無聲處》也是詩文合集，一共有5卷，詩部分收錄25首詩。

（三）留學與訪問

從1960年代到1990年代，一批新馬國籍的學生獲得教育部獎學金到臺灣攻讀學士或碩士學位。例如：馬國出身的王潤華、淡瑩，在政治大學、臺灣大學求學期間，聯合張錯、黃德偉等同窗，創辦《星座詩刊》和「星座詩社」，後來從美國留學歸來，活躍於新加坡詩壇，又與臺灣現代詩人保持密切來往，形成跨國文化網路。新加坡背景的孟仲季（丘柳漫）、蔡深江、潘家福、陳志銳、周昊等不同世代的詩人，都有留學臺灣的經驗，他們把臺灣現代詩的火種帶回新加坡，轉變為個人創作的靈感奧援。

從1970年代以來，許多臺灣現代詩人訪問新加坡，出席座談會，發表講座，訪問文藝機構，與本地詩人互動。這些臺灣詩人包括余光中、瘂弦、洛夫、蓉子、鄭愁予、林綠、羅青、張錯、鐘玲、焦桐等。[11]從1983年到1991年，新加坡人民協會、《星洲日報》、寫作人

---

[11] 寒川：〈風雨飄搖七十年——新華詩壇概括〉，收入氏著：《寒川文藝縱橫談》（新加坡：島嶼文化社，1995年），頁171-172；周維介：〈檢討一九七九年的文學活動〉，收

協會、文藝研究會聯合舉辦五屆「國際華文文藝營」，邀請海外著名作家包括臺灣詩人洛夫、蓉子、鄭愁予等，共商文學話題，為本地文壇創造良好氛圍，刺激華文文學的生產和消費。[12]2016年，鄭愁予訪問新加坡、馬來西亞，在舊國會大廈的「藝術之家」發表文藝講座，還播放紀錄片《他們在島嶼寫作》之鄭愁予篇，當地的《聯合早報》還有報導。值得一提的是，一些原籍臺灣的學者任教於新加坡高等學府，戮力推動「臺灣文化光點計畫」，播放紀錄片《他們在島嶼寫作》，舉辦研討會和朗誦會，推廣楊牧、鄭愁予、余光中等詩人的作品。

（四）臺灣影響的發生契機

　　新加坡作家之所以接受、傳播和學習臺灣現代詩，其原因有四。第一，東南亞的冷戰境遇。如前說述，1950年代英國殖民當局禁止進口中國大陸圖書，使得新馬作家被迫把文學啟蒙的來源轉向臺灣、香港。當時的臺灣，正值現代詩方興未艾，它們通過報章雜誌、出版社和書店、訪問交流等管道，迅速流通到新、馬兩地，吸引了當地華文詩人。第二，新加坡文學史格局。從1919年到1959年，現實主義一枝獨大，成為新馬文學史的大宗流派和霸權結構，年深月久，流弊滋生。一些追求前衛文藝的青年作家很不滿意，尋找進路和可能性。在這樣的情況下，臺灣現代詩滿足了新華詩人的期待視野，於是在新、馬兩地流通開來、廣泛接受，也是水到渠成

入氏著：《新馬華文文學散論》。例如：1981年12月，瘂弦應邀赴新加坡，參加第一屆「世界華文文學討論會」，並且參訪《南洋商報》。1983年1月，鄭愁予、洛夫到新加坡參加「第一屆國際華文文藝營」。新加坡詩人寒川回憶說：「在1980年，瘂弦來星參加《國際文學座談會》，我們二人見面了。1983年，我載洛夫去樟宜機場，蒙他贈送詩集《魔歌》，到2002年首次受邀返鄉參加詩酒文化節，與洛夫、鄭愁予隨著在金門見面的次數多了，亦師亦友，是詩與金門拉近了我們的距離。」1985年1月，余光中、瘂弦應邀出席在新加坡舉辦的「第二屆國際華文文藝營」。

12　周維介：〈瞭望闌珊的文藝燈火——彙報一九八三的新華文藝〉，收入氏著：《新馬華文文學散論》，頁170。

了。第三，現代文明在東西方的危機。東西方共同的普遍經驗，對都市文化和工業文明的批判，對現代知識體系的反叛，現代人的孤獨苦悶的情感，在新加坡社會從1960年代就開始了。新華詩人需要借助複雜的藝術技巧，表達個人化的觀察和思考，於是，臺灣現代詩成為他們學習的樣板，這也很自然。第四，新加坡的歷史記憶和華人族群的邊緣處境。詩人孟仲季（丘柳漫，1937-）從國族歷史的角度分析新華詩人之失落感的形成。1969年，他在〈論詩的現代化〉中正確指出——

> 我們這一代，尤其是智識分子，多多少少都有某種程度的失落。我國的地理環境，用社會學的術語來說，是處在邊際地位（或邊際情景marginal situation），不在母文明的中心地帶，不論是埃及文明、巴比倫文明、印度文明、中華文明、希臘文明或印加文明，由於新馬社會是移民社會，經過百多年的殖民統治，一旦自治獨立，頓有無所依傍之感，沒有根基的固有文化，對外來文化的排斥性頗強，（基於不願被奴役的心理因素，特別是西洋文化）或矯枉過正，或偏頗激越，不一而足，換言之，即是人民具有濃烈的邊際人格（marginal personality），表現上在社會上的常是異質性，形式主義與重疊性。[13]

此即戲劇家郭寶崑（1939-2002）所謂的新加坡華人之「孤兒心態和邊緣處境」，詩人和小說家希尼爾（1957-）所謂的「孤島遺民」，這構成早期新華作家的情感結構。所以，他們樂意接受存在主義哲學對現代人生處境的論述，讀到洛夫、瘂弦、周夢蝶、葉維

---

13 孟仲季：〈論詩的現代化（代序）〉，見孟仲季：《第一聲》（新加坡：五月出版社，1969年），頁7-8。

廉等的現代詩時，引起共鳴，為己所用，為新、馬華文文學增添新鮮的聲音。

二、新華作家對臺灣現代詩的接受

　　新華現代詩的源流有跡可循。1968年，梁明廣擔任《南洋商報》文藝副刊主編，他發表兩篇文章〈六八年第一聲雞啼的時候〉和〈開個窗，看看窗外，如何？〉，在現實主義蔚成大觀的文壇，宣導取開明開放的編輯方針和文藝觀念，鼓吹現代主義，於是名聲大噪，吸引大批先鋒詩人踴躍投稿，後人遂以「六八世代」呼之。後來，林也等人的詩作結集為《八人詩集》，賀蘭寧主編的《新加坡十五詩人新詩集》，也先後問世，收錄英培安、謝清、零點零、蓁蓁、孟仲季、牧羚奴、程文愷、吳偉才、林方、南子、流川、莫邪等的詩篇，開啟現代主義新方向。1978年10月，新加坡第一個現代詩社「五月詩社」創立，主要成員有林方、郭永秀、梁鉞、賀蘭寧、南子、流川、謝清、淡瑩、文愷。1984年5月，《五月詩刊》創刊。許世旭以《五月詩社》為例，指出新華現代詩的臺灣來源：「重視藝術技巧的作風，反服務反浪漫的態度，與臺灣自1950年代中半期開始的反直接抒情、反即興、非邏輯、非浪漫，而主意象組成，感性審美的『現代詩』、『創世紀』、『藍星』等老詩社的作風非常接近，堪稱受之影響。」[14]我認為，對新加坡詩壇施加過重大影響的臺灣詩人，至少包括覃子豪、周夢蝶、余光中、鄭愁予、楊牧、洛夫、瘂弦、管管、林耀德、夏宇、羅智成等。

---

[14]　許世旭：〈臺灣詩給新華詩的影響〉，王潤華 白豪士主編：《東南亞華文文學》（新加坡：歌德學院，新加坡作家協會，1990年），頁230。

（一）覃子豪詩學的南洋迴響

　　覃子豪（1912-1963）出生於四川，早年就讀於北平的中法大學，1930年代留學日本。抗戰軍興，覃子豪關懷時事，詩風慷慨激烈，現實感強烈。1947年移居臺灣。覃子豪詩風在浪漫抒情中融合象徵主義，晚年則有古典主義和神祕主義的趣味。有學者讚譽覃子豪「是象徵主義在臺灣的傳人，是帶動風潮又能穩住局面的棋手。」[15]晚年著有詩集《海洋詩抄》（1953）、《向日葵》（1955）、《畫廊》（1962），以及詩論集《詩創作論》、《詩的解剖》、《論現代詩》。1954年，覃子豪、余光中、鐘鼎文等合創藍星詩社。覃子豪反對紀弦的現代派「六大信條」，主張縱的繼承和抒情傳統，發表一系列頗有影響的詩論包括〈論新詩的發展〉、〈新詩向何處去？〉、〈關於「新現代主義」〉。他提出「六大原則」以保證新詩的正確方向：詩不是生活的逃避，詩的意義在於注視人生本身及人生事象，表達出一種嶄新的人生境界；創作態度應該重新考慮，關注作者和讀者的密切關係；考慮讀者的感受力及其理解的限度；重視實質及表現的完美，尋求詩的思想根源；從準確中尋求新表現；風格是自我創造的完成。[16]

　　林方的現代詩寫作受益於覃子豪的教導。1953年10月，覃子豪擔任李辰冬創辦的「中華文藝函授學校」的詩歌班主任，他為詩歌班學生編寫的講義結集為《詩創作論》出版，他批改學生的詩歌習作結集為《詩的解剖》出版。林方在1959年參加過函授課程詩歌班，受到覃子豪的諄諄教誨。根據林方自述，他計畫出版一本詩集，覃子豪也寫了熱情洋溢的序言，可惜最終沒有出版。林方在詩

---

[15] 陳義芝：〈覃子豪與象徵主義〉，收入陳義芝編選：《臺灣現當代作家研究資料彙編第8卷：覃子豪》（臺南：臺灣文學館，2010年），頁319。

[16] 覃子豪：〈新詩向何處去？〉，《覃子豪全集》第2卷（臺北：覃子豪全集出版社委員會，1968年），頁304-312。

集《水窮處看雲》後記中動情地寫道：「在詩的創作上，先生益我良多，也使我較早一步接受現代文學，成為當時保守詩壇上不受歡迎的第一株毒草。」[17]我認為覃子豪在如下幾方面啟發了林方——

1.現代詩觀

覃子豪是「純詩」理論的擁護者，主張詩的審美自足和本體存在的價值。「純詩」（pure poetry）的概念來源於美國的作家愛倫坡，後來傳入法國，引起波德萊爾、馬拉美的共鳴，再流布到英國，被佩特、史文朋、喬治莫爾、布拉德雷等人大加發揮，遂成為一種頗有影響力的國際文學思潮。「純詩」強調詩與散文的嚴格界限，標榜詩的審美自主性，主張把政治、道德、真理、社會意識等「不純」的因素從詩中排除出去，追求語言的純粹性、聲音和色彩的暗示性、意象的象徵性。[18]覃子豪精研法國象徵派詩學，對純詩理論服膺拳拳，他在詩集《畫廊》序言中感歎「純詩」難寫，他晚年的一系列詩例如〈金色面具〉、〈瓶之存在〉、〈雲屋〉、〈過黑髮橋〉等等，就是現代漢詩中的「純詩」代表。早在1960至1970年代，林方就鍾情於純詩理念，他在宣言中把純詩立場和盤托出，區別詩與散文的差異：「事實上，詩既無散文乃之可毀滅性（Paul Valery語），則企圖以散文來解釋詩，不消說要費很大的勁，最終猶不能獲得妥切與一致的結論。」[19]

覃子豪在《畫廊》（1962年4月）自序中說明詩是一個有機綜合體：「詩不僅是情感的抒寫，而詩人亦不僅是一個『字句的組織者』（Words maker）。情感只是詩的引發，當詩被發現以後，情感便成為剩餘價值了。字句只是詩的表現工具，沒有詩，字句就成為

---

[17] 參看林方：《水窮處看雲》（新加坡：泛亞文化事業公司，1982年）的後記。

[18] Alex Preminger ed., *Princeton Encyclopedia of Poetry and Poetics* (Princeton, N.J.: Princeton University Press, 1974), pp. 682-683.

[19] 賀蘭寧編：《新加坡15詩人新詩集》（新加坡：五月出版社，1970年）序言。

無的放矢。詩，是游離於情感和字句以外的東西。」[20]在1963年，林方的一篇文章複述了覃子豪的上述看法，強調字句、情感和思想的整體性：「我認為詩，甚至整個文學，並非單純『文字的藝術』，文字只是表達的工具，文學家不僅是一個Words maker，倘若一首詩沒有了思想，沒有了感情，一味鑽文字的牛角尖，豈非死物？」[21]論及現代詩的形式，覃子豪認為，詩的音樂性應是自然的音節和内在的節奏，而非人為音節的束縛，外形音韻之有無，無傷於詩的完美。[22]林方在辯駁鐘祺對現代詩的指責時有類似看法：「現代詩反對的只是韻腳，不是韻律，韻腳是句與句之間押的韻，一旦除去，該作品便顯出散文的原形，除非它實在包含『詩之精神』；韻律是作品中的一種内在的律動，不需依靠韻腳，而自然流露的節奏。」[23]

覃子豪的〈新詩向何處去？〉提出的「六大原則」之一就是：一首詩的形式技巧和思想内容是互動關係，徒有美好的形式不足以造就詩的完美，詩人有必要去「尋求詩的思想根源」。林方的〈再致鐘祺先生〉也強調形式和内容的辯證關係：藝術兼具情趣和意識，一首詩假如徒有藝術價值，而缺乏思想的背景，將影響其存在價值。[24]

現代詩的晦澀難懂也是二人共同關心的話題。覃子豪在《畫廊》自序中辯解道：「現代詩難懂，已遭受了太多的非難。這些非難，有屬於内容的，有屬於技巧的。」[25]在另一個場合，他對此問

---

[20] 覃子豪：《畫廊》自序，見《覃子豪全集》第1卷，頁259。
[21] 林方：〈致鐘祺先生〉，原載新加坡《星洲日報》副刊「青年園地」，此處轉引自苗秀主編：《新馬華文文學大系》之理論集（新加坡：教育出版社，1971年），頁580。
[22] 覃子豪：〈論現代詩〉，見《覃子豪全集》第2卷，頁227。
[23] 林方：〈致鐘祺先生〉，轉引自苗秀主編：《新馬華文文學大系》之理論集，頁580。
[24] 林方：〈再致鐘祺先生〉，轉引自黃孟文 徐迺翔主編：《新加坡華文文學史初稿》（新加坡：新加坡國立大學中文系，八方文化企業公司，2002年），頁227。
[25] 覃子豪：〈《畫廊》自序〉，見《覃子豪全集》第1卷，頁260。

題給予全面精細的分析，他認為：晦澀的詩具有深度，未必不好，表現手法是間接，以比喻、暗示、象徵、聯想構成詩的造型，具有神祕魅力。現代詩的晦澀，大部分不是由於內容的艱深難解，而是表現手法的艱奧和陌生化。[26]林方為了捍衛現代詩的合法性，至少寫了三篇詩論展開辯難，即〈致鍾祺先生〉、〈再致鍾祺先生〉、〈關於現代詩〉，這些文章訴諸於中西詩歌史的歷史經驗，強調現代詩之出現實乃大勢所趨：「文學須與時並進，不能墨守成規，各種流派的更迭，導致毀滅性與創造平衡的悲劇性循環，只是一種實驗過程，現代詩的興起，應該被視為新文學進程的一部分，而新文學是舊文學的延續，我們放眼世界藝術，向西洋文藝學習，但不一定要唯它馬首是瞻。」[27]林方也把現代詩的晦澀難懂視為必然現象，歸因於技巧手法的複雜性，認為它值得肯定，不能一概否定。這些看法也有覃子豪的遙遠回聲。

覃子豪強調詩的審美自主性，詩不是政治宣傳品和標語口號，不是道德教條，而有獨立自足的價值。林方回顧臺灣鄉土詩，批評功利主義的文藝觀：「詩可以側重社會意義，但不必唯社會意義之馬首是瞻，否則，整份報紙從頭到尾都是詩，詩的身分就值得懷疑了」，林方還說過：「過度強調社會意義，矯枉過正之下，本意就失去價值。把內容視為絕對，而故意忽略技巧，那就不一定非詩不可了。」[28]

覃子豪強調詩的獨立完整：「我認為一首詩，應有其完整的獨立的生命」、「它是一個新的完美的整體，有著獨立的創造性。不是支離破碎的片段，不是陳舊內容的重複。」[29]林方認為，「詩是

---

[26] 覃子豪：〈論難懂的詩〉，見《覃子豪全集》第2卷，頁294-295。
[27] 張松建 張森林主編：《新國風：新加坡華文現代詩選》（新加坡：南洋理工大學中華語言文化中心，八方文化創作室，2018年），頁3。
[28] 林方：〈我看臺灣鄉土詩〉，新加坡《五月詩刊》第2號，頁35-36。
[29] 覃子豪：〈《向日葵》題記〉，見《覃子豪全集》第1卷，頁205。

感情和智慧的結晶，智慧先行融入感情中，形成詩人包含價值觀與意識形態的文化性格，繼之引導詩人選擇適當的表現方式，字斟句酌，完成藝術的創造。」[30]

我們比較兩人的上述觀點，不難發現其中的相似性，師徒二人的詩觀的賡續，線索清楚，一目了然。林方的〈詩人的踱步〉（1963年）最後透露了林方的詩美學——

> 你欲遠逃苦惱，而苦惱更近／突然。時序錯誤，錯誤於你剎那的顫動／你是你，你是非你，你是一剎那之存在／盈盈的黑瞳是高音與低音的笛孔／你訥訥地吹奏了攝人心魂的迷音／我卻在眸的芥子中窺見晶體的須彌[31]

梁春芳認為，這首詩受到覃子豪的詩〈瓶之存在〉影響。[32]〈瓶之存在〉被公認為覃子豪晚年的傑作，寫作目的是「由神祕，奧義中發現事物的抽象性」，「由外形的抽象性到內形的具象性；復由內在的具象還原於外在的抽象。從無物之中去發現之存在，然後將其發現物化於無。」[33]出於純詩理念，覃子豪的〈瓶之存在〉洋溢著唯美意境和玄學格調，令人想起英國詩人濟慈的〈希臘古翁頌〉、美國詩人史蒂文斯的〈罈子軼聞〉。洛夫指出，覃子豪「企圖在物象的背後搜尋一種似有似無，經驗世界中從未出現的，感官所不及的一些另外的存在；一種人類現有科學知識所無法探索到的本質。詩人自己稱為這是一種奧祕，一種虛無中的虛無，一種猶待證實的未知。」[34]覃子豪這種純詩境界的追求和形而上趣味，也在

---

30 參看林方為希尼爾主編的《五月情詩選》（新加坡：五月詩社，1998年）寫的序言。
31 林方：《水窮處看雲》，頁69。
32 梁春芳：《文學的方向與腳印》（新加坡：青年書局，2009年），頁115。
33 覃子豪：〈《畫廊》自序〉，參看《覃子豪全集》第1卷，頁259-260。
34 洛夫：〈覃子豪的世界〉，參看陳義芝編：《臺灣現當代作家研究資料彙編第8卷：

林方的〈石像〉等詩中得到表現，它們傳達出這樣的美學：詩超越政治宣傳和道德訓誡，是表達自我的純粹藝術，在情感抒發和字句雕琢之外，表現事物的抽象性和堅實性，追求超越時空的永恆純粹之美，沉思冥想動與靜、生與死、有限與無限、抽象與具象等形而上問題。

2.意象營造和異國情調

「孤獨旅人」是覃子豪詩中的抒情自我之常見形象。楊牧以〈過黑髮橋〉為例，指出覃子豪的詩偏愛孤獨旅人的形象，早期作品有充斥字裡行間的孤獨情緒，[35]良有以也。大體而言，現代主義詩歌的「自我」有內傾化的趨勢，與外在世界保持疏離的關係，表達現代人的孤獨感、生命荒涼感和根基喪失感。林方詩中的「自我」形象是「尋夢人」、「流浪者」、「遊子」、「踱步者」、「迷路者」、「探索者」，其原型追溯到覃子豪詩中的「孤獨旅人」。林方的〈水窮處看雲〉中的「我」依違於理想與現實間，孤獨茫然，疑慮不安，忍受內心分裂的折磨。〈海洋的交響〉的抒情主人公驚見「人性已被文明塗上曖昧的陰影」，他對「文明的遺棄者」頂禮膜拜。〈迷路者〉出現新奇的語象，特寫鏡頭中包含知性：「被絞於生活的齒輪／醒時，他把軀體安置路旁／右膝指向來路／左膝支援肩膀」，自我喪失了理智和能動性，無法主宰命運，迷失於生活的叢林，展示出一副病態形象。〈尋夢路〉中的抒情自我也是一個苦悶徬徨的「孤獨旅人」的形象。

覃子豪詩愛用「石像」這個意象，吟詠物的堅實性、純粹性和永恆的美，例如〈倚桅人〉的「兩手交叉在胸前／像石像般的沉默」。林方的不少詩作也用類似意象，有時是實物，有時是虛構，

覃子豪》，頁285。
[35] 陳義芝編選：《臺灣現當代作家研究資料彙編第8卷：覃子豪》，頁314-315。

例如「石像」、「塑像」、「雕像」、「浮雕」、「石柱」等。〈石柱〉寫道「站在渾圓的石柱下，我是渾圓的石柱」[36]。〈方程式〉的開篇是：「告訴我，一尊石像／如何以盲睛凝視空甯的青天」[37]，流暢的散文化的排比句，雜以悖論語句和化靜為動的技巧。〈迷路者〉的末句是「讓他化為／一尊盲眼的雕像，不曾流淚」[38]。其他例證還有〈世紀〉的「他們回歸庸俗／不像廟裡的雕像，出自人手」，〈尋夢路〉的「回頭驚見，一塑像的聖潔，一石柱的莊嚴」，〈蠟炬〉的「炬光浮雕炬影於大理石的壁上」，〈石像〉的「春去秋來，一尊緘默的塑像」，〈仙人掌〉的「仙人掌木立沙漠中／如一尊塑像叉手凝視青空」。林方好用「石像」之類的意象，因為這些意象象徵堅實純粹的事物，超越時空的永恆之美，甚至有神祕主義的風格。[39]

覃子豪愛用「向日葵」這種蓬勃熱力的意象，代表作有〈向日葵之一〉、〈向日葵之二〉，出版詩集《向日葵》。林方也喜歡用「葵花」、「向日葵」的意象。例如〈石柱〉的「一朵葵花在春日的早晨宣洩了瓣瓣莊嚴」，〈黃昏二重奏〉的「某些欲誤導向日葵的企圖」，〈遊子吟〉的「我是一朵愛思維的葵花」，〈幕〉的「向日葵說她底夢在遠方」，〈仙人掌〉的「彙集著的一萬株向日葵的一萬個夢」，〈海洋的交響〉的「向日葵以熱淚浮雕黑夜的哲學」，〈時光〉的「向日葵慌忙把頭偏過來」，〈愛之雨〉的「綠傘，即使葵花失去」。林方常用的「玫瑰」、「蝴蝶」、「飛蛾」等意象，在覃子豪詩中也屬常見。

覃子豪是文藝世界主義者，晚年詩集《畫廊》中的一些名物

36　林方：《行到水窮處》，頁34。
37　林方：《行到水窮處》，頁38。
38　林方：《行到水窮處》，頁56。
39　洛夫：〈覃子豪的世界〉，陳義芝編：《臺灣現當代作家研究資料彙編第8卷：覃子豪》，頁290。

帶有異域情調，例如海倫、維納斯、蒙娜麗莎、西班牙海島、大不列顛帝國的艦長、歐羅巴洲（歐洲）、亞美利加洲（美洲）、所羅門、凱撒、亞歷山大、倫敦、巴黎、哥倫布、魯賓遜、馬克‧吐溫等等。帶有異國情調的詩篇，則出現在〈畫廊〉、〈我是一個水手〉、〈海的來歷〉、〈距離〉、〈協奏曲〉等詩作中。我們翻閱林方詩集《行到水窮處》即可發現，不少作品也有異國風物和知識，包括西方文藝和神話傳說、教堂、走廊、修女的意象、聖經故事，這些詩有視覺性和繪畫性，可能有覃子豪的啟發在內。

3.海洋詩想

　　覃子豪的《海洋詩抄》是臺灣現代詩上第一部全部以描寫海洋為主題的詩集，「這在當時是空前的創舉，因為一反當時流行的反共抗俄戰鬥詩，清新流麗與浪漫抒情的筆調，獲得當時人們的喜愛，為他贏得了『海洋詩人』的美譽。」[40]覃子豪在題記中表示，「我只有對海的印象特別深刻。豪放、深沉、美麗、溫柔的海，比人類的情感和個性更為複雜，不能歸入靜的或是動的一種類型。」[41]林方詩集《行到水窮處》有不少作品寫到大海，我認為，林方有兩個靈感來源，一個是鄭愁予，我們下面會談到；另一個就是覃子豪。林方的長詩〈海洋交響曲〉屬於海洋書寫，意象繁密、氣魄雄大，而且有深邃玄妙的哲理，他向導師覃子豪致敬的意圖，一目了然。第一節以大開大合的筆力，鋪陳大海（「你」）的壯美、生命力和創世般的光輝。在第二節，大海成為詩人傾慕的對象，詩人馳騁想像。第三節蕩開一筆，以散文化的排比句寫「水手」的生涯——

---

[40] 劉正偉：《覃子豪詩研究》（臺北：文史哲出版社，2005年），頁97。
[41] 《覃子豪全集》第1卷，頁109。

狂熱的水手喲！那曾以莖草／搔過熟睡中的死亡之耳的／那在橋牌之役中／才向統治者歡呼的／那把春天拍賣給船長的菸斗／而復打神女身上贖回的／狂熱的水手，用那爆滿青筋／毛茸茸的粗臂擁向戀人／他的血管中奔流著滔滔的大海洋／他的鬍子濕而鹹／今夜就在這裡拋錨吧／讓這兒的陸地接受一次海的洗禮／讓這陸地的夜點燃海洋使者豪笑的燈

這些詩省略句子成分，反覆跨行，運用迂迴的倒裝、繁複的修飾、繁密跳躍的意象，寫水手的情懷，緊扣「海洋交響」主題，在浪漫抒情中有知性思考，可謂是《海洋詩抄》的踵事增華。不過話說回來，林方的詩觀、風格和技巧的形成，其實有西方和臺灣的雙重來源。他對西方現代詩非常熟悉，常在文章中引經據典，這是他的靈感來源之一。就臺灣現代詩來說，對林方產生過影響的作家不止覃子豪，經常有鄭愁予，偶爾還有紀弦、瘂弦、夏宇和白萩[42]。

（二）周夢蝶：佛理禪意和古典意境

周夢蝶（1921-2014）的詩風是帶有宗教色彩的新古典主義，在現代抒情詩中融入中國古典詩詞，表達道家思想和禪意佛理。1982年，余光中對周詩有精準的概括：「在古典詩詞的採擷之外，更加上禪機和哲理，成為新古典詩的中堅人物。」[43]周出身於河南淅川

---

[42] 林方〈戀曲〉中的「孤獨的壁虎」是紀弦詩中的意象，「吠月之狼」來自紀弦的〈吠月之犬〉。林方〈六月新娘〉結尾處的「離開了天蠍的老家，我定趕赴／一簾芬芳，獅子座的流星雨」，挪借紀弦〈戀人之目〉的「黑而且美。十一月，獅子的流星雨」。林方的〈尋夢路〉主題是對現代文明的諷喻，意象恢詭，造語奇警，堪稱瘂弦名詩〈深淵〉的縮微版，參看林方：《水窮處看雲》，頁45-46。林方的〈風乾太陽〉的詩句「把雄難的太陽搶來／風乾了瘸在牆壁上」，「風乾」語象讓人聯想到夏宇的〈甜蜜的復仇〉。林方的〈網上情談〉和〈夏日〉，注重畫面感，是對白萩的圖像詩的借鑒。參看林方：《林方短詩選》（香港：銀河出版社，2002年），頁44，頁58，頁66。

[43] 余光中：〈現代詩的新動向〉，《蕉風》第351期（1982年7月），頁18。

縣，遭逢離亂時代，早年被迫從軍，拋妻別子，隨軍來臺，滯留數十年，鍾情於文學，加入藍星詩社，寫詩頗受余光中的指點。周身世悲苦，生計艱難，個性木訥，離群索居，後來醉心於佛經，「以詩的悲哀征服生命的悲哀」，獲得妙悟和解脫。他的詩集《孤獨國》（1959）和《還魂草》（1965），表達生命存在的獨孤感和虛無迷離的佛理，風格獨特，自成一路。1950年代以來，周夢蝶在新、馬報章上發表一些詩作，對南洋文人有所啟發，例如謝清和南子。

謝清（原名謝國華，1947-）對現代文學情有獨鍾，在1970年代的《蕉風》發表過帶有現代派技巧的小說和散文，還出版小說集，以及和別人合著的散文集。不過，謝清主要以詩人名家，他對中國新詩、臺灣現代詩和新加坡華文詩，很早就顯出濃厚興趣，具有獨到的觀察。1970年，謝清回顧中國新詩從「五四」開始的發展軌跡，剖析新華詩壇對傳統詩歌形式和現實主義的迷戀，回應人們對現代詩的晦澀頹廢、缺乏社會性的指責，論證現代詩出現之內在邏輯和歷史合法性。[44]1977年，謝清獲得新加坡的某個文學獎後，接受南洋大學的學生刊物《紅樹林》記者的訪問，他發現臺灣作家的資質和優長，覺察到現代詩在本地遇到阻力，呼籲新加坡作家向臺灣詩人學習——

> 臺灣現代詩在發展的條件上比我們優厚。他們接近中國原有的文化為基礎之外，利用翻譯以吸收西方的技巧而成為他們的資源。有些思想獨立的臺灣詩人，在吸收西方的文學技巧之後，將它融會貫通，另外創造出自己一套以中文寫作的技巧，比較有性格的詩風。以本地來說，不喜歡現代詩的編者

---

[44] 謝清：〈談詩〉，吉隆坡《蕉風》第216期（1970年12月），頁69-80。

滿目皆是。因此，作者需有耐力，並且互相鼓勵、觀摩，從而改進自己的寫作技巧，這與臺灣詩人相比較，是辛苦得多了。[45]

　　謝清早在1969年就喜歡上佛學，於1975年拜廣義上人為師，法號「普青」。[46]2019年6月11日，謝清在回覆我的書面訪談中有這種誠實的自白：「年輕時受余光中，瘂弦，周夢蝶等詩人的詩風影響。主題思想一路都被虛無主義及佛教思想所影響。後期甚受周夢蝶詩風影響。」

　　謝清出版過兩本詩集《哭泣的神》（1971）、《鶴跡》（1979）。第一本詩集是文學起步階段的作品，大多是個人生活的記錄和時事新聞的思考，有時表達普世人道主義的哀矜，但是佛教思想不明顯。試舉例如下。〈水仙〉直接移用周夢蝶之〈菩提樹下〉的兩句詩「誰是心裡藏著鏡子的人呢？／誰肯赤著腳踏過他的一生呢？」但是以詠物感懷為主題，不在於表達佛理。詩集的最後一篇是〈追尋〉，出現這樣的詩句：「於夜的苦坐／於念珠及禪的／偈語裡，驚見／自己瘦瘠的身影」[47]，寫詩人為生計奔波，在都市工作環境中倍感壓抑，詩中出現一點佛教典故，但主題是批判現代社會導致人性的異化。

　　在《鶴跡》的後記中，謝氏提到這部詩集起源於生命史中的情感波瀾，以及佛教思想對自己人生觀的啟迪，他甚至自比為清末民初的「情僧」蘇曼殊——

---

[45] 轉引自劉碧娟：《新華當代文學中的現代主義》（新加坡：八方文化創作室，2017年），頁65。

[46] 參看王潤華為謝清詩集《鶴跡》（新加坡：柏利彩印，1979）寫的序言〈我看空手道高手的詩〉。

[47] 謝清：〈追尋〉，謝清：《哭泣的神》（新加坡：五月出版社，1971），頁44。

這本詩集的作品，大多數是在洶湧澎湃的感情巨漩中，抽離出來的，由於事情的瞬息幻變，人情的虛浮不真，使自己深感一切的不實及虛假。曼殊的『無端狂笑無端哭，縱有歡腸已似冰』這句詩或許可以用來形容自己現時的心境。[48]

謝清畢業於南洋大學中文系，熱愛古典文學，這本詩集富有簡潔流麗的語句、優雅的古典意境、濃郁的浪漫氣息。不少詩抒寫詩人對大千世界的觀察和感悟，常用佛經典故，流露虛無主義的色空觀念。謝詩經常出現「微塵」、「芥塵」的字眼。例如：〈飛的紀錄〉寫乘坐飛機自高空俯瞰山河大地，看到白雲青天的風景，感慨生命的渺小脆弱：「而自己／僅是塵俗裡，一枚／疾飛的芥塵」。〈繭〉感歎萬物如夢幻泡影，個人是宿命般的渺小無助：「繭食自己之後／竟發現自己／是浮塵裡那顆芥塵」，而世界永遠是無窮無盡，「縱使千個萬個的翻飛／依舊是那顆／塵芥／而大千之外猶有大千／大千之外的大千／猶有大千」，世人若能幡然醒悟，就有撚花微笑的智慧：「此際／能怡然自得便是最大的收穫」，這最後的詩行使用重疊複沓的語言，交織纏繞、粘連翻覆的句法，靈感顯然是來自周夢蝶。[49]〈苦夜的心境〉由個人經歷覺悟到人類由於認識上的無明和行動上的盲目，於是庸人自擾，哀樂相尋：「歡欣的後面／必緊跟著苦哀／波浪似的追逐／人，只是／風眼裡／一顆無法自意的塵／自你眼中／又見著／那些過去的自己，以及／痴愚。」〈孤寂四十一行〉出現周夢蝶式的自問自答的警句：「去掌握一些不可掌握的／原本是件痴愚的事／誰才不是／騎在驢背上尋驢的人

---

[48] 參看謝清《鶴跡》後記，頁122。
[49] 奚密指出，周夢蝶詩歌語言的特色是重疊複沓的大量使用，此技巧用在片語合句式上，造成多樣效果，參看她的〈修溫柔法的蝴蝶：讀周夢蝶新詩集《約會》和《十三朵白菊花》〉，曾進豐編選：《臺灣現當代作家研究資料彙編第18卷：周夢蝶》（臺南：臺灣文學館，2012年），頁322。

呢？」這裡出現的「騎驢找驢」典故不但有民間起源，而且化用周夢蝶〈孤峰頂上〉的兩句詩「恰似在驢背上追逐驢子／你日夜追逐著自己底影子」[50]。謝詩經常有「點燈」、「燃香」、「鏡」等佛經意象，表達佛陀智慧、萬物虛空和人類的愚昧無知。例如〈孤寂四十一行〉寫道：「在各種臉龐映現後的夜／僅有／孤燈一盞／相照／／燃香時／煙縷便譁然四起／急速且無聲地向空無奔完它的一生／千種姿勢／終歸無有」。〈行路難〉的結尾回歸佛經智慧：「為何要去訕笑／那個提著燈尋找光明的人呢？／自己還不是踏著自己的影子尋找自己？／走出痴愚／卻又掉入痴愚」。〈詩三十〉寫詩人的登山紀聞，重申萬法皆空、真幻交錯的佛理：「飄蕩的雙袖裡／竟找不到一椿真實／燃燈後的實相／是一場巨大的虛幻」。謝清和周夢蝶有同題詩〈六月〉，寫的是詩人告別往日，經歷自然風暴和人世恩怨，遂有這樣的感悟：「埋下所有的昨日／以及昨日以前的昨日／後／隨發現／自己／竟是一樹枯椏／立於瀟瀟的風中」，他淡定從容，沉潛內斂，趺坐如一座巨大的岩石。這部詩集以〈我的哲學觀〉壓卷，顯然有一己的嚴肅思考：「讓喜怒哀樂悲戚歡欣／隨緣而來，順風而去／吾是／一面晶冷的鏡／觀照／一些顏臉，一些機緣」。

謝清和周夢蝶一樣，喜歡描寫生命的孤獨，但是和周不同的是，他喜歡描寫戀愛者的複雜心境，深情綿渺，哀豔動人，以至於神魔交戰，無時或已。謝的詩集《鶴跡》的第二輯名為「落霞調」，彙集13首纏綿悱惻的情詩，大有不忍明言、欲說還休的隱衷。〈千色流霞〉寫詩人在落霞晚風中追思前塵往事，心靈在佛理與愛欲之間掙扎：「明知空中無色，空中有色／還放不下／那縷舞風的髮／流水的眸色／映著長長的落日／走向蒼茫吧」。〈落霞

---

[50] 周夢蝶：〈孤峰頂上〉，見氏著：《還魂草》（臺北：文星書店，1965年），頁147。

變奏曲〉寫青春的消逝和失戀的感傷，結尾帶有一絲禪意：「千色便是無色／有情便是無情」。〈亂火〉寫詩人的情思綿綿，不能自拔，被迫以「趺坐之姿」、「沉坐如岩」來抵抗愛欲的誘惑。〈宿緣〉寫失戀後的詩人，頓悟蘭因絮果、緣起緣滅的道理：「在剎那與剎那的旋變轉幻中／空無／變成惟有的結局了」，這首詩之第三節的詩句「坐沉多少個落日／霞色燼後／又將坐沉什麼？」令人想到周夢蝶之〈菩提樹下〉的名句「坐斷了幾個春天？／又坐熟了幾個夏天？」〈紅塵外〉寫抒情自我發現前塵往事成雲煙，以佛理自我排遣，心境歸於平靜：「紅塵外／那一渦渦的塵事又能記取什麼？／尤其是／在知道剎那便是永恆／永恆僅在剎那之後」。洛夫、余光中、奚密都發現周夢蝶好用「矛盾語法」（the language of paradox），正反並置，悖論式組合，以加強詩意的曲折、語言的張力、追求主題的矛盾統一。[51]謝詩喜歡運用矛盾語法，可見周夢蝶的影響。綜而觀之，詩集《鶴集》是詩人皈依佛教後的心靈獨白，寫世界的虛空和個人的孤獨感，心靈在情欲與宗教之間的掙扎，詩句典雅流暢，頗有古典意境，見出周夢蝶的啟發。陳義芝認為，周夢蝶詩風的形成有多種因素促成，包括舊學根底、佛經體悟、孤苦的身世遭逢以及自外於繁華情愛的流亡意識，而這一切導致周夢蝶不會寫歡樂的詩。[52]洪淑苓進而指出，周夢蝶詩集《孤獨國》經常出現的孤寂虛無的情緒，也與當時臺灣流行的存在主義思潮有關聯，只不過周的關注點不在社會現實或政治諷喻，而是最直接的自

---

[51] 洛夫：〈試論周夢蝶的詩境：兼評《還魂草》〉；余光中：〈一塊彩石就能補天？：周夢蝶詩境初探〉；奚密：〈修溫柔法的蝴蝶：讀周夢蝶新詩集《約會》和《十三朵白菊花》〉，參看曾進豐編選：《臺灣現當代作家研究資料彙編卷18：周夢蝶》，頁177，頁218，頁322。根據周夢蝶自述，他曾頗受瘂弦的影響，這種矛盾語法或是證據。

[52] 陳義芝：〈周夢蝶詩風格生成論〉，參看洪淑苓主編：《觀照與低回：周夢蝶手稿、創作、宗教與藝術國際學術研討會論文集》（臺北：學生書局，2014年），頁72。

我探索，並且企圖達到超越自我。[53]相形之下，謝詩雖有古典意境和佛經思想，但未及周詩的哲理深沉和境界幽遠，也是事實。

　　寒川受到余光中和鄭愁予的影響較深，不過他在1975年5月，在新加坡寫下一首小詩，追憶他瞻仰雅加達的婆羅佛屠佛塔，其中的個別詩句乃是把周夢蝶的詩改頭換面，例如「日月是照明你的雙燈」，來自於周夢蝶的〈托缽者〉中的詩句「日月是雙燈，袈裟般／夜的面容」，寒川的「坐熟了幾個世紀／又望斷了幾個春天」[54]來自周夢蝶的〈菩提樹下〉「坐斷了幾個春天？／又坐熟了幾個夏天？」，「絕塵而立」這個語象來自於周夢蝶的〈逍遙遊〉開篇「絕塵而逸。回眸處／亂雲翻白，波濤千起」。但是總體看來，寒川與周夢蝶的文學因緣僅此而已。

　　南子（李元本，1947- ）畢業於南洋大學化學系，鍾情於現代詩、散文和微型小說寫作，也是虔誠的佛教徒。他的〈足印〉由沙灘上足跡的轉瞬消逝，感悟萬象流轉、剎那生滅。[55]〈禪趣〉寫詩人神思飛躍，恍惚回到前生，洗淨無明，花開見佛，肉身分解為萬千微塵，成為大光明的一分子。[56]〈真如的尋找〉寫詩人回顧前世今生，發現自我迷失於紅塵俗世，遂觀照大千世界，尋找本體真如，與大宇宙合而為一，最後拈花微笑。[57]不過，這些詩都是由日常生活體悟佛理，語言淺近明白，缺乏周夢蝶式的意象、句法和古典意境。最能顯示周夢蝶風格的，我以為是南子詩集《夜的斷面》當中的兩首詩，其一是〈無量劫〉──

---

[53] 洪淑苓：〈橄欖色的孤獨：論周夢蝶《孤獨國》〉，曾進豐編選：《臺灣現當代作家研究資料彙編卷18：周夢蝶》，頁137。

[54] 寒川：〈婆羅佛屠佛塔〉，見氏著：《在矮樹下》（新加坡：島嶼文化社，1975年），頁50。

[55] 南子：〈足印〉，見氏著：《生物鐘》（新加坡：七洋出版社，1994年），頁69。

[56] 南子：〈禪趣〉，見氏著：《生物鐘》，頁95-96。

[57] 南子：〈真如的尋求〉，見氏著：《生物鐘》，頁109-110。

注涓涓的流霞於我雙目／你的裙裾滾上虹霓七色的體香／時
正花季／眾花呈現繁美的諸貌／我僅顯示一滴微弱的蒼翠／
／狂飆季／我的背影溶入一陣風沙／自千瓣花裡尋訪失去的
微笑／無量劫後／優曇華在盛展與萎痿中輪迴／我的坐姿是
一株濃得化不開的綠樹／也將覺得每朵微笑都是你／／你的
背影自南方隱去／千花千葉也隨之謝去／伸展十指／挽留不
住滿樹蕭瑟的秋意[58]

　　首句模仿周夢蝶〈托缽者〉之「滴涓涓的流霞／於你缽中」，
第二節中的「優曇華」也來自周的那首詩。不過，主題是戀愛的甜
蜜與失戀的感傷，並非體認前生今世、因緣流轉的禪機，毫無出世
之想。其二是〈臥姿·坐姿〉，第二節寫道——

結趺疊坐，讓我禪悟／我的雙燈已不滿充自了漢的迷茫／佛
陀哦，唯你的法如花雨／讓芳馨沐浴每顆愚痴的心靈／且不
管來時的路，去時的路／以及空山的鳥啼，那人的名字／／
千萬劫後，我已非我／優曇華將開幾次？／恆河呢？依然潺
潺否？／而菩提樹下，有人描我的坐姿？[59]

　　這首詩充斥著佛經用語，例如「法輪」、「菩提」、「痴妄
執著」、「涅磐」、「娑婆世界」、「趺坐」、「禪悟」、「佛
陀」、「優曇華」等等，詩人由個人的情愛經驗感悟大千世界的
無常，回歸緣起緣滅的色空觀念，感受生命的寂寞無奈，華美流
暢的文字，撲朔迷離的異國情調，散文化的反問句，儼然有周夢蝶
詩風。

[58]　南子：〈無量劫〉，見氏著：《夜的斷面》（新加坡：五月出版社，1970年），頁27。
[59]　南子：〈臥姿坐姿〉，見氏著：《夜的斷面》，頁35。

英培安終其一生不是宗教信徒，他的詩毫不涉及佛理禪機和基督教義。例如：英氏的〈孤蝶〉寫自我的孤獨無助和存在主義式的焦慮，他對周夢蝶詩風的學習體現在幾個方面。一是迴環複沓的句式，例如「從一端的夜／你投入另一端／夜的深淵裡」，「夜的盡頭，是夜的另一面真實的陰影」，「你是一切的孤獨／孤獨的一切」。二是矛盾語法，例如「尤其在你醒著的夢中／在夢中醒著的時候」。三是內心獨白的語調、疑問句式和抒情風致的混合，例如「蝶，幾時你會不覺滿樹果實的蜂蟻／幾時你會尋回，你飄忽不定的／心葉的脈絡／／幾時每朵花蕊都映滿你的粉香」，似乎脫胎自周夢蝶的〈托缽者〉一個段落：「問路。問路從幾時有？／幾時路與天齊？／問優曇花幾時開？」。四是語彙和意象，例如「無量痛苦的是你不能再重新蛹脫／另一次雪濤與火焰的悲辛」，令人想起周夢蝶的「誰能於誰能於雪中取火，／且鑄火為雪？」（〈菩提樹下〉），我們要知道，「無量」、「雪」、「火」、「燃燈」、「蝴蝶」，都是周夢蝶的標誌性的語言和意象。英培安〈臨行日記〉中的「燃燈的女孩」，也與佛經典故無關，而是表達依依不捨的愛情。〈坐〉中出現「雪」、「火」、「剎那」、「永劫」等文字，主題思想是個人無法達到道家之「坐忘」境界。〈那人〉中有「寒雪」、「火舌」、「優曇花」等意象，表達鄉愁思歸的寂寞心情。

（三）瘂弦與洛夫：超現實主義二重奏

1954年10月，洛夫、張默和瘂弦創辦「創世紀詩社」，抗衡紀弦的「現代詩社」和覃子豪的「藍星詩社」，後來又成立《創世紀》詩刊，形成「創世紀」詩歌流派。這派詩人起初主張新詩要合乎「民族詩型」，從1958年開始標榜超現實主義，強調詩的世界性、超現實性、獨創性和純粹性，發掘人的心靈世界，走向現代主

義。代表詩人除了上面的「創世紀鐵三角」之外，另有辛鬱、管管、商禽、葉維廉等。

痙弦在1968年出版長詩《深淵》，名動文壇，影響深遠。痙弦說：「在題材上我愛表現小人物的悲苦，和自我的嘲弄，以及使用一些戲劇的觀點和短篇小說的技巧」。穿插式的迴旋結構，不斷的重疊複沓，大跨度的並置，造成戲劇性的張力，主題方面的離散經驗和鄉愁書寫，存在主義式的生命拷問和現代文明批判，這幾乎是痙弦的身分標誌了。覃子豪指出，痙弦詩之重要特點是：以古老歌謠的風格表現鄉土中國氣息，雜以西洋典故和異國風物，運用生動的口語和幽默，抒情自我的不固定身分造成強烈的戲劇性，在取材、構思和表現技巧上均以「趣味性」為著眼點。[60]楊牧認為，「痙弦所吸收的是他北方家鄉的點滴，1930年代中國文學的純樸，當代西洋小說的形象；這些光譜和他生活的特殊趣味結合在一起。他的詩是從血液樂流蕩出來的樂章。」[61]覃子豪發現，痙弦的作品充滿超現實色彩並具有音樂性，經常表現悲憫情懷，對生命甜美之讚頌，還有對人類生命困境之探索，帶有存在主義的悲劇感[62]。這些都是重要的論述。

早在1960年代早期，英培安就是新、馬著名現代詩人。翻閱他早年的詩，可以發現風格題材的多樣化，寫作技巧不斷進步。覃子豪、余光中、鄭愁予、周夢蝶、痙弦、楊牧等一眾臺灣詩人，對他多少都有啟發，但是比較而言，影響最大的當推痙弦。痙弦寫自我的孤絕感、現代文明的危機和現代人生的困境，還有繁複精緻的手

---

[60] 覃子豪：〈三詩人作品評〉，見《覃子豪全集》第2卷，頁417-419。
[61] 楊牧：〈痙弦的《深淵》〉，見楊牧：《傳統的與現代的》（臺北：志文出版社，1974年），頁124。
[62] 覃子豪在1961年7月發表的文章中精闢指出，「當中國現代詩趨於癱瘓的今日，無疑的，存在主義便成了現代詩的強心針」，他強調存在主義的反傳統和反集體主義、凸出個體自我、重估現代社會問題，參看他的〈中國現代詩的分析〉，見《覃子豪全集》第2卷，頁490。

法，深深地吸引了這位天才早慧的新加坡詩人。1968年，英培安出版第一本詩集《手術臺上》。在後記中他坦率承認：「我的詩很受瘂弦的影響，如果我要繼續寫詩，我一定要想法子跳出他這厚而大的影子。」[63]三十多年後，在接受記者訪談時，他再次強調：「我是非常臺灣派的人，就是從臺灣那邊吸收東西。」[64]英的〈乞丐〉中的自我戴上流浪漢的人格面具，通過他對小花狗表達的內心獨白，以物喻人，表達小人物的貧苦不幸：「小花狗呀，我的小親親／老了的芒鞋在我腳下嚷著嚷著／餓死了的小麻袋兒在我背上沒有聲音小花狗呀，我的小親親」[65]，這裡採用口語腔調、兒化音和民謠風、乞丐的觀察視角，製造出戲劇性的因素，這種新穎的文體實驗在當時南洋文壇，還是比較陌生的現象。接下來，又有紳士淑女對小狗的輕視和虐待的動作。重疊複沓的句式，戲謔自嘲的語氣，這是典型的瘂弦風格。英培安對歌謠情有獨鍾，甚至專門以童謠的形式，寫了十幾首兒童詩，收入他的這本詩集當中。

余光中指出瘂弦詩有四大特色，第一就是他的抒情詩幾乎都是戲劇性的，他根據個人的戲劇天賦和教育背景，配合筆下各色小人物的身分，運用鮮活生動的口語腔調和明快節奏。[66]英培安採用小人物的視角，包括〈乞丐〉中的流浪漢、〈天竺鼠哀歌〉中的鼠類，造成強烈的戲劇效果，對庶民百姓的不幸表達人道主義的同情心。〈清明節〉採用類似於小說的全知視角，寫一位死去的小女孩的心理活動，風格沉鬱冷肅，令人想到瘂弦的〈殯儀館〉。

英培安的〈風〉作於1965年7月，作者時年18歲。詩分四節，

---

[63] 英培安：《手術臺上》（新加坡：草根書室，1988年再版），頁73。

[64] 劉燕燕：〈辦雜誌與開書店奇遇記：英培安訪問錄〉，新加坡《圓切線》第6期（2003年4月），頁296。

[65] 英培安：〈乞丐〉，見氏著：《手術臺上》，頁5。

[66] 余光中：〈詩話瘂弦〉，陳義芝編選：《臺灣現當代作家研究資料彙編第37卷：瘂弦》（臺南：臺灣文學館，2013年），頁121-123。

時序移動，自早上至深夜，每節都有抒情自我與風景人物的互動，突出清新明澈的繪畫效果，例如「早上，我去叩一個少年的百葉窗」，「下午，我教一朵可愛的雲變魔術」，「黃昏，我陪一個農家小孩放風箏」，「夜央，我喚醒荒塚中夢深的幽靈」[67]，這顯然是模仿瘂弦〈山神〉的句式：「春天，呵春天／我在菩提樹下為一個流浪客餵馬」，「夏天，呵夏天／我在鼓一家病人的鏽門環」，「秋天，呵秋天／我在煙雨的小河裡幫一個漁漢撒網」，「冬天，呵冬天／我在古寺的裂鐘下同一個乞丐烤火」。所以梁春芳正確指出，英培安的〈風〉帶有瘂弦的〈山神〉的韻味[68]。〈在夜晚，夜晚十二點鐘〉寫新加坡著名景點「白沙浮」（Bugis，或音譯為「武吉士」），在描寫燈紅酒綠、荒淫腐敗之外，也反映底層人物的辛酸，包括擦鞋童、乞丐、鴉片鬼、妓女，句式明顯帶有瘂弦風格，例如「且擲一個比空酒瓶還要淒涼的狂笑」，「而那擦鞋童的手總伸著饑餓」，「她們的目光擠不出一滴早晨」，「她們美其名曰很蘇絲黃的雙乳／甚至從未好好地瑪麗亞過」，具象與抽象組合，大跨度比喻，詞性改變，悲慘和詼諧並置，造成陌生奇詭的效果。〈蠹魚〉揶揄一位古文學教授的迂腐偽善，文字風趣幽默，令人莞爾：「且膜拜鄭箋／且膜拜孔疏／且用牙齒戛戛乎／啃最難啃的線裝／挺最難挺的圓圓的腹」[69]，這讓人想到瘂弦的詩作〈C教授〉。英培安的〈黑咖啡〉節奏明快簡潔，一上來就用「深淵」、「大鴉」、「黑森林」、「海」等意象表現咖啡的黑色，接下來運用口語腔調，例如「夜已沉淪啦」、「胡姬們都很盛妝啦」、「吵醒夢深的小松鼠吧」、「黑咖啡哪」、「愛哭泣的小鮫人哪」、「黑咖啡呀」等等，這種口語風格本來是瘂弦的拿手好戲。根據瘂

67　英培安：〈風〉，見氏著：《手術臺上》，頁1。
68　梁春芳：《文學的方向與腳印》（新加坡：青年書局，2009年），頁126-127。
69　英培安：〈蠹魚〉，見氏著：《手術臺上》，頁29-30。

弦自述，他曾醉心於西班牙詩人洛爾卡的民謠風，嘗試把民謠形式和氣氛帶入中國生活。[70]這首詩的結尾部分寫道，「假如你滾在這樣弱不禁風的／唐代。那位存意要嘔心的通眉少年／他就不必騎肺結核的驢子／他不要小奚奴／也可以把繆斯的花轎子迎來」[71]，這裡有超現實主義的想像，李賀的典故和希臘神話典故的合璧，「肺結核的驢子」以及「花繆斯的轎子」，見出濃厚的趣味性。

英培安的長詩〈手術臺上〉[72]以繁複錯綜的句式，詭譎詼諧的意象，排山倒海的氣勢，深刻沉痛的寓意，展示現代文明的墮落和人性的物化。這首詩向瘂弦的傑作〈深淵〉致敬，在意象、句式、主題、風格上也有驚人的再創造。例如：諷刺都市生活的忙碌沉悶，拜金主義成為時尚：「而我們是電視機、是巴士站、是鋼骨水泥／我們匆忙地打領帶匆忙地穿皮鞋／匆忙地強記電話號碼／喝可口可樂時討論遠地的戰爭／以指尖數鈔票，以耳朵聽股票行情／一張戲票，可以買到無數種的轟炸」。描畫人際關係的冷漠疏離和虛情假意，缺乏心靈的溝通交流：「謊言傳染在齒縫，驕傲插進鼻孔／熱情印刷在每張商業註冊的臉皮上／我們用紅燈停車，用電腦算錢／惟獨語言不是情感交通的符號」。批判男女兩性的情慾橫流和靈肉分裂：「戀人們在舞池中相識／從床上下來時仍記不清對方的名字／在橋底下他們調笑，在戲院裡他們接吻／走過一條街道眼睛即全然陌生」。甚至以褻瀆神聖的口吻，嘲弄在世俗的年代裡，宗教信仰缺失，道德人格破產：「很多種的耶穌釘在很多種的口型裡／不同的耶穌滴血在不同的床上／而我的耶穌他在街燈下流浪／抽著高貴的香菸，沿酒吧與酒吧搖滾回來／挨著我沒有窗門的視窗，猥瑣得像隻病貓／窺見自己的肖像只剩下一腮漂亮的鬍子／整個鏡

---

[70] 瘂弦：〈我的詩路歷程〉，陳義芝編選：《臺灣現當代作家研究資料彙編第37卷：瘂弦》，頁131。
[71] 英培安：〈黑咖啡〉，見《手術臺上》，頁47。
[72] 英培安：〈手術臺上〉，見《手術臺上》，頁61-67。

框只剩下一腮漂亮的鬍子」。在這首詩裡，英培安企圖全方位展示現代文明的危機和現代人生的困境，「手術臺」變成一個深刻的本體象徵，具有普遍寓意。他使用複沓句法，例如「沒有比這更是淒涼的悲劇」重複三次；使用矛盾語法，例如「美麗和他的死亡／燦爛及其罪惡／榮譽和他的汙穢」；他反諷地運用聖經典故，例如瑪麗亞、耶穌、猶大、耶路撒冷；他在許多地方運用魔幻筆法，淋漓盡致地批判現代文明和現代人生。必須指出，〈手術臺上〉最直接的前文本是瘂弦的〈深淵〉，但是也與T. S. 艾略特的〈普魯弗洛克的情詩〉存在隱祕的互文關係，因為「手術臺上」這個意象來自於後者的開篇：「那麼我們走吧，你我兩個人，／正當朝天空慢慢鋪展著黃昏／好似病人麻醉在手術桌上」。張默總結說：「瘂弦的詩有其戲劇性，也有其思想性，有其鄉土性，也有其世界性，有其生之為生的詮釋，也有其死之為死的哲學，甜是他的語言，苦是他的精神，他既是既矛盾又和諧的統一體。」[73]這是準確的觀察。令人驚歎的是，年方二十一歲的英培安就成功學到了瘂弦詩學的核心。此外，英培安〈無根的弦〉中的「蓮花落」、「驢蹄」、「葫蘆」、「紅玉米」無疑是從瘂弦搬來，他選擇這些意象完全是橫向移植的書本知識，而不是生活經驗的藝術化，所以缺乏南洋色彩和本土性。

南子的詩集《夜的斷面》中的浪漫抒情，有余光中、鄭愁予、葉珊的影子；形而上的知性作品乃是受瘂弦啟發。〈蝴蝶劫〉的第三節寫道——

> 歲月，斯芬克斯謎題的歲月／鐘鼎文的歲月／歲月是釘在十字架上的天使／我之存在，沙特不懂／夢蝶的漆園吏亦不懂

---

[73] 張默等編：《中國當代十大詩人選集》（臺北：源成文化圖書供應社，1977年），頁261。

／李耳呢？／李耳是函谷關外的移民／他更不懂[74]

諷刺戲謔的語調，詞語的反常組合，大跨度的比喻，些許異國情調，生命的沉思冥想，一望而知走的是瘂弦路線，「歲月，斯芬克斯謎題的歲月」這種句式令人想到瘂弦〈深淵〉的「歲月，貓臉的歲月」。一連串與「不懂」有關的句法，來自瘂弦的〈紅玉米〉「你們永不懂得／那樣的紅玉米／它掛在那兒的姿態／和它的顏色／我底南方出生的女兒也不懂得／凡爾哈倫也不懂得」。南子的〈夜的斷面〉批判墮落的都市文明和病態的現代人性，佈滿曲折迷人的隱喻象徵——

> 華美之夜，夜以一千葉金屬片／敲出滿天的星光／都市的巨獸／睜一萬隻燈光的複眼瞻視大地／摩天樓矗立在摩天樓的陰影裡／青空被分割／人迷失在報派的潮聲中／／夜已成熟，星星逐漸死去／帶來陽光的訃聞／許多靈魂暫時告別肉體／肉體告別文明／欲在成熟，摘落在床第之見[75]

星星、天空等景物沒有了靈氛，人和自然的和諧關係不復存在，物質文明充塞都市空間，肉欲氾濫的人類迷失了方向，「欲在成熟，摘落在床第之見」相似於〈深淵〉中的「在夜晚，床在各處深深陷落」。南子的散文詩〈歲月〉以虛構敘事和魔幻描寫，表達自我的矛盾和分裂——

> 陽光伸著七隻手從窗口越入，帶著刀鋸斧鑿，在我額際雕滿歲月，以我的面影塑成石膏模型，帶到市場去販賣。我

---

[74] 南子：〈蝴蝶劫〉，見氏著：《夜的斷面》，頁11。
[75] 南子：〈夜的斷面〉，見氏著：《夜的斷面》，頁22。

清晰地聽到有人在牆角嚶嚶哭泣，回頭一看，原來是自己的影子。

　　從夢中醒來，發現自己竟是一株水仙。我的葉脈生長著、交纏著、盤結著、蜿蜒著矛盾。我的根深深地盤植入忘憂的水中。那個哭泣的少女奔來，以一滴一滴一滴一滴圓亮的淚珠，裝飾在我下垂的葉尖。[76]

　　像瘂弦〈鹽〉一樣的散文詩體裁，有暴力－受難色彩的意象，戲劇性的場景，夢境和幻覺的運用，古希臘神話和《紅樓夢》典故的鑲嵌，這些技巧的糅合造成撲朔迷離的超現實意境，雖然有點單薄清澀，仍然見出瘂弦的影響。

　　像瘂弦一樣，林方的〈尋夢路〉、〈世紀〉批判現代文明的危機，反思現代人生的困境，帶有揶揄的格言式詩句，以及存在主義哲學的內涵。謝清的〈審判〉和〈囹圄〉是瘂弦的〈深淵〉的縮微版。梁春芳的〈小彼德〉以懵懂小童的視角發聲，佯裝輕鬆無知，故意大題小作，意在表現沉痛的文化傷痕，形式上一方面呼應英國詩人奧登的「輕鬆詩」（light verse），另一方面模仿瘂弦的歌謠風（準確地說，是童謠）。

　　葉維廉精闢指出，瘂弦的詩〈鹽〉、〈戰時〉、〈上校〉等，是要在時間激流中抓住一些記憶片斷來持獲他在離散空間中的憂懼，這有特定歷史時空的成因。這種傷痛發展到極致，是一種無奈、無所謂、甚至輕佻，幽默自嘲的抒情可以說是瘂弦詩的主調，例如〈深淵〉的「哈利路亞！我仍活著。工作，散步，向壞人致敬，微笑和不朽。」[77]劉正忠也發現，瘂弦、商禽、洛夫、周夢蝶

---

[76] 南子：〈歲月〉，見氏著：《夜的斷面》，頁34。
[77] 葉維廉：〈在記憶離散的文化空間裡歌唱：論瘂弦記憶塑像的藝術〉，見陳義芝編選：《臺灣現當代作家研究資料彙編第37卷：瘂弦》，頁186。

都有類似的職業身分和離散經驗，他們的詩形成一種「身體－受難」的美學類型。[78]不過，生活在1960到1970年代的新加坡詩人英培安、謝清、林方、南子，都沒有離散經驗及其歷史創痛，他們借鑒瘂弦的詩學，剝離了相關的文化政治。梁春芳是一個例外，他的〈小彼得〉使用小說化、戲劇性的因素，戴上無知兒童的人格面具，從這個特定視角觀察社會變動，意在言外地表達讓人痛心的文化創傷。

洛夫在1957年出版詩集《靈河》，後來出版詩集《石室之死亡》。《中國當代十大詩人選集》給洛夫以如此讚譽：「從明朗到艱澀，又從艱澀返回明朗，洛夫在自我否定與肯定的追求中，表現出驚人的韌性，他對語言的錘鍊，意象的營造，以及從現實中發掘超現實的詩情，乃得以奠定其獨特的風格，其世界之廣闊、思想之深致、表現手法之繁複多變，可能無出其右者。」研究者公認，洛夫詩藝有很大的變化和成長，數十年歲月中，自我突破，與時俱進，不斷邁向新高度，終為臺灣一代詩宗。劉正忠認為，洛夫的詩「初期以表達個人情懷為主，後受存在主義與超現實主義的啟迪，意象轉向繁複濃烈，節奏明快多變，語言奇詭冷肅。由於詩作表現手法魔幻，故而被稱為『詩魔』。後期詩作以〈魔歌〉為分水嶺，詩風蛻變。」[79]實良有以也。1960年代早期，洛夫的詩就多次出現在《蕉風》上。1983年，洛夫和詩人蓉子、學者吳宏一道出席在新加坡舉辦的第一屆國際華文文藝營。多年後，他的詩文集《為晚霞命名》由新加坡的青年書局和香港的明報出版社聯合推出。關於洛夫對新華現代詩人的深刻影響，我以資深詩人梁鉞、少壯派詩人周德成和周昊為討論的例證。

---

[78] 劉正忠：〈暴力與音樂與身體：瘂弦受難記〉，見陳義芝編選：《臺灣現當代作家研究資料彙編第37卷：瘂弦》，頁209-229。

[79] 劉正忠：〈小傳〉，見劉正忠編選：《臺灣現當代作家研究資料彙編第33卷：洛夫》（臺南：臺灣文學館，2013年），頁47。

梁鉞出版第一本詩集《茶如是說》以後，對洛夫的超現實主義詩學一見傾心，遂仔細研讀，努力借鑒。他很坦誠地對我說——

> 出版了第一本集子後，我感覺自己在寫作上必須有所突破，不能原地踏步，於是我轉向洛夫。洛夫那種魔幻式的超現實的表現手法，奇詭驚人的意象，給了我很大的震撼。於是，我在既有的基礎上，注入了洛夫的元素。果然，詩風有了改變，也有了突破。這一些具體體現在《浮生三變》裡。[80]

華校生的文化傷痕，西化的社會結構，文化認同的危機，作為後殖民現象的語言政治，經常讓梁鉞憤世嫉俗，滿腹牢騷。下面的四首詩，有洛夫的魔幻手法和機智冷諷。〈電視天線〉（1988年）寫林立的電視天線猶如野地裡瘋長的雜草：「我們拉長脖子／打屋前屋後／苦苦地把頭伸上來／不是為了要極目千里／也非痴痴地守候哪個歸人／而是要向你——這體態越來越臃腫／臉色越來越蒼白的社會／同聲高喊：／／「苦…哇…」」[81]古典詩詞的意境被反諷地使用，洛夫式的超現實主義製造出黑色幽默的效果，批判現代都市病的氾濫成災。〈夜讀箚記〉（1988年）寫詩人由於工作需要，被迫大量閱讀語言學與語言教學的書籍，讀詩與寫詩的時間大為減少了：「惶惶然我轉身欲尋找／那久違了的繆斯／卻驚聞他正被壓在／厚厚的一疊教材底下／氣急敗壞地向／呼叫救命」[82]這不是普通的擬人修辭而是洛夫式的超現實寫法。梁鉞感喟自己為生計所迫而與繆斯疏遠，這也是新加坡文藝環境不如人意的見證。董農政盛讚這首詩以意象轉變和相互關係製造出綿密而層次分明的情緒：

---

[80] 梁鉞在2019年6月13日回覆筆者之書面訪談的電子郵件。
[81] 梁鉞：〈電視天線〉，梁鉞：《浮生三變》（新加坡：七洋出版社，1997年），頁71，
[82] 梁鉞：〈夜讀箚記〉，見梁鉞：《浮生三變》，頁24-26。

「並讓這種情緒，在虛與實、夢與醒之間，醞釀一種自嘲兼嘲人的氣氛。」[83]〈小病讀史〉（1989年）的第二節寫道：「歷史原來也是一種感冒」，這種格言式的詩句，洋溢著洛夫式的機智反諷。第一節寫道：「讀著讀著／到了末頁，所有的字句／突然如蜂群般飛起／仔眼前急速旋轉／呼嘯成一股熱帶風暴後／卻又化為冰雪／襲遍我全身七經八脈／且一路打著噴嚏」[84]密集的意象、快速推進的詩行、強大的張力，帶有諧趣的魔幻手法，讀來和洛夫的〈與李賀共飲〉何其相似乃爾：「這時，我乍見窗外／有客騎驢自長安來／背了一布袋的／駭人的意象／人未至，冰雹般的詩句／已挾冷雨而降／我隔著玻璃再一次聽到／羲和敲日的叮噹聲」。〈破曉驚雷〉（1990年）的第三節寫道：「滿屋的門窗皆哐啷顫抖／桌上我那首不甘寂寞的詩／卻驀然化為一道閃電／從紙上躍起，繞室飛奔／未幾復穿窗而去／我呼喊，我追趕／天際隱約傳來／它低沉的回應。」[85]這種有震撼力的視聽意象、奇譎的想像和誇張魔幻的手法，顯然來自洛夫的〈邊界望鄉〉。

為何要使用曲折隱晦的超現實手法？瘂弦坦率地說：「1950年代的言論沒有今天開放，想表示一點特別的意見，很難直截了當地說出來；超現實主義的朦朧，象徵式的高度意象的語言，正好適合我們，把一些社會意見、抗議隱藏在象徵的枝葉後面。」[86]新加坡和當時臺灣社會一樣，屬於威權政治，梁鉞無力直接表達個人的政治觀，只能借助於洛夫、瘂弦的超現實主義。當然，作為一位傑出詩人，洛夫的詩藝是變化前進的。張漢良的〈論洛夫後期風格的演變〉仔細考察過洛夫的風格演變：意象由繁密變為簡潔，風格由晦

[83] 董農政：〈紀錄心痛 嘲人自嘲──「夜讀箚記」短評〉，見梁鉞：《浮生三變》，頁175-176。
[84] 梁鉞：〈小病讀史〉，見梁鉞：《浮生三變》，頁27-28。
[85] 梁鉞：〈破曉驚雷〉，見梁鉞：《浮生三變》，頁29-30。
[86] 〈現代詩三十年的回顧〉，臺北《中外文學》1981年6月，頁146。

澀變為明朗,語言由驚警緊張變為從容灑脫,主題由生死明暗的形上探索,朝向平實穩健的日常生活。梁鉞也是一位能夠變化成長的詩人。他繼詩集《茶如是說》、《浮生三變》、《梁鉞短詩選》之後,沉潛多年,默默寫作,在新千年推出第四本詩集《你的聲音》,風格由奇譎變為質樸,節奏明快流暢,而幽默戲謔、自嘲嘲人的調子,仍然保持不變。

周德成就讀大學時,大量閱讀過《聯合文學》、《幼獅文藝》等臺灣文藝刊物。2018年4月,周德成在接受我的書面訪談時回憶說,他對臺灣現代詩博收雜取,余光中、鄭愁予、洛夫、夏宇、羅智成、林燿德都給他的現代詩寫作起到領路人的作用。縱覽周的詩集《你和我的故事》,我們發現,周詩呈現濃烈的都市現代性和本土意識:日常生活的繁密意象,反抒情反詩意的主知特色,新古典主義風格,自我內心的自由表達,新加坡身分的塑造。所有這些主題和詩藝都彙集於他的筆端,而洛夫是一個重要的靈感來源。例如:〈死——生命的「真相」〉出現奇詭駭人的語象——

> 午夜十二時零三分/前世的你從木棺中起身/和我今生交談/然後拿起數位相機一起照相/影像竟是——來世/那麼空洞虛幻的形式/我用輪迴思念完整框住/你再把它懸於夢的天國[87]

幽靈與活人的互動,佛教的輪迴觀念,科技時代的名物,通過洛夫式的魔幻手法呈現出來,意在反思生命存在的複雜性。周詩有時造語奇特,喚出詼諧的趣味——

---

[87] 周德成:《你和我的故事》(新加坡:玲子傳媒,2012年),頁40。

我笨重的黑靴如鏟泥機／偶爾邂逅一兩顆死亡的石頭／（耳際飛過一枚子彈／——嗡嗡作響，還作花式飛行／拍，揮手擊落一隻失事的蚊子）／／子彈和石頭／有美麗的弧度／每把槍都不安起來／我的黑靴／吐得滿口是泥[88]

這裡使用比喻、擬人、誇大陳述的手法，表現詩人在國民服役時的內心感受。

樹遺下的影在／跨欄時失足哭泣／幽暗的洞口／彷彿傳來遠處記憶的鐘聲／重擊選手拳拳俐落擊向胸口／樹在不眠的午夜／面和額頭橫生皺紋／葉子墜下的平仄也原都是錯誤的[89]

這裡展示一個焦慮不安的內心：樹影在哭泣，鐘聲喚起情緒記憶，樹木長出了皺紋，落葉的聲音竟然有錯誤。題目是「對立」，這些意象暗示出不平靜的情緒。

複製／複製／複製／我們不斷用鏡子複製現實／我們不懈用錯誤複製歷史／我們不停複製新的目的檔／來容納我們的健忘／然後剪貼／剪貼成夢的剪影／托放在被替換掉的真實裡[90]

運用重疊複沓的修辭，自成一行的「複製」（以及後面的「存檔」），令人想起洛夫〈長恨歌〉裡的名句「蓋章／蓋章／蓋章」，散文化排比句式，還有「卡夫卡」坐在螢光屏中吃午餐，「老鼠」鑽進筆記電腦的語象，表現出電子科技時代所滋生的社會

---

[88] 周德成：〈從軍行〉，見《你和我的故事》，頁129。
[89] 周德成：〈對立〉，見《你和我的故事》，頁131。
[90] 周德成：〈現代電腦操作程式〉，見《你和我的故事》，頁138。

問題。

> 我於是露出一排友善發亮的牙齒／讓臉部作出激烈的運動／像一個肌肉橫生的相撲手／卑鄙地把憂傷按壓成餅／可愛的外交術燙平我的額頭[91]

牙齒給人以友善的感覺，勉強做出的微笑顯得生硬，憂傷彷彿被碾壓成餅乾的形狀，額頭上的皺紋被虛偽地燙平，這裡推出生動新鮮的視覺意象，運用比喻、擬人、誇大、思想知覺化、反諷，刻畫出人性遭到壓抑和扭曲。

> 高高大大的夜／又負著雙手在背後／那個時候左手兩排組屋則向著天橋上的我／一幢幢沖著我的額，俯身撞來[92]

> 有一次擁擠把我掩埋成千萬人群一張無名的臉／還有一次疏離把我們切割成電梯天窗外遙對的星[93]

寫都市環境給人的壓抑，個人的孤獨感，現代人彼此之間的疏離感，詩人化靜為動，誇大形容「組屋」衝撞人的身體，這個精彩的語象和明快的節奏，和洛夫〈邊界望鄉〉的名句庶幾似之：「一座遠山迎面飛來／把人撞成了／嚴重的內傷」。

> 左右的街燈又趁此興兵作亂／於是無以計的自己一下都醉了／橫七豎八昏倒在快速公路上／你說月光一定含有超量的酒

---

[91] 周德成：〈哭泣與微笑〉，見《你和我的故事》，頁146。
[92] 周德成：〈夜行者自序之一〉，見《你和我的故事》，頁124。
[93] 周德成：〈電梯的離心力〉，見《你和我的故事》，頁151。

精／驕傲的星群端詳我的窘態，眨著煙／我卻始終錯過它們的鬼臉／梵谷站在一旁偷笑／天太黑，我右手高舉手電筒／天地倏地作白[94]

這裡寫詩人在深夜趕路所見的景象，移情於物，製造新奇的畫面：街燈光芒四射，彷彿一群醉漢，月亮豪飲過度，星群熠熠閃光，似乎在捉弄詩人，梵谷的幽靈幸災樂禍。香港批評家李英豪認為，「在語彙的豐富奇瑰，語言的動力創新，語格無定形的變化和原始藝術的誇張上，無疑洛夫是成功的，他深知把邏輯語法和固定的模式底頸子扭斷。」[95]毫無疑問，上面這些風趣幽默的意象也見出周德成之學習洛夫的用心。

周昊（1987-）也曾受洛夫的啟發。洛夫詩特色是奇譎的想像，對人世的機智冷諷，對生命存在的深刻思辨，例如《石室之死亡》。周昊的詩集《青光》中的一些作品，造語奇崛，意象迫人，例如〈故城──GC〉的「瞳孔中的黑夜／已被絕望的鬼影點燃／煙霧散去／僅剩下童話的灰」[96]這首詩悼念死於紐西蘭的中國詩人顧城，「黑夜」喻指人性的幽暗和殘暴，「鬼影」修飾絕望的程度也暗示暴力和死亡的陰影，黑夜被點燃後帶來的不是光明，而是生命的終結和童話的破滅。洛夫式的反諷戲謔、魔幻手法和詩人作為悲劇英雄的自畫像，也出現在周昊的詩中。請看〈挖〉這首詩──

當最後一棵樹在這片發達的土地上死去／我便開始拚命挖著／深埋在乾枯的土壤中那粒／最原始的種子／一個人／不舍

---

[94] 周德成：〈夜行者自序之二〉，見《你和我的故事》，頁125。
[95] 李英豪：〈論洛夫《石室之死亡》〉，見劉正忠編選：《臺灣現當代作家研究資料彙編第33卷：洛夫》（臺南：臺灣文學館，2013年），頁147。
[96] 周昊：〈故城──GC〉，見周昊：《青光》（新加坡：城市書房，2017年），頁76。

晝夜地挖，背著星辰和所有的冷／／而他們組團站在陽臺／指著我笑，好像在觀看某種表演／笑聲多麼豔陽／他們剛結束一場交流會／會上互相交換準備好的微笑、恭維與名片／討論著如何培育一座花園／／而我低著頭繼續挖／一個人／雙手挖出了血／血將滲入這片我依舊珍惜卻早已乾枯的／土壤──／／我的背部／突然長出了樹蔭[97]

在著名「花園城市」新加坡，「樹」居然弔詭地消失了，這隱喻詩歌（泛指一切人文藝術）在現代世界遭遇的困境。抒情自我彷彿一個悲劇英雄，忍受寒冷、孤寂和庸眾（作為不懂藝術的市儈、官僚和科技精英的「他們」）的嘲笑，在乾枯的土地上苦苦挖掘「種子」。背上突然出現的「樹蔭」，真是神來之筆，具有強烈的魔幻色彩，這個奇譎的意象自成一節，也與前面的黯淡氛圍構成猝然的轉折和諷刺性對照，顯示詩人對文學志業的堅守和自信。〈新加坡的第一場雪〉[98]同樣有魔幻筆法。在星期一早晨，人們照常匆匆趕赴工作單位，第一場雪突然紛飛在熱帶島國。但是，長久待在四季皆夏的都市空間中的人們，早已感覺遲鈍，他們「穿的依然是平日的衣服」，沒有感知寒冷的來襲，也喪失了感動於美好事物的能力，沒有人「放棄與時間的賽跑」、駐足欣賞美麗的雪景。〈潮來潮往〉[99]學習後期洛夫的詩歌技巧，風格簡潔明澈。這是一首甜美而傷感的情詩，其中出現矛盾語法「潮來潮去，該相信泡沫的真實／還是貝殼的虛幻呢」，隔開情人的是無邊無際的天與海，它們在遙遠的天邊，彷彿是「眯成一條線的眼睛」，而情人之間的這種距離，雖遠實近，亦真亦幻，「都在沉默中蒸發」。結尾處的詩句

---

[97] 周昊：〈挖〉，見《青光》，頁65。
[98] 周昊：〈新加坡的第一場雪〉，見《青光》，頁4。
[99] 周昊：〈潮來潮往〉，見《青光》，頁89。

「不要說話，聽——／潮來潮往／那是我們的所有」，暗示抒情自我既享受愛情的誘惑和甜蜜，又有隱約的焦慮和不安，因為他擔心這份感情也像漲落的潮水，虛幻不實，無法持久。〈合歡山〉[100]寫漫遊臺灣合歡山的經歷，由山脈的古老輪廓和巴士的起伏顛簸，詩人聯想到童年時與爺爺相處的往事。在動人的筆觸下，高山與爺爺的影像魔幻般重疊在一起，時空穿梭之際，過去和現在交織，詩中也有誇張和悖論式句法：「近得如此遙遠／在你腳下，我竟縮得比當年還小」，這是從洛夫的〈隨雨聲入山而不見雨〉挪借過來的句式和意象：「隨雨聲蜿蜒至你腹中／卻不見雨，而你兜了好幾個圈子／才肯用鳥語翻譯世間的峰回／路轉——」。在這首詩的最後，抒情自我回到山腳下，發現自己的身影與山影重疊，於是，他「雙腿無力地跪在大地上／突然懂得了什麼／隨手從口袋裡掏出／一把／爺爺的輕咳聲」，這樣一幅具有超現實意味的畫面，凸顯祖孫之間的血緣親情和詩人的成長經驗。

在詩集《青光》的序言中，周昊承認自己喜歡思考生死之類的大問題——

> 我創作的起點是對生命終點的思考。死亡於任何人都是必然的，我常常思索關於生死的大命題，但周圍的人好似若無其事，好像有過不完的日子。我卻時常活在焦慮中，如果死亡總要來臨，那我們在世的短暫時間裡，有什麼意義呢？或許，我們要創造意義，要「留下什麼」。如果花枯萎了，花粉與花香還在；那人死了，必然應該留下什麼。對我而言，應該就是詩吧。[101]

---

[100] 周昊：〈合歡山〉，見《青光》，頁72-73。
[101] 周昊：《青光》，頁2。

這本詩集中的一些詩篇，從生命場景展開對生死存在的終極思考，例如〈感官透視〉寫他在眼科醫院候診的經歷——

> 嗅到暮年的焦味／這裡近乎腐爛的等待畢竟是／一種老人常患的眼疾／我格格不入地坐著／白髮與風油精的彌漫中／／如同另一種絕症，滲透／蔓延，令人窒息的同病相憐／他們眼角曲折著歲月的齒痕／逼近，如冉冉的檀香撲鼻而來／濃烈的方言四竄，詛咒般／疊加我的年齡，當小螢幕亮起／屬於我的暗紅數位，我已被燻成／另一個患青光眼的老人[102]

　　詩人自幼患有青光眼病，需要定時去醫院治療。有一次，他在病房門口經歷漫長的等待，與周圍操著各式方言的老年病人同病相憐，感覺自己彷彿進入人生暮年。「暮年的焦味」，「腐爛的等待」，「歲月的齒痕」，移民城市和離散族群，這些寫出了詩人敏感複雜的內心以及對生命存在的思考，帶有洛夫詩風的蹤跡。當然青年詩人在成長的過程中，轉益多師，博採眾長，受到許多前輩的啟發，也很自然。由於個人的成長經歷和性情氣質，周昊受洛夫詩的影響很深，他也承認受益於余光中、羅門等其他臺灣詩人的啟發，有時甚至有眾多詩人混雜呈現在一首詩中，也就是一首詩中能看到多人的影子。[103]

（四）余光中、鄭愁予：新古典主義二人行

　　一般認為，余光中的詩藝與世俱進，多有變化：從早期的格律詩寫作，到醞釀現代的過渡時期；留學美國後經歷文化震撼，在全速的現代時期中尋求「廣義現代主義」；終於在1962年夏天進

---

[102] 周昊：〈感官透視〉，見《青光》，頁80。
[103] 根據本人對周昊的訪談交流，時間在2019年6月10日。

入所謂的「新古典時期」，確定東方氣質和中國本位，以意境空靈、形式簡潔、二元基調的句法為特色，聲名大噪，贏得許多追隨者。[104]1982年，余光中受《蕉風》編輯部的邀請，訪問馬來西亞，參與座談會，在當地文壇產生不小的轟動。《蕉風》經常推介余光中的作品，甚至推出專號。余氏工於詩、散文、評論、翻譯。馬華詩人溫任平、何啟良、劉貴德、天狼星詩社諸子，都曾深入學習他的詩美學，加以個人化選擇和創造性轉化，表達他們對馬國文化與政治議題的批評思考[105]。

余光中對新加坡的影響也不容小覷。林方有詩曰〈星之葬禮〉，題目借自鑒余光中的〈星之葬〉，充斥繁複的意象和精緻的語言，試圖表現美的稍縱即逝——

> 幕之落，夜已到來／喧囂之音為她舉行葬禮／黑色的幕猶如塵土遮掩她潔白的軀體／死是如此單調，生卻多姿多彩／她的裙裾在你記憶中旋舞，哺育一個新的世界／綴滿一身音符她有著超脫一朵玫瑰凋萎的傲岸／披散的青絲正編織著記憶的網罟／令你沉醉於她纖手的捕捉／在你沉醉中她已化為烏有，而夜已到來／夜已到來，單調的夜，毀滅的夜，地獄的夜……[106]

南子〈傘下〉共三節，每節三行，是一首清新俊爽的情詩——

---

[104] 蔡桐輯：〈余光中：心靈的探索〉，《蕉風》第351期（1982年7月），頁13。

[105] 馬國學者李樹枝從「蓮花意象」、「屈原-流放者的形象」、「火焰淨化意象」、「天鵝-鳳凰重生意象」、「戰爭-性愛意象」等層面，深刻分析了余光中對馬華詩人的影響，參看李樹枝：《余光中對馬華作家的影響研究》，馬來西亞拉曼大學中文系博士學位論文，2014年，頁235-335。

[106] 林方：《水窮處看雲》（新加坡：泛亞文化事業公司，1982年），頁51-53。

風雨飄搖,道路都是泥潭啦╱就這樣手藏在我的手裡吧╱就這樣躡過小徑?╱╱且撐我們的小傘╱讓它綻開,顫曳╱像一葉池塘的枯荷╱╱就這樣躡過小徑╱在那年的雨季╱那天的雨中[107]

　　風格和意境近似於余光中的〈等你,在雨中〉。牽手動作令人想起余詩的句子「如果你的手在我的手裡」。南子的另一首詩〈屬於男孩子的〉寫於1967年11月——

或者所謂雨季╱只不過氣候濕潤些吧了╱不去划船?(野渡無人舟自橫)╱不讓團圓的圓月團圓╱不去踏青?(草色入簾青)╱讓青青黛色在你腿下╱讓苔蘚爬上╱書的天靈蓋一天又如何?╱╱或許所謂愛情╱也許是圖騰式的迷信╱也許是一種沒有特效藥的感冒╱想及那些冶豔的細菌╱總覺得治癒不治癒都一樣[108]

　　散文化的排比句,偽裝低調的敘述,詼諧風趣的筆觸,令讀者覺得此曾相識,尤其是「或者所謂」這個獨特的句式,來自於余光中的〈或者所謂春天〉[109],後者寫於1967年3月4日,時間上相差僅僅8個月,可見南子對余詩的傾慕之心和學習能力。
　　如所周知,余光中在1960年代回歸古典意境,愛用「蓮花」意象,他的〈蓮的聯想〉是這時期的代表作:「虛無成為流行的癌症╱當黃昏來襲╱許多靈魂告別肉體╱╱我的卻拒絕遠行,我願在此

---

[107] 南子:〈傘下〉,見氏著:《夜的斷面》(新加坡:五月出版社,1970年),頁18。
[108] 南子:〈屬於男孩子的〉,見《夜的斷面》,頁31。
[109] 余光中:〈或者所謂春天〉,《余光中詩選1949-1981》(臺北:洪範書店,2006年),頁321-325。

伴每一朵蓮／守住小千世界，守住神祕」[110]余光中自述，他的這首詩和其他詩作宣告他脫離狹隘的現代主義，回到陽光中自由呼吸。余光中的這首詩對新加坡詩人寒川產生了啟發。寒川（1950-）原名呂基炮，別署呂紀葆，出生於金門。五歲時隨父母南來新加坡，先後就讀於崇福小學、華僑中學和南洋大學，著有詩集《在矮樹下》、《樹的氣候》、《銀河系列》、《金門系列》、《雲樹山水間》和《文學回原鄉》等。根據寒川自述，他從15、16歲就喜歡讀詩和寫詩，早年喜歡中國「五四」時期的聞一多、冰心、徐志摩的詩作，後來興趣轉向臺灣現代詩。寒川的詩集《紅睡蓮》（1970年）第二輯中的五首詩，題目分別是〈紅睡蓮〉、〈戀蓮〉、〈雨中蓮〉、〈採蓮人〉、〈蓮心，已死〉。這是一組情詩，每首都有五節，每節三行，詩人以蓮花比喻一位芳名「珍珍」的女性，渲染她的美麗容貌和溫柔個性，反覆抒寫自己對她的追憶、思慕和愛戀。第五首寫抒情自我在失戀後的苦悶和煩憂，往事不堪回味，他只能浪跡天涯。〈紅睡蓮〉這樣寫道——

> 說你美麗，如紅睡蓮，／一種自然的丰韻／想起愛情，我心欲碎／／而你橫豎知道／有人欲採摘／在蓮池畔，在水中央／／就這樣想你，如此痴迷／／想你此刻該已入夢／紡一層月光，逢一串相思／／就這樣想你，如此痴迷／想你此刻若未入夢／我願吟澤池畔，踏碎月光／／呵！今夕何夕？今夕是七夕／而你橫豎凌波而來／沒有回顧，總是輕盈[111]

坦率地說，這首詩在寫作手法上不很出色，缺乏新穎獨創的意象、語言和構思。就主題而言，余光中的〈蓮的聯想〉雖然由

---

[110] 余光中：〈蓮的聯想〉，見《余光中詩選1949-1981》，頁167。
[111] 寒川：〈紅睡蓮〉，見氏著：《紅睡蓮》（新加坡：獅島文化社，1970年），頁27。

田田荷葉與翩翩蓮花聯想到愛情，但這並不是中心思想，因為他說：「想起愛情已死了很久／想起愛情／最初的煩惱，最後的玩具」[112]，而是要表達他對傳統藝術境界的憧憬。從這裡可以看出，寒川對臺灣現代詩的興趣所在和個人化選擇。

數十年來，寒川寫了大量的思鄉主題的詩，一方面由於他籍貫福建金門，幼時隨家人移民新加坡，難免對出生地懷有深沉的緬懷，另一方面也和余光中的鄉愁詩的啟發有關。余光中的生命歷程與漂泊離散有不解之緣。他在大陸長大成人，21歲渡海來臺，後在美國工作五年，客居香港六載，然後回到臺灣，晚年頻頻到大陸旅行和演講。余的放逐意識和家國情懷非常強烈，而且複雜錯綜。簡政珍指出，思鄉固然是余詩的母題，一種反覆再生的動力，但是思鄉變成意念化的返鄉，因此余氏作品的真正主題是「歸不得」；尤有甚者，余在臺灣定居四十年，仍被視為外省人，而在中國大陸和外國的眼光中，他又被稱為臺灣作家，所以弔詭的是，「正如所有意識自己是中國人的詩人一樣，不論是否已經返鄉，放逐意識仍然難以揮別，精神的歸返只能實現於書寫，現實還是放逐的世界。」[113]相形之下，寒川在金門出生，成年後多次從新加坡到印尼，後來多次返歸金門，但總體看來，他的鄉愁雖然濃烈但相對簡單，沒有余氏的錯綜複雜。例如〈父親的歎息〉──

> 年輕時，父親／早上出門／午後歸來／手上拿的是／從廈門帶回來的／花布／／多年後，父親／隔著海／臉色凝重／對岸，這一程／再不是半天內／可以乘搭渡輪／往還／／日子難道也像年齡／老了／腳步就蹣跚？／二十海裡路／如今，

---

[112] 余光中：〈蓮的聯想〉，見《余光中詩選1949-1981》，頁166。

[113] 簡政珍：〈余光中：放逐的現象世界〉，陳芳明編選：《臺灣現當代作家研究資料彙編第34卷：余光中》（臺南：臺灣文學館，2013年），頁184。

你得花上／兩天去走／[114]

　　金門自古屬於福建泉州府同安縣管轄，在民國四年始創縣治，距離廈門島只有二十海裡的路程。1949年，南京國民政府退守臺灣，金門也被納入臺灣地區的版圖。這首詩從「父親」的角度寫中國近代史的滄桑苦難，表達寒川的放逐意識和故國鄉愁。父親年輕時，金門屬於大陸的中華民國，所以他乘搭渡輪，在金門和廈門之間往返，僅需半天時間。後來兩岸對立的局面形成了。廈門、金門兩地的人民互相探訪，需要多次舟車輾轉，竟然花費兩天功夫。這首詩對比時間距離的拉長和空間距離的擴展，雖然揮灑了鄉愁但是沒有流露思歸的心情。在寒川的〈故鄉的老酒〉當中，金門高粱酒是歷史創傷的見證者，使得詩人的鄉愁顯得沉重而苦澀——

　　　　在炮彈累累的土地上／一株株高粱的成長／是如雨般炮彈的／灌溉。炮灰的／施肥／戰戰兢兢二十年／故鄉的老酒／再也分不出／是高粱，還是／炮火味／／而我，始終沒有勇氣／喝一口祖父最愛的／老酒，沒有勇氣／忘掉／戰／爭[115]

　　從1958年到1979年，大陸和臺灣之間展開長達二十一年的「金門炮戰」，直到後來的中美建交，方始告停，所謂「單打雙不打」的說法，描述的就是當時的軍事衝突。金門由於氣候適宜，盛產高粱，「金門高粱酒」是馳名海內外的特產。這首詩由金門高粱酒寫戰爭暴力和歷史創傷，在鄉愁主題中添加了和平主義的願景。〈斷

---

[114]　寒川：〈金門系列之「父親的歎息」〉，參看張松建　張森林編選：《新國風：新加坡華文現代詩》（新加坡：南洋理工大學中華語言文化中心；八方文化創作室，2018年），頁118。

[115]　寒川：〈金門系列之「故鄉的老酒」〉，參看張松建　張森林編選：《新國風：新加坡華文現代詩》，頁118。

了臍帶的孤島〉喚起金門的地緣政治和歷史記憶——

> 夾在歷史的縫中／壓迫感已然是半個世紀的事了／冷戰是相
> 持不下的溫度計／偶爾升高／就像颱風一樣迅速席捲／在臺
> 海兩岸／一場炎黃子孫王位的鬥爭／仍在延伸／所幸／無人
> 傷亡／／在戰爭的年代／這裡，是前線／不能避免／炮彈如
> 雨般的蹂躪／單打雙不打，堅硬的花崗岩／不過是最後倒下
> ／血肉橫飛，光榮的／犧牲品／／母親在遠方，隔著海／再
> 不能緊緊依靠／孤島，如同斷了臍帶的嬰孩／從此失去營
> 養。從此／貧困和孤單／一樣難挨／夜裡，料羅的風／又一
> 次寂寥地／掠過[116]

　　金門島地處大陸和臺灣之間，處在臺海衝突的前線，地理位
置兇險，在冷戰年代見證中國現代史的滄桑一頁。寒川以「斷了臍
帶的孤島」比喻金門島和大陸的關係，重歸傳統論述中的血緣神
話。他五歲就離開了金門，南下獅城，後來歸化入籍，成為新加坡
公民；而作為離散華人，寒川也目睹了新加坡的興國歷程。但是寒
川作為一位海外華人，缺乏余光中的身分認同的複雜性和挫折感。
離鄉三十年後，寒川有機會多次返歸金門。例如〈童年‧金門〉寫
他重遊故居，失望地發現，「一街巷的熱鬧／究竟非他所夢寐嚮往
的地方／他的童年／埋入了歷史」，歸來者的幻滅感，於焉浮起。
〈古厝〉寫他在舊居前低徊流連，百感交集，不知自己萬里歸來，
究竟算是原鄉人還是異鄉人。詩人離鄉前沒有童年記憶，後來與故
鄉漸行漸遠，刻骨銘心的是自己在南洋漂泊的辛酸史。他觸摸舊居
的斑駁的牆壁，擔心它無法負載半世紀的鄉愁。進入二十一世紀以

---

[116] 寒川：〈金門系列之「斷了臍帶的孤島」〉，參看張松建 張森林編選：《新國風：
　　新加坡華文現代詩》，頁118。

來，鄉愁書寫有時仍然出現在寒川筆下，例如〈高粱三題〉由金門特產「高粱酒」寫幾代人的血緣和地緣無法切割，〈閩南語〉寫自己的母語被下一代人逐漸疏遠，感慨祖籍地在記憶中的泯沒。總而言之，寒川的金門鄉愁在余光中的詩中找到了寫作的靈感，雖然沒有複雜的放逐意識和高超的藝術技巧，但也有動人的力量和存在的價值。[117]

　　梁鉞承認，給他影響最大的臺灣現代詩人，首推余光中，這種影響見於他的第一本詩集《茶如是說》。梁從中學時代就開始喜歡詩，主要受中國古典詩歌、特別是唐詩宋詞的影響，對「五四」以後的白話新詩譬如徐志摩、聞一多、戴望舒、劉半農等人的作品，感覺興趣不大。他後來轉向臺灣現代詩，被現代主義的新世界深深地吸引了，遂遍讀臺灣現代詩，包括余光中、瘂弦、楊牧、周夢蝶、鄭愁予、洛夫等的詩篇，反覆揣摩，自取所需，吸收轉化，為己所用——

> 在我寫《茶如是說》的年代，對我的創作影響較大的首推余光中，其次是楊牧。余光中的語言，句法，節奏，以及意象的營造富於古典色彩，較接近古典詩詞。此外，他的詩風比較明朗，容易消化吸收。至於楊牧，我比較喜歡他早期的作品。他的作品隱藏著一種古典的韻律，表現手法也常有獨到之處，論者說他的詩有一種古典的悸動，我深有同感。[118]

　　余光中在寫於1982年的一篇詩論中指出，1950年代以來，臺灣現代詩的另一個新動向是所謂的「新古典主義」[119]。梁鉞的一些詩

---

[117] 寒川：〈高粱三題〉，〈閩南語〉，參看張松建 張森林編選：《新國風：新加坡華文現代詩》，頁120-121。

[118] 2019年6月11日，梁鉞在電子郵件中答覆本人的書面採訪。

[119] 余光中：〈現代詩的新動向〉，《蕉風》第351期（1982年7月），頁18。

篇明顯見出余光中和楊牧的格調、意境和風格，主要是華美簡潔的詞句、浪漫抒情的風致、古典詩詞的化用、明朗俊逸的詩風，以及含蓄暗示和微妙象徵的現代派手法，一言以蔽之曰，巧倩風流的新古典主義。例如〈少年行——給1980年端中華文班諸生〉——

> 你本無憂也無畏／誰知異國的冷漠，莎翁橫行的鬍子／頓使你失意成驚飛／不起的燕子，日日望斷／故鄉山色，任晚來的雲彩／肆意譏笑你不思奮飛的雙翼／這羽翼至今猶帶／往日的風雨／誰知你從此死了心／裝痴賣傻使你成一弱者／嗟乎弱者／此去江湖遍地，霜寒馬滑／直是少人行卻最宜少年行[120]

遣詞造句的格式、意象和情調，帶有余光中的名作〈五陵少年〉的影子，整首詩同情華校生的人生挫折，表達對教育政策的不滿情緒。〈俠隱錄〉寫人到中年，豪情壯志衰減，歷經人生失意，仍然有桀驁不馴的性格和無法隱藏的豪情——

> 三千里轉戰，如今他／瘦得只剩下一顆崢嶸的頭顱／十字架般撐起／當刀疤和淚痕交織成網／網他於一片牽衣頓足聲中／他遂不能江湖亮劍／為你，遮攔八方風雨／／此事不關冰雪，只緣情牽／每逢江湖來夜雨／他塵封的心中／必有一隻蒼鷹，虎立／高岩，振翅欲飛／向千山萬水／向日月星辰[121]

---

[120] 梁鉞：〈少年行——給1980年端中華文班諸生〉，見梁鉞：《茶如是說》（新加坡：七洋出版社，1984年），頁45-46。
[121] 梁鉞：〈俠隱錄〉，見梁鉞：《茶如是說》，頁47-48。

這首詩寫於1981年12月，正當詩人的母校南洋大學備關閉一周年，詩人心情迷惘沉痛，但是他相信，南大畢業生猶如隱身市集的古之俠士，具有凜然的風骨和高潔的情操。〈月色〉第二節寫道：「記憶是走不回的河流／行至山盡處，去路／便抽搐成痛苦的聲色／愴然歸來偏又逢上／這樣的秋風萬里／這樣的落木蕭蕭」[122]，這裡流露出來的還是華校生的文化傷痕。〈夜飲〉和〈醉翁操〉寫主人公人生失意，借酒澆愁，狂歡高歌，依稀夢回唐朝，抒發「眾人皆醉我獨醒」的傲世情懷。〈故園〉憑弔南洋大學舊址，表達感傷沉痛的心境。這些詩都有明顯的余光中的流風餘韻。當然，這類新古典主義如果用力過猛，就會缺乏現代生活的氣息，遣詞造句和意象格調變成套路，在揮灑文化鄉愁和凝聚族群認同之外，有時窒息了現代性和本土意識。余光中雖然致力於新古典主義的實驗而且成就斐然，但他清醒意識到其中潛在的危機：古典詩詞的鑲嵌變成裝飾品，功力不足者又無法讓古今交感、虛實相生，而只能空洞朦朧地吊古懷鄉。[123]

　　鄭愁予（1933- ），原名鄭文韜，祖籍河北寧河，出生於山東濟南，1949年渡海來臺，居於新竹，畢業於中興大學法商學院，是紀弦成立的「現代派」的九位發起人之一，一生主要以詩創作聞名於世，有詩集《夢土上》、《窗外的女奴》、《衣缽》、《燕人行》、《寂寞的人坐著看花》等，代表詩作有〈錯誤〉、〈水手刀〉、〈小小的島〉、〈如霧起時〉等。覃子豪盛讚鄭愁予的詩純任自然、毫無矯飾，彷彿流浪之子，充滿閒散的逸情和曠達的胸懷，散發著淡淡的愉悅和憂鬱。[124]余光中在一首詩裡稱鄭愁予為「浪子」，楊牧的〈鄭愁予傳奇〉確認他是「二十五年來新詩人中

---

[122] 梁鉞：〈月色〉，見梁鉞：《茶如是說》，頁69-70。
[123] 余光中：〈現代詩的新動向〉，吉隆坡《蕉風》第351期（1982年7月），頁19。
[124] 覃子豪：〈評《夢土上》〉，見《覃子豪全集》第2卷，頁395-396。

最令人著迷的浪子」[125]。鄭氏從此獲得「浪子詩人」的美名。後來移民美國，在愛荷華大學讀書，長期任教於耶魯大學東亞系，擔任高級講師，又陸續出版一些詩集。丁旭輝如此概括鄭詩的風格：「早期詩風抒情婉約、浪漫唯美，多以家國、故土之思情為主題，內容充滿流放意識，呈現異地浪子的心聲，如《夢土上》、《窗外的女奴》；1970年代後期，詩風漸趨成熟，穩重而內斂，如《雪的可能》、《刺繡的歌謠》；晚期詩風回歸自然平淡，冷靜而沉著，融合知性與感性，充分彰顯其豁然自適的人生觀……」[126]鄭氏大學畢業後，任職基隆港務局管理員，所以他的詩中有許多與「水」有關的意象，涉及海洋、湖泊、河流，這些詩中的自我形象大多是水手和旅人[127]，他們越界跨境，漂泊離散，在身世流動中譜寫愛欲冒險和人生傳奇，這已然確立為鄭愁予的一個身分品牌了。

　　黃維樑發現，鄭愁予和傳統詞人表達出一樣的愁緒，愛好黃昏和秋天的時序景象，融合現代白話和凝練的詩詞，工於傳統的細巧字眼。[128]進而言之，鄭詩有兩大特色，一個是放逐意識和浪子形象，另一個是抒情意境和古典風格，這兩個因素對新加坡詩人產生了持久深入的影響，甚至連君紹（王俊傑，1927-2014）也從鄭愁予的詩〈港邊吟〉獲得了靈感，而把自己的一部散文集子取名為《雲的姿》。梁春芳指出，早期新、馬現代詩和臺灣現代詩一樣，具有強烈的「無根文學」和「漂流意識」[129]。我們先以林方的詩為

---

[125] 楊牧：〈鄭愁予傳奇〉，收入丁旭輝編選：《臺灣現當代作家研究資料彙編第40卷：鄭愁予》（臺南：臺灣文學館，2013年），頁279。

[126] 丁旭輝：《臺灣現當代作家研究資料彙編第40卷：鄭愁予》，頁36。

[127] 丁旭輝認為，鄭詩中的相當多的主人公雖無浪子之名而有浪子之實，他勾勒出一個豐富的浪子家譜：包括遊子、革命志士、俠客、旅人、水手、船長、貶官、逐客、逃兵、戍卒、過客。參看丁旭輝：〈鄭愁予研究綜述〉，見《臺灣現當代作家研究資料彙編第40卷：鄭愁予》頁78-79。

[128] 黃維樑著，曾焯文譯：〈江晚正愁餘：鄭愁予與詞〉，見收入丁旭輝編選：《臺灣現當代作家研究資料彙編第40卷：鄭愁予》，頁245-259。

[129] 梁春芳：《文學的方向與腳印》，頁91。

例。〈世紀〉中出現鄭愁予的「水手刀」[130]。〈黑咖啡〉第二節有這些詩句：「我打海上來，帶來滿耳鷗啼與海的歡唱／我亦將回歸，如燦爛的流星葬於／大海茫茫無涯的青塚」[131]，海洋流星的意象，浪子形象，風雅閒散的逸情，淡淡的寂寞感傷，輕巧流麗的詩句，林方學習鄭愁予的路子，唯妙唯肖。〈白沙之夜〉的文字溫潤明澈，境界高曠清雅，洋溢著鄭愁予的婉約風格：「星子們都到海裡洗澡了／掀開月的流蘇，擎起圓滑的光柱／銀河畔傳來聲聲朗笑──」[132]〈小夜曲〉的主人公說道：「我不留戀，我底蹄聲達達……」[133]，這是鄭愁予式的聽覺意象和浪子形象。鄭氏的〈錯誤〉被譽為「現代抒情詩的絕唱」。林方的〈小風鈴〉寫道：「婦人的心事／突然紛紛揚揚／自樓頭／／叮嚀叮嚀／路總該不會忘記／扶那遲歸浪子回家」[134]，風鈴意象，閨中怨婦，漂泊思歸的浪子，疊音字和擬聲詞，莫不迴盪著〈錯誤〉的流風餘緒。此外，賀蘭寧的〈水手的歌〉，南子的〈水手〉二首和〈水手·棄婦〉、〈初航〉，英培安的〈水手〉，這些詩都有海洋文學、離散書寫、青春文化的浪漫抒情，這種靈感來源就是鄭愁予的跨國影響。

寒川也是鄭愁予的忠實粉絲之一。寒川20多歲時，正值愛情萌動，喜歡婉約嫵媚的鄭愁予的詩。1970年代中期，出於探望親友和個人戀愛的緣故，寒川多次進出雅加達，儘管當時的印尼官方嚴禁華文書籍進口，他還是冒險帶進去一本剛出版的《鄭愁予詩選集》，以備自己偷偷閱讀。[135]她的女友范維香在十二天內抄寫了整本詩集。在返航新加坡的飛機上，寒川寫下一首詩〈機上書〉，其

---

[130] 林方：《水窮處看雲》，頁41-42。
[131] 林方：《水窮處看雲》，頁57。
[132] 林方：《水窮處看雲》，頁35-36。
[133] 林方：《水窮處看雲》，頁39-40。
[134] 林方：《林方短詩選》，頁46。
[135] 2019年6月11日，寒川答覆本人的書面訪談的電子郵件。

中的片段是「有時／我們也坐過整個屬於詩的下午／屬於鄭愁予的世界」。1975年，《在矮樹下：寒川詩集》在新加坡出版，很快引起了文壇矚目。翻閱這本詩集，我們發現，寒川像鄭愁予一樣，常以漂泊流離的「浪子」自居，例如：「如同三年前頻頻的招著／島的名字，浪人的名字」（〈哈林飛機場〉），「飄向何方／如果我是那一朵雲／沒有跫音，也無蹤跡」（〈飄向何方〉），「來自雲外的遊子」（〈椰城的雨〉），「我是靠雲傳語的浪子」（〈丹那洛海岸〉），「雲外的浪子，寫下瀟灑與詩情」（〈摺扇〉），「踩著浪子雲遊的足跡」（〈騎馬〉），「想念他乃宇宙的流浪漢」（〈我的星辰〉）。還有一些詩的抒情主人公像鄭愁予一樣，喃喃獨語，表達思歸心情。例如：寫於1974年5月的〈陽光的海岸〉是寒川在即將飛往雅加達之前，寫給新加坡的一個堂妹的詩——

> 倘若你記得，那季節／那渡頭與沙灘之間／只有幾片落葉，幾片雲帆／／風便吹向南方了。你住的小島／陽光鋪滿沙灘／你走過的小路，是一條／翠綠香馨的花徑／／數過去，那小屋，紫藤滿牆／午間，且聆聽花季的鈴聲響著／而潮來的時候／那個黃昏不再屬於我們的了／／而我將歸去／五月。我將是向東的雲彩／飛臨那渡頭與沙灘之間／那陽光的海岸[136]

　　字裡行間是細巧動人的意象：陽光鋪滿沙灘的小島，翠綠芳香的小路，爬滿紫藤的小屋，由遠及近的電影鏡頭，花季的鈴聲，黃昏的景色，即將賦歸的告白，這些個人記憶中的風景畫，通過一個喃喃獨語的男低音從畫外傳達出來。這是典型的鄭愁予風格，不過

---

[136] 寒川：〈陽光的海岸〉，見氏著：《矮樹下》（新加坡：島嶼文化社，1975年），頁1。

沒有古典意境、靈動的語言和圓熟的技法。進而言之，鄭愁予詩往往流露浪子思歸的心情，主人公常有「我將歸去」的念頭。寒川的〈青年公園〉也這樣寫道：「六月的星子呵！我們將歸去」。〈我要歸去〉似乎向鄭愁予的〈賦別〉致敬，一上來就是「歸家的路上／這夜，已暗得很深很深了」，然後出現鄭愁予式的句子：「何其零落的星宿與憂悒的樹影」。周維介指出，寒川詩集《在矮樹下》的缺點在於：「有太多鄭愁予的影子，愁予的節奏及語言」、「集中有不少詩，包括詩句行文之風在內，在一定程度上是受了愁予詩的影響。」[137]周維介對比了《在矮樹下》與《鄭愁予詩選集》，發現寒川的一些詩句不僅在情調、意境、風格和主題上模仿鄭詩，而且在意象、詞彙、格式、節奏上也見出影響的蹤跡。[138]毫無疑問，詩的音樂性是鄭愁予的追求。我認為，鄭愁予的詩，除了浪子形象和古典意境之外，還有語法句式和藝術技巧的特點，例如：使用疊音字、擬聲詞、語氣詞、疑問句、散文化和口語化、倒裝句，意象有多姿多彩的視覺畫面，長短句錯落有致，造成和諧婉轉的音樂性，巧用比喻和數字，給人以驚豔的效果。我贊同周維介的觀點：寒川的〈騎馬〉是詩集《在矮樹下》中最好的作品：

> 陽光自林間的葉隙透入／吹醒一片花簇／在朝往谷壑瀑布的馬路上／我達達的馬蹄是春風／踩著浪子雲遊的足跡／／道路如早春的河流濕滑／越山涉水，漸漸有一種／初晴乃釀的感覺／走在山林的霧裡，反影間／不斷的聲響，瀑布在手臂右方／／馬飛處冷風吹來，而湖畔寥落／所有的樹木一樣多露水／遽遽然。我於是抓住了一湖樹色／斑斕且自得於／馬的速度[139]

---

[137] 周維介：〈浪子的聲音及其影子──讀寒川《在矮樹下》〉，收入氏著：《文學風景》（新加坡：阿裕尼文藝創作與翻譯學會，1986年），頁36。

[138] 周維介：《文學風景》，頁36-38。

[139] 寒川：〈騎馬〉，見寒川：《在矮樹下》，頁53。

細膩敏銳的感覺，風雅閒散的筆觸，幽靜空靈的意境，幾乎接近鄭愁予的詩歌境界了。不過總體看來，和鄭詩相比，寒川的詩固然有單純的浪漫抒情，音節也比較流暢，但是行文有點板滯，意象不夠新鮮，缺乏飛揚的才情和精緻的技巧。

杜南發（1952-），祖籍福建晉江，出生於新加坡，1977年從南洋大學中文系畢業，長期在報館擔任記者和編輯。早年熱衷於現代詩寫作，是新加坡知名詩人，著有詩集《酒渦神話》（1979年）和《心情如水》（1991年）。杜氏承認，他在文學起步時期受到鄭愁予、楊牧、瘂弦的影響。杜的大學同窗周望樺（周維介），在訪談中提供了一個近距離的觀察：「南發的詩，帶有濃厚的古典與傳統的風味，這點他很受楊牧及鄭愁予的影響，事實上，詩風飄逸溫柔，如夢幻般令人捉摸不定的鄭愁予，浪漫抒情的葉珊到行雲流水般多變的楊牧，是他最著迷的聲音，也許，他們都有著那種少年的浪漫和惆悵的情懷。」[140]這是精準的評價。

杜南發第一部詩集《酒渦神話》以愛情書寫和生命觀照為主要內容。第二部詩集《心情如水》出版於十二年後，雖然還有風雅灑脫的古典風格，但是大幅度增加了詩人對世態人情的觀察。比較而言，「浪子形象」和「古典風格」貫穿於《酒渦神話》的大部分作品，海洋詩學的靈感，一望而知是來自鄭愁予的詩。「浪子」、「水手」、「漂泊」的意象，出現頻率非常之高，譬如「一個浪子，會有多少花名」（〈戀歌〉），「我是一個相信感覺的浪子」（〈風雲變奏〉第一折「秋意」），「誰也不會看見／這些水下的事／除了水手們的耳語／和詛咒……」（〈暗礁水域〉），「永遠是咖啡的醇香／是水手回航時的一點驚喜」（〈回航〉），「自天外的往昔／自冷冷的飄泊……」（〈夜歸〉），「我該如何／記下

---

140 周望樺：〈感受的追求：杜南發訪問記〉，杜南發：《酒渦神話》（新加坡：樓出版社，1979年），頁119-120。

／這許多海上的事呢？／／浪潮的約會／是最寂寞的掌故／常春藤般纏滿／森林水域」（〈在海上〉）。鄭愁予有一首十行小詩〈船長的獨步〉，設想船長在夢中航向故鄉：「熱帶的海面如鏡如冰／若非夜鳥翅聲的驚醒／船長，你必向北方的故鄉滑去……」[141]杜從鄭詩獲得靈感，寫下一首長達十節的抒情詩〈船長的日記〉，抒情自我戴上船長的面具，把內心獨白娓娓道出：「航向北西北／我的口袋裝滿辛辣的菸草／在低垂的帽沿下／擺蕩如那些候鳥／叢海峽掠過」[142]。屬於海洋詩學系列的意象，還有「舟船」、「船槳」、「燈塔」、「暗礁」等，例如「你打槳的微笑／如鐘擺的輕柔」（〈槳〉），甚至在這位熱帶詩人的筆下，還出現了江南水鄉的想像：「我曾是窗下划過的小舟／急於趕著一道曲折的水巷」（〈水鄉〉），「至於燈塔／便是水面風暴中最不安定的／一方圖騰」（〈燈塔〉）。

不僅是海洋畫面和遊子形象，而且還有黃昏的蒼茫夜色，熠熠閃光的星子意象，鄭愁予式的輕巧字句「小小的」，頻頻出現在杜詩當中，例如「在南方／一個小小的山谷／我思念的眼光／正在月下／慢慢形成一種霧的顏色」（〈山谷〉），「思念，是每夜漸次舒展的星子／閃爍若小小的海潮初現」（〈信約〉），「雲的黃昏，沉默著／小小的舷燈／在古典的天涯／眼前的港邊／輕輕點起」（〈水手之歌〉），「如今，我還佇立樓前／看滿山落葉蒼茫的漂泊／漸漸淹沒，浪漫的酒意／和褪色的掌故」（〈風雲變奏〉之第五折「雲煙」）。「窗簾」作為戀人的隱祕空間，以及，溫婉俊爽的抒情和優美典雅的風格，也是鄭愁予和杜南發的共同審美追求，例如——

---

[141] 鄭愁予：〈船長的獨步〉，見《鄭愁予詩選集》（臺北：志文出版社，2003年再版），頁100。

[142] 杜南發：〈船長的日記〉，見氏著：《酒渦神話》，頁73。

> 當山風吹起你低垂的窗簾／你掠髮的手／會掠起多少張望和
> 留戀／／少年草色／寫滿心中的隱喻／總想像山水和風暴後
> ／一片美好的田野[143]

〈錯誤〉中的「達達的馬蹄」也變成了杜南發筆下的「蒙古快馬」──

> 我想，在下一個驛站／我將會把名字，親手／悄悄刻在一株
> 樹上／然後，跨上蒙古快馬／踩著山後泥濘小徑／的的達達
> 地／向遠方，星辰隱沒的方向／離去[144]

杜詩有戀人梳理長髮的動作：「你溫柔如漆黑流水的長髮／在亭中，美好地喧譁／捲起捲起濕瀝瀝的潮聲／捲起捲起，我生動的幻想」（〈戀歌〉），令人想起鄭愁予〈賦別〉中的戀人的剪影：「念此際你已回到濱河的家居，／想你在梳理長髮或是整理濕了的外衣」。

楊牧總結鄭愁予的詩藝演進：「近二十年裡，愁予從紀弦所稱〈自由中國青年詩人中出類拔萃的一個〉，到以水手刀風行一時，以〈美麗的錯誤〉名噪一時的瘂弦筆下的〈謫仙〉，忽然變化，通過〈五嶽記〉的起伏轉折，在《草生原》中尋獲他心目中最圓滿的詩。」[145]杜南發的詩藝蹤跡也有起伏變化的蹤跡。當詩集《心情如水》出版時，他已在職場工作了十多年，詩集不再有青春文化，相反，他常對世態人情表達思考和感悟，這就是典型的「中年心態」。不過，被壓抑的浪漫激情有時也會流露出來。根據同事吳韋

---

[143] 杜南發：〈想像〉，《酒渦神話》，頁14。
[144] 杜南發：〈雲南之旅〉，見《酒渦神話》，頁37。
[145] 楊牧：〈鄭愁予傳奇〉，丁旭輝編選：《臺灣現當代作家研究資料彙編第40卷：鄭愁予》（臺南：臺灣文學館，2013年），頁277。

材的回憶，他們一行人曾在深夜裡漫步於新加坡的東海岸，有人提議念詩助興，於是出現杜南發唱詩的動人一幕——

> 那時候的現代詩，有些也已經譜過曲的，然後再很意外的剎那，我就聽南發在沙灘上唱起來。黑漆漆，海灘退潮已經退得很遠，呼呼號號四周都是風，他髮亂撲飛，邊走邊唱，是鄭愁予的詩，他聲調原來可以冒得很高，神情也完全不似平時樣子，他如此突然翻開一切地唱，我當時就感到隱隱有一股激昂劍氣，只是他平時埋藏得好。[146]

所以杜的詩集《心情如水》中偶然出現「水手」形象，也就很自然了，例如「當刺花水手／提起童年／河邊那株無花果／總會笑著，無所謂的／磨著一把生鏽的小刀」[147]，但是浪漫情懷已褪色，中年情懷取而代之。再比如：杜寫下和鄭愁予同題的詩〈賦別〉，但是主題與愛情無關而是表達人生感悟，這種重寫也是一種個人化的再創造。

王潤華發現，杜南發的兩部詩集有一個顯著特點：以水為背景、以水為主要意象的詩實在占了大多數，例如《酒渦神話》的第二輯「森林水域」，全是以海洋為背景的詩，包括〈心雨〉、〈水鄉〉、〈噴泉〉、〈長河〉、〈湖畔〉、〈雨中的車站〉、〈掃水器〉。[148]在《心情如水》後記中也出現許多與水有關的詞彙、成語典故。準確地說，在杜南發的文學想像中，河流、湖泊、海洋等水域有比較豐富的含義，它們不但是人類的生命起源地，也聯繫著

---

[146] 吳韋材：〈捉迷藏的朋友〉，見杜南發：《心情如水》（新加坡：點線出版社，1991年），頁164。
[147] 杜南發：〈刺花水手〉，《心情如水》，頁144。
[148] 王潤華：〈水中之影：讀杜南發詩集《心情如水》〉，見氏著：《從新華文學到世界華文文學》（新加坡：潮州八邑會館文教委員會，1994年），頁178。

詩人的愛情的生發，以及淵遠流長的中華文化，例如杜南發創作的歌詞〈傳燈〉隱喻生命的河流、愛情的河流、文化的河流。此外，杜氏擅長融會古典文學的詞彙、意象、格調和意境，中年以後，醉心於書法藝術和山水畫，詩集《心情如水》雖然很少有鄭愁予式的浪子情懷，但是抒情詩學和古典意境仍然一脈相承。晚年的杜南發，開始寫作類似於戴望舒〈蕭紅墓畔口占〉的短詩，因為他相信：「簡簡單單，平淡中見深味。太過花哨的詩，像徐志摩，雖然很美，一下就讓人進入一個五彩繽紛的世界，濃得化不開，心就靜不下來，只有平淡中見味道才是真味，有心靈寧靜之美，深情自在，便有人間味道。」[149]簡潔明快，從容灑脫，感性與知性融合，傳達抒情的歡樂和智慧的風範，這是杜南發的晚期風格。[150]

新加坡詩人如此迷戀鄭愁予詩學，不斷重寫，一再模仿，其原因有三：第一是水手的流動身世帶有浪漫傳奇的色彩，符合詩人的自我定位，也喚起廣大讀者對未知空間的興趣。這也是麥爾維爾（Herman Melville, 1819-1891）、康拉德（Joseph Conrad，1857-1924）、吉卜林（Joseph Rudyard Kipling, 1865-1936）等海洋文學作家大受歡迎的原因所在。第二是新加坡作為後殖民國家和移民城市，很容易喚起離散華人的族群記憶。王潤華發現，戰前新馬華文文學中有頗多浪子形象：「流放文學中的困境意象，除了地理和文化上的陌生疏離感所造成的失落和徬徨，便是自我放逐者或被迫放逐者所目擊的社會苦相，作者往往也是受苦受難的低下層老百姓。」[151]

---

[149] 李懷宇：〈新加坡媒體人杜南發：空碗似無是處 實蘊無限可能〉，原載《時代週報》，此處轉引自鳳凰網（http://news.ifeng.com/shendu/sdzb/detail_2012_04/05/13673129_1.shtml），上網日期是2012年4月5日。

[150] 張松建、張森林編選：《新國風：新加坡華文現代詩選》收錄杜南發晚近詩作，例如〈木質的紋理〉、〈詩帖四聯〉、〈夜事帖〉、〈時間四記〉。

[151] 王潤華：〈從浪子到魚尾獅：新加坡文學中的華人困境意象〉，王潤華：《從新華文學到世界華文文學》，頁43。

當然，這種描寫是現實主義作家的左翼思想的反映。相比之下，新華現代詩人筆下的浪子形象，絕大多數是出於一種傳奇浪漫的想像。第三是新加坡和臺灣的地理環境相似，具有亞洲海洋島國、港口城市的自然屬性。作家在日常生活中接觸這些熱帶海景，容易寫入作品，抒情言志，表達一己之文學想像。

除了林方、南子、梁春芳、寒川、杜南發，其他的新加坡中生代詩人也接受余光中、鄭愁予的影響。例如梁文福，天才早慧，在中學時即迷戀華文文學，在新加坡國立大學讀書期間，出版詩集《盛滿涼涼的歌》，後來推出詩集《其實我是在和時光戀愛》、《嗜詩》，主題是青春、愛情、生命，語言飛揚靈動，格調清新俊爽，有濃重的浪漫抒情氣息。根據梁的自述，他當年寫詩很受余光中、鄭愁予的啟發。

（五）管管：詩壇頑童，赤子之心

管管（1929- ），原名管運龍，祖籍山東膠縣，青年時搬家至青島鄉下。1949年隨軍離家，次年自海南島來臺，受訓於軍校，課餘飽讀文學作品。先後任職於左營軍中電臺、花蓮軍中電臺以及《創世紀》雜誌社。管管兼擅繪畫，涉足演藝界，出演二十多部影視作品。出版詩集《荒蕪之臉》（1972）、《管管詩選》（1986）、《管管世紀詩選》（2000）、《管管短詩選》（2002）、《茶禪詩畫》（2006），另有散文集《請坐月亮請坐》（1969）、《春天坐著花轎來》（1981）等。管管的詩有頗多散文化的詩句，詼諧風趣，遊戲感十足，在在有奇思妙想，風格生動活潑。《管管詩選》的自我介紹是：「自1960年代初期迄今，以新奇敏銳之觀察和不斷創造的語法體系聞名，自成格調，有目共睹」。洛夫認為，管管詩的語言特色是把各種事物作非邏輯性的組合而能在其間產生一種嶄新的美學關係，因此堪稱為中國現代詩人中的一

個異數。[152]蕭蕭讚譽管管的成就如下：「管管的詩風是詩壇異數，善用反抒情的戲劇手法，達到詩的張力，語言試驗性極強，突接怪折，又具難以言明的創意，為少數難以仿學的詩人。」[153]管管數位典藏博物館對他有更加全面精緻的評價：「讀管管的詩，像是跟隨一個乍見陌生世界的孩子，重新發現落花、蟬聲、月亮、小徑的密語；也像聽一位機智的禪者，拿把幽默中帶批判的扇子敲在社會怪誕不公的頭上；更多是看見一個經過歷練但有溫煦氣質的詩人，毫不厭煩地訴說他對人世、對生命的衷愛。」[154]在1980年代初期，管管的作品就給馬華詩人溫任平、藍啟元留下了強烈印象，[155]也給新華詩人蔡深江有很大影響。

　　蔡深江（1965-），祖籍廣東潮安。畢業於南僑附小、立化中學、華中初級學院。1988年，本科畢業於臺灣大學中文系。曾參與創辦文藝雜誌《風見雞》、《後來》。曾在英華自主中學教書，後來加入新加坡報業控股集團，是本地著名報人。留學臺灣期間（1984-1988），管管的詩集《荒蕪之臉》早已紅遍了全臺灣，而當《管管詩選》出版時，蔡恰是大學二年級學生。殷宋瑋（本名林松輝）當年和蔡深江一道留學臺大中文系，他著文披露過蔡氏修讀過張健主講的「現代詩與寫作」，蔡對中國新詩史有完整的瞭解：「一學期的課程，使他有機會較有系統地將五四以來的新詩做一個全覽和研讀；當那些詩人詩作走進他的生命，他也蠢蠢欲動寫起新詩來了。」[156]殷宋瑋也提到蔡氏當年受到管管詩的啟發，認為源

---

[152] 管管詩的遊戲風格、語言陌生化和意象錯位，與他本人的人生觀有關。在接受騰訊文化記者採訪時，管管直率地表示：「遊戲是最沒有功利的，遊戲是最沒有社會功利的一種。我認為就是要遊戲人生」。參看「詩生活」網站轉載的訪談錄《臺灣詩人管管：俺就是這個鬼樣子》（網址如下https://www.poemlife.com/index.php?mod=newshow&id=8466）。

[153] 蕭蕭白靈：《臺灣現代文學教程：新詩讀本》（臺北：二魚文化，2002年），頁172。

[154] 參看「老頑童——管管：詩人管管數位典藏博物館」（網址在http://kuan.e-lib.nctu.edu.tw/#）。

[155] 藍啟元：〈析管管的「鬼臉」〉，吉隆坡《蕉風》第324期（1980年3月），頁82-83。

[156] 殷宋瑋：〈江流成跡：蔡深江其人及其詩〉，參看蔡深江：《如果不能回頭就忘記

於兩人都有赤子之心：「倒不是說他可以模仿或學習管管的詩風，而是認識深江的人都知道，他和管管一樣是張曉風所謂的『童年比一般人都長──長到現在』的一個『東西南北人』。他和管管一樣童心未泯，有很多或許是只有小孩子才會有的奇思妙想，寫成文字就成了怪詩怪句。」[157]沈奇指出，管管兼有老頑童和自在者的身分特色，他的詩具有謔語和悖語兩大特色，屬於一種獨白式的、遊走性的敘述文體，讀來給人以語言快感。[158]白靈認為，「管管喜愛的事物都不具侵略性，都愛自由自在、奇思幻想，有想回到一切原初的原力，他是『孫行者』、『嬰兒』、『少年』、『濟公』的集合體，都有『打破界線』的本能和欲望，也是他們彼此之間的相互角力。」[159]蔡的詩集《如果不能回頭就忘記月光》以強烈的遊戲感見長，既有兒童的頑皮淘氣，又有智者的機智俏皮，風格輕巧詼諧，貌似英國的「輕鬆詩」，奇異有趣之餘，也不乏批評敏感。

楊顯榮深入討論過管管詩的語法特色：「主要成分是比喻和比擬，兼用誇張和摹擬。聲音、顏色、動作、氣氛都能精確的捕捉，其奧妙在修辭方式的靈活，擴張語言的想像空間。」[160]應該說，蔡深江詩最醒目就是新奇的比喻、大跨度的擬人和誇張手法。〈春之無奈〉寫臺北春天的風雨煙塵和交通擁擠，其中出現有趣的擬人手法：「霓虹的雙眼眨成近視」、「一隻蟬鳴／為挽留春天而歿」，很形象化地寫出都市生活的沉悶乏味。〈風景〉之一寫道，「淡水

月光：蔡深江詩集》（新加坡：華中初級學院，1989年），頁96。

[157] 殷宋瑋：〈江流成跡：蔡深江其人及其詩〉，參看《如果不能回頭就忘記月光：蔡深江詩集》，頁98。

[158] 沈奇：〈管管之風或老頑童與自在者說──管管詩歌藝術散論〉，參看蕭蕭 方明主編：《現代詩壇的孫行者：管管作品學術研討會論文集》（臺北：萬卷樓圖書公司，2009年），頁25-43。

[159] 莊祖煌（白靈）：〈不際之際，際之不際──管管詩中的生命熱力和時空意涵〉，參看蕭蕭 方明主編：《現代詩壇的孫行者：管管作品學術研討會論文集》，頁207。

[160] 楊顯榮：〈飽受亂離折磨的詩人──試論管管〉，參看蕭蕭 方明主編：《現代詩壇的孫行者：管管作品學術研討會論文集》，頁170。

河要是失戀了／就去找無雲的下午／藍整個的自己」，擬人手法加上詞性改變，風趣幽默，令人莞爾。蔡有時會化身為物，移情體驗，寫出令人驚喜的詩句：「一隻黑貓會對著有一些破洞的天空／思考關於相對論的問題」，這隻貓甚至想瞭解天空破洞的原因，希望在天亮前補好夜空的破洞。〈每夜〉寫都市夜晚的目迷五彩，建築和車輛各有心事和神情——

> 公車因為超載心事／被紅燈攔截下來／戴一身霓虹的大廈還等不及下班／就珠光寶氣起來了／其實大鐘樓上的指標最不敢走這一段路／／人行道也開始忙碌／櫥窗開始嫵媚／眼睛最累[161]

〈晴朗——S. Y.〉之一寫道：「褪色的藍刷掉你多少日月／一整季的青春就跟著牛仔褲漫步／頑皮難免意外弄髒雪白／雙手一瀟灑／什麼角度的不在乎都踩死／在自信的鼻尖」[162]。天空的顏色轉為淡藍，也暗示時光流逝。饒有意味的是，青春、頑皮、雙手、鼻尖都被擬人化了，它們或在街上散步，或污染了顏色，或擺出瀟灑的姿勢，或顯示自信的模樣，無不具有人類的思想感情，形象地帶出了青春的迷人風采。例如〈忘了帶你去看我的童年〉——

> 除了向日葵以一種很左傾的姿態巴結／多數的花按梵谷的筆觸／開四季的顏色／所以我要警告那些斑斕的蝴蝶／這兒自幼便流傳關於你的翅膀的身世／請不要再以帶粉的假象矇騙了孩子們的慧黠的眼[163]

[161] 蔡深江：〈每夜〉，見氏著：《如果不能回頭就忘記月光》，頁35。
[162] 蔡深江：〈晴朗——S. Y.〉，見氏著：《如果不能回頭就忘記月光》，頁23。
[163] 蔡深江：〈忘了帶你去看我的童年〉，見氏著：《如果不能回頭就忘記月光》，頁56。

形態歪斜的向日葵被擬人化為左傾立場，花朵會根據畫家的心意來開放，詩人故作姿態地警告蝴蝶，這些新奇的修辭製造出風趣效果。張漢良指出，管管的詩使用荒謬的誇張法造成驚愕效果，用字的口語化和輕佻製造了幽默感，口語與粗言不僅增加作品的戲謔效果，更往往與詩的形式結合，具有嚴肅的作用。[164]不過，和管管詩比較，蔡詩有青澀拘謹之處，達不到嬉笑怒罵而百無禁忌、奇思妙想而收放自如的境界。

　　管管的詩觀之一是「詩是赤子，容不得近墨近朱」[165]管管有一片天真爛漫的童心，他的一些詩帶有鮮明的童話韻味。蔡深江的詩也有赤子之心和童話風格，例如〈風景〉之二寫道：「在一個等不到下雪的中午／我抬頭對太陽說了一個笑話／太陽就幽默且狡黠地順著風聲／尋找笑話裡的那個男主角」，詩人彷彿脫下知識的外衣，用原始的眼睛觀看萬物，見出詩性智慧和稚氣的想像。〈戊辰夏天〉使用誇張和比喻：全臺北市的樓房高不過四層，天空低矮，登樓者再上一層樓就必須哈著腰了；推開窗子便可以接近滿天星星，詩人的想法竟然是「在河邊洗星星」。這和古詩「危樓高百尺／手可摘星辰／不敢高聲語／恐驚天上人」有潛在的互文關係。〈童年〉用兒童視角和口吻觀察自然，一系列的祈使句表達出主人公的小小心願，洋溢著濃郁的童趣，而且節奏明快，聽來就像一首童謠──

> 風，不要你流浪／快陪我回家／媽媽要燒飯了／／月亮，不
> 要你照鏡子／陪我回家／爸爸要除草／／遠方，請你走近一
> 些／看婆婆的眼睛／被你眯成一抹微笑／／那害羞的蚯蚓／

---

[164] 張漢良：〈試論管管的風格與技巧〉，參看蕭蕭、方明主編：《現代詩壇的孫行者：管管作品學術研討會論文集》，頁13-14。

[165] 管管：《管管世紀詩選》（臺北：爾雅出版社，2000年），頁3。

什麼時候有空／我陪你去釣魚[166]

　　像管管的詩藝一樣，蔡詩最明顯的特徵是反抒情姿態和冷靜從容的風格。例如：他在兒童節回憶起來的童年往事——

兒童節在一次大雨之後／晾在竹竿上被風不斷拉扯／幾乎脫白／沙灘堆築的碉堡／因為經不住海潮／兀自卸下工程便離去了／我的一雙驚愕的童年還盯在沙子瓦解的那一剎那[167]

　　選取竹竿晾衣和沙灘造碉堡這兩個時刻，追憶逝水年華，沒有流露感傷懷舊的情緒，相反，詩句明朗堅實，運用比喻和擬人，化抽象為具體，製造風趣幽默的氛圍，呈現反抒情氣息和繪畫效果。
　　蔡深江有時也用超現實手法，但不像管管有大規模的實踐而且取得了驚人成就。蔡氏常用明快簡單的口語，以敘述性、描寫性的語法，排出一系列的散文化長句，甚至一些詩歌故意設計了冗長、裝飾性的題目，製造出戲劇性的場景，給讀者以驚喜。例如〈生命想說〉——

把頭枕在明天和昨天邊緣；整整二十年；你知道有些事情必須很無奈的喜愛；太陽每天晒地球一周，然後月亮；多事的星子；你可能沒有專心仰望，其實那些星子實在愛看連續劇；有時天冷躲在被裡看，忘了要按時疑惑水手的方向；所以天空便擠滿了閃爍，把月亮擠得又彎又細；你想起祖母的眉毛。[168]

---

[166] 蔡深江：〈童年〉，見氏著：《如果不能回頭就忘記月光》，頁49。
[167] 蔡深江：〈兒童節〉，見氏著：《如果不能回頭就忘記月光》，頁53。
[168] 蔡深江：〈生命想說〉，見氏著：《如果不能回頭就忘記月光》，頁14。

這裡採用口語化、散文化的長句，敘述一位二十歲的青年人對生命的思考。插入科學常識、擬人手法、鄭愁予詩句的暗引、誇張、比喻和自由聯想，使得整首詩產生一種童話氛圍，形成趣味盎然的遊戲風格，也帶出傷逝懷舊的感情。〈只要還有一棵樹活著〉[169]寫森林生態被破壞，空氣污染，疾病流行，都市空間已不適合人類居住。在形式上，這首詩的散文段落和詩行交錯出現，暗示生態污染導致人類喪失了詩意，被迫回歸沉悶的散文式的日常生活。這首詩混雜多種修辭，包括擬人（「風找不到休息的角落」，僅存的樹木「患有嚴重的性格分裂症」，「地球一度抱頭沉思」），反諷和戲謔（「有人在水泥地上鑿好了孔」以種植樹的種子），比喻和誇張（「許多觸礁的眼睛痛楚地淌著淚」），展示出蔡深江的才思和想像力。

林于弘、李宜靜指出，管管詩歌的技巧體現在語言創新上，例如：刻意的對應承接，末句的反向翻轉，重複字詞語句，連續以譬喻和頂真的句型貫串，造成回文的修辭效果和綿延不絕之感，還使用矛盾用語，表達複雜的思想感情，鑲嵌典故，讓歷史和現實展開對話。[170]蔡深江也使用過翻轉的技巧，例如〈星子〉的開篇是「星子是一種遙遠的可能」，結尾句則是逆向翻轉，變成了「星子寂寞成一種等待的可能」，構成一種首尾呼應的環形結構。聰敏好學的蔡深江，也使用過頂真這個修辭法，例如〈想家的人〉第二節出現「河」與「山」的重複和對舉：

> 路縱使荒蕪了／還有河／河縱使改道了還有／山／很高很和藹的山／認得他／匆促離去時回頭的／眼睛[171]

[169] 蔡深江：〈只要還有一棵樹活著〉，見氏著：《如果不能回頭就忘記月光》，頁21-22。
[170] 林于弘 李宜靜：〈「詩選」中的管管詩作及其特色〉，參看蕭蕭、方明主編：《現代詩壇的孫行者：管管作品學術研討會論文集》，頁87-118。
[171] 蔡深江：〈想家的人〉，見氏著：《如果不能回頭就忘記月光》，頁36。

這種類似於頂真的修辭法，追求詩行與詩行之間的粘連，讀起來有重章疊韻、迴環複沓的遊戲性。作為創世紀陣營的一員大將，管管有時使用超現實主義的手法，訴諸非理性的認知和實驗自動寫作，反浪漫，逆崇高，在低調敘事和偽裝輕佻當中傳達出一種帶有反諷意味的歷史意識。蔡深江還達不到這種爐火純青的境界，他有時鑲嵌典故以帶出歷史感，例如〈遲到〉插入三個典故，分別是「荊軻刺秦王」、「李白投江撈月」、「梁山伯與祝英臺」，〈讀歷史像公園的下午看見一群飛來啄食的麻雀〉化用「鴉片戰爭」、林則徐「虎門銷煙」、「慈禧太后」、「華人與狗不得入內」的掌故。在〈山尼拉烏他馬及其他〉[172]這首詩中，蔡深江把新加坡的英文名字「Singapore」拆分為九個英文字母，全詩分為九節，每節敘述一段新加坡的神話傳說或歷史故事，包括獅城名字的來歷，新加坡開埠的經過，太平洋戰爭的始末，新馬分家和國家獨立，成效顯著的填海工程，魚尾獅造型的出現，務實自信的建國方略。這首詩中也運用其他藝術技巧，包括矛盾語法、反諷和雙關語，例如「每一次落日／我便想起一種日不落的餘悸」，諷喻英國對新加坡的殖民征服；「重新排版的課本／寫著穿上新衣的國王」，以安徒生童話批判日本政府篡改教科書的行徑；以「連體嬰兒手術」的成功，比喻新、馬兩國的無奈分家和新加坡的獨立；國家圖騰「魚尾獅」也被擬人化了，它作為守護神，矗立在新加坡河口，「堅持信念」，習慣於繁忙的工作，「即使退休／也下意識望著船來的方向」。這首詩是蔡深江在文藝比賽中的獲獎作品，書寫新加坡的國族敘述和歷史記憶，有奇妙的形式實驗和表達技巧，以及寓莊於諧的遊戲感。

---

[172] 蔡深江：〈山尼拉烏他馬及其他〉，見氏著：《如果不能回頭就忘記月光》，頁85-89。

當然，對於新加坡詩人產生過影響的臺灣詩人，還有楊牧、羅智成、林耀德、夏宇、陳大為等等。楊牧（1940-2020），本名王靖獻，籍貫臺灣花蓮，1940年出生。東海大學外文系本科，美國愛荷華大學英文系藝術碩士，加州大學伯克萊分校比較文學碩士、博士。曾任教於麻塞諸塞大學、普林斯頓大學、西雅圖華盛頓大學。早期使用筆名「葉珊」，兼擅詩、文，旁及翻譯和論著，文學創作生涯長達五十餘年。著有詩集《水之湄》、《花季》、《燈船》、《傳說》、《瓶中稿》、《北斗行》、《禁忌的遊戲》、《海岸七疊》、《有人》、《完整的寓言》、《時光命題》、《涉世》、《介殼蟲》、《長短歌行》等，是臺灣現代文學史上最有影響力的詩人之一。《當代十大詩人選集》如此評價楊牧的詩歌風格和藝術成就：「『無上的美』的服膺者，古典的驚悸、自然的律動，常使我們興起對古代寧靜純樸的眷戀」。楊牧對新華現代詩人的影響有跡可循。1970年代的英培安主要學習楊牧的浪漫情調和古典意境，他的詩集《無根的弦》中的兩首詩〈儒生行〉，讓人想起楊牧的〈延陵季子掛劍〉，表達現代知識分子與理想漸行漸遠的幻滅和無奈。英培安的詩集《日常生活》的知性抒情、沉潛內斂的風格，以及跨行造句、起承轉合的語言特色，也依稀有楊牧的影子。在杜南發的〈戀歌〉、〈心雨〉當中，主人公向情人「伊麗莎」頻頻呼告，重疊複查，結構全篇，這種形式近似於楊牧〈十二星象練習曲〉的人格面具「露意莎」。寒川的抒情詩除了來自余光中和鄭愁予的影響，還有楊牧的啟發。葉珊時期的楊牧出版詩集《花季》，溫婉抒情的風格，名動一時，也在新馬詩壇產生反響。「花季」一詞在寒川詩集《在矮樹下》當中出現四次。例如〈陽光的海岸〉寫道：「數過去，那小屋，紫藤滿牆／午間，且聆聽花季的鈴聲響著」，〈燦爛的花季〉寫道：「而我在遙遠的南方／不識歸路，且默想那座山崗／那燦爛的花季」，〈祝福〉的開篇有這種句子「不再屬於雲南園

的花季／你走了，如同三年前／我走了」，〈祝福〉的結尾寫道：「不再屬於雲南園的花季／我走了，於三年前／而今你也走了。」

受到過臺灣詩人之影響的新加坡詩人還有其他，例如：希尼爾（謝惠平，1957-）和陳志銳（1973-）。在與我進行書面交流時，希尼爾誠實回顧了他的詩藝歷程。他說，在1950-1980年代的政治與社會時空下，新馬從事現代新詩創作（有人歸納為「現代派」）的詩人，在不同程度上都受到臺灣現代詩的影響。希尼爾開始文學創作時偏向現代詩，當年閱讀的對象以臺灣現代詩人（如余光中、洛夫、瘂弦等）的作品為主，他們的現代詩藝術水準在那個（也橫跨這個世紀的）年代，在大中華文學界裡是相對高超的而且能引起共鳴。希尼爾還說，現在回過頭來看，他早期（如收錄在《綁架歲月》裡）的詩作，有一些會帶有余光中的影子。當年報館的文藝版編輯提醒他應走出大詩人的「陰影」，樹立自己的特色、風格。此言如醍醐灌頂，從此有一段時間，希尼爾不敢接觸這些詩人的作品，以防在「不知覺中」受到他們的影響。[173]

1998年2月，剛畢業於臺灣師範大學中文系的陳志銳，充滿深情地對別人說道：「赴臺之後，我發現新大陸般猛啃臺灣當代作家的作品」，其中就有楊牧和洛夫的現代詩。2018年5月1日，陳志銳在接受我的書面訪談時說，林耀德來臺大代課，教過他現代文學。陳的老師楊昌年教授（他也是詩人）是其詩歌啟蒙老師。後來，陳在課外每週到耕莘文教院上課，導師就是白靈、許悔之、焦桐（文藝營小組導師），他們教過余光中、楊牧、洛夫等人的詩作，這些對陳志銳影響至深。多年前，陳志銳曾和潘家福一道訪問過林耀德，也發表過文章，之前陳寫散文詩研究也主要以臺灣蘇紹連等的作品為對象。不過我認為，主要是余光中、楊牧的浪漫抒情詩，以

---

[173] 2019年6月21日，希尼爾答覆本人的書面採訪的電子郵件。

及林耀德的都市詩，對陳志銳的啟發較大。他的《劍橋詩學》有余光中、楊牧的抒情現代主義的痕跡。晚近出版的《地標詩學》致力於地志書寫、歷史記憶和都市地理的再現，似乎也有羅門、林耀德的影子。

（六）現代詩的理論建設

　　新加坡華文現代詩觀的形成也與臺灣現代詩有關。1959年3月，白垚在《學生週報》第137期發表小詩〈麻河靜立〉，以新人耳目的現代派手法引起詩壇的注意，後來被譽為「第一首馬華現代詩」。接著他發表多篇詩論，一些理論資源來自紀弦，這些宣言促成馬華現代詩的興起。例如：1959年4月，白垚以「淩冷」為筆名，在《蕉風》發表詩論〈新詩的再革命〉[174]，根據新詩發展史的路線和馬來亞華文的環境，提出五點主張：（1）新詩是舊詩橫的移植，不是縱的繼承；（2）格律與韻腳的廢除；（3）由內容決定形式；（4）主知與主情；（5）新與舊、好與壞的選擇，亦即詩質的革命。白垚曾留學於臺灣大學歷史系，醉心於現代詩，對紀弦的詩歌理論不陌生，他後來移居新加坡，再遷居到馬來西亞，主編《蕉風》和《學生週報》的詩歌欄目，鼓吹馬華詩歌走向現代化。不妨比較他的詩觀和紀弦之〈現代派的信條〉的異同：

　　　　我們是有所揚棄並發揚光大地包含了自波特萊爾以降一切新興詩派之精神與要素的現代派的一群。
　　1. 我們認為「新詩乃是橫的移植，而非縱的繼承」。這是一個總的看法，一個基本的出發點，無論是理論的建立或創作的實踐。

---

[174] 淩冷：〈新詩的再革命〉，吉隆坡《蕉風》第78期（1959年4月），頁19。

2. 詩的新大陸的探險，詩的處女地之開拓。新的內容之表現；新的形式之創造；新的工具之發見；新的手法之發明。

3. 知性之強調。

4. 追求詩的純粹性。

5. 愛國、反共。擁護自由與民主。

　　兩者有三項相似，可見影響與接受的關係。不過，白垚的新詩論述有脈絡化、歷史化的思考。他聯繫馬來亞華人的移民歷史，認為馬華詩人沒有可以縱向繼承的文學傳統，而只能展開橫向的移植。他批判當時馬華詩壇籠罩著追求格律的形式主義，認為這違背了中國「五四」新詩運動的使命，必須撥亂反正。1959年5月號的《蕉風》又發表白垚的〈新詩的道路〉[175]，縱論「五四」以來中國新詩的發展，批判新、馬華文詩對形式主義的迷戀和對自由體的濫用，主張學習臺灣現代詩人瘂弦、吳望堯、瓊虹，創作自由體的馬華現代詩。

　　孟仲季（本名丘柳漫，1937-），祖籍福建龍岩，為新加坡作家丘絮絮的長子，也是知名現代詩人。他有良好的古典文學素養，發表的相關論文見出敏銳的思考。[176]孟仲季在1959年畢業於南洋大學第一屆中文系，著有詩集《第一聲》。後來拿到教育部獎學金，留學臺灣大學中文系，專攻中國古典文學，獲碩士學位，導師為臺靜農。返歸新加坡後，他任教於德明政府中學，後為英華初級學院教師，2002年又獲得廈門大學博士學位。孟仲季詩集《第一聲》的開篇就是他自己寫的長篇詩論〈論詩的現代化〉，此文深思明辨，分量極重，為現代主義在新加坡詩壇的合法化，作出開拓性貢獻。

---

[175] 淩冷：〈新詩的道路〉，吉隆坡《蕉風》第79期（1959年5月），頁4-7。

[176] 例如：丘柳漫：〈杜牧的七絕〉，吉隆坡《蕉風》第262期（1974年12月）。2002年，丘柳漫在廈門大學中文系取得博士學位，博士論文題目是《白居易與中唐社會》。

此文的注釋有80個，廣征博引臺灣作家的論著，包括紀弦的〈現代詩的創作與欣賞〉，林亨泰的〈鹹味的詩〉，夏菁的〈少年游〉，洛夫的〈論現代詩〉，葉維廉的〈詩的再認〉，胡品清的〈詩與存在〉。孟仲季指出，由於傳統社會的崩潰和舊有價值系統的解體，現代作家產生了濃厚的價值失落感，因而，價值重估和道德重建就是現代作家無法推卸的責任。這項艱鉅的工作正好體現了文學的尊嚴和人類的莊嚴。現代詩人即是走在時代陣線上的前衛人物，他們的先知先覺應是人類的路標和燈塔，孟仲季在這裡引用紀弦的名言，讚譽詩／人扮演的角色：「詩是獨立的存在，不可動搖的存在，絕對的存在」，「一個詩人是一個上帝；一首詩是一個宇宙。上帝創作第一宇宙；詩人創造第二宇宙。」論及現代詩的晦澀，孟仲季從三個方向加以分析。他首先引用臺灣詩人林亨泰的言論，肯定晦澀的價值：「難懂可以說是二十世紀文化全盤共通的樣相，也可以說是一種進步」，他咄咄逼人地反問道：「現代繪畫，現代音樂，現代小說，現代戲劇，現代舞蹈又何嘗易懂？」孟仲季引用臺灣詩人夏菁的話，說明現代詩之晦澀乃是對科技文明的一種反抗，兩者是相反的關係：「科學要求外證，要求明確，現代詩偏向內視，偏向晦澀」。接下來，孟仲季又介紹了洛夫的觀點，從外在和內在的視角，進一步解釋現代詩走向晦澀的緣由：「一則由於內蘊之繁複，此乃現代人心理變化使然，一則由於現代詩人努力追求較古人更為重視的純粹性」。至此，孟仲季給出一個令人信服的總結：「現代詩之難懂，是由於現代社會生活所致，現代詩人生活在一個價值混亂文化脫序的時代，其對現代生活的感受，已超出普通幅度而通過靜觀不斷外展內延，漩渦式般直入現代精神的核心，由內省作用，對之作一微觀透視。」[177]必須指出，持有孟仲季的立場

---

[177] 孟仲季：《第一聲》（新加坡：五月出版社，1969年），頁8。

者不是少數，在1960-1970年代的新加坡，大批現代詩作者都對晦澀進行同情和辯護，例如：流川辛辣地嘲弄了那種陳腐的詩觀：「詩寫得越晦澀難懂，詩人就越離開群眾，詩就越沒有存在的價值；詩寫得越平淺易懂，詩人就越接近群眾，詩就越有存在的價值。這是第十流以外的評論家所下的斷語。」[178]

關於晦澀的問題，其實沒有完全解決。1981年，洛夫在新加坡報章上發表一首小詩〈隨雨聲入山而不見雨〉，在短短幾個月內，引發當地四十多名作家關於「晦澀」的論辯，其中包括葉霜、戴畏夫、古琴、判夫、劉雲、冰火、喬克岑、川岳林、長謠等人，他們對這首詩或讚或彈，涉及現代主義和寫實主義，各執一詞，聚訟紛紜。洛夫多次受到友人的邀約，終於寫出回應文章〈現代詩論劍餘話——敬答新加坡讀者〉，發表在1982年6月20日的新加坡《南洋商報》副刊「文林」。洛夫相信，「詩乃是一種具體而鮮活的意象的呈現，以表現一種純粹的心靈感應，一種超越文意的境界，一種對人生的深刻的體察與關照」。鑒於這次論爭聚焦於晦澀，洛夫深刻指出，詩的晦澀不僅是現代詩的問題，古典詩也有看不懂的可能，只不過晦澀的問題在現代詩中較為顯著而普遍罷了。晦澀是一種常見文學現象，它不是絕對的價值判斷，有時與讀者的接受能力有關，因此具有相對性：「晦澀本身有各種不同的層次，一首詩可懂與否，有時因人而異，某些人看不懂的詩不一定就是晦澀詩，而晦澀詩也不一定就沒有藝術價值。」洛夫不僅訴諸於個人的創作道路而且回到中國文學史的經驗：「通常一首具有高度暗示性而以較複雜的意象來表現的詩（如李賀的詩），它之被瞭解的程度往往因讀者而異，甲讀來覺得晦澀難懂，乙讀來卻能心領神會，完全與作者感通。」他也相信，詩的明朗絕非散文式的明朗，而大部分讀

---

[178] 賀蘭寧編：《新加坡15詩人新詩集》（新加坡：五月出版社，1970年），頁5。

者所要求的明朗，只是散文式的明朗而已，事實上今天人們讀到一些所謂明朗的詩，大多數為分行的散文，而且是很壞的散文。現代詩難懂的另一個原因是：「重視知性，強調詩的批判功能，尤其側重對人性和人類命運的探討，這與中國古典詩側重調合人與自然的關係大不相同。[179]洛夫的早期詩尤以深刻複雜和晦澀難懂引起巨大的爭議。葉維廉從語境化、歷史化的角度，指出洛夫詩的孤絕、憤怒、傷痛和晦澀，絕不是個人主義的頹廢和病態的發洩，其原因相當複雜，包括生存威脅、語言危機、文化傳承，所以這種情結既是個人的，也是社會的，更是民族的[180]。我認為，從現代漢詩發展史來看，關於（現代）詩之晦澀的爭論，其實是一個結構性的、主題級的問題，涉及詩人的身分政治、詩歌美學和寫作技巧、詩的歷史語境、讀者的接受能力等多個層面，可以說是源遠流長，其來有自。[181]寫實主義和現代主義是新加坡華文新詩史的結構性分歧。上述論辯澄清了詩歌藝術尤其是現代主義的基本特性，深刻有力地論證了它的合法性和重要性，推進了新華現代詩的歷史發展。

　　總體看來，新加坡作家對臺灣現代詩之影響的接受，主要圍繞三大詩社和流派展開：覃子豪、余光中、鐘鼎文等人的「藍星詩社」，洛夫、瘂弦、管管的「創世紀詩社」，紀弦、鄭愁予的「現代詩派」。至於臺灣鄉土詩人吳晟，以臺灣的本土意識、鄉土情懷、社會批判為特徵的「笠詩社」，例如白萩、詹冰、李魁賢、林亨泰、吳瀛濤、陳千武、趙天儀等，則看不到他們的詩在新華詩壇落地生根、開花結果的跡象。臺灣詩人影響於新華詩人表現在幾個

---

179 洛夫：〈現代詩論劍餘話——敬答新加坡讀者〉，收入洛夫：《詩的邊緣》（臺北：漢光文化，1986年），頁59-71。

180 葉維廉：〈洛夫論〉，見劉正忠編選：《臺灣現當代作家研究資料彙編第33卷：洛夫》（臺南：臺灣文學館，2013年），頁307-362。

181 參看張松建：《抒情主義與中國現代詩學》（北京：北京大學出版社，2012年）第五章。

層次上。第一是詩的本體論層次，包括詩的定義、起源、功能、存在意義、傳達效果等理論認知。第二是現象論層次，包括意象、主題、寫作技巧、微觀詩學、技術詩學等。例如：鄭愁予詩中出現的「浪子」、「航海」等離散意象，余光中的鄉愁書寫，楊牧的浪漫愛情的抒情詩學，紀弦的詩歌烈士自畫像，瘂弦的現代文明的批判，洛夫的超現實主義，周夢蝶的佛理禪意和虛無主義，管管的童趣、機智、反崇高、遊戲感，可謂琳瑯滿目，各擅勝場。

大體而言，臺灣現代詩在新加坡的傳播和影響產生了積極後果，主要體現在：現代主義從此獲得合法性，在文學史上贏得一席之地，新加坡華文文學展現新風貌。從1919年到1960年前，新馬文學以現實主義為主流，這派文學力主擁抱國族、走向大眾，成為文學史的霸權結構。1960年代初期，新加坡詩人開始接觸臺灣現代詩，受其強烈影響，加以學習借鑒，於是新華現代詩開始出現，它作為一股前衛的實驗潮流，逐漸改變了文學史的格局。但是，新華現代詩一上來就遭到現實主義者的批判，鐘祺和林方圍繞這個問題往返展開數次筆戰，即是其中最著名的論證。不過，現代主義逐漸深入人心，越來越多的作家、讀者和批評家開始接受現代詩，新華文學史煥然一新。例如：1970年，賀蘭寧主編的《新加坡十五詩人新詩集》出版，這一批現代詩的出現，文壇為之側目。王潤華給予這本詩集以很高的讚譽：「其最大意義，是新詩的再革命。它要革掉初期的一些壞傳統，然後建立起新的詩觀，新的創作態度與表現方法。譬如：他們放棄把寫詩當做文人遊戲，反對浪漫主義末流那種膚淺的、純主觀的情感發洩，認為詩像繪畫雕塑，有他的藝術生命。詩的表現手法逐漸偏向象徵與暗示，減少平鋪直敘的散文手法，語言是豐富的，不是乾枯的陳言濫語。」[182]

---

[182] 王潤華：《從新華文學到世界華文文學論壇》（新加坡：潮州八邑會館，1994年），頁102。

毋庸諱言，臺灣現代詩也給新加坡作家帶來一些負面後果，主要表現是，有的詩人只是奴性模仿而無力超越、轉化和再創造。周維介〈一種病症——談詩的外貿〉批評新個別作家不顧忌內涵的提升，盲目追隨臺灣的「圖像詩」。他的〈詩的病情〉批評本地詩壇對臺灣文學一味崇拜，走火入魔，毫無目的地在詩形上進行整容，徒勞無功。[183]周維介評論寒川詩集，對同行作家嚴肅提醒：「新馬一代的部分詩人，受臺灣現代詩的影響過於深巨。所謂深巨，指的是讀一些此間詩人的作品，我們可以毫無困難的指認，某句來自臺灣某人的詩行，此所謂善師者師其意，不善師者師其句。這是最大的問題。」[184]1981年7月，他再次批評新華詩人始終擺脫不了臺灣文學的影子。[185]

三、現代主義的文化政治

在全球化後殖民的歷史條件下，新華現代詩還涉及四個層面的文化政治，即，本土性、後殖民主義、文化冷戰，以及方興未艾的華語語系論述。下面，我從新華現代詩的歷史語境和話語語境出發，嘗試分析這些關鍵字與這項課題的關聯。

（一）現代主義與本土性

放大歷史視野來看，新華現代詩與臺灣現代詩之間是一種辯證、揚棄的關係，借用德里達的話說，這是一種「延異」的關係：

---

[183] 周維介：〈一種病症——談詩的外貌〉，〈詩的病情〉，參看氏著：《文學風景》（新加坡：阿裕尼文藝創作與翻譯學會，1886年），頁118-120，頁121-126。

[184] 周維介：〈浪子的聲音及其影子——讀寒川《在矮樹下》〉，參看氏著：《文學風景》，頁36。

[185] 周維介：〈燈火飄搖十六年——一一九六五——一九八一年的新馬華文文學〉，收入氏著：《新馬華文文學散論》（香港：三聯書店；新加坡：青年書屋，1988年），頁64。

一方面接受其深度影響，另一方面開始本土化追求。新華文學在發生和壯大的過程中曾受其他國家和地區文學的影響，尤其以中國「五四」新文學、臺灣現代文學、西方現代文學最為明顯。但是新華文學在接受外來影響之餘，也努力建構自己的本土性，並且卓有成效。舉例如下。1927年，張金燕、陳煉青、曾聖提等人提出「南洋色彩」的命題。1934年，廢名（丘士珍）宣導「馬來亞地方作家」的寫作風格。1947-1948年，關於「馬華文藝獨特性」與「僑民文藝」的論爭是當時最重要的話題。1956年，杜紅、穆春遲等人主張「愛國主義大眾化文學」的思潮。1955年創刊的《蕉風》月刊，特意在封面放上「純馬來亞化文藝半月刊」的字樣，矢志改變馬來亞給人的「文化沙漠」的印象，後來，馬摩西、海燕還發起一場關於「馬來亞化」與「馬來化」的論爭。1981年，在新加坡交通部長王鼎昌的推動下，本地作家開始探討「建國文學」的設想。

　　新華現代詩的本土性追求，也不乏其人，至少在思想意念上有所表示。1977年，謝清接受南洋大學校園刊物的訪談，他準確斷言：「只要香港、臺灣作者繼續以現代手法創作，本地讀者必然會受到他們的影響，因為本地大部分的華文書籍主要從港臺輸入。」難能可貴的是，謝清一方面鼓勵本地詩人挪借臺灣現代詩的美學技巧，同時他也注意到個性化改造、創造性轉化、本土化追求的重要意義：「而且本地現代詩作者不想直接因襲臺灣的作風，要創立自己的風格；不能像某一些青年作者要跟隨著香港或臺灣的風格之後。我們覺得在此地，作者已建立自己的風格及方向，絕對不會是『僑民文化』之類的作品。」[186]

　　1989年，新加坡詩人南子主編的《五月現代詩選》出版，林方為此書撰寫見解精深的長篇序言。林方縱論西方現代主義文學、中

---

[186] 轉引自劉碧娟：《新華當代文學中的現代主義》，頁65。

國「五四」新文學運動對新加坡的跨國影響，他特別強調本土化的意義之大、不可忽視：「作為一個獨立國家多元文化結構的一部分，新華現代詩必須更鮮明地自我塑造，不僅擺脫那種『斷臍』而不『斷奶』的依賴關係，同時大膽嘗試改用斑蘭葉包粽子，配合嶄新的局面建設屬於自己的特色與風格。」[187]

1997年，梁鉞的詩集《浮生三變》出版，他在自序中誠懇提到文學寫作的本土性的問題——

> 近幾年來，一個問題問題常常困擾我：什麼樣的詩才算是「新加坡」的詩？最近漸漸有了答案。作為一個新加坡詩人，一個用華文寫詩的新加坡人，必須寫出具有新加坡個性的華文現代詩。這樣的詩，必須有別於大陸、臺灣以及其他地方的華文詩；這樣的詩，雖然以中國的華文詩為傳統，卻能吸收西方、馬來及印度詩的精髓，形成獨特的氣韻；這樣的詩，讓人一讀，就能看出新加坡的文化特質和審美情趣。[188]

論及臺灣現代詩對個人的影響，梁鉞承認那主要體現在美學理念和寫作技巧上：「至於內容、題材，我比較執著於自己的感受，這方面，倒沒有受到前輩詩人多大的影響。由於教育背景、社會環境、客觀現實，我一向比較關注歷史文化及眼前的社會現實。這一點，可以說始終不變。」[189]換言之，追求外來影響的創造性轉化，凸顯本土化的輪廓和個人接受的能動性，在梁鉞那裡是自覺意識。梁詩挪借臺灣現代詩的技巧，意在表達新加坡社會文化的變遷：華

---

[187] 林方：〈斑蘭葉包紮德粽子——序《五月現代詩選》〉，見南子主編：《五月現代詩選》（新加坡：七洋出版社，1989年），頁14。

[188] 梁鉞：〈得失寸心知：《浮生三變》自序〉。

[189] 2019年6月13日，梁鉞答覆本人之書面採訪的電子郵件。

文教育的衰落、華校生的尷尬處境、華人傳統文化的式微，這種新加坡版本的「傷痕文學」見證了作為後殖民現象的語言政治。

「本土性」追求也是蔡深江的文學企圖。他的詩〈山尼拉烏他馬及其他〉榮獲新加坡「金獅獎」第一名，在接受記者電話採訪時，他坦率說道：「選擇這個題材的動機，是想寫一些更本土性的東西。」[190]這首詩是後殖民新加坡的國族敘事，但是並非平鋪直敘、直抒胸臆，而是採用含蓄有力的隱喻。蔡的友人林松輝指出：「近年來，臺灣的許多文化藝術也都有回歸本土的走向……這或許並不是一種巧合，人類本就有尋根的本性和認同的需要。雖然深江寫詩的啟蒙和鍛鍊都在臺北，可是家鄉畢竟還是新加坡。」[191]蔡的詩集《如果不能回頭就忘記月光》除了都市臺北的書寫之外，也有新加坡歷史文化的精彩表現，這是本土性的自覺追尋。

（二）現代主義與後殖民主義

從1500年開始，殖民主義成為世界近代史的基本構造。整個東南亞的十一個國家（包括六個海洋國家和五個內陸國家），除了泰國勉強保持中立之外，其他十個國家先後遭受西方殖民帝國的奴役，例如：馬來亞是葡萄牙、荷蘭、英國的殖民地，新加坡、緬甸、汶萊是英國的殖民地，印尼是荷蘭的殖民地，菲律賓是西班牙的殖民地，越南、柬埔寨、寮國是法國的殖民地，東帝汶是葡萄牙的殖民地。二次世界大戰結束後，這些殖民地逐一擺脫了宗主國的統治，走上民族解放和獨立建國的道路。

當代新加坡和臺灣都處在後殖民時代。1945年，日本戰敗投降，新加坡和臺灣都從日本的軍事征服中解放出來。1949年，南京

---

[190] 殷宋瑋：〈江流成跡：蔡深江其人及其詩〉，見蔡深江著：《如果不能回頭就忘記月光》，頁101。

[191] 殷宋瑋：〈江流成跡：蔡深江其人及其詩〉，見蔡深江著：《如果不能回頭就忘記月光》，頁102。

國民政府退保臺灣，臺灣開始進入後殖民時代，同時也是戒嚴時代，直到1988年。1959年，新加坡成為自治邦，並在1965年宣佈成為主權獨立的國家，隨之進入後殖民時代。臺灣作家和新加坡作家身處後殖民歷史境遇中，是否以及如何思考漫長的殖民帝國統治所造成的嚴重後果？新、臺作家是否具有共同關心的社會和歷史、文化與政治的問題？也許因為詩歌這種輕薄短小的文體，不同於小說這種篇幅較長的敘事文體，也許由於白色恐怖的政治禁忌，臺灣現代詩罕見涉及殖民主義的問題，相反，它以個人化的隱喻象徵，表達這些思想主題：青春的哀怨和迷惘，愛情的感傷和憧憬，離散者的鄉愁，個人在體制中的無助感，存在的虛無和痛楚，都市文化的罪惡，現代文明的批判。這似乎是國際現代主義詩歌的普遍特性之一。在後殖民時代出現的臺灣現代詩，經過跨國流動和理論旅行，進入二戰後的新加坡，與當地作家相遇，經過接受、挪借、模仿和借鑒，落地生根，開花結果，新華現代主義於焉興起，甚至有力地改變了文學史的格局。不過，新華現代詩除了表達上述主題，也有一些是後殖民批評的傑出文本。例如：梁春芳收錄在《浮生三變》中的詩，南子的晚近作品，英培安詩集《日常生活》中的篇什，王潤華的詩集《橡膠樹》和《熱帶雨林和殖民地》中的大多數詩作，蔡深江的〈山尼拉烏他馬及其他〉，無不觸及新加坡獨立以來的文化現象和社會問題，揭示作為後殖民現象的語言政治，顯出人文知識分子的批評思考和凜然風骨。

（三）現代主義與文化冷戰

現代主義與文化冷戰（Cultural Cold War）的關係值得重新思考。從1947年開始，冷戰在全球擴展開來，從歐洲到亞洲，遠至非洲和南美洲，國際政治格局被劃分為兩大陣營，直到1991年，蘇聯解體，宣告冷戰終結。在東亞這邊，臺海對峙的局面出現，英國

殖民當局在1948年宣佈馬來亞進入緊急法令時期，美國也在香港和東南亞推行文化冷戰。所有這一切因素都是現代主義出現的歷史背景。從1947年到1980年代，文化冷戰在東南亞方興未艾，曠日持久，臺灣現代詩恰好也在1950年代傳入新加坡。新加坡－馬來西亞的《蕉風》月刊、《學生週報》都由新加坡的友聯書局提供資金支援，而背後的總負責部門乃是位於香港的友聯出版社。友聯出版社有強烈的美援背景，徐東濱、余德寬、燕歸來、白垚、姚拓、黃崖等都是友聯社的發起人或中堅分子。他們致力於推廣美式的民主政治、自由文化、高雅文藝。現代主義文學包括臺灣現代詩，其源頭可以追溯到英美等西方國家，也被視為自由文化的組成部分，與左翼文藝、現實主義文藝相反，所以在1950年代以後，被大規模介紹到新馬文壇。或者換言之，《蕉風》和《學生週報》等文藝刊物，正是借助於臺灣現代詩的跨國流布，暗中推銷文化冷戰的理念。現代主義從西方，到臺灣，再到東南亞，構成一種明確的辯證互動的三角關係。那麼，在新華現代詩與文化冷戰之間是否存在一些或隱或顯的聯繫？我的看法是，新華現代詩從表面上看來是一種純文學和高蹈藝術，但是背後的意識形態隱約與政治自由主義有關聯——最典型的例子是英培安，他以世界主義者自居——，所以有意無意地參與了東南亞的文化冷戰的滲透和展開。如果說臺灣現代詩的跨國流動無形中扮演了冷戰推手的角色，或許並不為過。長期以來學術界認為，現代主義文藝是純文藝、高雅文藝、象牙塔中的遊戲，與政治意識形態毫無瓜葛。我希望這項課題能夠挑戰這種流行看法，為人們重新理解現代主義的文化政治，提供一個批評介面。

（四）現代主義與華語語系

自2007年以來，在美國學者史書美、王德威、石靜遠、陳榮強、貝納子（Brian Bernards）、古艾玲（Alison Groppe）等人的推動

下，「華語語系研究」（Sinophone Studies）方興未艾，漸成顯學。華語語系文學研究致力於考察中國之外的華語文學以及中國內部的少數民族作家的華文文學。這派學者從新清史研究、帝國研究、後殖民研究等知識源流尋找理論靈感，打破中國中心主義的舊有框架，反對落葉歸根的流行論述，強調本土化、在地化、落地生根、後遺民、反離散的必然性和重大意義，為傳統的中國研究、區域研究、華語文學研究，無疑貢獻了一種進路和可能性。另外，有青年學者提出「華語語系比較文學」（Sinophone Comparative Literature）的研究思路，主張在不同國家／地區的華語文學之間展開比較研究，例如：臺灣文學和香港文學的比較，新加坡和馬國的華語文學之比較，歐洲和北美的華語文學之比較。[192]眾所周知，傳統的比較文學研究，關注跨國族、跨洲際、跨語言、跨文化的文學比較，有時具有西方中心主義、東方主義、文化帝國主義的傾向。我個人認為，華語語系比較文學可以超越這種樊籬，在不同華語社群之間展開比較研究，旨在發現歷史相似性、文學相關性和理論建構的可能性。新加坡和臺灣最初都是以離散華人為優勢人口的後殖民社會，都有淪為英國／日本殖民地的慘痛的歷史記憶，都把華語／華文／中文文學作為國家文學，因此在華語語系研究的框架下，顯然具有比較研究的前提和可能性。尤為重要者，從1950年代開始，臺灣文學取代中國大陸文學，成為新、馬華語文學的影響源頭。目前看來，華語語系比較文學還處於草創階段，需要理論建構和實證分析。我希望這個課題能夠為華語語系比較文學提供史實支援和理論靈感，進而補充、深化和完善這一新穎的學科領域。

應該說，反離散、後遺民、去中心化，強調落地生根和國族認同，日漸成為新華現代詩的重要取向，這呼應了華語語系研究的

---

[192] Hok-Man Desmond Sham, *Sinophone Comparative Literature: Problems, Politics and Possibilities*, MPhil thesis, The University of Hong Kong, 2009.

核心主張。不過，華語語系研究重視方言土語和語言混雜性，這和新華現代詩的實情並不吻合。和小說、戲劇、散文這些文體不同的是，新華現代詩很少有方言土語和語言混雜性，相反，詩歌語言比較標準和純粹，有的詩人刻意偏向中原正韻。另外一點是，華語語系論者強調定居者殖民主義（settler colonialism）、大陸殖民主義（continental colonialism）的文化政治，這其實並不適用於新華現代詩。因為新華現代詩人的祖父輩都是從中國南來的離散華人或者跨國弱裔，絕大多數出身庶民，在殖民地南洋辛苦打拼，掙扎於社會的邊緣和底層，有時為了生計，被迫再離散、再移民，進行跨殖民地的「感傷的旅行」，甚至淪為政治暴力和文化政策的受難者，他們絕不是奴役土著人的定居者殖民主義。准此，這兩點史實在某種程度上挑戰了華語語系論述的普遍適用性，進而啟發我們：如何在文本、歷史和理論之間，展開更有深廣度和複雜性的對話和辯難？

附錄：《蕉風》所見臺灣現代詩與評論

姓名	詩作／詩論	期號	日期
覃子豪	臺灣十年來的新詩	第76期	1959年2月
	象徵與比喻	第83期	1959年9月
	由抽象到具象	第88期	1960年2月
	吹蕭者	第105期	1961年7月
	瘋狂的時刻	第109期	1961年11月
	燈	第112期	1962年2月
瘂弦	舵邊	第92期	1960年6月
	懷古	第93期	1960年7月
	遠洋感覺	第96期	1960年10月
	邊疆小夜曲	第97期	1960年11月
	銀睡鞋	第99期	1961年1月
	散文詩兩章	第103期	1961年5月
	庭院	第141期	1964年7月
	憂鬱	第142期	1964年8月
	給橋	第144期	1964年10月
	賭場（署名王慶麟）	第144期	1964年10月
	死了的蝙蝠和昔日	第145期	1964年11月
	懷人	第146期	1964年12月
	葬曲	第147期	1965年1月
	現代人之風俗	第150期	1965年4月
	季候病	第151期	1965年5月
	護士	第152期	1965年6月
	協奏曲	第153期	1965年7月
	海之歌	第154期	1965年8月
	藍色的井	第155期	1965年9月
	楊平詩小引	第477期	1997年3、4月合刊
洛夫	外外集	第142期	1964年8月
	投影	第152期	1965年6月
	詩兩首	第161期	1966年3月
	早春	第166期	1966年8月
余光中	升起現代文藝的大纛	第141期	1964年7月
	浮雕像	第161期	1966年3月
	空宅	第163期	1966年5月
	詩兩首	第167期	1966年9月
	詩兩首	第170期	1966年12月
	春天，逐想起	第172期	1967年2月
	詩兩首	第223期	1971年8月
	樓高燈亦愁——序方峨真的《蛾眉賦》	第302期	1978年4月
	詩與散文	第337期	1981年4月

姓名	詩作／詩論	期號	日期
余光中	火浴	第351期	1982年7月
	現代詩的新動向	第351期	1982年7月
羅門	美的攝影場	第85期	1959年11月
	塔形的年代	第90期	1960年4月
	欲的塑像	第97期	1960年11月
	電光遠逝	第100期	1961年2月
	深秋 庭院	第100期	1961年2月
	欲像	第147期	1965年1月
	都市	第167期	1966年9月
	生之前窗向死的後窗	第171期	1967年1月
周夢蝶	六月以外	第106期	1961年8月
	逍遙遊	第110期	1961年12月
	孤峰頂上	第124期	1963年2月
	連鎖	第127期	1963年5月
	尋	第129期	1963年7月
	虛空的擁抱	第132期	1963年10月
	五月	第141期	1964年7月
	擺渡船上	第145期	1964年11月
	無題	第168期	1966年10月
	詩三首	第172期	1967年2月
夏菁	樹的短歌	第134期	1963年12月
	挽詩三首——悼子豪兄	第135期	1964年1月
	湖（外一章）	第161期	1966年3月
	詩兩首	第165期	1966年7月
	雨中	第166期	1966年8月
	舞之邊緣	第168期	1966年10月
	新秋	第180期	1967年10月
林綠	葬禮	第86期	1959年12月
	綠色的夢	第116期	1962年6月
	從個人到非個人	第222期	1971年7月
蓉子	多餘的四月	第138期	1964年4月
	三月	第161期	1966年3月
	我無膜拜	第173期	1967年3月
黃用	偶然的靜立	第154期	1965年8月
	給彗星馬科斯	第169期	1966年11月
瓊虹	深夜吟	第106期	1961年8月
	升	第122期	1962年12月
	二葉	第168期	1966年10月
	我已經走向了你	第172期	1967年2月

姓名	詩作／詩論	期號	日期
楊牧	給寂寞（署名葉珊）	第130期	1963年8月
	冬季機場（署名葉珊）	第142期	1964年8月
	蹤跡（署名葉珊）	第144期	1964年10月
	馬纓花（署名葉珊）	第148期	1965年2月
	前夕（署名葉珊）	第149期	1965年3月
	停雲（署名葉珊）	第151期	1965年5月
	山後的小部落（署名葉珊）	第154期	1865年8月
	天王星（署名葉珊）	第156期	1965年10月
	歷霜（署名葉珊）	第178期	1967年8月
	給時間（署名葉珊）	第179期	1967年9月
	旅人十四行	第347期	1982年3月
	林泠的詩	第354期	1982年10月
	散文的欣賞與創作	第359期	1983年5月
	本事	第394期	1986年8月
向陽	宛如十行	第354期	1982年10月
向明	視之野	第81期	1959年7月
	完成	第89期	1960年3月
林泠	送行	第354期	1982年10月
	故事	第354期	1882年10月
管管	星期日的早晨	第184期	1968年2月
藍啓元	析管管的〈鬼臉〉	第324期	1980年3月
羅青	揮別馬來半島	第316期	1979年7月
	披灰塵而臥的古佛	第320期	1979年11月
	水牛本紀	第322期	1980年1月
	江河	第331期	1980年10月
辛鬱	詩二首	第184期	1968年2月
王潤華	送走黃昏後	第136期	1964年2月
張錯	浮游地獄	第358期	1983年2月
張默	群贄	第142期	1964年8月
吳望堯	第一交響詩	第146期	1964年12月
	沙葬	第168期	1966年10月
吳瀛濤	詩人的日記	第146期	1964年12月
楊升橋	余光中的〈北望〉〈九廣鐵路〉	第292期	1977年6月
張筆傲	余光中著《聽聽那冷雨》	第268頁	1975年6月
遊社暖	余光中的創作道路	第268頁	1975年6月
溫任平	析論方旗詩集《端午》	第306期	1978年8月
迅清	詩話楊牧	第347期	1982年3月
蔡桐	訪余光中	第351期	1982年7月
蔡桐輯	余光中〈心靈的探索〉	第351期	1982年7月
張媚兒	雙手繆斯 ．	第351期	1982年7月

姓名	詩作／詩論	期號	日期
張錦忠	當代臺灣年輕詩人夏宇	第407期	1987年9月
葉苗	瘂弦談詩	第412期	1988年3月
林添星	詩與詩人的職責——讀劉克襄詩集《漂鳥的故鄉》	第384期	1985年5、6月合刊
軟牛	楊牧的中年世界	第394期	1986年8月
張光達	為了一個夢——試評渡也詩集《憤怒的葡萄》	第417期	1988年8月
黃維樑	詩：不朽之盛事（余光中專輯）	第276期	1976年1月
李有成	余光中詩裡的火焰意象（余光中專輯）	第276期	1976年1月
張瑞星	蟋蟀與機關槍聲中的月（余光中專輯）	第276期	1976年1月
吳戈編	臺灣現代詩集總目（一）（二）（三）（四）（五）（六）（七）	第288期 第289期 第290期 第291期 第293期 第294期	1977年2月、3月、4月、5月、7月、8月、9月
編輯室	風，也聽見／沙，也聽見——記余光中來馬大中文系一席談	第424期	1989年3月
歐宗敏 馬盛輝 何韋儀	跨越時空的設計者——專訪林燿德	第444期	1991年9月、10月合刊
陳慧樺	唐捐詩中的意識網	第450期	1992年9月、10月號合刊
陳鵬翔	論羅門的詩歌理論	第464期	1995年1、2月合刊
陳大為	臺灣新生代詩專輯 小引	第478期	1997年5、6月號合刊
陳大為	從本體到現象——論羅門的存在思考	第480期	1997年9、10月號合刊
臺灣新生代詩專輯	唐捐〈暗中三首〉〈音樂與精神〉，紀小樣〈秋之十行〉〈我輕輕卸下我的乳房〉，陳宛茜〈今夜，我把月光握成一塊玉〉〈我和我的影子〉，林則良〈蛇之圓舞曲1〉〈蛇之圓舞曲2〉，劉季陵〈家族〉，孫梓評〈睡前〉，林佳靖〈女巫店地圖〉，鄭順聰〈腳的著地方式〉，許逸亭〈副作用〉，楊宗翰〈吊鐘〉，陳雅恭〈假裝〉，葉宜欣〈變色的魚書——悼西漢哀帝之死〉	第478期	1997年5、6月號合刊

卷五：
郭寶崑：從戲劇藝術家到公共知識分子

引言：先驅者的背影

　　郭寶崑被馬來西亞劇作家克里申・吉譽為「東南亞最重要的劇作家之一」，視野廣闊，關懷深遠，也是「新加坡極少數能夠跨越本身的文化與民族，把觸角延伸到其他文化源流的戲劇家。」[1] 郭，籍貫河北，幼年時經由香港來到新加坡，完成中小學教育以後，去澳洲工作和讀書，歸來後從事戲劇表演和教育工作，歷經三十餘年的努力，成為聞名國際的劇作家、導演和藝術工作者。郭的成就除了天賦異稟，也有前輩藝術家的粘溉之功，包括林晨、朱緒、王秋田、劉仁心。尤為重要者，郭也是一位卓有成就的文化評論家，一位具有思想家氣質的、魯迅式的公共知識分子。1976年，思想左傾的郭寶崑，在內安法令下被捕入獄。次年春節，深陷牢獄的他，在親手製作的賀年卡上，賦詩明志，與親友共勉——

　　　　世界從不虧待或遺忘我們／在孤獨中／連玉蜀黍都日日不吝
　　　　教我：／／苗要拔得高／儘量吸納陽光／迎受風雨／／根要
　　　　紮得深／極力吸吮養分／把穩身子／／但求在大豐收中／把

---

[1] 黃向京：〈一條思考的熱帶魚：新加坡戲劇的試金石〉，陳鳴鸞主編：《郭寶崑全集》第8卷（新加坡：實踐表演藝術中心，八方文化創作室，2011年），頁13。

自己的所有／化為三兩果實獻給人們[2]

　　難能可貴的是，這段慘痛經歷並未把郭擊垮，他「利用被囚禁的那段經驗來自省，之後所作更為細緻、簡練、全無餘贅，但同時也未曾放棄過自己的理想。」[3]出獄後，郭繼續致力於文化藝術，孜孜不倦，而且風骨凜然，參與公民社會，影響日益擴大，獲得新加坡最高獎項「文化獎」，成為國際知名戲劇家。郭的患難和榮耀成為媒體競相追逐的對象，也激發了學者們的研究興趣。[4]筆者不打算重複現有的研究成果，而是透過對10卷本《郭寶崑全集》的跨文類閱讀，從四個層面勾勒出郭的歷史思考、文化批評的輪廓與蹤跡，放回到本土、區域與全球的多重脈絡中去展開批評探索，冀能對全球化後殖民時代的重大理論問題，提供一個屬於東南亞的觀察角度，同時也對郭寶崑的洞見與不見，展開初步的分析和判斷。

一、後殖民時代的族群與國家

　　1819年1月，英國軍官萊佛士（Stamford Raffles, 1781-1826）率眾在新加坡河口登陸，代表東印度公司，與當地酋長蘇丹胡申、天

---

[2]　郭建文 張夏帷：《郭寶崑：風風雨雨又一生》（新加坡：閩新文化，2002年），頁14。

[3]　郭建文 張夏帷：《郭寶崑：風風雨雨又一生》，頁59-61。

[4]　關於國際學術界對郭寶崑的研究，可參看如下論著，朱崇科：〈開放與抽象：在慢性症候分析之上——以〈邊緣意象〉為中心論郭寶崑的本土收放〉，汕頭《汕頭大學學報》2006年第4期（2006年8月），頁82-85；柯思仁：〈郭寶崑的劇場與1980年代新加坡認同的批判性建構〉，臺北《中國現代文學》第20期（2011年12月），頁71-96；沈豪挺：〈困境與掙扎：郭寶崑戲劇文本中的新加坡社會轉型與文化斷裂〉，臺北《中國現代文學》第23期（2013年6月），頁67-82；金進：〈文學郭寶崑：劇本世界及其創作心理的研究〉，臺北《中國現代文學》第23期（2013年6月），頁49-66；E. K. Tan, *Rethinking Chineseness: Translational Sinophone Identities in the Nanyang Literary World* (Amherst, N.Y.: Cambria Press, 2013). 2012年9月14-15日，郭寶崑國際會議在新加坡召開。從2005年開始，十卷本《郭寶崑全集》陸續出版。

猛公阿杜拉曼（Temenggong Abdul Rahman）簽訂協定，允許英國在當地建立一個貿易網站，把新加坡開闢為一個殖民地和自由港，吸引大批來自麻六甲、檳城等東南亞城市的移民，「現代新加坡的歷史由此來開帷幕」[5]。英國殖民當局管理新加坡長達一百多年，對當地的政治體制、經濟發展、社會風氣、文教模式的影響，可謂無孔不入，直到1965年新加坡獨立，才終結了殖民主義治理，新加坡進入所謂「後殖民時代」（Post-colonial Era）[6]。雖然獨立後的新加坡實施了有限的去殖民化，但是一百多年的殖民統治造成了嚴重後果。郭寶崑的作品涉及華人族群的離散經驗，文化傷痕和語言政治，歷史記憶與尊嚴政治，獨異個人與社會體制的結構性衝突，為後殖民批評提供了生動有力的文本證據。

（一）離散華人與語言政治

離散是人類自古而然的生存處境，在全球化時代更是無處無之。郭寶崑的作品為離散華人的歷史境遇和文化身分造像。根據王賡武的研究，華人商販至少在西元前三世紀已抵達南中國海岸；明帝國實行海禁政策，不許中國人移民海外；明清鼎革，社會混亂不堪，一部分中國人逃難到南洋；太平天國失敗後，一些殘兵敗將流落到東南亞；辛亥革命後，華南中國人大批遷徙到東南亞，充當契

---

[5] 康斯坦絲・瑪麗・藤布爾著，歐陽敏譯：《新加坡史》（上海：東方出版社中心，2016年），頁1。必須指出，藤布爾對新加坡歷史的介紹採用的是殖民主義視角的歷史敘事，例如她對萊佛士充滿溢美之詞：「他所追求的並不是幫英國實現領土上的擴張，而是一種商業和道德融合的典範。他深深迷戀著那些逝去的文明，認為自己的祖國在東南亞的使命就好比十字軍的東征，旨在幫東印度群島的人民擺脫內戰、海盜、奴隸制和壓迫，幫助他們在歐洲啟蒙精神、自由主義教育、日益繁榮的經濟和公正的法律的影響下，復興舊日文化的輝煌，贏得獨立。」參看此書頁12。

[6] 學者們一般認為，所謂「後殖民」就是殖民統治結束、國家獨立以後的狀態，但是，三位澳洲學者認為，後殖民世界就是被歐洲帝國統治期間及之後的世界，這個看法拓寬了人們的一般認識。參看比爾・阿希克洛夫特，格瑞斯・格里菲斯，海倫・蒂芬著，任一鳴譯：《逆寫帝國：後殖民文學的理論與實踐》（北京：北京大學出版社，2014年），頁1-2。

約勞工，促進採礦業和橡膠業的飛速發展。[7]顏清湟指出，清朝時期海外華人的形象，經歷了逃民、漢奸、苦力、華民、華商、華僑紳商的歷史性演變。[8]孔飛力認為，以蒸汽機為動力的輪船投入航運，中國與西方列強簽訂的不平等條約，直接影響到當時中國人向外移民的手段和動機，並且為移民大潮推波助瀾；在東南亞，隨著新移民大量到來，在土生華人周邊迅速成長起一個新客華人群體；隨之而來的移民群體之間的互動，成為海外華僑史的主題之一。[9]郭寶崑本人就是一位道道地地的離散華人，他以動人的筆觸描述個人生命史的波瀾起伏：

> 我出生於河北一貧困的農村裡，之後又被帶到典雅的北平，再往大都會香港，又到多元文化的新加坡，接著去地域廣闊的澳洲，最後才又回到新加坡定居。對於我這個幾乎長期在外飄移的人而言，這個旅程真的很不錯。這些不同地域豐富了我的體驗，當地人啟迪了我的靈感，多元化的文化激奮了我的心情。[10]

　　長期以來，在人們的刻板印象中，離散喚起的多是負面印象：一群人由於歷史創傷而被迫流離失所，孤苦怨懟，鬱憤悲哀。但在郭寶崑的眼中，離散也有積極意義和創造性的一面：跨國流動的生活經驗，以及多元文化的啟悟。郭寶崑出獄後，去澳洲參加阿德萊德藝術節，想到自己的離散華人身分，有感而發：「我雖沒有國

---

[7]　王賡武著，張奕善譯注：《南洋華人簡史》（臺北：水牛出版社，2002年）。

[8]　顏清湟：〈清朝時期海外華人傳統形象的變更〉，參看氏著：《海外華人的傳統與現代化》（新加坡：南洋理工大學中華語言文化中心，八方文化創作室，2010年），頁7-32。

[9]　孔飛力著，李明歡譯：《他者中的華人：中國近現代移民史》（南京：江蘇人民出版社，2016年），頁152-153。

[10]　郭建文 張夏帷：《郭寶崑：風風雨雨又一生》，頁21。

籍，心裡卻有三個人民：中國人給了我生命，新加坡人養育了我，澳洲人是我的藝術保姆：他們給我的恩惠，隨著年紀的迭增叫我越是感懷深切；那不是任何關係所能表達或改變的。」[11]當然，中國、新加坡、澳洲的跨國離散經驗所帶給郭寶崑的，不但有謙卑感恩的心態，還有生產性的、批判性的公共空間。從歷史性的角度出發，郭分析過後殖民新加坡的離散華人與文化建設的關係。如所周知，從1500年開始，世界歷史進入一個殖民帝國的時代；十九世紀更是一個帝國群起、開拓殖民地的時期。新加坡在1819年淪為英國的殖民地，很快成為東南亞的自由貿易中心，吸引了大量來自中國、印度、阿拉伯、馬來亞和歐美的移民。離鄉背井的離散華人，或者是目不識丁的勞工，或者是文化有限的商販，他們帶著地方知識和族群文化的碎片，來到新加坡辛苦打拼，被迫適應陌生的多元文化。但是，郭寶崑嚴肅指出，大英帝國出於優越感和自私性，註定要壓抑殖民地新加坡的各個族群的文化啟蒙事業——

> 儘管英國文化含蘊著現代文明的進步和開明，英殖民當局在新加坡實施的教育，卻只限於培養它政治上所需要的中下級官僚，和經濟上所需要的文員商販。這種「有文無化」的實用主義教育，長期施用於一個以弱勢文化做起點的移民社會，在意識上、內容上、形式上影響深遠，支配了新加坡在1965年獨立之後文化藝術發展的特徵。[12]

　　新加坡長期以來是大英帝國的海外殖民地，英文是官方語言和第一語言，殖民當局推行工具理性和實用主義教育，而不重視各

---

[11] 郭寶崑：〈一場藝術震盪：艾德雷藝術節的衝擊〉，陳鳴鸞主編：《郭寶崑全集》第6卷（新加坡：實踐表演藝術中心，八方文化創作室，2007年），頁6。
[12] 郭寶崑：〈孤兒情結，邊緣心態：新加坡表演藝術的獨特性格〉，陳鳴鸞主編：《郭寶崑全集》第7卷，頁128。

個族群的母語文化，這種公共政策導致流弊叢生，在獨立以後依然存在。這種後殖民現象也讓人想起薩依德的精闢論斷：「在我們這個時代，直接的控制已經基本結束；我們將要看到，帝國主義像過去一樣，在具體的政治、意識形態、經濟和社會活動中，也在一般的文化領域中繼續存在。」[13]郭寶崑的劇作，張揮的小說〈十夢錄〉，張曦娜的小說〈爵士、雕像與我爸〉，希尼爾的小說〈如何測量一條薯條的長度〉，鄭景祥的詩集《三十三間》都揭示了殖民統治的嚴重後遺症，關係到「去殖民化」（decolonization）的思想課題。

新加坡作為新興的現代民族－國家，離散華人及其後裔占據了人口結構的絕對優勢，華語／方言作為他們的母語，又與國家欽定的作為第一語言的英語發生衝突，這就出現了作為後殖民現象的「語言政治」（linguistic politics）和「語言正義」（linguistic justice）的問題，這是新加坡之社會意識的結構性危機，其來有自，影響深遠，也構成了新加坡華文文藝的大宗題材。在郭寶崑劇作〈尋找小貓的媽媽〉當中，福建話、潮州話、廣東話、英語、馬來語、泰米爾語都出現了，這顯示出移民城市的多元種族、語言混雜、方言族群的特徵，以及在國家政策主導下，方言的消逝和語言正義的問題。[14]劇中的媽媽作為離散華人的後裔，只會說福建話，她含辛茹苦地養育幾個孩子。孩子們小時候會說福建話，他們能夠與母親自由交流，聆聽她講故事、唱兒歌，在快樂融洽的家庭氛圍中長大。可是，孩子們慢慢長大後，在官方文化政策下，放棄了福

13　愛德華‧Ｗ‧薩依德著，李琨譯：《文化與帝國主義》（北京：生活‧讀書‧新知三聯書店，2003年），頁10。

14　李威宜：《新加坡華人游移變異的我群觀：語群、國家社群與族群》（臺北：唐山出版社，1999年）；郭振宇：《新加坡的語言與社會》（臺北：正中書局，1985）；麥留芳：《方言群認同：早期星馬華人的分類法則》（臺北：中央研究院民族學研究所，1985）。

建話的使用，而只會說英語和華語（普通話），他們同母親再也無法順暢溝通了。年邁的母親倍感孤獨無助，只能跟一隻小黑貓建立起來最親密的關係。母親對著小貓有時講話，有時哭泣，甚至留下一封信給家人，打算離家自盡。而長大成人的孩子們不理解母親的孤獨和痛苦，反而對她的嘮叨表示敵意和不耐煩。在母親憤怒的抗議下，孩子們感到驚異、不安和內疚，劇中出現了這樣一幕場景——

> 孩子們一個接一個上前祝福媽媽，擁抱她，親吻她。唱完後，媽媽已經不再悲傷。她試圖走向他們，要回報他們的愛。可是他們一個個轉過身去，似乎都回歸各自的生活，媽媽已經不重要了。媽媽意識到這個情況，更加覺得孤單。她轉移視線，開始尋找小貓。當她找到小貓時，她把所有的關愛都傾注在安靜的小貓身上。[15]

當母親離家尋貓，子女們驚慌報警，又把母親的瘋癲歸咎於小貓，打算尋找和除掉它。諷刺的是，母親尋找小貓時，與一名印度老人相遇，雙方言語不通，只能自說自話，但是依靠手勢和表情建立了寶貴的友情。最後，當孩子們找到小貓，把牠團團圍住，壓倒在身下，導致小貓死去。母親趕來，憤怒地大聲嘶喊，可是已無濟於事。毫無疑問地，〈尋找小貓的媽媽〉討論族群與國家、個人與體制的問題，正如蒂梵所言：和歐洲現代主義文學中常見的二元對立相反，在郭寶崑那裡，政治和美學、社會和個人存在、公共和私人是密切關聯，交相為用的；必須從後殖民主義文學的視角去闡

---

[15] 郭寶崑：〈尋找小貓的媽媽〉，柯思仁 潘正鐳主編：《郭寶崑全集》第2卷（新加坡：實踐表演藝術中心，八方文化創作室，2005年），頁183。

釋和理解郭寶崑，在他那裡，文化的就是政治的。[16]獨立以來，在新加坡獨特的歷史境遇中，不僅華族社群的語言問題屬於後殖民現象，而且文化藝術的匱乏也是後殖民的產物。郭寶崑認為——

> 新加坡的文化藝術，缺少一個歷史的底墊，後來把母語降為第二語文，進一步削弱了民族文化的傳承和文化藝術的精神土壤，從而給本土藝術的開拓造成更大的阻力。把外來的英語當成語文固然使新加坡人能夠比較方便的取得各種國際資訊，但是，由於教育政策是功利主義策動的，所以其目的也主要局限在經濟和科技方面：世界上的廣泛人文知識並沒有因為英語的便利而豐厚地湧進小島。明眼人到新加坡一看，就覺察出這裡沒有英美（甚至澳洲和加拿大）的文化底蘊。[17]

按照郭的理解，實用現代性和功利主義導致文化藝術的衰落和人文知識的貧乏，而其終極根源在於後殖民民族－國家的公共政策。這種公共政策導致英語獲得了文化權力，也加重了華人社會的母語鄉愁和認同危機的出現。

（二）歷史記憶與尊嚴政治

後殖民時代的問題不但與族群密切相關，而且也指向了國族想像和歷史記憶。關於記憶的理論認知，郭寶崑有深刻自覺的思考，他說過：「記憶，就像個廣大、深遠的儲存庫，總是不斷地給創作者供給靈感和養分……無論是小說、詩歌、戲劇、繪畫或建築，都

---

[16] 詹納達斯·蒂梵：〈如何解讀郭寶崑？〉，郭建文 張夏帷：《郭寶崑：風風雨雨又一生》，頁60-61。

[17] 郭寶崑：〈孤兒情結，邊緣心態：新加坡表演藝術的獨特性格〉，陳鳴鸞主編：《郭寶崑全集》第7卷，頁134。

有這種深入個人或集體記憶的取向。這麼做，是為了尋找個人存在所失落的層面，或為了追溯自己難得意識到的過去。但最終目的，總是給現在定位。」[18]根據學者們的看法，記憶可以區分為個人記憶、集體記憶、歷史記憶、文化記憶等不同類型，它們在形式上指向過去，後果和意義卻在於當下，從而構成個人和共同體之間的一種認知框架，協調兩者的關係。[19]

郭寶崑的八幕劇〈小白船〉揭露戰後日本對東南亞國家採取的新殖民主義伎倆，批判投機冒險、唯利是圖、喪失道德觀念和愛國情操的資本家，反思理想主義在現代社會的困境，也涉及公共政策、歷史記憶和尊嚴政治的議題。主人公「孫乙丁」為人正直，嫉惡如仇，年輕時好學上進，希望國家獨立和強盛，「用自己造的肥皂、自己做的衣服、念自己的書」。孫乙丁得到老闆「林興國」的賞識，為了獲得出國升學的機會，占據有利的工作據點，他委曲求全，與林興國女兒「林慧娘」結婚，生下兒子「孫立」，也接管了岳父的大部分生意。孫乙丁後來擔任公司董事，適逢新加坡剛剛獨立，正值經濟改革、引進外資的時期，由於擔心自己的公司被狡猾的日企老闆吞併，孫乙丁大義凜然，堅守民族立場，拒絕放棄國際商業合作中的主權，他強調資本獨立，揭穿日本公司的詭計，也與自己的岳父和妻子發生了衝突。林興國當年在新加坡淪陷時期充當漢奸走狗，與日本憲兵隊打得火熱，為了生意興隆，他損害華社利益，甚至讓女兒出賣肉體給日本人。戰後，林興國隱瞞了這段不光彩的歷史，在商界呼風喚雨，晚年又勾結日本老闆橫田立本，打著企業國際化的幌子，企圖損害公司的利益和國家的福利，拱手出讓

---

[18] 郭寶崑：〈《記憶》藝匯〉，陳鳴鸞主編：《郭寶崑全集》第6卷，頁224。根據上述理由，作為電力站-藝術之家的藝術總監，郭寶崑在1992年3月舉辦首屆以「記憶」為題目的系列藝術活動。

[19] Jan Assmann, *Cultural Memory and Early Civilization: Writing, Remembrance, and Political Imagination* (Cambridge, U.K.: Cambridge University Press, 2011).

經營主權。劇本多次出現林、孫激辯的場面，凸顯國族歷史的滄桑苦難，宣揚愛國主義和理想主義。下面這段話暴露了林興國的自私自利、見風使舵的人生觀：

> 交換，要講究條件，誰條件強，誰就支配誰。你掛什麼國旗都沒關係；弱肉強食的真理，是千古不移，顛撲不破的！乙丁，你太天真了。二十幾歲的人有這種想法，不足為奇；可是，四十多了，還講什麼社會、大眾，就有點太不實際了。
>
> 你別忘了，我們是做生意的，愛國的事，就給搞政治的人去做吧！不用說遠的，你看我們周圍這些人，戰前掛一種旗，說一種話。淪陷時期掛一種旗說一種話，戰後又是一種旗一種話；現在獨立了，又是一種旗一種話；他們說愛國，你能相信幾分？愛國口號其實也是一套很好用的生意經。他們都比我愛國，也都比我先去捧外資。我是個簡簡單單的生意人；誰給我最大的利益，我就跟誰合作。你呢？當初你也許的確是為了什麼愛國，為了社會，可是到了現在，我看未必也還是那麼回事吧！[20]

孫乙丁的追求理想、堅守尊嚴的人生觀，也深刻影響了兒子孫立。正在讀大學的孫立，花費了許多功夫做實地考察，完成報告《甘榜惹蘭村民口述日治時期歷史》，公開揭露外公林興國當年投靠日本人的卑鄙行徑，結果，林某老羞成怒，勒令外孫篡改史實，否則將其逐出家門。面對家庭親情和民族大義之間的矛盾，孫立毫不妥協地駁斥道：「那不只是你們的歷史，也是村民的歷史，也是

---

[20] 郭寶崑：〈小白船〉，柯思仁 潘正鐳主編：《郭寶崑全集》第2卷，頁29。

國家的歷史——也是，我的歷史！你忘得了，我忘不了。」准此，針對歷史記憶的重建和歪曲，雙方進行針鋒相對的鬥爭。〈小白船〉透露的孫乙丁的唐吉訶德式的理想主義，令人想起史可揚的劇作〈燕飛翔〉中的主人公「趙慕燕」，孫立的追尋真相和大義滅親的態度，也令人想起史可揚劇作〈真相〉中的女記者「陳瑛」。於此可見，在1950-1970年代的新馬文壇，現實主義文藝和左翼思潮是如何滲透於作家的意識深處，而郭的作品不過是其中之一端而已。

進而言之，〈小白船〉表現的不僅是個體生命之自尊道德的可貴，而且揭示民族－國家講究尊嚴政治的必要性，兩者相輔相成，缺一不可。[21]1970年代，獨立不久的新加坡，制訂經濟政策，強調引進外資、國際合作。但是，如何在開放和自主之間、在經濟利益和國家尊嚴之間，保持必要的平衡，分寸卻不容易掌握。〈小白船〉密切關注當時的經濟形勢，思考民族資本的地位和國家長遠利益等重大問題。例如：林興國的死黨袁福茂，談到當時的日美貿易關係緊張，日本資本不能直接打入美國市場，於是拉攏新加坡企業，希望合資入股，迂迴前進，最終達到進軍美國市場的目的。在一個會議上，孫乙丁指出，外資快速湧進新加坡，當地企業家受到很大壓力，很多老闆驚慌失措，擔心被排擠出市場，於是不計後果，急忙尋找大集團搭上關係。但是，孫乙丁有高瞻遠矚的建議：本地企業的發展要建立在獨立資本上，國際合作和公司聯營必須非常小心，否則，必將自食惡果。劇本中還有一個例子。林慧娘勸告固執己見的孫乙丁，提出機會主義的經營策略：「東祥也好，東洋也好，西洋也好，生意能做得好；就通。」而孫乙丁則反唇相譏道：「西洋人也好，東洋人也好，只要有利益，就通！」這反映了

---

[21] 何包鋼：〈自尊道德與尊嚴政治〉，天津《道德與文明》2014年第3期。

郭寶崑對急功近利的經濟政策的擔憂，也暗示了尊嚴政治和平等政治的必要。

〈靈戲〉是郭寶崑反思戰爭暴力與創傷記憶的一部劇作，指向後殖民民族－國家的公共記憶與選擇性遺忘。根據郭的自述：「〈靈戲〉就不那麼輕鬆，也不那麼通俗。這是我十幾年前參觀了楊厝港日本人墳場之後斷斷續續反想思考的結果。」[22]在一篇文章中，郭補充說道：「自從我十幾年前頭一次發現了楊厝港日本人公墓以來，關於戰爭殺戮、民族瘋狂、人性取向、生死價值等等這些既惱人又省人的課題，就一直沒有遠離過我。」[23]在另一場合，郭詳細回憶了這個劇作的創作緣起：「楊厝港的日本人公墓很安靜，不過這種安靜有別於日本人對於二戰歷史的緘默……一個國家製造了世界性災難，三緘其口。死者是難以平靜的。楊厝港就是這樣啟發了我開始跟幽靈對話。」[24]郭出生於1939年，當時的華北已完全淪陷，作為戰爭受害者，他對國族創傷耿耿於懷。數十年後，郭訪問日本一個小山村，發現一個日本老兵的墓碑，想到自己的童年經驗，不禁感慨萬千——

> 戰爭的記憶一直沒離開過我的記憶、小時候在鄉下跟著大人逃日本兵的情境還歷歷在目。可是我從來沒有像在日本的那段日子裡，那麼深深地感覺到戰爭是那麼的真實可怕……戰爭淪亡的幽靈們，他們都已經超越了戰爭所爭奪的那些利益。因此，死魂靈是不會騙人的。這世界上死了的人總比活著的人為多。跟幽靈對話是必要的。[25]

---

[22] 郭寶崑：〈潮州袋鼠〉，陳鳴鸞主編：《郭寶崑全集》第6卷，頁238。

[23] 郭寶崑：〈「靈戲」：參與第二屆香港華文戲劇節演出〉，陳鳴鸞主編：《郭寶崑全集》第6卷，頁245。

[24] 郭寶崑：〈「靈戲」：和幽靈對話〉，陳鳴鸞主編：《郭寶崑全集》第6卷，頁241。

[25] 郭寶崑：〈「靈戲」：和幽靈對話〉，陳鳴鸞主編：《郭寶崑全集》第6卷，頁241-242。

〈靈戲〉以二次大戰中的馬來亞淪陷為背景，其中的五個角色：「將軍」、「媽媽」、「漢子」、「姑娘」、「詩人」——全部是日本人，除了「詩人」做了逃兵，其他四人均死於東南亞，他們或內心獨白，或激情對話，批判侵略戰爭給亞洲人民帶來的災難。這五個人／鬼輪番講述自己的苦難史。「媽媽」與丈夫是青梅竹馬，後來，丈夫死於戰場，屍骨無存，連死亡地點和原因都不清楚，後來，日本發生急性霍亂，家人紛紛病死，她孤身一人來到南洋戰場，尋找丈夫的遺骸，發現陣亡日軍的屍骨堆積如山，於是動了惻隱之心，焚燒骷髏無數，算是超度亡靈。但是，她最後還是被日本兵殘酷槍殺。「漢子」原是一名日本農民，後來徵召入伍，開赴前線，殺人無數，最後也被意外炸死。「姑娘」在日本軍國主義的蠱惑下，淪為軍妓，慘遭蹂躪而死。「詩人」本來是隨軍記者，後來良心發現，臨陣逃脫，到處演講和發表文章，揭露日本侵略者的自欺欺人和戰爭罪行。「將軍」是南洋占領軍總司令，戰敗自殺，化為鬼魂，猶自冥頑不靈，還為侵略戰爭招魂。劇本描寫將軍多次企圖撫慰一眾亡靈：「你們的魂靈都將被光榮迎接回國，奉入祖廟，供後人崇拜」，「我們的國家和領袖將會永遠記住你們所作出的偉大貢獻和你們所付出的巨大犧牲」，他還為自己的殘酷行徑狡辯：「為領袖戰鬥一生，為祖國獻出生命，為民族奪取勝利，為軍團增添光彩，這是我的無上光榮」。下面這段話見證暴力，控訴不義，暴露日本軍國主義者對戰爭暴行的辯解和粉飾——

　　　　作為占領軍的總司令，我遵照領袖指示，接管全島，實行軍統，接納土人歸順，選拔精英輔政，實施文明法制，普行先進教育。不到一個月，我優秀民族的文明，基本全面落實；這個面積相當於我國六分之一島嶼，完全納入了偉大祖國版圖，島民們從此脫離落後的蠻荒愚昧生活，進入了先進的現

代文明。[26]

　　不僅如此。「將軍」還搬出一個名為「殘」的神獸故事，視之為日軍的守護神和軍人魂，為侵略戰爭尋找合法化的理論依據。「詩人」則針鋒相對，以家鄉神鳥「祥」作為自我犧牲精神與和平主義的象徵。於是，一眾鬼魂，爭吵不休，結果毫無所得。劇終，這五個流落南洋的鬼魂，相顧流淚，仰望蒼穹，竟不知何所依歸。如果我們聯繫戰後日本政府篡改歷史教科書、回避追究戰爭責任的史實，以及瀰漫在今日東南亞的歷史遺忘症和新殖民主義的幽靈，那麼，郭寶崑這部關於國族敘事和歷史記憶的劇作，真可謂義正詞嚴，寄託遙深。[27]

（三）個人與體制之間

　　郭寶崑的戲劇針對「獨異個人」在社會體制中的位置進行歷史回顧和批評思考。他對鄭和下西洋的故事很感興趣，從中發展出一套複雜深刻的論述，參考香港電影《中國最後一個太監》的橋段，以寓言戲劇的方式寫下〈鄭和的後代〉這部震撼人心的文本。郭說，在哥倫布向美洲航行的八十年前，明代大將軍、宦官鄭和的船隊就已經向南海進發，到達過印尼、爪哇、蘇門答臘、斯里蘭卡、印度、阿拉伯、甚至是非洲東海岸的肯亞，為世界航海史上譜寫了最輝煌的一章。東南亞華人被認為是鄭和的後代，但是由於全球殖民列強的宰製所造成的偏見，以及，無所不在的短視的消費主義，

---

[26] 郭寶崑：〈靈戲〉，柯思仁 潘正鐳主編：《郭寶崑全集》第3卷（新加坡：實踐表演藝術中心，八方文化創作室，2009年），頁202。

[27] 新馬文學中的戰爭記憶是一個大宗題材，早期作品例如苗秀的小說《火浪》和〈紅霧〉，趙戎的小說〈芭洋上〉和《在麻六甲海峽》，姚紫的小說〈秀子姑娘〉、〈窩浪拉裡〉、〈烏拉山之夜〉、〈閻王溝〉，當代文學例如希尼爾的微型小說〈退刀記〉、〈認真面具〉、〈其實你不懂我的傷〉，王潤華的詩集《熱帶雨林與殖民地》中的一系列詩作。

他們對鄭和的瞭解遠遠比不上哥倫布，他們喪失了祖先鄭和的熱情和想像力。人類的進步並不是經常跟隨著直線性的時間運動。新加坡華人變成了自我閹割的現代人，比六百年前的鄭和更為遜色。[28]所以，郭寶崑希望借助戲劇形式，塑造一批具有想像力、熱情、批評敏感和個人自主性的新人形象，這正如余雲的敏銳觀察：「秩序與背叛」幾乎是1984年之後郭寶崑所有作品的基本主題，他的悲劇主人公——現代社會的小人物們，每每處於顯而易見的尷尬境地。[29]毫無疑問，思考發生在孤獨個人與社會體制之間的結構性衝突，為抗爭者與失敗者譜寫一曲動人的哀歌，乃是後期郭寶崑戲劇的大宗主題，這幾乎構成了他的「晚期風格」（late style）。

〈傻姑娘與怪老樹〉採用超現實主義和象徵主義的手法，表現獨異個人與社會體制之間的悖逆性衝突。「傻姑娘」明白老師和家長對她的一片好意，但是發現彼此之間互不瞭解，她對僵化教條的學校教育很不滿意，經常嘲弄教育體制對兒童天性的壓制。她在學校和家庭中感到孤獨無助，無意中發現「怪老樹」與她靈犀相通，於是經常與之聊天，從中排遣苦悶，獲得共鳴。傻姑娘其實是一個想像力豐富、極有個性的女孩，她有許多令人莞爾、發人深思的「天問」——

> 為什麼人一定要說話？／為什麼石頭不會哭？／為什麼眼淚不是甜的？／為什麼烏龜有殼？／為什麼牛車水沒有牛？／為什麼地球不是球？／為什麼火星沒有火？／為什麼岳飛不會飛？／為什麼背心沒有袖子？／為什麼舌頭長在嘴裡？／為什麼蚯蚓沒有眼睛？／為什麼晚上是黑的？／為什麼星星

---

28 Guo Kao-Kun, "Times and Castrations", 陳鳴鸞主編：《郭寶崑全集》第7卷，頁228-230。

29 余雲：〈生命之土與藝術之樹——從郭寶崑劇作看他的文化人格〉，見柯思仁 林春蘭主編：《邊緣意象：郭寶崑戲劇作品集（1983-1992）》（新加坡：時報出版社，1995年），頁386。

長在天上？／為什麼人要砍樹？／為什麼人要砍樹？／為什麼人要砍樹？／……[30]

　　大家覺得傻姑娘性格古怪、不可理喻，甚至懷疑其有精神病，於是有意對她進行排斥、壓抑和邊緣化。准此，這個社區和體制顯示了同化、規訓和懲治的客觀暴力。「老樹」年深月久，經歷豐富，他之所以讓人覺得「怪」，乃是因為「別的樹，葉子都長在頭頂上；他的，都生在底下，靠近地面的地方」。根據他的自述，這種逆向生長的現象是由於早年惡劣的自然環境和不可掌控的氣候災難，被迫改變生活習性，造成目前的模樣。劇本這樣講述老樹的生長歷程：「如此一代代生息相傳，前面的又把自己屍骨化為灰泥養分，讓後面的衍生不休，終於，那一棵浮游的大樹，不久就變成了一個生氣勃勃的小島。」[31]生命力頑強、富有智慧的怪老樹是南洋華人之命運的隱喻：從花果飄零到樹大根深，小島從無到有的過程是新加坡的國族寓言。「怪老樹」代表人類的原始激情和自由夢想，在城市建設過程中，他被鏟泥機粗暴地削去了枝幹和樹葉，這暗示體制的規訓力量。為了保護怪老樹，傻姑娘和操作鏟泥機的眾人發生了衝突，後者的無知和莽撞害死了怪老樹。必須指出，劇本的開頭和結尾出現一排布木偶放在舞臺後座上的情節，「整整齊齊，冷冷漠漠」，這暗示意識形態國家機器把個人改造成了千篇一律、毫無個性和創造力、任人操縱的傀儡。本劇被譽為郭寶崑最抒情的作品，認為這場戲表現人與樹之間的單純溫馨的感情，呼應環境倫理和生態批評；而且在童話戲劇的架構底下隱含規範化與反叛的主題，以及對於自由意志和生命自主的呼籲。[32]是

30　郭寶崑：〈傻姑娘與怪老樹〉，柯思仁潘正鐳主編：《郭寶崑全集》第2卷，頁142。
31　郭寶崑：〈傻姑娘與怪老樹〉，柯思仁潘正鐳主編：《郭寶崑全集》第2卷，頁139。
32　韓勞達：《我要上天的那一晚：郭寶崑劇作選讀》，頁63-64。

故，本劇以高度暗示性和普遍概括力，不但在新加坡成為跨文化劇場演出的寵兒，而且在國際文藝界產生了強烈反響，正如郭寶崑所說：「〈傻〉劇給我的衝擊特別強，它是我所有劇本中流傳最廣的一個，先後在新加坡以華語（兩次）、英語、泰米爾語、馬來語演出，同時也在澳洲演出過，在上海和印尼演讀過，也翻譯成德語在德國出版。」[33]

郭寶崑的童話戲劇〈我要上天的那一晚〉與中國思想家莊子的「抱甕老人」拒絕桔槔的典故、法國作家聖修伯里的《小王子》、德國作家歌德的《浮士德》有微妙的互文關係，主題是表現個人與庸眾的衝突，以及如何堅守自我的個性和童心。「小王子」在他的小星球上種植一棵獨一無二的玫瑰，花費很多心血才把它培養長大，視之為世界上最美麗最特別的東西。可是他最近養了一隻小羊，擔心玫瑰會被小羊吃掉，他捨不得把玫瑰圍起來，也不忍心把小羊拴起來，不知道如何是好。於是，小王子不遠萬里，穿過銀河來到地球上，他詢問很多人，一無所獲。最後，「狐狸」用常識解答了小王子的疑問：玫瑰有刺，它懂得怎樣保護自己，一般的動物都不敢碰它，而且小羊是不吃玫瑰的。劇本中的「我」，小時痴迷畫畫，可是無人欣賞之，還遭到家長的阻止和老師的責罵，他的想像力、創造性和個性被成年人無情地漠視和壓抑了。於是，他跑到高樓頂層，仰望遼闊星空，希望能夠上天去自由飛翔，這個時候，小王子突然出現了。劇本中提到小王子訪問了許多人，例如：「學者」儘管滿腹學問，然而是個冬烘先生，缺乏生活常識，所知盡是無用的知識；「藥人」崇拜現代科技和實用主義，一味講究速度、效率和利潤。有論者據此認為，本劇諷喻現代人一味追求工作效率和經濟增長數字，以至於喪失了赤子之心，無法感受生命中的美好

---

[33] 郭寶崑：〈「傻姑娘和怪老樹」：香港新域劇團演出〉，陳鳴鸞主編：《郭寶崑全集》第6卷，頁228。

事物。[34]

　　郭寶崑寫於1980年代後期的不少劇本，主題都是揭露現代社會體制對個人自主性的無情壓制，導致創造性、想像力和幸福指數的消失。〈棺材太大洞太小〉寫一位華人青年為祖父送殯，結果發現墳洞的固定尺寸無法容納祖父的巨大棺木，在下葬時遇到麻煩，被迫與殯儀館討價還價，鬧出了一場令人啼笑皆非的故事。劇本批判僵化固執的官僚主義對個人的壓抑和傷害。郭寶崑正確指出——

> 新加坡戲劇的新生命，從本質上來說，是「個人性」（人性）作為作品探索核心的確立。也就是現代性概念中的核心問題之一：個人自主性（autonomy）。《棺材太大洞太小》的不同於它之前的作品，恐怕根本區別就在這裡。[35]

　　〈萍〉講述一位出身貧寒的女中學生因為一分之差而未能升入大學，僵化教條的教育體制和含辛茹苦的母親，使她產生巨大的壓力，最後走投無路，投河自盡。〈單日不可停車〉寫一個人看到有關當局安置停車牌的方法有漏洞，於是據理力爭，寫信給交通管理局，長時間等待上法庭。長期冗長的法律程序，導致他在制度下變得氣餒，寄希望於兒子有抗爭精神，結果，那個年輕有朝氣、敢做敢為的兒子，慢慢地變得老於世故，也向僵化的法律制度繳械投降了。〈尋找小貓的媽媽〉表現的不只是方言被禁和代溝產生這一類作為後殖民現象的語言政治，而且作者賦予劇本更深刻的思想主題，即，滲透在日常生活而叫人習焉不察的權力的真實性，個人與毫無伸縮性的專制體制對峙的困境，與權力的鬥爭和維持生命尊嚴

---

[34] 韓勞達：《我要上天的那一晚：郭寶崑劇作選讀》，頁89-91。
[35] 柯思仁：〈流動記憶中的郭寶崑〉，陳鳴鸞 韓勞達 林春蘭主編：《縫製一條記憶的百衲被》（新加坡：新意元開展室，2003年），頁346。

的掙扎。[36]〈老九〉寫一名痴迷於木偶戲的華族少年，不願意接受家庭、學校和社會上流行的意識形態的束縛，轉而追求意志自由和生命自主，在堅持個人愛好的過程中遭遇到巨大的挫折。上述這些劇本涉及個人與制度的衝突、兒童與成人的疏離、家長與子女的代溝，這些社會現象在郭寶崑的藝術世界有精彩細膩的呈現，不管採用象徵寓意的手法，還是日常寫實的技巧，無不探觸社會現代性背景下同一主題的不同變體，即，自我認同的探詢，個人自主性的張揚，個人與群體的衝突作為現代世界的結構性特徵，如何尋找道德空間中的方向感。[37]

二、傳統與現代、本土與世界的辯證

根據威廉斯的考據，十九世紀以前，「現代」（modern）一詞的用法大部分具有負面涵義，到了二十世紀，它的詞義演變朝向正面，開始等同於「改善的」、「令人滿意的」或「有效率的」等用法。[38]哈貝馬斯指出，黑格爾是第一位意識到現代性問題的哲學家，他的理論第一次用概念把現代性、時間意識和合理性之間的格局凸顯出來。[39]吉登斯認為，現代性是一個西方化的過程，起源於西方的制度性轉變，包括民族國家和系統地資本主義生產，而現代性的後果之一就是全球化——

---

[36] 麥克斯・勒布朗德：〈鬥爭：記憶與語言的遺忘〉，柯思仁 林春蘭主編：《邊緣意想：郭寶崑戲劇作品集（1983至1992）》，頁188。

[37] 郭寶崑：〈老九〉，柯思仁 潘正鐳主編：《郭寶崑全集》第3卷，頁1-48；郭寶崑：〈萍〉，《棺材太大洞太小》，《單日不可停車》，柯思仁潘正鐳主編：《郭寶崑全集》第2卷，頁3-16，頁79-88，頁89-104。

[38] 雷蒙・威廉斯著，劉建基譯：《關鍵字：文化與社會的詞彙》（北京：生活・讀書・新知三聯書店，2005年），頁308-309。

[39] 于爾根・哈貝馬斯著，曹衛東譯：《現代性的哲學話語》（南京：譯林出版社，2011年），頁51。

它不僅僅只是西方制度向全世界的蔓延，在這種蔓延過程中其他的文化遭到了毀滅性的破壞；全球化是一個發展不平衡的過程，它既在碎片化也在整合，它引入了世界相互依賴的新形式，在這些新形式中，「他人」又一次不存在了。它創造了風險和危險的新形式，同時它也使全球安全的可能性延伸到了力所能及的遠方。[40]

按照阿帕度萊的分析，全球化縮減了精英之間的距離，改變了生產者和消費者的核心關係，破壞了勞動和家庭生活之間的種種聯結，還模糊了無常的在地和想像的民族情懷之間的界限。[41]在現代性和全球化的衝擊下，傳統社群的文化、習俗、信仰、觀念都受到了很大衝擊，對於發展中國家、第三世界國家、弱小國家、前殖民地而言，尤其如此。作為一個眼界開闊、深思明辨的人文知識分子，郭寶崑重視傳統文藝和地方知識的保存維護和創造性轉化。在新加坡藝術節上，他滿意地發現，馬來戲劇、峇峇戲劇、英語戲劇、華語戲劇都正面觸及文化傳統的繼承，他指出：「外來藝術形式，如西洋的話劇，是在另一社會中經歷千百年發展出來的。而我們，儘管現代化，畢竟還保留了很大程度的東方式生活和精神。那麼，用那樣一個產於異鄉的藝術形式果真能貼切地反映我們的生活內容和精神特徵麼？」經過廣泛觀察和認真思考，郭得出如下結論：「學習我們民族的藝術傳統對藝術創作人來說是必要的」[42]難能可貴的是，郭不但坐而論道，而且身體力行。例如：郭寶崑和妻

---

[40] 安東尼‧吉登斯著，田禾譯：《現代性的後果》（南京：譯林出版社，2011年），頁152-153。

[41] 阿君‧阿帕度萊著，鄭義愷譯：《消失的現代性：全球化的文化向度》（臺北：群學出版社，2009年），頁15。

[42] 郭寶崑：〈浪花、源流、潮向之三：創作應師承民族藝術〉，陳鳴鸞主編：《郭寶崑全集》第6卷，頁123-124。

子吳麗娟創立於1965年的實踐表演藝術學院，在新加坡和東南亞的戲劇史上，意義重大，不可忽視。他在這個學校開辦了「劇場訓練與研究課程」，把東方戲劇的四大系統：中國的京劇戲曲、印度舞劇、日本能劇、印尼峇里舞蹈作為核心課程。這些課程以東方傳統文化為基礎，最後的表演方式仍然是當代戲劇，換而言之，這其實是東西合璧的跨文化戲劇課程。雖然這個課程不被新加坡教育部承認，也不頒發學位或文憑，學生最終只獲得了結業證書，但是在亞洲文化領域產生了積極的反響。[43]郭寶崑這種保存和推廣傳統藝術的苦心孤詣，現在越來越得到人們的承認和讚譽。

在〈阿公肉骨茶〉[44]當中，華人社會的傳統食物「肉骨茶」不但是一種喚起離散華人之歷史記憶的物質文化，而且促使一個不良少年改過自新、尋回了道德空間中的方向感，因而是聯繫血緣親情的一個紐帶，具有潛在的倫理價值。「阿龍」是一個不良少年，父母早逝，自小與肉骨茶小販「阿公」相依為命。阿龍蹺課，自暴自棄，在社會上遊蕩，不務正業，染上小偷小摸的惡習，後來被關進了感化院。阿公勤勞善良，樂於助人，經營肉骨茶的攤位長達幾十年，他在晚年擔心將來無人繼承其生意。不久，阿公猝然去世了，遺囑寫明他的遺產平均分給阿龍和阿玉，但是，肉骨茶攤位何去何從？一時沒有答案。後來，阿龍在阿公的職員、殘疾女孩「阿玉」和輝伯等人的勸說下，決心洗心革面，重新做人。他繼承阿公的肉骨茶小店，鑽研烹飪技巧，終於把生意發揚光大。在輝伯等街坊鄰居的眼中，阿龍推出的升級版「阿公肉骨茶」，簡直可以和美國的肯德雞相互媲美。〈老九〉[45]涉及「木偶戲」這種流行於東南亞華社的傳統民俗。「老九」是莊家的獨生子，從小聰明伶俐，成績優

43　蕭佳慧：〈彙聚四大劇種，創新多元文化〉，陳鳴鸞主編：《郭寶崑全集》第8卷，頁28-29。

44　郭寶崑：〈阿公肉骨茶〉，柯思仁潘正鐳主編：《郭寶崑全集》第3卷，頁135-180。

45　郭寶崑：〈老九〉，柯思仁潘正鐳主編：《郭寶崑全集》第3卷，頁1-48。

良，深受文盲父母和八個姐姐的寵愛，被認為是讀書種子，前程遠大。老九在課餘瞞著家人偷偷拜陳光南為師，學習木偶戲，沉迷其中，幾乎不能自拔。後來，「天馬基金會」來到本地，招聘優秀學子，通過嚴格考試選拔的人，會獲得豐厚的獎學金，將來出國深造，學成歸來，成為新加坡的社會精英，前途無量。但是，老九打算以木偶戲為業，最終放棄了考試，也與望子成龍的家人發生了衝突。最後，家人無奈之下，只好同意了老九的選擇。這個劇本突出個人選擇與教育體制、流行意識形態的矛盾，試圖借助傳統民俗藝術和現代社會的衝突，強調生命自主、意志自由、自我決斷、自我實現的重要意義。在〈糕呸店〉[46]當中，原來是離散華人、後來在新加坡落地生根的「祖父」，數十年來使用傳統經營方式，開設一家具有草根特色的咖啡店，雖然是小本生意，但是通過誠實勞動和勤奮工作，全家人衣食無憂。可是，在現代性、城市化、全球化的大背景下，這種傳統咖啡店不可挽回地走向了衰落。外孫「家才」，留學國外，是社會精英，由於父親「銀官」病故，他歸來奔喪，計畫處理掉祖父的小店。家才有滿腦子的進化論、工具理性、現代經營理念、發展主義的意識形態，儼然是一位官方代言人，他的雄心勃勃的計畫與祖父的想法格格不入。綜上所述，郭寶崑的這些劇作對傳統文化習俗在現代社會中的窘境、傳統與現代性的衝突、傳統文化符號作為價值的中心地帶和意義的源泉，都有精彩深刻的表現。

進而言之，郭寶崑是一位視野廣闊、關懷深遠的世界主義者（cosmopolitanism），他對世界文化藝術有發自內心的忠誠和熱愛。和新加坡的早期戲劇家不同，郭出生華校，但是英文很好，還有留學澳洲的經驗，具備健全的知識結構、純正的文藝品味和深切

---

[46] 郭寶崑：〈糕呸店〉，柯思仁 潘正鐳主編：《郭寶崑全集》第2卷，頁105-133。

的人文關懷，他對東西方文化藝術都有深刻的把握和理解。《郭寶崑全集》第6卷彙集郭氏的所有評論文章，從中可以看出他對世界文藝的一往情深和真知灼見。郭反覆討論過德國戲劇大師布雷希特的史詩劇之「疏離效果」，還對日本戲劇家太田省吾的《水站》表示高度歡賞。他多次觀看法國荒誕派戲劇大師貝克特的經典作品《等待戈多》，認為它探討悲慘而殘酷的社會現實，體現出一種「直視慘澹的人生」的大無畏精神。郭寶崑在澳洲的阿德萊德藝術節上，觀賞過一大批東西方藝術家導演的戲劇演出，例如《1984》、《破滅的夢》、《火車》、《傳奇》，寫下不少充滿洞察力的文章。郭對中國大陸的戲劇（包括現代話劇和古典戲曲）——例如：《家》、《雷雨》、《茶館》、《林則徐充軍》、《桑樹坪記事》都有準確的理解和精闢的評價。在香港藝術節期間，郭對上演的戲劇《次神的兒女》和《推銷員之死》發表了精彩的批評意見。在馬國首都吉隆坡舉辦藝術節期間，第三屆國際亞洲兒童戲劇研討會也於此舉行，郭在匯演研討會上接連發表三篇文章，提倡民族化戲劇和寓教於樂，強調培養亞洲認同，解放兒童的想像力和創造性，為他們編制美麗的藝術景觀。

霍爾認為，所謂「全球」和「本土」乃是一辯證對話、往返互動的思維過程，片面誇大任何一個方面都是有缺陷的認識。[47]話說回來，郭寶崑固然是一位展示了世界主義情懷的藝術家，但他在擁抱世界藝術之外，也強調戲劇本土化的必要性。他主張放棄對英美戲劇的模仿，扎根本土，關懷現實，創造出真正屬於新加坡人的戲劇。郭批評新加坡藝術節的演出節目有「歐美文化比重太大」的缺點，他正確指出：「一個國家的藝術節，歸根結蒂，要服務於它

---

[47] Stuart Hall, "The Local and the Global: Globalization and Ethnicity", Anthony D. King ed., *Culture, Globalization, and the World-System: Contemporary Conditions for the Representation of Identity* (Minneapolis: University of Minnesota Press,1997), pp. 19-40.

本國的獨特藝術發展。在選擇外國節目時，要考慮自身文藝的過去現在未來。」[48]他認為，要發展新加坡的戲劇事業，不能缺少自己的一支專業隊伍，一定要在觀念和體制上改弦易轍，從一味模仿外國轉向明確的本土化：「對於任何一個國家，它首先要創建自己的戲劇，通過自己的劇本，讓民眾災劇場中針對自己的生活進行剖析、感知、溝通，幫助我們加強人民之間的凝聚力。」[49]郭寶崑相信，沒有獨創藝術的人就會產生一種無根之感，精神上自知貧弱，見解缺乏堅定性；如果新加坡最活躍的英語本地戲劇拒絕面對本地現實，一味朝向英美源頭，後果是很糟糕的。因此他告誡新加坡文化部門：「英語戲劇急切需要接上一條臍帶，插進三大民族的文化庫，和民眾的現實生活，幫助它固本溯源，發展成一種扎實的有根有向的戲劇藝術。」[50]這種戲劇藝術就是具有深厚本土意識的作品。

所謂「本土化」不是空洞的標籤或者概念遊戲，而應該具有豐厚深刻的內容，它不僅要求反思西方文化對新加坡的霸權，而且要與中國中心主義保持必要的距離。在劇本〈大馬戲團〉演出前，新加坡華文報章爆發一場激烈論戰：話劇演出，究竟應該採用本地的華語（夾雜濃厚鄉音的華語），還是應該採用中國的標準華語（普通話）？爭論到最後，本劇的演出廣告破天荒以標準華語為號召。在1964年，郭寶崑反思這類文化現象，主張雜糅方言土語和標準華語：「經過了很久的思考，我覺得新加坡的戲劇應該廢除採用標準華語這個態度。當然，如果一個劇本的人物是應該說純正華語，那自當別論。這和我四五年前的論調完全相反，但我覺得這個改變是正確的。理由很簡單，新加坡不是中國，更不是北京，要使戲劇當

---

48 郭寶崑：〈浪花、源流、潮向之二：歐美文化比重太大〉，陳鳴鸞主編：《郭寶崑全集》第6卷，頁121。
49 郭寶崑：〈改弦易轍，才能起飛：由戲劇節談起〉，陳鳴鸞主編：〈郭寶崑全集〉第7卷（新加坡：實踐表演藝術中心，八方文化創作室，2008年），頁67-69。
50 郭寶崑：〈本地英語戲劇的趨向〉，陳鳴鸞主編：《郭寶崑全集》第7卷，頁70-71。

地語系化首先就要言詞當地語系化。」[51]1986年，郭的話劇〈羔呸店〉在新加坡上演，他在反思歷史的同時，把方言土語帶上舞臺，一時輿論大嘩，有人譽為親切真實，有人覺得不堪入耳。郭寶崑事後總結了教訓——

> 這件事揭示了我們一個深刻的困境：我們向外學習標準華語，又快又準，但是一遇到我們歷代生活所積累成的本土語言，卻加以排斥——口齒健全的我們，給自己釀製了失語症。很久了，我們和許多新富國家一樣，重視精粹藝術，忽視民俗藝術；重視專家學者，忽視市井小民；重視外國潮流，忽視自我創作。換言之，我們崇拜精緻的世界文化，輕視本土的民俗創作。[52]

在這方面，郭寶崑有自覺主動的態度。對華族社區的文化傳統、語言習俗的熱愛，是郭寶崑的藝術思想之一大特色。多年以來，郭遊走於不同的族群和語言之際，他認為，作為一名創作者，應該懂得吸收多種語言和方言，多元文化藝術面對一個更大的立體語言的問題。〈阿公肉骨茶〉的語言應用是郭寶崑多年來對藝術創作的感受和積累，他沒有刻意回避現實生活，而是在語言雜糅的基礎上，把人們重新帶入多元文化世界中。[53]從新馬文學史的經驗來看，運用方言土語的實踐可謂源遠流長。1950年代，苗秀的《新加坡屋頂下》、〈二人行〉、〈第十六個〉，趙戎的〈古老石山〉、《海戀》，韋暈的眾多小說，都是典範的作品。這種本土化的努力，不但見證新加坡作為離散城市的現實主義特色，也呼應當前流

---

[51] 陳鳴鸞 韓勞達 林春蘭主編：《縫製一條記憶的百衲被》，頁27。
[52] 郭寶崑：〈風雲際會，雅俗共賞〉，收入陳鳴鸞主編：《郭寶崑全集》第6卷，頁214。
[53] 潘正鐳 郭寶崑：〈本地影視創作的語言探索：認同的聲音中共用資訊〉，陳鳴鸞主編：《郭寶崑全集》第8卷，頁170。

行的華語語系論述的語言混雜和反離散之說。把郭寶崑的戲劇作品放在這個脈絡中來觀察，意義深遠，不可不察。

郭寶崑有些痛心地發現，新加坡本地的孩子長期受西方文化的強力籠罩，對自己國家的華、巫、印族的文化和亞洲民謠一無所知，常常排演一些跟他們的生活與文化相去十萬八千里的劇本，從來沒有接觸他們自己國家和族群的戲劇藝術。針對這種咄咄怪事，他語重心長地提醒新加坡當局檢討文化政策——

> 每個孩子都有權利繼承他的民族文化遺產。孩子們有了這份遺產，就能脫出「模仿別族文化」的形象。一個人一旦掌握了自己的文化，知道這文化已經經過千百年的考驗，會使他產生一種堅強的自信；一個人一旦有了歷史感，對於未來也就比較樂觀了。另一方面，一個人對自身的民族文化認識越深，他就越能欣賞別族文化的美處，也就越能吸取別族文化中的精華。對民族文化有這麼一種熱愛的人，也才真正懂得尊重別族的文化。[54]

放棄崇洋媚外習氣，轉向本土民族文化；放棄急功近利的藝術理念，重視歷史意識和文化認同，最終達到跨文化跨族群的相互認識、美美與共，這無疑是郭寶崑的中心關懷。

三、藝術與階級意識：郭寶崑在全球1960年代

馬克思主義認為，資本的擁有者與被奴役的人，必然產生統治階級和被統治階級之間的階級衝突。資產階級擁有資本，被支配的

---

[54] 郭寶崑：〈文化、劇藝、「兒戲」〉，陳鳴鸞主編：《郭寶崑全集》第7卷，頁72-73。

階級依靠出賣勞動力才能生活，他們是普羅大眾。針對這種社會結構，馬克思主義主張階級鬥爭和意識形態革命，引導無產階級走向解放，取消支配與剝削的關係。[55]郭寶崑在1960年代後期創作的若干個劇作，批判資本主義對普羅大眾的壓迫剝削，具有強烈的階級意識和激進政見，一望而知屬於左翼文藝的範疇。

郭寶崑根據新加坡戲劇發展史，創造性地區分六種劇場，即，「統治劇場」、「消費劇場」、「記憶劇場」、「再造劇場」、「動員劇場」、「超越劇場」。「動員劇場」指的是「那種利用社會、政治意識在新加坡社會政治運動中扮演重要角色的戲劇形式，它直接動員觀眾導向更高層次的社會和政治行動，它未必是經常革命性的，而是積極促進了一個國家的社會、政治變化。」[56]新加坡在1960-1970年代，經濟開始騰飛，資本家剝削壓迫工人的現象嚴重，還有逼迫農民遷徙、頻傳的工傷事故，導致勞資衝突變成棘手的社會問題。應該說，郭創作於1960年代末期的戲劇和相聲，密切關注建國後新加坡的社會、經濟和文化的狀況，關注小人物的命運，堅持為庶民發聲，追求平等政治和尊嚴整治，毫無疑問地應該歸入「動員劇場」的名下。劇作〈喂，醒醒！〉[57]首次演出在1968年12月，寫獨立不久的新加坡為振興經濟，提出「自由競爭」、「製造就業」、「鼓勵投資」等口號，導致社會上出現見利忘義、拜金享樂的風氣。一些不法商人開辦旅行社，利誘女員工以導遊的名義，向外國遊客提供色情服務。劇作的主人公「小妹」出生於貧苦華人家庭，與母親（「盧嬸」）相依為命，她為了謀生而四處求職，由於少不更事，誤信旅遊輔導社的花言巧語，應聘為職員。起

---

[55] 廖炳惠：《關鍵字200：文學與批評研究的通用辭彙編》（臺北：麥田出版社，2003年），頁41。

[56] Kuo Pao-Kun, "Uprooted and Searching", 陳鳴鶯主編：《郭寶崑全集》第7卷，頁176。

[57] 郭寶崑：〈喂，醒醒！〉，柯思仁 潘正鐳主編：《郭寶崑全集》第1卷（新加坡：實踐表演藝術中心，八方文化創作室，2005年），頁3-71頁。

初，小妹的工作待遇很好，家人生活逐漸改善，她於是沾沾自喜，後來，她不聽鄰里街坊和朋友家人的提醒，放鬆了警惕心，最後被周經理誘騙失身，痛不欲生，幸而被大家搶救過來。小妹為自己的行為感到後悔和愧疚，最後她在木嬸、阿春、向英等人的鼓勵下，重新振作起來。在這部劇作中，郭寶崑批判資本家的鮮廉寡恥、道德墮落，讚揚工人之間、鄰里之間的階級感情和互助友愛。例如：木嬸為公司趕工，不幸在事故中受傷，眾人熱心籌款，為其治病。小妹領到了第一筆薪水，就買了水果和禮物送給鄰居們，可見當時的風俗之美。

〈掙扎〉計畫在1969年12月演出，旋即被官方查禁。這個劇本講述的是新加坡的發展商利令智昏，以廉價的物質利益作為交換，逼迫鄉下農民遷徙，手段粗暴蠻橫，激起農民的激烈反抗。根據郭寶崑的訪談，在他的同學們當中，有很多是中下層出身，甚至是下下層的家庭背景——

> 逼遷，工人……那是新加坡經濟一個大轉型的時候。勞工法令、新興工業、外來投資，這些東西是剛開始的。還有就是逼遷、大轉移，要清土地、建工廠、城市重建……你們一家只有一個人工作，那我的勞動力從哪裡來啊？所以相對來講，其實家庭收入是越來越小，越來越低。那必須做好幾個工作，當時新加坡的生活動盪是非常厲害的。[58]

在危機重重的歷史情景中，郭寶崑產生強烈的階級意識、道德責任感，決心以現實主義藝術喚起大眾的政治覺悟，整頓世道人

---

[58] 柯思仁 郭寶崑：〈口述歷史訪談（二）〉，陳鳴鸞主編：《郭寶崑全集》第8卷，頁245。

心，追求平等政治和尊嚴政治。〈掙扎〉[59]的主要角色是貧苦人家的女生「亞瓏」以及「母親」、表姐「亞琳」等人，這家人在這裡已經居住了二十多年，很有地方感和家園意識。可是，由於城市化和發展主義的肆虐，她們作為弱勢群體，無力對抗商業資本主義的侵襲，面臨家園消失、被迫搬遷的命運。劇中的「藍經理」、「黃祕書」、「老陳」、「老鄭」都是大小資本家的代表，他們為富不仁，利慾薰心，逼迫工人加班加點，罔顧工人的健康安危，經常巧立名目，壓低、剋扣和拖欠工資，肆意開除工人。這種缺乏人性化的僱傭制度，導致勞資雙方產生了劇烈衝突。敢於反抗的亞琳和一眾工友向老闆抗議，結果被集體辭退，生計成了問題。後來，頭腦簡單、膽怯軟弱的亞瓏，為了賺錢養家，輕信老闆的花言巧語。當眼前利益和長遠利益、個人利益和集體利益發生衝突的時候，亞瓏一籌莫展。而亞瓏的母親則是一個具有強烈階級意識的人，她一眼就看穿了資本家玩弄的花招，她大公無私，深明大義，認為集體利益和互助友愛高於家庭利益和血緣親情，她強調工人的內部團結和鬥爭智慧，她批評女兒的目光短淺和出賣朋友。在戲劇的結尾，階級矛盾一觸即發，眾多工友團結起來，走上集體反抗的道路，藍經理、老鄭等資本家一看大勢不好，於是落荒而逃。〈掙扎〉反映1960年代馬華文學中常見的階級鬥爭主題，令人想到另一左翼作家史可揚（林明洲）的劇作〈跟著大夥兒走〉。

郭寶崑的戲劇〈成長〉批判有些青年學生的腐化墮落、精英人物的庸俗化，讚揚左翼學生的政治理想主義，與史可揚的早期戲劇〈真正的愛人〉異曲同工。評書〈羅大嫂過年〉批判資本家的殘酷剝削造成貧苦女工的家庭災難。評書〈兩姐妹〉和相聲〈拜金富貴〉批判拜金主義導致親情淡漠、道德敗壞。上述劇本具有強烈的

59 郭寶崑：〈掙扎〉，柯思仁潘正鐳主編：《郭寶崑全集》第1卷，頁73-119。

社會批判、身分識別和階級意識，強調血濃於水的階級情誼，有時流於粗糙的道德說教和城鄉二元論的窠臼。後來，郭寶崑回顧這些批判現實主義劇作，有中肯的自我總結——

> 可能我現在回過來看，就是在那個時候，我的工作沒有充分發揮戲劇藝術或者一般藝術的特點：就是藝術其實主要的任務不是在於做社會批評，主要的義務也不是做社會教育工作。我想這是我們五四以來很多受華文教育的，搞文藝的一個一般的傾向。我想可能進入1980年代就有了很多的改變。我自己覺得我們的戲劇藝術工作似乎在1980年代後期才真正開始。[60]

按照余雲的看法，「對郭寶崑，1980年代初是他咬斷臍帶浴火重生的日子。深受毛澤東領導的中國革命影響的這位東南亞華人知識分子，經歷了對文革幻滅，拋棄以『革命』為絕對價值的痛苦內省過程。跨過信仰危機荒原重新出發的郭寶崑，是從西方現代人文主義和古老東方文明中獲得新的精神資源，完成了向現代思維現代文化人格的轉變。」[61]進而言之，郭創作於1960-1970年代的左翼戲劇，主要有三個思想影響和靈感來源，下面分別論述之。

第一是左翼文學傳統。關懷社會現實、批評階級分化的現實主義戲劇和左翼戲劇，一直是新、馬戲劇運動的亮點。連奇的《新加坡華文現實主義戲劇》、詹道玉的《戰後初期的新加坡華文戲劇（1945-1959）》、朱成發的《紅潮：新馬左翼文學的文革潮》、謝詩堅的《中國革命文學影響下的馬華左翼文學》等，對此有比較深入的研討[62]，舉舉大端包括：1920年代的「新興文學」，1937-1942

---

[60] 無名：〈紀錄片：衝破四堵牆：郭寶崑素描〉，陳鳴鸞主編：《郭寶崑全集》第8卷，頁6。

[61] 余雲：〈導論：雕刻歷史的自白〉，陳鳴鸞主編：《郭寶崑全集》第6卷，頁124。

[62] 詹道玉：《戰後初期的新加坡華文戲劇1945-1959》（新加坡：新加坡國立大學中文

年的「抗日救亡戲劇運動」，1950年代的「愛國主義大眾文學」，1980年代的「建國文學」。

第二是冷戰與共產主義。1960-1970年代是東南亞冷戰的高潮階段。東南亞、臺海兩岸都是美蘇冷戰對壘的前沿。在此背景下，郭寶崑作為公共知識分子，同情中國革命，憧憬左翼思潮，表現階級壓迫的社會現實，追求平等政治和尊嚴政治，也是很自然的。郭氏承認，他的被捕入獄乃是因為他的一些劇作對當時新加坡的社會批評超過了政府的容忍程度：「我們談抗日問題，當時政府正努力吸引外資，爭取日本投資，這與政府唱反調；引進外資需要建造工廠，很多地方整片遷移，逼遷厲害，我們對民眾生活上的痛苦著墨很多，又與政府背道而馳，政府的反應自然強烈。」[63]不僅如此。1976年，新加坡左翼社會運動走向衰落，郭在內安法令下被捕入獄，長達四年七個月，直到1980年才出獄，被吊銷的公民權十多年後才恢復。必須指出，中國的「文化大革命」也對郭寶崑等東南亞華人產生了衝擊，郭的四個劇作在這個期間也被禁演。在1960年代，實踐表演藝術學院上演了韓山元創作的詩劇《普羅米修斯》，那時中國文化大革命正走向高潮，新加坡一些人受極左思潮影響，莫名其妙地將郭當作批判的對象。左派政黨「社會主義陣線」把持的《陣線報》還刊出一張漫畫，把郭寶崑畫成現代的普羅米修斯，諷刺他要做救世主。不可思議的是，郭受到了極左的攻擊後，不是向右轉而是向左派靠攏，以極大的熱情學習左派理論，而且在每年的十月，學院舉行魯迅紀念晚會，某年還出版一本紀念魯迅的小冊子。[64]根據這

系，八方文化創作室，2001年）；朱成發：《紅潮：新華左翼文學的文革潮》（新加坡：玲子傳媒，2004年）；謝詩堅：《中國革命文學影響下的馬華左翼文學》（檳城：韓江學院，2009年）；連奇：《新加坡現實主義華語話劇的思潮演變1945-1990》（新加坡：春藝圖書貿易公司，2011年）；柯思仁：《戲聚百年：新加坡華文戲劇1913-2013》（新加坡：八方文化創作室，2013年）。

[63] 蕭佳慧：〈在荒原上播戲劇種子〉，陳鳴鸞主編：《郭寶崑全集》第8卷，頁25。

[64] 韓山元：〈跟寶崑夢裡憶往事〉，陳鳴鸞 韓勞達 林春蘭主編：《縫製一條記憶的百

個學院的畢業生賀啟東的回憶，他與郭長期共事，世界觀深受其左翼思想的啟發：「作為一名混沌小子，是寶崑引領我走出簡單狹隘的生活，重新認識這個世界，並從中認識到什麼是資本主義和社會主義，什麼是形上學和辯證唯物者哲學。」[65]在1970年代末期，著名左翼作家韓素音訪華，後來寫出反映中國新時代風貌的報告文學《早晨的洪流》，由郭翻譯成中文，在監獄的政治犯中廣泛傳閱。[66]根據韓詠紅的回憶，她在青少年時遇到個人生活的挫折和思想上的障礙，於是求助於郭，後者介紹了1970年代左派文藝團體的「批評與自我批評」，認為這可以有效運用到個人的思想生活。[67]新加坡的企業家和文化人沈望傅，當年與郭寶崑過從甚密，誼兼師友。根據沈望傅提供的證詞，郭在1960-1970年代以左翼思潮教育了很多青年人，例如辯證唯物法、矛盾論、階級分析、一分為二論、文化戰線、戰鬥經驗、階級友情，甚至引用毛澤東的名篇〈紀念白求恩大夫〉中的經典段落[68]。郭寶崑寫於1971年的一封致朋友的私信中，在在充滿激進的左翼政見。[69]

第三是全球1960年代。郭寶崑在1960年代的主要關懷不是種族平等、性別平等而是階級鬥爭和尊嚴政治，這個立場並非新加坡和東南亞區域的孤立存在，而是1960年代普遍存在於東西方世界的國際現象，即所謂「全球1960年代」（The Global Sixties）[70]是也。當

衲被》，頁62。

[65] 賀啟東：〈我的師友〉，陳鳴鸞 韓勞達 林春蘭主編：《縫製一條記憶的百衲被》，頁108。

[66] 網雷：〈郭寶崑譯「早晨的洪流」〉，陳鳴鸞 韓勞達 林春蘭主編：《縫製一條記憶的百衲被》，頁碼137-138。

[67] 韓詠紅：〈寶崑叔叔交下來的「功課」〉，陳鳴鸞 韓勞達 林春蘭主編：《縫製一條記憶的百衲被》，頁369。

[68] 沈望傅：《郭寶崑傳奇的亂想》（新加坡：創新文化，2002年），頁85，頁103，頁108-109，頁112，頁116，頁118，頁121，頁123，頁127。

[69] 沈望傅：《郭寶崑傳奇的亂想》，頁164-173。

[70] 關於「全球60年代」的討論，參看Chen Jian et al. eds., *The Routledge Handbook of the Global Sixties: Between Protest and Nation-Building* (London: Taylor & Francis, 2018)

分析美國劇場從英文的大一統觀念轉向多語文觀念時，郭提到1960年代的民眾運動：「美國印第安人占據舊金山的監牢小島Alcatraz爭取民族自決是在1960年代，幾乎標榜少數民族意識的劇團也是在1960年代成立的，例如：東西劇團（East West Players）於1965年，波多黎各旅行劇團（Puerto Rican Traveling Theatre）於1967年，西班牙劇團（Repertorio Espanol）於1968年。」[71]郭寶崑在接受訪談時，特意提到全球1960年代對他的思想衝擊——

> ……那是一個批判年代的開始，1963、1964年我在NIDA，那是批判……，全世界年輕人的一種……從1960年代的那個國際學潮，在1968是到最高潮。巴黎、美國Kent State那些學院裡射殺，大學生大遊行這些。存在主義大師走上街頭，就是那個1968年。所以在1960年代初期這種思考型的、批判性的態度，在年輕知識分子中傳播開來。[72]

值得注意的是，隨著全球1960年代的過去，新加坡公共知識分子的階級意識也隨之消失了。為什麼從1980年代至今，新加坡的階級分化、貧富懸殊更為普遍化、尖銳化和表面化了，但是公共知識分子的階級意識反而衰落和消失了呢？這個現象引人深思。

四、重審人文精神與公民社會

郭寶崑深受魯迅文學和思想的影響。在1970年代早期，他已經產生了感時憂國、人文關懷和批判精神，其中的一個靈感源泉來

---

[71] 郭寶崑：〈兩個現實：認同和辨異〉，陳鳴鸞主編：《郭寶崑全集》第7卷，頁104。
[72] 柯思仁 郭寶崑：〈口述歷史訪談（二）〉，陳鳴鸞主編：《郭寶崑全集》第8卷，頁235。

自魯迅。根據他的學生和朋友沈望傅的回憶錄，當時的郭經常教育青年人要向魯迅學習。[73]郭多次自述，他在獄中通讀過《魯迅全集》，對魯迅雜文〈文藝與政治的歧途〉頗有會心。[74]郭在監獄中刻苦自修馬來文和德文，讀完古籍《馬來紀年》，通讀《莎士比亞全集》，終於跨越語言和文化的疆界，為他後來的跨文化劇場的試驗做好了準備。

終其一生，郭寶崑是一個具有強烈人文關懷和社會參與意識的人，他不但是一個理想主義的藝術家和教育家，也是一個具有思想家氣質的魯迅式公共知識分子。出獄後的郭寶崑，放棄左翼政見，轉向自由主義，他強調藝術是一種原創性的自由表達，具有超越現狀的自主性，享有一個超越政治的空間場域，國家權力不應該操弄和滲透到文藝當中。[75]郭從新加坡的歷史和現狀出發，提出「文化孤兒」和「邊緣心態」的說法。他說，文化孤兒的概念「不是指少數幾個人的情懷；這個國家、這個國家、這個人民普遍具有文化孤兒的心態：一種失離感，一種追索自我的焦慮。去訪查祖先的文化國度，我們可以得到某種安慰，但是總無法認同那就是自己的文化家園。我們長期處於一種漂泊尋覓的心境中。有人把這稱作邊緣人的意識。」新加坡獨立後很快成為經濟發達的國家，可是，人文精神的匱乏是不容回避的一個事實——

> 除了祖先們從老家帶來的鄉土文化碎片之外，在精神領域裡我們幾乎還沒有什麼可以說是真正屬於自己的特殊創造。處在一個數大文明融通，國際資訊彙聚的焦點，新加坡人既感到八方際會的豐腴，又感到無所依歸的苦惱。無限的空間，

---

[73] 沈望傅：《郭寶崑傳奇的亂想》，頁47，頁52-59，頁82-83。
[74] 陳鳴鸞主編：《郭寶崑全集》第8卷，頁208。
[75] Kuo Pao-Kun, "A Field of Dreams: Repositioning the Arts", 陳鳴鸞主編：《郭寶崑全集》第7卷，頁194-197。

無限的迷茫；無限的惆悵，無限的希望——孤兒的心態和邊
緣人的意境應運而生；即使能讓我們溯源回歸各自的文化母
親，也絕對無法安於前狀。孤兒只能摸索前行，在失離中塑
造自己的精神家園。[76]

郭批判技術官僚、工具理性、精英治國論和實用主義的弊端。
根據韓山元的回憶，郭寶崑談到新加坡的精英治國論的傲慢狹隘和
自以為是——

那些治國的精英有很多的智慧，然而執政圈子外頭還有不少
精英，他們的智慧不見得比那些部長、議員低。精英治國最
容易出的偏差是：治國的精英往往以為他們之外就沒有精英
（或不算是精英），他們過於自信，對民眾的力量與智慧估
計不足，這是很危險的。[77]

郭寶崑敏銳地發現，政府鼓勵國人進行創意思考，但是局限
於經濟成果、商品效益和科技發展，沒有從文化藝術的本體來衡
量其重要性：「十年來，當局積極地籌建藝術中心和培訓管理人
才，到近一兩年才開始注意培養創新作者和促成藝術品的誕生。
不過，所付出的投資和品格定位，遠遠在硬體投資之下。」[78]我認
為，需要指出的是，由於郭本人是一個人文知識分子，這個身分決
定了他在看待文化藝術的現象時，就像中國「五四」時期的思想家
那樣，總是習慣於相信「以思想－文化解決社會問題」（cultural-

---

76 郭寶崑：〈《邊緣意象》自序〉，陳鳴鸞主編：《郭寶崑全集》，頁230。
77 韓山元：〈跟寶崑夢裡憶往事〉，陳鳴鸞 韓勞達 林春蘭主編：《縫製一條記憶的百
衲被》，頁65。
78 鄒文學：〈郭寶崑論藝術〉，陳鳴鸞主編：《郭寶崑全集》第8卷，頁30-31。

intellectualistic approach）[79]的思維模式之有效性和優先性，沒有充分注意到在政治、經濟、法律、文化、藝術之間存在著難以想像的複雜關係，而且他也沒有顧及政府在制定公共政策時所做出的通盤考慮和理性選擇。所以，郭對人文藝術的看法雖然激切動人，有時也難免有偏頗之見。在另一個場合，郭指出，文化藝術的可貴不是藉以呈現一個表面溫文爾雅的社會，而是關係到國體和人民素質的組成元素，德國、英國、澳洲、香港等別國人民的歷史也有可以借鑒之處。郭寶崑分析指出，新加坡的歷史背景和地理環境，使它成為世界上幾種文明和文化的交匯點，雖然是碎片，卻能交織發展，沉澱累積為新加坡文化獨有的底蘊，有可能創造出自己的多元文化。尤其是，資訊科技的發展不能沒有文化藝術的配合，新加坡如果沒有文化藝術的深層發掘，資訊科技很難有高深的創意發展，而只能落在別人後頭，所以新加坡要發展知識型經濟，文化藝術必須成為知識結構裡一個不可或缺的部分。[80]不過我認為，郭的這種誇大其詞的觀點仍然不脫「文化主義」的思路，過度強調文化藝術的絕對價值和優先性，何嘗不是一種「深刻的片面」？郭寶崑在1986年的《聯合早報》上發表一篇文章，苦口婆心，老調重彈：文化不是權益之事，人文精神應該是當局制定文化政策的重要依據——

> 在經濟上，我們早在1960年代就已經拋棄了「轉口貿易」的路線，傾全力搞「工業生產」。而今，當我們在經濟上早已進入強調「研究與發展」的階段時，文化上卻依然抱住「轉口貿易」的觀念，國家劇場的藝術貿易哲學還沒有被取代。

---

[79] 林毓生指出，這種「以文化-思想解決社會問題」的思想模式流行於中國「五四」知識分子中間——例如胡適、魯迅、陳獨秀——，它來源於傳統中國思想而且是幾乎無法超克的一種意識形態。參看 Yu-Sheng Lin, *The Crisis of Chinese Consciousness: Radical Antitraditionalism in the May Fourth Era* (Madison: University of Wisconsin, 1978).

[80] 鄒文學：〈郭寶崑論藝術〉，陳鳴鸞主編：《郭寶崑全集》第8卷，頁32-33。

而電視臺呢，則因需要完全自食其力，更深地滑向商業主義。[81]

　　郭縱談澳洲、香港、美國的文化藝術的發達程度和政府的財力扶持，對比新加坡的文化藝術化的孱弱。從1988年9月到12月，郭寶崑受到美國國務院的邀請，在富布賴特基金會贊助下訪問美國，考察紐約、舊金山的劇場和戲劇學院，返回新加坡後，發表一系列的考察心得，對比兩國的文化藝術氛圍，歎息新加坡的藝術衰落和人文氣息的稀薄。[82]

　　後來，新加坡的劇場開始熱鬧起來了，創作者和觀眾增加了很多，全職演藝人員也多起來了，這是可喜可賀的現象。但是，根據郭的挑剔的眼光，這是政府引導和推動的結果：政府對劇場的全面和深入的支配，包括劇院管理、補助分配、節目安排、人才培訓、刊物出版，官方及半官方的藝術體制越來越延伸和膨脹了：「如果說戲劇事業的格局已基本形成，那麼格局中的一個明顯特徵是：商業及政府機構占據越來越舉足輕重的地位。」[83]這種文化政策使得官方藝術機構和民間藝術機構在資源的獲得上形成了明顯的不對稱狀態。根據郭的發現：「政府在自身藝術管理上輸進的資源，相對於民間藝術本體的活動資源，比例是很大的；這是新加坡『大政府作風』的顯現。在文化藝術領域裡，這種現象是沒有好處的。它一方面表示政府過於直接干預，一方面造成官方機制耗費太多本來可輸入的資源。」[84]新加坡的文化建設給人以滯後貧瘠的印象，究其

81　郭寶崑：〈浪花、源流、潮向之五：大眾媒介責無旁貸〉，陳鳴鸞主編：《郭寶崑全集》第6卷，頁129。
82　郭寶崑：〈這裡那裡，兩個現實〉，陳鳴鸞主編：《郭寶崑全集》第7卷，頁82-83。
83　林仁余 郭寶崑 吳文德：〈本地劇場轉向何方：郭寶崑、吳文德藝術對談錄〉，陳鳴鸞主編：《郭寶崑全集》第8卷，頁172-173。
84　林仁余 郭寶崑 吳文德：〈本地劇場轉向何方：郭寶崑、吳文德藝術對談錄〉，陳鳴鸞主編：《郭寶崑全集》第8卷，頁176-177。

原因，郭寶崑犀利地指出：「文化領域的最高決策者本身的文化素養不高，他們是頂尖的技術官僚，但是對文化藝術瞭解很少。這是新加坡長期不重視人文教育的結果。現在，似乎情況有了一些改善，但是，人文意識的提升，人文關懷的加強，不是一朝一夕的事。」[85] 不過我認為，新加坡的人文精神的缺失並非始於獨立以後，而是從殖民地時代就已經開始了，所以是一個「歷史遺留的問題」，這當然與當代新加坡的國情密切相關，尤其在全球現代性、跨國資本主義、商品拜物教和消費主義文化的強勢侵襲下，人文藝術的衰落也是一個司空見慣的國際現象，不獨新加坡為然。所以，這個問題相當棘手，對於各國政府來說，都很不容易解決。

　　針對新加坡的文藝現狀，郭寶崑提出「開放文化」（open culture）的命題，認為它超越了官方提倡的多元種族主義，具有本土意識和世界主義的視野——

> 開放文化所追求的，可以是全球性的，也可以是本土性的。不過，開放文化並非把所有的東西不加鑒別地混合起來，煲成一鍋糊狀的粥，以致其中不同的文化成分難以辨認。雖然新的文化混合體必在較遠的將來逐漸演變成型，現在要做的不是放棄自己還實踐著的文化來追求它的替代，而是認認真真地進入其他不同的文化，把它們吸收為自己的一部分，或者是使自己能跨越本身的文化框架，以發展一個更大、更多元的文化體。這也就是為什麼我們要避免用像「文化整合」這樣的詞。就目前來說，保存自己的文化又同時吸收別人的文化，應當是最核心的追求。在一定意義上來說，開放性必須通過多樣性來表現。不過也必須經過一番意識上的提升：

---

[85]　韓山元：〈跟寶崑夢裡憶往事〉，陳鳴鸞 韓勞達 林春蘭主編：《縫製一條記憶的百衲被》，頁65。

即在對環球村和個人自主意識有更大覺醒的基礎上，從各種各類的傳統文化走向到一個更博大的人文世界。[86]

　　郭寶崑提倡從全球化、資訊技術、以知識為基礎的生產出發，超越由官方規劃的、畫地自限的「多元種族主義」，個人超越種族和傳統所束縛的社區，朝向一個更加多樣化的全球社區。[87]我覺得這就是「自由世界主義」（liberal cosmopolitanism）的構思。1982年，郭的華語劇場、政治批評和左翼思潮在其劇作〈小白船〉中走向終結點。之後，郭嘗試推動「開放文化」從願景變為現實。1984年，他的英語劇本〈棺材太大洞太小〉成為一個轉捩點，從此，他走向視野寬廣、批評思考的新世界。再後來，〈尋找小貓的媽媽〉雇用華族、馬來族、印度族等種族源流的演員，大膽起用英語、馬來語、華語、泰米爾語、以及多種方言土語，真正走向前景廣闊的跨文化戲劇。對此，他是有著深刻自覺的追求的：「單語文化劇團絕對有其存在價值。但戲劇藝術也應由能力，有敏感性地接觸和反映多元文化、語言的現實，同時，與不同文化工作者合作。」[88]在為1988年出版的〈尋找小貓的媽媽〉紀念特刊中，郭寶崑鄭重指出——

　　　　這齣戲是多種族演員的集體見證：「華人、印度人、混種人；華語、英語、福建話、潮州話、廣東話、泰米爾語……要呈現這樣一個現實，單一種族的演員們辦不到，也很難獨

---

[86] 郭寶崑：〈開放文化與博大的人文世界〉，郭建文 張夏帷主編：《郭寶崑：風風雨雨又一生》，頁205。

[87] Kuo Pao-Kun, "Contemplating an Open Culture: Transcending Multi-racialism", 陳鳴鸞主編：《郭寶崑全集》第7卷，頁248-257。

[88] 黃玉雲：〈沖出單語樊籬：實踐話劇團新方向〉，陳鳴鸞主編：《郭寶崑全集》第8卷，頁3。

靠一位作家，《尋》劇調動了每一位元演員的不同視角，吸收了他們的想法，感受和生活體驗。[89]」

這種戲劇形式落實了郭寶崑所謂的「開放文化」，它蘊蓄著開闊的文化視野和嶄新的批評思考，也為新加坡今後的戲劇發展提出另類的創意空間。這正如曼達爾的觀察：「無論是用英語、華語或幾種語言同時並用，他的戲劇裡對語言的探討，並不針對其一般所說的意義，而是將它當作表達不同文化和社會中微妙的空間。他在舞臺上把握住普遍於新馬日常跨語文交流的竅門。他的劇作提出一種反抗官方所制定的刻板『種族』分隔的文化政治。」[90]

郭寶崑關懷公共領域，發表過一些英文論文討論「公民社會」（civil society）的問題。他討論知識結構的健全和戲劇藝術的發達將會如何有助於公民社會的成長。[91]他還發表一個深刻有力的文章〈關於區域的思考：東南亞的意義何在？〉，強調把「東南亞」作為方法，打破民族－國家的藩籬，走向天下大同、四海一家的世界主義。郭是實踐表演藝術學院和電力站藝術之家的創辦者。由於新加坡人民對藝術的內在要求非常強烈，不可抑制，郭寶崑在1990年9月創辦新加坡第一間民辦的藝術中心「電力站－藝術之家」，並出任藝術總監。短短一年之後，訪客達到5萬人，欣賞400多項藝術活動，政府給與慈善組織的免稅待遇，健力寶集團捐款110萬元並且成為電力站的贊助商。郭寶崑欣喜地說道：「如果說電力站發出了成功的光芒，那主要是因為創造者和支持者都體現了新加坡多元

---

[89] 郭寶崑：〈「尋找小貓的媽媽」孕育了五年〉，陳鳴鸞主編：《郭寶崑全集》第6卷，頁210。

[90] 蘇密‧曼達爾：《寶崑，我用所有的語言跟你道別》，郭建文 張夏帷主編：《郭寶崑：風風雨雨又一生》，頁77。

[91] Kuo Pao-Kun, "Knowledge Structure and Play: A Side View of Civil Society in Singapore", 陳鳴鸞主編：《郭寶崑全集》第7卷，頁258-264。

主義的最豐鮮景觀——不同種族、不同文化、不同教育、不同語言、不同年齡的背景，不同的藝術形式、風格、流派、方法都在這裡發生、碰撞。」[92]但是，他堅持民辦文藝機構的自主性，不願意與有關當局妥協，始終堅持體制外的立場。由於得不到政府的財政資助，實踐表演藝術學院經常遇到棘手的經濟問題，幸虧董事會成員例如沈望傅和李氏基金的及時救助，才渡過了一些難關。[93]

回顧自己的入獄經過，郭寶崑坦率說道：「那是一個錯誤的遺憾，我從來不認為自己是個政治威脅」，而且他把那四年半的監牢經驗當作精神資產，在鐵窗生涯中從事知識汲取和人生思考。[94]日本戲劇家田南立也認為，郭寶崑「是一個真正的公共知識分子。溫和、堅定的他一生與非正義搏鬥不懈。」[95]為了應對和思考人類社會的歷史、社會與文化，郭寶崑提倡文藝家和知識分子具有一種頑強的「批評感性」（critical sensibility）。郭除了在新加坡本土的文藝界產生了絕大影響，也在東南亞、東亞和國際範圍內產生了可觀的回聲。詹納達斯・蒂梵那把他的衷心讚美之詞獻給郭寶崑：「他當然是眾望所歸的藝術家、劇作家、文化人——還有絕對無疑的，是偉大的新加坡人。」[96]尤為重要的是，多個藝術家不約而同地注意到，郭寶崑與時俱進，因地制宜，在從事他的藝術實踐之外，還難能可貴地具有「思想者的魅力」[97]，他被譽為「一個有思想家氣質的藝術家。無論成功與否，他創作每一部作品，都是一次思想陣

---

[92] 郭寶崑：〈一年的反省：電力站一周年〉，陳鳴鸞主編：《郭寶崑全集》6卷，頁222。

[93] 黃向京：〈雙郭至交——郭振羽談郭寶崑〉，陳鳴鸞 韓勞達 林春蘭主編：《縫製一條記憶的百衲被》，頁169-176。

[94] 蘇美智：〈新加坡劇壇大師郭寶崑〉，陳鳴鸞主編：《郭寶崑全集》第8卷，頁34。

[95] 田南立也：〈向郭寶崑致敬〉，陳鳴鸞 韓勞達 林春蘭主編：《縫製一條記憶的百衲被》，頁358。

[96] 詹納達斯・蒂梵那：〈郭寶崑：一個天生的「祝禱者」〉，陳鳴鸞 韓勞達 林春蘭主編：《縫製一條記憶的百衲被》，頁404。

[97] 韓善元說，郭寶崑是「思想家型的戲劇家」，見陳鳴鸞 韓勞達 林春蘭主編：《縫製一條記憶的百衲被》，頁66。

痛，都是他作為思想者的生命體驗。」[98]蘇密・曼達爾指出：「寶崑主動地去跨越界限。他這樣做，就使新加坡躋身於世界舞臺，這是超越了國家技術專家領導所能想像和理解的成就。他因探究社會領域的複雜性，同時抗拒現代東南亞區域內文化與社會上的狹隘主義，而贏得國際的讚譽。寶崑將由於對區域藝術的貢獻，以及在世界各地的演出和創作，而使人對他懷念。」[99]這段話從本土、區域、全球的重疊視野出發，高度評價郭寶崑的重大藝術貢獻，可謂是「知人論世」的精準判斷。

---

[98] 余雲：〈期待另一個郭寶崑〉，郭建文 張夏幃主編：《郭寶崑：風風雨雨又一生》，頁166。

[99] 蘇密・曼達爾：〈寶崑，我用所有的語言跟你道別〉，郭建文 張夏幃主編：《郭寶崑：風風雨雨又一生》，頁78。

卷六：
抒情的流亡：冷戰時代的跨國離散作家

引言：冷戰、離散與文學

　　「冷戰」（The Cold War）最初指的是蘇聯和美國兩個超級大國之間的地緣政治衝突，起源於歐洲，後來擴散到亞洲、非洲、南美洲，最終把整個世界分裂為兩大集團。學術界一般認為，冷戰之產生和終結有兩個標誌性的事件：一是1947年的「杜魯門宣言」（Truman Doctrine），二是1991年的「蘇聯解體」（Collapse of Soviet Union）。本文從跨國離散與文化冷戰的雙重視角出發，聚焦於力匡、楊際光、燕歸來、白垚在香港和東南亞的文學實踐，研討冷戰在文學中的再現、特點和後果，為國際冷戰研究和全球華語文學研究提供一個來自亞洲的觀察視角，期待和現有的學術觀點展開對話。

　　從1980年代後期以來，國際冷戰史研究取得很大成就，大量的出版物和學位論文在全球範圍內出現，而且整合多個學科的資源，走向跨學科的方向，深刻有力地推動了國際政治學、區域研究和文化批評的轉向。但是，傳統冷戰研究也存在一些缺失，主要表現是：以美、蘇等超級大國為主角，以重大政治事件為焦點，以國家與國家之間的外交關係中心[1]。如此一來，研究者們不可避免地忽

---

[1] Terry Anderson, *The United States, Great Britain, and the Cold War, 1944-1947* (Columbia: University of Missouri Press, 1981); John Lewis Gaddis, *We Now Know: Rethinking Cold War History* (Oxford:

視了「東南亞」與冷戰政治的關係，東南亞冷戰在區域秩序與全球史中的意義，以及「文化實踐」在冷戰宣傳中的作用和後果。後來，學者們調整研究焦點，關注「文化冷戰」的向度及其對庶民大眾的心理衝擊[2]，關注東南亞地區、弱小國家和第三世界在國際冷戰中使用的斡旋策略、發揮的本土角色。在這方面出現一些具有代表性的學術論著，涉及歷史研究、移民社會學和文化研究。[3]

　　太平洋戰爭爆發後，香港淪陷於日軍之手。1949年，在內戰中失敗的國民政府被迫放棄大陸，退保臺灣。「中華人民共和國」建立，兩岸分治的局面隨之出現了，此時有大量中國人逃離大陸，其中的許多人流亡到香港。根據歷史學家的研究發現：「中國大陸湧入這個殖民地的難民超過200萬人，他們只得到最基本的供應，每一個人都有飯吃有水喝，有些人還分到了臨時住所，除此之外，他們就只有自謀生路了。」[4]在這些流亡者當中，有一部分是文化

Oxford University Press, 1997); Henry Heller, *The Cold War and the New Imperialism: A Global History 1945–2005* (New York: Monthly Review Press, 2006); Lorenz M. Lüthi, *The Sino-Soviet Split: Cold War in the Communist World* (Princeton: Princeton University Press, 2008); Jonathan Haslam, *Russia's Cold War: From the October Revolution to the Fall of the Wall* (New Haven: Yale University Press, 2011); James Graham Wilson, *The Triumph of Improvisation: Gorbachev's Adaptability, Reagan's Engagement, and the End of the Cold War* (Ithaca: Cornell University Press, 2014).

[2]　Xiaojue Wang, *Modernity with a Cold War Face: Reimagining the Nation in Chinese Literature across the 1949 Divide* (Cambridge, MA: Harvard University Press, 2013); Greg Barnhisel, *Cold War Modernists: Art, Literature, and American Cultural Diplomacy* (New York: Columbia University Press, 2015).

[3]　Nicholas Tarling, *Britain, Southeast Asia and the onset of the Cold War, 1945-1950* (Cambridge, U.K.: Cambridge University Press, 1998); James A. Tyner, *America's Strategy in Southeast Asia* (Lanham: Rowman & Littlefield, 2007); Christopher Goscha and Christian Ostermann, *Connecting Histories: Decolonization and the Cold War in Southeast Asia: 1945-1962* (Stanford: Stanford University Press, 2009) ; Zheng Yangwen, Liu Hong and Michael eds., *The Cold War in Asia: The Battle for Hearts and Minds* (Leiden and Boston: Brill, 2010); Matthew Foley, *The Cold War and National Assertion in Southeast Asia: Britain, the United States and Burma, 1948-62* (London: Routledge, 2010); Tony Day and Maya Liem, *Cultures at War: The Cold War and Cultural Expression in Southeast Asia* (New York: Cornell University Press, 2010); Albert Lau ed., *Southeast Asia and the Cold War* (London: Routledge, 2012); Ngoei Wen-Qing, *The Arc of Containment: Britain, Malaya, Singapore and the Rise of American Hegemony in Southeast Asia, 1941-1976* (Cornell University Press, 2019); Taomo Zhou, *Migration in the Time of Revolution: China, Indonesia and the Cold War* (Cornell University Press, 2019).

[4]　法蘭克·韋爾什著，王皖強 黃亞紅譯：《香港史》（北京：中央編譯出版社，2007

人。有學者指出，南來文化人有兩大特點，一是以香港為暫住居留的地方，二是向祖國喊話以謀求政治－文化變革，他們的愛國主義思想或活動一旦表現得過於激烈（無論是來自國民黨還是共產黨），就會受到港英政府的干預和制裁。[5] 這批南來香港的文化人，右翼立場明顯，支持和從事反共活動，少數人還聲稱同時反對臺海兩岸的政權，於是加入張發奎組織的「第三勢力」[6]。在冷戰背景下，這些文人表面上從事文教工作，實際上採用公開或隱蔽的手法，接受美國政府的資金援助，致力於反共宣傳，例如：徐速主編的《當代文藝》，友聯出版社的《中國學生週報》，亞洲出版社、高原出版社，人人出版社等等。應該說，美元／援文化與香港文藝的關係、南來文人的文化心態等課題，目前已經得到研究者的關注。[7]

進而言之，在1950-1960年代的香港文藝界，無論作為主流的右翼還是作為少數派的左翼，都很看重「東南亞」華人世界的廣闊市場，於是他們想方設法，創辦報章雜誌，發行到新加坡、馬來（西）亞、泰國、印尼、菲律賓等國家的華人社區，進行反共宣傳，推銷自由主義。有一批右翼文人，從大陸流亡到香港，居住若干年後，再次遷徙到東南亞。他們有的落地生根，終老於此。有的

年），頁510。

[5] 王宏志：〈「借來的土地，借來的時間」：香港為南來文化人所提供的特殊文化空間（上編）〉，收入氏著：《本土香港》（香港：天地圖書有限公司，2007年），頁55-57。

[6] 參看張發奎口述，夏蓮陰訪談及記錄，胡志偉譯注：《張發奎口述自傳》（臺北：亞太政治哲學文化出版有限公司，2017年），第20章「創建第三勢力的努力以及類似的牽連（1950年至1962年）」。

[7] 黃康顯：〈從難民文學到香港文學〉，見氏著：《香港文學的發展與評價》（香港：秋海棠文化企業，1996年），頁70-93頁；王梅香：《隱蔽權力：美援文藝體制下的台港文學（1950-1962）》，新竹清華大學社會學系博士學位論文，2015年；陳淩子：《顯隱之間：文化冷戰中的香港亞洲出版社》，新加坡國立大學中文系碩士學位論文，2017年；蘇偉貞：〈不安、厭世與自我退縮：南來文人的香港書寫——從1950年代出發〉，成都《四川大學學報》2011年第5期（2011年10月），頁87-96。

在垂暮之年，再次移民歐美。這批離散華語作家為數眾多，包括力匡、燕歸來、白垚、楊際光、姚拓、黃崖、方天、蕭遙天、馬摩西等。准此，在「跨國文化網路」、「冷戰政治宣傳」、「離散華語文學」之間，一種複雜微妙的三邊互動關係，已經呼之欲出了。這些作家在跨國離散的處境中從事文學寫作，直接或間接地回應冷戰政治，為區域華文文學提供了一個真切而獨特的觀察角度。

關於香港文學、東南亞華語文學與文化冷戰之間的關係，雖然引起了個別學者的關注，但是還有可以挖掘的空間。南來文人在面對冷戰出現的歷史變化時作出了何種反應？離散華語文學如何介入香港和東南亞的冷戰宣傳？在香港和東南亞冷戰的歷史框架內，文學與政治、離散與家國、個人與歷史的關係，到底應該如何進行定位、斡旋和調適？這些作家在再現冷戰政治時所表現的憧憬和焦慮、洞見與不見，後之來者應該如何理解、反思和再評價？凡此種種，均值得深入研討。本文研討1950-1960年代的四位代表作家——力匡、楊際光、燕歸來、白垚——如何以文字介入冷戰，針對其中的弔詭和矛盾，嘗試展開初步的批評探索。

一、亞洲冷戰年代的抒情詩人：力匡的離散文學

力匡（1927-1991），原名鄭健柏，另有筆名「百木」、「文植」、「叔康」等，原籍海南文昌縣，出生於廣州。畢業於中山大學歷史系，1951年流亡到香港，據說「他是從海南島，隻身經湛江、江門、澳門，輾轉而來的。」[8]力匡在香港擔任中學教師和圖書館館長，創辦「高原出版社」並出任總編。1958年5月，力匡離開香港，南下新加坡，定居下來，終老於此。力匡在新加坡的育英

---

8 黃康顯：〈力匡的香港之戀〉，香港《筆會》總第七期（1996年3月31日出版），頁145。

中學擔任過華文教師、代理校長，後來執教於文殊中學，直到1987年退休。準此，從廣州到香港，再從香港到新加坡，這是力匡之跨國離散的路線圖，他的文學創作也引起了研究者的興趣。

香港八年是力匡文學創作的豐收季。他主編《人人文學》和《海瀾》，聲名鵲起，包括崑南、方蘆荻、盧因、陸離、西西等當時的文學青年，都承認受其影響。[9]力匡的作品散見於《星島晚報》、《祖國週刊》、《中國學生週報》、《大學生活》、《香港文學》、《明報月刊》等。他著有詩集《燕語》（1952）、《高原的牧鈴》（1955），散文集《北窗集》（1953），短篇小說集《長夜》（1954），中篇小說《阿弘的童年》（1955），長篇小說《聖城》（1956），神話故事集《諸神的復活》（1958），詩論集《談詩創作》（1957年），這些作品全都在香港印刷出版，可見力匡在當時的勤奮和高產。居港期間的力匡大量寫作新詩，在1950年代的香港文壇，名動一時，仿效「力匡體」者大有人在，而且流傳到東南亞，成為當地文藝青年的新寵。1985年，從香港文壇消失多年的力匡重新在《香港文學》、《星島晚報》發表作品，引來一片好奇的目光。在新加坡居留期間，他的作品頻頻出現於《蕉風》、《南洋商報》、《星洲日報》、《聯合早報》、《聯合晚報》、《新明日報》等報章[10]。遺憾的是，力匡生前沒有將其結集出版，他的作品未能在新、馬文壇居於主流、產生更大影響。

9　張詠梅認為，《人人文學》的編輯同仁「自覺負有復興文化的使命，因此一直對文藝工作持認真嚴肅的態度，強調以人類的精神力量，抗拒商業社會中物質對人性的誘惑和腐蝕。」本刊所登載的作品之內容特色是：淡化政治色彩，表達鄉愁的苦悶，譯介西方文壇，重視學生園地，參看她的〈開拓者的足跡——試論《人人文學》〉，《香港文學》第156期（1997年12月1日）。古遠清認為，「堅持嚴肅文學路線，不走迎合大眾的媚俗道路，是力匡從事創作和編輯的原則。由於過於堅持，所以刊物無法打開銷路，不久即無疾而終，這是意料中事。」參看他的〈力匡：五十年代知名度最高的香港詩人〉，香港《城市文藝》第5卷第3期（2010年10月25日出版），頁50。

10　根據新加坡作家莫河的回憶，1960年他在育英中學讀書，曾經受教于力匡：「當時力匡從香港南來執教，他算是創作力最旺盛，作品見報率最高的作家。」當時的《南

（一）離散與家國

力匡居留在廣州和新加坡期間，寫作和發表了大量作品，涉及新詩、小說、散文、詩論等文類。梁秉鈞指出：「詩人力匡1950年代後南下香港，以懷鄉抒情詩及懷念『短髮圓臉』姑娘的懷人情詩傳頌一時。力匡過去往往被視為抱持放逐心態的南來懷鄉詩人代表。」[11]力匡的第一部詩集名為《燕語》，屬於「人人文學」叢書之二，於1952年12月從人人出版社發行，1961年6月由高原出版社再版，夏侯無忌和歐陽天寫序。該詩集收錄新詩46首，分為三輯，第一輯「燕語」中的16首詩，書寫漂泊者的憂鬱感傷，懷念美好往日，表達對香港的脫節和疏離的感覺。第二輯「和平」中的21首詩是對共產政權的憂懼與抗議。力匡堅守個人主義理想，從基督教神學的立場出發，呼籲時代走向和平安寧。這些詩強烈表達力匡的冷戰意識形態。第三輯「幸福」有9首詩，主題是詩人尋獲愛情之後的喜悅和幸福。總的看來，這部詩集繼承「新月派」諸子的風格，講究句的勻稱和字的均齊，隔行押韻，流利婉轉，字句通俗曉暢，可讀性較強，因此在香港和東南亞贏得了廣大讀者。

《燕語》有大量關於離散放逐的詩篇，追憶少年時光和故國人物。夏侯無忌在《燕語》序言中寫道：「我們生長的，是個苦難的年代。所以我們有深切的痛楚和悲哀，我們碰到許多挫折而且無所憑藉。」[12]年青的力匡唱出了他的心事，這也是廣大青年人的心聲，所以其詩在1950年代的香港風行一時。流亡中的詩人力匡，喜

洋商報》副刊、《星洲日報》副刊，幾乎天天都刊載力匡的新作。吳啟基等人指出，力匡退休之後，他一心寫詩和小說，1978年一年時間中，他一共發表了約400篇大小不等的文章與詩作，成為當時文藝界爭相傳頌的美談。

11　梁秉鈞 鄭政恆編：《長夜以後的故事：力匡短篇小說選》（香港：中華書局，2013年），頁1。

12　力匡：《燕語》（香港：高原出版社，1961年再版），頁7。

歡表達「故國的怨望」、深切的哀痛、感傷孤獨而無所憑藉的人生旅途，他痛感夢幻破滅，於是傷逝懷舊，在時空錯置中經歷自我認同的危機。抒情短詩〈燕語〉使用戲劇性獨白結構全篇，抒情主體自比為遷徙南國的燕子，漂流瀚海，來寄修椽——

> 我此刻歇息在你梁上，
> 為了疲倦於長途的飛翔，
> 你說我像是個外地的客人，
> 是的我正來自遙遠的異鄉。

今昔對比，詠物起興，抒情言志，婉諷時事，這是力匡的常用手法。這裡的「你」指代香港友人，「我」自比燕子，牠曾經棲身於有雕梁畫棟的殿堂，與春日花香、溫暖天氣為伍，眷戀飄逸的綠楊。後來，「北國」的嚴霜降臨，燕子因為有高遠的希望，不願愚昧地葬送自己，被迫拋棄伴侶，獨自流浪。燕子自言，牠暫時棲息於陽光溫暖的香港，銜泥結草，營造小巢，儘管牠酣醉於島上的和暢海風，但是牠深知，梁園雖好不可以久留。牠默默發誓，如果有朝一日，香港也變成了寒冷的季節，牠會勇敢地做出再離散的選擇——

> 當那一天我又恢復了強健的翅膀，
> 我會再追逐於那花香日暖的理想，
> 飛向更南的地方。[13]

遷徙流亡、漂泊離散的主題反覆在力匡詩中浮現。〈夢中的道路〉借用何其芳的舊題詩，抒寫詩人的客途秋恨，表達逝水年華、

---

[13] 力匡：《燕語》，頁1-3。

夢想渺茫的感歎——

> 舊照片記錄了昔日的華年，
> 鏡子裡卻是一張憔悴的瘦臉，
> 倦乏於已走過的長長的旅途，
> 歎息所期待的仍在遙遠。[14]

〈設想〉寫道，鷹隼被困於樊籠，幼松被移栽在瓦盆，年青人在困苦中流浪異鄉，所有這些隱喻性的意象都有類似涵義：物體被迫從故土遷移，導致空間錯位、自由和安全感的喪失。最後，詩人面向未來，相信終會有還鄉的一天——

> 海燕不會在暴風雨中震悚，
> 松柏不會在大冰雪中死亡，
> 溫暖的季節燕子終會再來，
> 失去了家的孤獨的孩子，
> 會回到他生長的地方。[15]

作為浪子的力匡，告別家國，離散異鄉，他對香港的印象又是如何呢？他是否能夠迅速有效地融入當地的社區，在都市空間裡錨定感知地圖？他是否像中國古人一樣，在異鄉的土地獲得「此心安處是吾鄉」的曠達和灑脫？答案是否定的。〈孤獨〉寫詩人對香港的浮華墮落感到厭倦，認為當下的香港猶如中世紀之拜占庭帝國，其中的居民大多喪失了靈魂，猶如行屍走肉，面目猥瑣可憎，詩人拒絕與之同流合污，但是無力遠遁，只能曲意周旋。抒情自我在酒

---

[14] 力匡：《燕語》，頁26-27。
[15] 力匡：《燕語》，頁28-29。

宴散後，面對桌上的空杯，備感孤獨無助。他又回憶起來六朝故都和秦淮河畔，感到歷代興亡歷歷如在眼前，他歎息華夏古國常受異族折磨，雖有中流砥柱的「忠臣義士」，而衰落的小朝廷只能偏安江左。[16]這裡回到借古諷今的傳統寫法，只是顯得不倫不類。〈夏日〉這樣寫道──

> 街道上飛起塵埃，
> 惶懼的行人在奔走喧攘，
> 車中我審視每個不同的臉孔，
> 都是為欲念所扭曲的醜臉。[17]

香港這個殖民地都會，環境喧譁逼仄，庸眾的欲望征逐，令力匡產生了疏離和厭倦的情緒，他不禁緬懷越秀山和玄武湖的風光。〈我不喜歡這個地方〉寫在力匡剛剛抵達香港不久──

> 這裡的樹上不會結果，／這裡的花朵沒有芳香，／這裡的女人沒有眼淚，／這裡的男人不會思想。／／除了空氣和海水，／這裡一切都可以賣錢，／櫥窗裡陳列著奇怪的商品，／包括有美麗的女人的笑臉，／廉價的只有人格與信仰，／也沒有人珍惜已失去的昨天。／／誰都比喜歡工作，／填不滿的時間就用來消遣，／這裡缺少真正的友誼，／偽裝的笑臉裡沒有溫暖。／／這裡不容易找到真正的『人』，／如同漆黑的晚上沒有陽光，／看這一切如同噩夢，／我不喜歡這奇怪的地方。[18]

---

16 力匡：《燕語》，頁21-22。
17 力匡：《燕語》，頁30-31。
18 力匡：〈我不喜歡這個地方〉，香港《星島晚報》1952年2月29日。

香港，彷彿波德萊爾筆下的「惡之花」，從自然景觀到城市居民，從物質文化到風俗心態，幾乎一無是處，這一切都讓詩人感到很難適應。人文地理學家西蒙（David Seamon）說，理解地方的關鍵成分之一是「身體移動性」（bodily mobility），或者說，身體在空間中的日常移動，「由個人自己展開的身體或身體局部的任何空間移置（displacement）」，身體移動性在空間與時間裡結合，產生了存在的內在性和強烈的地方感，那是一種地方內部的生活節奏。[19]由此可見，在一既定空間內，時間性和日常性是身體主體之建立地方感的條件。從上面的詩看出，力匡作為流亡者暫時落腳於香港，在短時間內無法讓身心自我與與城市地理建立起來情感的紐帶，導致迷失（disorientation）與錯位（dislocation），對居住地有負面印象。陳智德指出，對力匡來說，「香港的一切都迥異於中國內地，是一個異質的空間，但在作者的筆下，香港卻又再次被加深主觀和現實的距離，以至多少帶有扭曲，故可稱之為再異質化。」[20]梁秉鈞對此種現象做出準確的解釋：「南來之初的文化人，由於對本地社會文化不熟悉，很容易把懷鄉心情轉化為對本地的敵視與否定：認定本地沒有文化、中文水準不高、只是一塊殖民地、商業社會，一無可取。」[21]力匡的離散經歷和文學作品證實了這點。他的〈「迂」孩子的故事〉發表於1952年，寫初來香港的「我」與那裡的社會風俗格格不入，不通人情世故，常常鬧出笑話，犯下不少錯誤，於是大發感慨：「我幾乎還未瞭解社會應酬的基本法則，我離做成一個香港人的資格還差得太遠太遠。」〈零賣靈魂的人──文字工作者生活素描〉以諷刺幽默而帶有

[19] Tim Creswell著，徐苔玲 王志弘譯：《地方：記憶、想像和認同》（臺北：群學出版社，2006年），頁45。

[20] 陳智德：〈懷鄉與否定的依歸：徐訏和力匡〉，香港《作家》第13期（2001年12月），頁123。

[21] 梁秉鈞：〈力匡筆下的三個城市〉，梁秉鈞 鄭政恆編：《長夜以後的故事》（香港：中華書局，2013年），頁7。

苦澀的筆觸寫香港當時的作家分為三個等級，各有不同的生活方式，而最低等的小作家生計艱難，過著拮据心酸的生活。[22]〈一間合意的屋子〉寫於1956年12月，力匡當時還在香港，尚未移民新加坡，他發出歎息：在人煙稠密的香港，若想賃屋而居，實在不容易。[23]

毫不奇怪，離散者處於錯位的空間中，身心剝離，無法／不願自我調適，難以迅速融入居住地，產生文化震撼的心態，容易傷逝懷舊。力匡詩集中有不少此類篇什。〈難忘的名字〉緬懷越秀山前的桃花和玄武湖畔的殘荷，〈昔日〉回憶舊日情侶，筆調流露出溫馨的感傷。〈童年〉追憶美麗純潔的童年時光，希望時光倒流，最後，抒情自我從幻想中醒悟，表達逝水流年的失落感。〈聖誕夜〉寫自己困居小屋中，捫心自問為何自我流放，自比為擔負人類罪惡的基督。〈歲暮〉中的詩人自喻為漂流異鄉的王謝堂前燕子，不敢聽人唱昔日的戀歌，害怕帶來淒怨的情緒。〈遠簡〉寫詩人在辭舊迎新之際，收到遠方朋友的來信，他以自由主義的立場勸告友人：「別依戀於鮮豔的旗幟，／想像世界還有更廣大的一面」，這已透露出冷戰的底細了。可以想見，既然力匡對香港缺乏地方之愛和歸屬感，那麼他必然會一抒鄉愁，追思過往，迷戀傷逝悼亡、似水流年的情緒。有學者指出，懷舊劃分為兩種類型：「修復型懷舊」（restorative nostalgia）和「反思型懷舊」（reflective nostalgia），前者把過去描繪為黃金時代，試圖重建失去的家園，彌補記憶中的空缺，後者並不避諱現代性的種種矛盾，在廢墟、時間、歷史和夢境中低徊流連。[24]毫無疑問地，力匡的詩屬於「修復型懷舊」，缺乏省思批判的內涵。

22、力匡：〈零賣靈魂的人——文字工作者生活素描〉，香港《星島日報》1952年12月23日。

[22] 力匡：〈零賣靈魂的人——文字工作者生活素描〉，香港《星島日報》1952年12月23日。

[23] 百木：〈一間合意的屋子〉，列浦 莫河編：《力匡散文、詩歌遺作集》（新加坡：錫山文藝中心，2003年），頁14-18。

[24] 斯維特蘭娜‧博伊姆著，楊德友著：《懷舊的未來》（南京：譯林出版社，2010

（二）冷戰與神學

　　在力匡的文學生涯中，冷戰與家國、離散與在地化，緊密滲透在他的精神世界。張詠梅指出，中華人民共和國成立後，大部分左翼文化人北歸，同時，另一批對新政權抱有不滿或疑慮的文化人，南下香港，徐圖大舉，「因此在年代1950年代初期，右翼文化活動轉趨活躍。而美國也在此時介入，資助香港的文化活動，使情況更為複雜。」[25]關於美國在香港實施的文化冷戰計畫，張詠梅的分析如下——

> 　　美國一向實施「圍堵政策」（policy of containment），在韓戰爆發後，美國政府意識到文化陣地的重要，從政府到民間都成立文化基金，在全世界非共地區援助文化和教育工作，宣揚美式自由民主，在意識形態上抗衡共產主義，香港也是受援助的地區之一，當時既有由美國官方機構直接在香港展開活動，也有美國民間文化基金會等組織資助香港文化活動，甚至美國官方機構中，也有不同部門同時在香港活動，如美國新聞署、中央情報局等。各個組織雖然目標一致，但往往互不溝通，各自行動。他們資助文化工作者成立出版機構，出版書籍和刊物，使香港文化事業一時間蓬勃起來。[26]

　　根據張詠梅的研究發現，當時的香港有不少文化機構接受美國官方和民間基金組織的資助，例如：張國興主持的「亞洲出版社」，謝澄平主持的「自由出版社」，其中尤以友聯出版社的影響

年），頁46-63。
[25]　張詠梅：《北窗下呢喃的燕語：力匡作品漫談》（香港：洪葉書店，1997），頁6。
[26]　張詠梅：《北窗下呢喃的燕語：力匡作品漫談》，頁9。

最大而且最持久。[27]這裡明確指出力匡參與編輯的《人人文學》和《海瀾》，以及他參與創辦的高原出版社，直接受到「美元文化」的支援，服務於冷戰宣傳的需要。馬漢認為，力匡主編的《人人文學》當年受到香港的美國新聞處的資助，毫無疑問屬於美援文化，這是冷戰政治的產物。[28]美元因為是綠色的，所以美元文化也被戲稱為「綠背文化」。劉以鬯認為，《人人文學》和《中國學生週報》都是綠背文化的產物，有政治目標而不太重視商業利潤，「在『綠背浪潮』的衝擊下，作家們不但失去獨立思考的能力，甚至失去創作的衝勁，寫出來的作品，多數因過度重視思想性而缺乏藝術魅力。」[29]在1950年代的香港，自由主義乃是主流意識形態，左翼思潮不得人心，反共和恐共是社會意識的大宗。力匡居留港的八年，物質生活貧困，急需金錢支持，而他從事的文化活動也需要經濟贊助。彼時的香港，冷戰的大幕剛剛拉開，作為自由主義者的力匡，出於追求文藝理想和維持個人生計的需要，而與美元文化一拍即合，深度介入冷戰宣傳，也在所難免。

劉登翰指出：「力匡的詩，並不以對現實的敏銳反映見長，而以對內心感傷的浪漫情懷的抒發打動讀者。」[30]應該說，這句話只說對了後半句，因為詩集《燕語》的一大主題就是冷戰政治，不少詩或者影射大陸的共產政權，或者直斥中國和蘇俄的社會制度，表達對民主政治和自由文化的憧憬。這當然與力匡本人的自由主義政見有關。夏侯無忌在《燕語》序言中提到屈原放逐陵陽的典故，指出力匡寧願自我流放，也不願意妥協，這種類比有點誇大其辭。夏侯氏發現，力匡寄語香港島上的純潔青年人，不要被政治宣傳所欺

---

27 張詠梅：《北窗下呢喃的燕語：力匡作品漫談》，頁10。
28 盧瑋鑾 熊志琴編：《香港文化眾聲道1》（香港：三聯書店，2014年），頁145頁。
29 劉以鬯：〈五十年代初期的香港文學〉，氏著：《暢談香港文學》（香港：獲益出版事業，2002年），頁112。
30 劉登翰主編：《香港文學史》（香港：香港作家出版社，1997年），頁246。

騙，力匡在徬徨中看到樹枝發嫩長葉，對於未來又懷有希望。詩集《燕語》的第二輯曰「和平」，大量出現冷戰想像的詩作。力匡看來是一名基督徒，他多次在詩中運用聖經典故，不過，作為自由主義文人，他信奉的顯然不是原教旨神學（fundamental theology）而是自由神學（liberal theology），他從宗教角度談論冷戰，似乎又有「政治神學」（political theology）的含義了。力匡的一些詩譴責暴力革命和極權政治，露骨地表達其激進政見。〈和平〉寫他的秋日郊遊的經歷，竟然聯想到基督出生的典故，最後相信歷史的撥亂反正，和平時代終究會到來。[31]〈懷鄉〉出現這樣粗糙膚淺的說教：「日子總會變得更好的，／人類將會由冷酷走向善良，／愚昧的人終會覺醒，／縱道路仍崎嶇而且漫長。」[32]〈無題〉直接譴責大陸當局——

> 不要對我宣揚仇恨的學說，
>
> 我早已由那圈子跳了出來，
>
> 自從我接受了寬容的理想，
>
> 我就與過去的幼稚的偏見告別離開。

力匡反感階級鬥爭和革命論述，他慶幸自己能夠流亡海外，接觸自由主義理念，具有諷刺意味的是，流亡放逐不再是喚起人們的感傷自憐情緒的一個契機，反而是促進心智成長、走向世界主義的一種途徑。在這首詩裡，力匡坦承自己是個人主義者，他與晚期的紀德、尼采產生思想共鳴，他相信自己的的愛國主義是理性穩健的，注重個人的思想自由和人格尊嚴，不會走向具有破壞性的極端主義：「我愛我的祖國但沒有變態的狂熱，／我有自己的觀點但不強迫別人信仰，／我更不會諂媚無恥地歌頌異族的暴君，／說他

---

[31] 力匡：〈和平〉，見氏著：《燕語》，頁35-36。

[32] 力匡：〈懷鄉〉，見氏著：《燕語》，頁58-59。

是堅強的鋼或者人類的太陽。」[33]這裡的「暴君」顯然指的是馬克思、恩格斯、列寧、史達林等共產主義領袖，力匡的意識形態之偏執，由此可見一斑。〈夢〉攻擊對共產主義是「瘋狂的手」，它顛倒自然秩序，毫無邏輯性，荒謬絕倫，褻瀆神聖，剝奪了優秀者的特權，蔑視卓越的思想，沒有法則和方向，最終讓世界走向混亂。[34]〈愚昧〉這樣寫道——

> 看到了一些醜惡的臉譜，
> 我如同在一場惡夢中醒來，
> 我看到狼群披著羊皮坐在先知的座位，
> 說這已是屬於他們的年代。

這裡又出現著名的聖經典故，文學、政治和神學混雜在一起，無非是突出政治偏見而已。這首詩的其他片段寫道，「宣揚著偏見與仇恨，／把善良美好的事物關在門外」，「縱在這混亂而且愚昧的日子，／我願能更謙卑和平學會忍耐，／當我又看到樹枝發嫩長葉，／我知道美好的日子會再次到來。」[35]這裡的藝術技巧明顯薄弱，近乎標語口號。

力匡的第二部詩集是《高原的牧鈴》。徐速在序言中坦然承認香港文壇的封閉情況，讚賞力匡、楊際光（貝娜苕）等作家的苦心孤詣——

> 由於政治的偏見，出入境的限制，不僅將我們分成兩個世界；而且還形成了若干個小部落。在香港的文藝工作者，不

---

33 力匡：〈無題〉，見氏著：《燕語》，頁68-69。
34 力匡：〈夢〉，見氏著：《燕語》，頁73-74。
35 力匡：〈愚昧〉，見氏著：《燕語》，頁75-76。

但是跟國內的文壇隔絕了；就連臺灣、南洋的文藝界的活動，我們也覺得很生疏。但是，目前我所熟識的年青詩人畢竟還不算少，力匡，夏侯無忌，貝娜苔，以及正在埋首創作萬行長詩的趙滋蕃。他們都在為新詩的前途，辛苦的工作著。[36]

和詩集《燕語》不同，這本詩集中的大部分篇什是情詩，戀愛的喜悅與失戀的痛苦占據了多數篇幅，偶爾也有詠懷時事的作品，例如〈挽〉譴責蘇俄政治，為史達林的死亡而彈冠相慶。[37]

透過文學寫作而深度介入冷戰宣傳，混合自由主義與政治神學，這種獨特的寫法在詩集《燕語》中已經開始了，而且延續到《高原的牧羚》當中。下面這首詩痛斥俄蘇共產黨人是狡猾偽善的法利賽人——

> 你們還相信進步是由暴力推動的人，
> 你們還在心裡注滿憎惡與仇恨，
> 你們還以為真理能產生於狹隘無知，
> 你們還自滿於知識上的淺薄貧困。[38]

在這首詩裡，力匡憤怒譴責俄國的侵略本性和專制獨裁的傾向，製造暴力，販賣戰爭，背信棄義，與納粹訂立盟約。這些失敗的詩篇，近乎說教、謾罵和詛咒，顯示力匡缺乏理性的思考和基本的歷史理解，見證他的才情的枯窘和想像力的貧乏。

---

[36] 力匡：《高原的牧鈴》（香港：高原出版社，1955年4月初版，1961年11月再版），頁5。
[37] 力匡：〈挽〉，見氏著：《高原的牧羚》，頁23。
[38] 力匡：〈法利賽人〉，見氏著：《高原的牧鈴》，頁24。

力匡的小說作品也與冷戰宣傳有隱約的關聯。中篇小說《阿弘的童年》屬於自傳體成長小說，記敘力匡的童年記憶，這當中的姑姑離家的情節以及自然景物的描寫，顯然有意味深長的寓意。長篇小說《聖城》也屬於自傳體成長小說。關於《聖城》的寫作意圖，《海瀾》第7期（1956年5月1日出版）上的出版廣告寫的非常清楚，涉及力匡對共產主義的偏見和冷戰宣傳的意圖——

> 這是作者一本以廣州為背景的長篇創作，時間是由1944至1948。這段期間，是抗戰勝利與「解放」的一段歷史空隙。不合理如何產生的呢，人民如何為了希望消除這不合理而又接受了另一個更大的不合理，這就是本書企圖表現和說明的，自然，這通過了藝術的方式。

　　這部小說通過男主角「陳有藹」的大學生活的描述，表現力匡對生命、愛情的疑慮和探索，以及時代變亂帶給知識青年的思想衝擊。男主角最後離開了自己出生和長大的地方「廣州」，這個城市在他日後的追憶中閃耀著「聖城」一般的光輝，梁秉鈞指出，寫作這部小說中的力匡，「他的著眼點在生活在那時代政治文化底下的一堆男女，也對彼此分歧的政治取向有所理解。」[39]
　　力匡的小說集《長夜》包含12個短篇小說：〈心曲——A Rhapsody〉、〈初戀〉、〈長夜〉、〈江畔〉、〈商人的兒女們〉、〈瓷杯〉、〈父親的懺悔〉〈離家〉、〈點路燈的人〉、〈故事〉、〈哨子〉、〈沒有陽光的早晨〉。這些小說的故事情節無法坐實為力匡本人的經歷，其中至少有三篇作品批判了大陸當局，既是作家的個人感懷，也服務於當時的冷戰宣傳，下面舉例分析之。

---

[39] 梁秉鈞 鄭政恆編：《長夜以後的故事：力匡短篇小說選》（香港：中華書局，2003年），頁6。

〈心曲〉寫1940年代末期生活在海南島的「曼芸」一家人在戰亂中的不幸遭遇，可以說是一個感傷動人的「天涯孤女」的故事。一些段落反映了力匡對共產政權的偏見和恐懼，例如：「雷州半島的共軍在瓊西登陸成功，1950年4月23日晚，海口淪陷了！」[40]接下來的段落，提到解放軍占據曼芸的家，他們摧毀花園裡的剪春蘿，有人還粗魯地撫弄曼芸的鋼琴。朝鮮戰爭期間，曼芸的哥哥因為仗義執言，被關押在大牢裡，母親不幸病死，曼芸只好孤身逃離海口，流浪到香港。她原本是家境不錯的中產階級，現在竟然淪為紗廠女工，過著貧苦孤寂的生活。顯而易見，這篇小說把曼芸的痛苦不幸歸咎於共產主義在中國大陸的崛起。

〈長夜〉針對共產政權的不滿、厭惡和恐懼，所在多有。這篇小說敘寫普通百姓在新中國成立前後的遭遇。「齊然」和「李瑜」是一對青年戀人，他們在新中國成立前本來過著幸福的生活。可是，當大陸變色後，他們的私宅被官方侵占了，他們敬愛的中學老校長死於獄中，齊然迫於黨組織的命令，拋妻別女，去朝鮮戰場工作，不幸染病去世，留下妻子與襁褓中的女兒，孤兒寡母，艱難度日。故事的敘述者「我」是他們的中學好友，耳聞目睹其不幸命運，為之扼腕歎息，他出於對共產主義的不滿，流亡香港。後來，「我」的老父被抓進牢獄，地方政府催交欠糧，「我」被迫回鄉去交繳地稅。小說的不少段落有激烈的反共言論，結果，力匡筆下的人物淪為他本人之政治理念的單純傳聲筒，未能顯出人物的複雜心理和藝術經營的成功。茲舉例如下，底線為筆者添加——

> 是的，天總會亮的，然而夜實在太長太長了，多少<u>無辜的生</u><u>命已被摧殘</u>，已在苦難中倒下了，在這深沉可怖的長夜。[41]

40　力匡：〈長夜〉（香港：自由出版社，1954年1月），頁11。
41　力匡：《長夜》，頁32。

> 我等了一年，這一年，共軍攻陷了廣州，又赤化了海南！[42]

> 珠江畔長堤一家旅店開了個小房間，洗過澡，正想休息，區派出所的「同志」來了。他脫了那頂骯汙的嵌著紅星的灰帽，一下坐在椅上，把我的外衣壓在屁股底下。[43]

戰亂中的平民死亡被歸咎於共產黨人，解放軍占領海南被蔑稱為「赤化」，甚至連中共基層幹部的帽子在戴著有色眼鏡的主人公看來也是「骯髒污穢」的。這些詞彙顯出強烈的情感色彩。接下來出現了一段告白，近乎赤裸裸的政治宣傳——

> 於是我又搭上廣九鐵路的火車，背著簡單的行囊，以沉重的腳步再走過羅湖橋，黃昏，回首再看那邊苦難的祖國，小山上招展著一面醜惡的旗幟，蒼茫暮色中吹起了刺耳的軍號，那面旗落下了。我堅定地對自己的心許下願，除非這面旗永遠落下（不會再升起），我不願考慮回來。為了老年的一代，為了幼小的一代，我願奉獻出自己。從此，我努力地工作，為了對抗那宣揚仇恨的統治者，兩年來，我用口用筆向年青的一代敘述著信，望，愛。[44]

由共產黨人接管的大陸陷於「苦難」中，迎風飄揚的五星紅旗是「醜惡」的，軍號的聲音是「刺耳的」，統治者是「宣揚仇恨」的，年輕的主人公面向未來，暗自發誓要戮力抗爭，而他手中的武

---

42 力匡：《長夜》，頁35。
43 力匡：《長夜》，頁36。
44 力匡：《長夜》，頁41。

器卻是一枝軟弱的筆，以及抽象無力的宗教信條。主人公的亂世男女情變成了一個眼淚汪汪的感傷故事，連篇累牘的議論往往是幼稚的文藝腔——

> 青春是無價的，然而我已失去，十七歲的日子過去已有十年，我們這一代命定得擔負這二十世紀最大苦難，讓幸福留給小瑜那一代吧，幸福會來的，只要努力爭取。不會有一個無盡的長夜的，雖然此刻大陸和島上還有如許人沉睡未醒。我聽到第一次雞啼，東方的黎明就要來了。[45]

〈點路燈的人〉寫一批年輕的自由主義知識分子對中共建立的新政權表達的複雜情緒：興奮和失望、不滿與恐懼——

> 我們興奮地迎接著一支自稱是代表人民的軍隊，如同長夜裡等候太陽。……
>
> 當我們所在的南方城市易幟的第一天，我早早起來了就看到一個新的政權。……
>
> 但我們終於分開了，一個放逐自由蔑視人性的統治終非我能接受[46]。

> 我歸來了，十五年的歲月又已逝走，江山無恙朱顏改，我失去了的是太多了，我不知道該責備是那一班殘暴的「狼群」呢還是錯誤的時代。……我對祖國灰心，對全人類失望，對於自己，我也失掉了一切美麗的未來的夢想。……[47]

45　力匡：《長夜》，頁42。
46　力匡：《長夜》，頁84。
47　力匡：《長夜》，頁85。

共產主義、人民軍隊和新政權被反諷性地描繪出來，長大成人的主人公追憶逝水年華，痛感個人夢想的破滅，表達對於祖國和全人類的灰心失望。准此，力匡以文青筆觸寫下的陳腔濫調固執地指向了冷戰宣傳的套路。

受制於冷戰意識形態，居港期間的力匡雖然路子狹窄，才情不足，但在其大量的文學作品積極回應時代變化。力匡改編希臘神話故事，出版過一本通俗讀物，名為《諸神的復活》，署名「百木」。弔詭的是，基督教的核心主張是「一神教」，「摩西十誡」之一就是「不可信奉異教的神」，而古希臘的宗教是「多神教」。更重要的是，陷身於歷史漩渦中的力匡，編纂這本書的初衷不是為了普及客觀知識，而是企圖「夾帶私貨」，含沙射影地兜售反共宣傳。「代序」這樣寫道——

> 在希臘的神話，無論神，無論人，都是有血有肉的造物，愛神阿芙羅黛蒂和戰神艾瑞斯同樣能被塵世的長矛刺傷。希臘的神們有優點，也具有缺點，這在神話中並未被誰加以掩飾，來虛偽地說是完美，以圖獲取愚民的崇拜。……（省略號為引者所加）在對抗一些誇張集體、抹殺個人、製造偶像、欺詆群眾的主義，希臘神話是多好的文學武器呢？[48]

集體主義、個人崇拜、群眾路線等革命意識形態，在這裡淪為力匡憤怒批判的靶子，這就暗示出作者之編寫這本神話故事集的意圖：參與文化冷戰，復活希臘諸神，對抗共產政權。借助於隱喻、類比、誇張、反襯等修辭術，力匡效命於冷戰宣傳的意圖，至此已昭然若揭了，這何嘗不是一種另類的「政治神學」？

---

[48] 百木：《諸神的復活》（香港：自由出版社，1958年1月），頁2。

力匡的散文集《北窗集》也值得一提。其中一篇名為〈弟弟的來信〉，寫的是「我」離家四年，經常收到來自故鄉的「弟弟」的來信，信中提到他迫於上級命令，輟學，工作，無法照顧老母以盡職人倫。「我」讀了弟弟的來信，傷感憤怒，幾乎不能自己——

> 淚湧滿了我的眼眶，流下了我的雙頰，流在藍色的信紙上，字跡在淚眼中模糊了，就像隔著那流著雨水的窗戶看出去，我看不見那平日青翠的遠山了。把年青的人都趕出了家，讓年老的和幼小者孤獨無靠，這是一個怎樣的政權呢？如果說人類一定要追逐一個神聖的理想，那不是為的要年青的能夠工作，幼小者就可以自由萌芽！而不是像今日那些沒有人性的黨徒們所作的那樣，使哥哥要離開妹妹，使母親見不到孩子。[49]

力匡譴責官方政策導致百姓骨肉分離，文筆仍然是病態的感傷格調。這本散文集的其中一篇叫做〈寒夜書〉，字句異常犀利，不但對退保臺灣的國民黨政權表示不滿和失望，而且嚴厲譴責大陸的共產政權——

> 你也在讀歷史嗎？我近來常常為一些一再重複歷史底錯誤的人們生氣。舊的腐朽的政權過去了，代替的卻是如此的一班妄人。在口裡叫嚷著和平與民主，但心裡還是偷偷羨慕略輸文采的唐高漢武，或者想模仿那彎弓射大雕的鐵木真呢，是因為還有如許人企圖把時代拉回愚昧與專制，才需要我們更多地努力奉獻自己於理性與自由！[50]

49　百木：《北窗集》（香港：人人出版社，1953年7月），頁12。
50　百木：《北窗集》，頁50。

黑格爾說：「人們慣以歷史上經驗的教訓，特別介紹給各君主、各政治家、各民族國家。但是經驗和歷史所昭示我們的，卻是各民族和各政府沒有從歷史方面學到什麼，也沒有依據歷史上演繹出來的法則行事。」[51]力匡暗示他與黑格爾產生了思想上的共鳴，他對實用主義的歷史書寫深信不疑，他故意誤讀毛澤東的〈沁園春‧雪〉，為冷戰意識形態背書，而且把自我神聖化，擺出獻身理性與自由的姿態，但是恰巧暴露出其理性思考的匱乏。

　　毫不奇怪，作為自由主義文人的力匡，在詩論集《談詩創作》中主張精緻唯美的純文學，貶評左翼文學理論。第三篇〈最精練的語言〉這樣寫道──

> 　　詩是眾多的文學形式中的一種，而且是最高級的一種文學形式。[52]
> 　　詩是較短的、較簡的、也較精的文學形式。[53]
> 　　詩，需要更高的表現技巧和更深的對藝術的瞭解和感受是無疑的。[54]

　　〈風雪瀟橋驢背上〉輕蔑地談到文藝大眾化、左翼文學思潮和題材決定論──

> 　　他們批評主要的立足點是「政治意義」，哪一種題材是正確的題材呢？這得先看起是否讚美人民大眾，是否敘述「被侮辱與被損害的」，答案如果是肯定的，這作品選擇的題材就正確了，如果答案是否定的話，那篇散文或詩就有了反動的

---

[51]　黑格爾著，王造時譯：《歷史哲學》（上海：上海書店出版社，1999年），頁6。
[52]　力匡：《談詩創作》（香港：友聯出版社，1957年7月初版），頁5。
[53]　力匡：《談詩創作》，頁6。
[54]　力匡：《談詩創作》，頁6。

意識。[55]

公正地說，力匡的下述觀點言之成理，的確擊中了左翼文學的致命弱點——

因為評判一篇文學作品的優劣，是不能只用「政治立場」這唯一觀點的，詩並不是政治論文。就說要注意「意識」吧，也並不只是「政治意識」那麼狹隘的。人類的生活是多方面的，政治生活是其中的一面（正如經濟、宗教等等生活也是一面），詩可以描寫政治生活，但不能只限於政治生活；政治意識是可供批評時採用的一個標準，但並不是唯一的標準。（還有，你自己的政治意識就對了麼？）[56]

強調文學題材的廣闊豐富，避免絕對主義和獨斷論的批評標準，主張以靈活、彈性、綜合性的處理手法，衝破左翼文學的狹隘、教條和泛政治化，這顯示了力匡之文學觀念的開放和寬容。

（三）再移民與在地化

如前所述，力匡在香港居住了八年，沒有安適自在之感，他經常品味孤寂、困頓和挫折的滋味，最後產生了再移民、再離散的衝動。抒情小詩〈桅燈〉寫道，他離開喧囂的人群和熱鬧的街道，回到自己的小房，再次打開向北的窗戶，發現星空閃爍、船舶停息、海洋寧靜，一副安然寧靜的夜景，但是詩人說道：「我覺得自己留下已經太久，／而且我已厭倦了這畸形的地方。」心情煩躁不安的他，對心上人表達歉疚之情，尋找自我流放的機會。1957年

---

55 力匡：《談詩創作》，頁15。
56 力匡：《談詩創作》，頁15。

9月13日，離開香港前夕，力匡寫下感傷的小詩〈當我要離開這裡⋯⋯〉——

> 要是我在這島上一直孤單，／我從未愛人也未被人愛過，／我離開時就沒有牽掛，／我的心就不會痛楚，／／要是我們從來不曾見面，／沒有犯了人類最初的和最後的過錯，／這過錯使一個人的生命要依賴別人，／以後再不能孤獨而愉快地生活。／／我留下了我所有的寶藏，／只有你有鑰匙打開和關鎖，／我留下了我無憂無慮的微笑，／我留下了我在快樂時才唱的歌。

　　1958年6月，力匡初到新加坡，被人問及從何而來，他有感而發，於是寫下一篇散文，題目是〈一個香港人〉，其中這樣描述他的香港經驗：「我是一個香港人，不管我願意或不願意，我必須接受這個頭銜，這絕不等於說我對香港的一切都已同意，正相反，我怕在許多地方與這島上的事物都不協調。」中年的力匡，移民新加坡以後，家庭幸福，工作穩定，生活富足，心情愉快，在本地生活了三十多年，擺脫了匆匆過客的心態，正式變成新加坡公民，從此有了國族認同、地方之愛和歸屬感。力匡從教育部門退休後，享受政府的公積金制度，得以安度晚年。在〈新加坡的雨〉的篇末，力匡寫下一段質樸動人的文字——

> 我在這裡，一住三十年，一直沒有去意，原因雖不少，但都不是主要的理由。真正的原因，只有一個，我如今已是新加坡的公民，這裡是我的國，這裡有我的家！[57]

---

[57] 力匡：〈新加坡的雨〉，轉引自張詠梅：《北窗下呢喃的燕語：力匡作品漫談》，頁78-79。

2003年6月，新加坡作家莫河主編的《已故瓊籍作家力匡、李蘊朗、林秀合集》出版，收錄力匡散文23篇，讓我們得以窺見力匡的晚年心境。其中的〈城〉對全世界的主要大城市進行比較，說明自己不會選擇倫敦、紐約、莫斯科、東京等大都會，然後談到香港並且和新加坡進行比較——

> 香港如何？那裡風光如畫，坐纜車上太平山去「看老村」，到宋城區吃岳飛時代的點心，到海洋公園看海豚表演，都足以使人心曠神怡，只除了我，我在太平山下住了七年，有一段心碎的往事，我不想舊地重遊。我看，我大概只剩下一個選擇了，我只能在新加坡生活。我在這兒有正當的職業，有快樂的家庭，有人格高尚的朋友。這裡的食物比倫敦和紐約要好吃，天氣比莫斯科溫和，人人和我笑臉相迎，雖然物價在迅速上漲，差不多要趕上東京了，但這對我沒有影響，我有一張新加坡HDB的屋契，告訴我可以在這層樓住上九九年，由1956年到2055年！[58]

2003年8月，新加坡作家列浦和莫河編輯的《力匡散文、詩歌遺作集》由錫山文藝中心出版。其中的一些篇章很有趣味，例如〈國慶日說往事〉寫於1979年，力匡在新加坡十四周年國慶之際，從個人經驗出發，回顧新加坡獨立以來的社會發展，深感欣慰和自豪——

> 新加坡人民的生活日益幸福，就是渺小的我，也有了極大的改變。我起先只是作短暫的居留，然後是永久居民，然後，

---

[58] 力匡：〈城〉，莫河主編：《已故瓊籍作家力匡、李蘊朗、林秀合集》（新加坡：武吉智嗎瓊崖聯誼會，海南作家作品研究室出版，2003年6月），頁64。

我是新加坡共和國的公民了。……這個公民與這新生共和國一同進步，一同改變。[59]

　　力匡在此文還談到，公民可以自由購買政府組屋，行使投票權。他的〈香港仔的那一夜〉寫於1986年11月26日的新加坡馬林百列。垂暮之年的力匡，在新加坡已經定居了二十八年，如今安適自在，心情愉快，在這個時候回憶三十多年前他在香港的流亡生活，心情不再是寂寞困苦，而是變得溫潤灑脫。他筆下的香港不再是那個充滿敵意和失落感的傷心之地，而是一個友好開放、悅納異己的離散城市：朋友小黃的熱情助人，餐館老闆的慷慨大方，教堂的溫馨，風景的美麗，結尾的一句話令人感動：「在1952年，在香港仔，我唱出了我一生最值得紀念的一首歌。」[60]力匡的抒情詩〈當我們進入八十年代〉回顧1960-1970年代的世界歷史及其愚昧沉淪，相信1980年代的貞下起元、與時俱進，「不要再犯同樣的錯誤／也不可守舊不遷／那只是無用的廢物／別讓它把你壓扁／像華人要努力吧華人的根找回／就該以華語取代方言」[61]力匡的抒情詩〈八月九日——從這一天開始〉寫於1978年的新加坡國慶日，回顧新加坡的建國歷程，感慨邦國新造，歡喜鼓舞，讚揚國防外交的主權獨立、繁榮的經濟狀況、百姓生活的改善、多元種族的和諧共處。[62]根據新加坡報人黎達材的回憶錄，他當年親自把稿費親自送到退休在家的力匡手中，力匡對人民行動黨政府把新加坡這個殖民地建設成為現代化國家表示讚賞和感激，他欣慰於自己結束了漂泊生活，定居於此，壯有所用、老有所安，過著恬淡安逸的生活，人生至

---

[59] 力匡：〈國慶日說往事〉，列浦 莫河編：《力匡散文、詩歌遺作集》，頁23。
[60] 力匡：〈香港仔的那一夜〉，列浦 莫河編：《力匡散文、詩歌遺作集》，頁29。
[61] 力匡：〈當我們進入八十年代〉，列浦 莫河編：《力匡散文、詩歌遺作集》，頁128。
[62] 力匡：〈八月九日——從這一天開始〉，列浦 莫河編：《力匡散文、詩歌遺作集》，頁136-137。

此，夫複何求。[63] 力匡的〈啊！馬林百列〉寫他對自己在馬林百列（Marine Parade）的居住環境十分滿意。〈很長的假期〉、〈沒有時間表的一天〉寫退休生活的愜意，擺脫了工作限制，可以自由支配時間。力匡的散文小品〈蘇宅的黃昏〉、〈住在如切的三伯〉、〈「阿舍」的酸枝椅〉、〈下雨的眼睛〉展現新加坡的熱帶風景、民情風俗，他不再是置身事外的觀察者，而是融入本地的參與者，充分顯示其身分和心態的轉變。

　　晚年的力匡，生活在新加坡，懷著謙虛感恩的心情，回望香港和廣州。1985年，《中英聯合聲明》簽署之際，力匡寫下小詩〈香港〉，發表於《香港文學》，表達他對香港即將結束殖民主義、回歸祖國大陸時的欣慰之情：「我在香港時生活並不愉快／我覺得現在的香港比較進步／現在的香港比以前更好／明天的香港將比今天更好」。這種遠端民族主義（long distance nationalism）的情操，出現在力匡這位曾經的自由主義者的筆下，確實令人吃驚。力匡闊別香港二十七年，直到1985年12月，有機會故地重遊，儘管物是人非，他的心情依然平靜樂觀：「舊的香港，我生活過的香港，已成為灰燼。但由灰燼中，卻出現了另一個香港，新的香港，一如神話中五百年就要應劫一次，被烈火焚為灰燼，為輕煙的一隻鳳凰。」[64] 力匡在1958年離開香港時不承認他是香港人，可是二十八年後，他在一篇文章中宣稱：「我驕傲，我曾為香港人」，態度之巨大轉變，反應了他在新加坡的當下心境。他還說，願意以自己的親身經歷，反駁流行的「香港人沒有人情味」的刻板印象。張詠梅指出，力匡經過時間的過濾和空間的距離，漸漸忘掉了香港經驗中不愉快的記憶，突出流亡生活中的美好人性：「他晚期作品中的香

63　黎達材：〈老而難安的詩人〉，列浦　莫河編：《力匡散文、詩歌遺作集》，頁141。

64　張詠梅：《北窗下呢喃的燕語──力匡作品漫談》，頁85。

港人多呈正面的形象，跟過去的負面形象分別頗大。」[65]晚年的力匡，偶爾撰文回憶他早年在廣州的生活，撫今追昔之下，感慨於故國山川的煥然一新，也完全放棄了偏見和敵意。准此，這位輾轉於廣州、香港、新加坡的跨國抒情詩人，這位曾經深度介入冷戰的華文作家，終於實現了身份認同的轉變，而且在時間川流中治癒了心靈的創傷，這不是令人欣慰的結果麼？

二、天地一沙鷗：楊際光的抒情現代主義

在冷戰的年代裏，跨國離散的華文作家並不少見。與力匡相比，楊際光（1926-2001）的人生經歷更為曲折複雜：從上海逃難到香港，棲居多年以後，再漂流到馬來亞，又在暮年移民美國，「飄飄何所似，天地一沙鷗」，顛沛流離，令人感慨唏噓。

楊出生於江蘇無錫，上海淪陷期間，他生計困乏，受到日本兵的欺壓，後來從聖約翰大學英文系畢業。1950年代初期，楊流亡香港，擔任《香港時報》的譯員和編輯，以及《幽默》半月刊的主編，從1956到1959年，他還是香港純文藝刊物《文藝新潮》的主要作者之一。除了擔任編輯以維持生計，楊還發表不少詩和散文，翻譯西洋文學，筆名有「貝娜苔」、「羅繆」等。[66]1959年離開香港，移居吉隆坡，出任華文報《虎報》副總編，介入冷戰宣傳，也曾前往砂撈越，參與馬國政府交託的任務。[67]1963年擔任馬來亞電臺高級職員。1868年擔任《新明日報》總編，在香港出版詩集

[65] 張詠梅：《北窗下呢喃的燕語——力匡作品漫談》，頁87。
[66] 關於楊際光在香港的生活境遇和文藝活動，參看李維陵：〈懷楊際光〉，《香港文學》第41期（1988年5月5日出版）；盧因：〈遲悼楊際光〉，《香港文學》第211期（2002年7月1日出版）。
[67] 關於楊際光在馬國的生活經歷和《虎報》的政治立場，參看莊華興：〈落在香港、吉隆坡和紐約的雨：楊際光的離散現代性〉，香港《中國文學學報》第2期（2011年12月），頁327-338。

《雨天集》。在馬國居留期間，楊在《蕉風》雜誌上發表不少譯作。[68]1974年楊際光已在馬來西亞生活了十五年，原本打算終老於此，但沒有通過馬來文考試，無法獲得公民權，被迫遠走高飛，移民美國。在美國，為了養家餬口，他在紐約州小城Poughkeepsie開了一家修鞋店，長達二十一年。晚年，獨生子患憂鬱症自殺，楊氏集窮愁老病於一身，與妻子羅榮蘭相依為命。1997年退休，遷居美國華盛頓州城市Everett，四年後患胃癌去世。[69]

（一）純境：「一座小小的堡壘」

楊際光抵達香港之際，正趕上當時的難民潮，根據一位歷史學家的研究，1950年3月，香港人口激增到236萬人左右——

> 這些難民既有廣州的，也有來自更遠的地方，上海難民尤其把寶貴的人才帶入這個殖民地。轉瞬之間，上海就不再是中國的商業中心，那些使之成為商業中心的人才紛紛紛紛離去，業務也停頓了，隨即出現向香港的大逃亡。這個殖民地仍在艱難地重建日本占領期間遭到破壞的房屋，如此大量的人口湧入給政府帶來難以承受的壓力。許多新來者找不到住處，只得住在走廊、閣樓和馬路上，用任何能夠弄到的材料搭起簡陋的小棚。早先的難民傾向於反國民黨，新來者即使

---

68 羅繆：〈論艾略特的詩〉，《蕉風》第149期（1965年3月）；〈高爾基與蘇聯新作家〉，《蕉風》第155期（1965年9月）；〈猩猩〉、〈癱瘓的斷想〉，《蕉風》第212期（1970年8月）；〈方平的詩〉，《蕉風》第234期（1972年8月）；〈窮人的零錢〉，《蕉風》第234期（1972年8月）；〈帶路的人——介紹一本四十年代的詩集〉，《蕉風》第242期（1973年4月）。貝娜苔：〈舞臺上的原子之父〉，《蕉風》第151期（1965年5月）；〈韓馬修的日記〉，《蕉風》第152期（1965年6月）。以「楊際光」的名字，在《蕉風》第219期（1971年3月）發表演講稿〈現代人的生活與戲劇〉，這是他在吉隆坡「戲劇研究班」的講話，由彭宗明記錄。
69 楊際光：〈尋根何處？——一個四代家庭的聚散〉，參看氏著：《純境可求：楊際光晚年文集》（吉隆坡：燧人氏事業有限公司，2003年），頁43頁。

不是親國民黨分子，也多半是堅定反共的，這種情形很快就
引發了尖銳的對立。[70]

　　這一段話指出難民大多來自廣州和上海等中心城市，點明包
括力匡、楊際光在內的這些難民的困苦生活，也概括冷戰政治在香
港的表面化。以下的文字聚焦於三個關鍵字「離散」、「冷戰」、
「純境」，考察楊際光如何在跨國流亡生涯中追逐現代主義，如何
把現實人生中的苦悶徬徨轉化為高蹈遺世的詩學，抒情言志，自我
排遣，保持心靈的自由和開放。和力匡截然不同，楊際光拒絕在作
品中直接進行政治宣傳，他偶爾含蓄展露一下社會意識，極少表達
他對亞洲冷戰的看法，他企圖置身於動盪不安的時代之外，保持謙
抑中性的立場，在文字世界裡馳騁其卓越的才情。

　　在冷戰年代裡，文教領域的衝突自所難免，有人鼓吹革命政
治和左翼文藝，有人訴諸自由主義和反共文學。楊際光顯然是「純
文學」信條的堅守者。在《雨天集》的再版自序中，他坦然承認其
創作目的是發掘一己之內心感受，獨抒性靈，表現自我。[71]在〈前
記〉中，他對個人藝術觀之形成有誠摯的自白——

　　　我並不是在正常的環境裡長大的。等到長大，已經被投入一
　　個十分混亂的世界，一切都與我所習慣的感受那麼隔膜，互
　　不相容，過去戰爭留下的重疊傷疤，未來衝突的漸近的爆
　　發，帶來生活的動盪，精神的緊張，也造成了秩序與傳統的
　　崩敗，我侷處於外來和內在因素的夾擊中，無法獲得解救。
　　在極度的心理矛盾下，我企圖建砌一座小小的堡壘，只容我

70　法蘭克・韋爾什著，王皖強 黃亞紅譯：《香港史》（北京：中央編譯出版社，2007
　　年），頁490。
71　楊際光：《雨天集》（吉隆坡：雨林小站，2001年再版）之〈再版自序〉，頁VI。

精神藏匿。我要辟出一個純境，捕取一些不知名的美麗得令我震顫，熾熱得灼心的東西，可將現實的世界緊閉於門外，完全隔絕。[72]

中日戰爭和國共內戰造成的創傷記憶，籠罩在香港和東南亞的冷戰氣氛，傳統與秩序的崩潰，個人身世的飄零，無不使得楊際光心力交瘁，企圖逃避混亂的現實，選擇文藝作為避難所，在其中發皇心曲，聊以自慰。我認為，此乃歐洲象徵主義文學和現代主義文學的普遍現象：與外在世界隔絕而沉湎於內心，逃避日常生活，自我隔絕於社會或流派之外，追逐精緻唯美、晦澀頹廢的文藝，從生活場域中退出，轉向個人孤獨的經驗感覺，注重沉思冥想的氣質，在藝術的世界中自我陶醉。這種空中樓閣就是威爾遜所謂的「阿克瑟爾的城堡」（Axel's Castle），葉慈、瓦萊里、馬拉美、T. S. 艾略特、普魯斯特、喬伊絲等西洋作家，都是這種想像文學的代表。[73] 楊際光進而指出——

但因為我的詩主要只是留給自己看的「日記」，並沒有把許多人估計為對象，我的寫詩也就只選擇自己認為最能表達當時思想與情感的方式，自由而忠實地把這些思想與情感記載下來，只求能達到可能範圍內最完整的記錄。[74]

我的詩，只是我情感與思想生活的記錄，由於我的創作是以詩開始，詩也是我能更自由使揮的文字上的唯一工具，我常

---

[72] 楊際光：《雨天集》（香港：華英出版社，1968年初版）之〈前記〉，頁1。

[73] 艾德蒙・威爾遜著 黃念欣譯：《阿克瑟爾的城堡：1870年至1930年的想像文學研究》（南京：江蘇教育出版社，2006年），頁185-210。

[74] 楊際光：《雨天集》（香港：華英出版社，1968年初版）之〈前記〉，頁2。

像別人寫日記那樣寫我的詩。[75]

　　強調個人感受的自由表達，把詩視為個人情緒或感覺的記錄，因此楊詩具有高度的個人性、私密性、抒情親密性（lyrical intimacy），這種個人化詩學與時代主流迥異其趣，它是西方現代文學中的「純詩」（pure poetry）。所以，楊詩的文風更像是內心獨白（inner monologue）而非戲劇性獨白（dramatic monologue），它不要求被公眾知曉聽聞，而只是一些純粹個人的內心記錄。弔詭的是，這篇序言批評兩種文藝觀念：一是藝術與現實完全隔絕的唯我論，極端個人主義，藝術用來描述精神生活中變化無窮的動態軌跡，藝術於是變得神祕詭異，高深莫測；二是認為藝術不能超越於現實，這種觀念忽視了藝術中不可或缺的精神條件，使一切藝術的品質流於貧乏與膚淺。[76]實際上，前者是象徵主義或現代主義，為藝術而藝術論，純文學信條，後者指向大眾化文學、左翼文學、寫實主義，而楊的詩觀顯然屬於前者。這篇文章認為，健康的詩應該兼顧現實與人性不可分割，共同發展，不離不即，以現實為基礎，表現人類精神的最高追求，發揮現代詩應有的力量，使得藝術傑作中的優美崇高的終極素質在新詩中延續下來，然而——

　　　　但這堡壘的厚牆剛開始奠基，便被時代的雷閃摧毀無遺，我睜開醒覺的眼睛，發現已被投到外面廣大的世界。這個世界，雖然還是那麼混沌複雜，跟我的本性格格不入，我至少已經認清再沒有可供逃避的地方。於是我反覆逡巡，開始探求適應的途徑。

---

[75] 楊際光：《雨天集》（香港：華英出版社，1968年初版）之〈前記〉，頁2。
[76] 楊際光：《雨天集》（吉隆坡：雨林小站，2001年再版）之〈再版自序〉，頁ix-x。

然而我並沒有得到所希望的適應與平靜；相反的，我只感到更大的不安。這時我心裡不自覺地生長起同情與愛，它們迫我不得不努力向人類的前途培育一個希望，而且以適當的形式將這種希望烘托出來；然後再鞏固自己的腳步，向它緩步走去。[77]

　　完美詩想在混沌的冷戰年代中無從落實，孤獨個人面對時代風暴感到憂懼。考慮到人類前途，楊際光培養人道主義的愛與同情，而詩是一種表現這種微弱希望的形式，從個人出發，迂迴前進，抵達公共世界。楊在〈李維陵的畫〉這篇散文中提到自己當初移居香港，在報館當翻譯，生計艱難，與第一任妻子成之凡離婚，獨自撫養兒子，挑起教養的擔子，生活壓力很大。戰後香港，移民大量湧入，社會動盪不安，他在這個環境中感到憤怒絕望，幾乎難以支撐，所以在詩集《雨天集》中真誠地表示：希望建造一個小小的城堡，藉以逃避現實，緩解壓力。[78]

（二）純詩：抒情的技藝和政治

　　《雨天集》收錄新詩82首，分為五輯，分別是「雨天」、「前夕」、「戀歌」、「浮雕」、「開拓」。總體上看，楊詩綜合何其芳和李金發的風格：意象華麗繁密、跳躍性很強，色彩濃郁，文字不太流暢，表達曲折繁複，多用思想直覺化的技巧和大跨度比喻，有奇思異想，不乏晦澀難懂，見出詩思的敏感纖弱，主題大多是美好愛情的詠吟、生命況味的幽思、複雜人性的開掘，情感不以宣洩為快而是傾向於深沉內斂，有冷靜沉著、孤獨內省的氣質。在1950-1960年代的香港文壇，楊詩以其現代主義特質，引起評論家

---

[77]　楊際光：《雨天集》（香港：華英出版社，1968年初版）之《前記》，頁1-2。
[78]　楊際光：〈李維陵的畫〉，見氏著：《純境可求：楊際光晚年文集》，頁57-58。

的關注，例如鐘文苓認為：「我們終於看到了一些真正的詩，動感的聲音，富於誘惑的色彩，強烈的情感和美麗的思想。」[79]李維陵指出：「他的詩並不完全在於表達他自己，他深入地體驗了我們這一時代人類底共同的痛苦，悲鬱，愛情，憤恨和希望，他將現代詩灌注入濃烈的酵素，在極度的掙扎、發派和纏搏中，衝向了新的境地。」李維陵發現，楊詩有著強烈的現代色調，不能狹隘地歸屬於中國詩的範疇，很容易令人想起艾略特、奧登、波德萊爾、王爾德的深刻、銳利而又冷靜。[80]楊宗翰認為，楊際光處於守成和革新之間，同時兼有力匡、林以亮的格律派和馬朗、崑南的現代派之長處。[81]當然，也有評論家對楊詩的缺失做出中肯的評價，例如：與楊同時代的詩人崑南。[82]

像力匡一樣，楊際光對香港有負面的印象，極少描繪香港的景觀建築，偶而以隱喻方式寫都市的墮落。〈禮拜〉批判香港商埠中宗教的偽善和無力。邪惡當道，神性隱遁，物欲氾濫，庸眾畏懼死亡而拒絕末日審判，信徒的默禱頌詞是想不勞而獲，「禮拜」這種宗教儀式沒有真諦，唯有弱肉強食才是人世的法則：「諛詞氾濫於整齊的長椅行列，／默禱的中心只是不付代價的獲取，／誰又得知真諦寄身於不變的形式，／猛獸的利齒上總有存亡的片斷。」[83]這首詩令人想起1940年代香港詩人鷗外鷗的〈禮拜日〉，區別在於，

---

[79] 楊際光：《雨天集》（吉隆坡：雨林小站，2001年再版），頁124。

[80] 楊際光：《雨天集》（吉隆坡：雨林小站，2001年再版），頁129-132。

[81] 楊宗翰：〈臺灣《現代詩》上的香港聲音──馬朗、貝娜苔、崑南〉，臺北《創世紀》第136期（2003年9月），頁140-148。

[82] 崑南與王無邪、馬朗、楊際光等活躍在1950、60年代的詩人，他對《雨天集》比較挑剔，並且辯駁鐘文苓的觀點：「楊際光運用意象和隱喻時往往有點戰戰兢兢，瞻前顧後，於是，詩的音樂性被忽略，誦讀他的詩時，律動方面較刻板兒變化不大。沒錯，意象與隱喻方面，的確相當豐富，似略嫌太頻繁，像一件沒有聚焦主位的飾品。」參看崑南：〈挽救了詩的詩──讀楊際光《雨天集》〉，《香港文學》第206期（2002年2月1日出版）。

[83] 楊際光：〈禮拜〉，見氏著：《雨天集》（香港：華英出版社，1968年），頁97。

前者的格調深沉冷峻，後者以諷刺戲謔見長。楊際光對香港懷有矛盾的感情，數十年後他移民美國，撰文回憶說，「雖然我在香港住了只十多年，這十多年卻是我生命中最重要的階段。」[84]他承認香港不是他心目中的「純境」，這個小島對他的重要性，是因為他和朋友們在那裡相識，開始尋找他們的純境，「在我所經歷的漫長歲月中，香港只占了不長的階段——差不多十年。而且，離開的時候，一點不感惋惜，反而覺得輕鬆，如同排除了滿耳喧囂，洗脫了周身銅臭。可是離得越遠，走得越久，香港猶如一樽佳釀，越能發揮它的魔力，深深吸引著我。」[85]

可以理解，在離散流亡的狀態中，楊際光的現代抒情詩有不少傷逝懷舊的主題。《雨天》的文字精練簡潔，抒情沉潛內斂，體現典型的楊氏風格——

> 慢慢翻看記憶的書卷，
> 逐頁搜尋一聲親切的叫喊，
> 那曾淋濕過愛情的水珠，
> 倔強地依附於故居的門環。[86]

困居在逼仄的都市，適逢陰雨天氣，無法遊目騁懷，只能返歸自我，退守孤獨的內心。整首詩是喃喃自語的抒情聲音，猶如一曲私密的內心獨白。記憶化為「書頁」，水珠「淋濕」愛情，這是艾略特所謂的「思想直覺化」手法。作為聽覺意象的「呼喊」，轉換為可供搜尋的視覺物體，這屬於波德萊爾等象徵派詩人大量實驗

84　楊際光：〈詩人的憧憬——談林力安的詩和文〉，見氏著：《純境可求——楊際光晚年文集》，頁74。

85　楊際光：〈李維陵的藝術面貌〉，見氏著：《純境可求——楊際光晚年文集》，頁61-65。

86　楊際光：〈雨天〉，見氏著：《雨天集》（香港：華英出版社，1968年初版），頁3。

的「通感」手法。水珠「倔強」地懸掛在故園的門環上，兼具擬人修辭和特寫鏡頭。這些藝術手法的組合，傳達抒情自我對溫馨愛情的追憶，夾雜著惘然苦澀的情緒。〈靜空〉寫詩人對人生萬事的感悟：虛幻與真實，飄忽與穩定，相互交錯，無時或已，「靜空」既是天上風景也是心中感覺，令人想到蘇軾的名句「靜故了群動，空故納萬鏡」，但目的不在於表達曠達的哲理，而是在流徙動盪的生涯中遠離塵囂，懷想家園——

> 看我掌心的豐滿的地圖，
> 明天何處天明？
> 只有從未認識的故鄉，
> 透過塵囂，召我莫忘歸途。[87]

〈不朽的日子〉追思往日的戀情——

> 但溫情還是在追憶中綻出綠芽；
> 由紅而轉紫的薄葉夾在舊箚；
> 如霧的輕舞留跡於遠去的角隅；
> 膚色在愛情的炎陽下深暗而又淡了；
> 真純在心的麻木裡開出孤獨的小花。[88]

化抽象為形象的「思想知覺化」技巧，流利婉轉的聲韻效果，斑斕多姿的色彩搭配，舞姿似霧氣，愛情如炎熱，膚色由深而淺的變化，花朵感覺到的孤獨，這些是精巧動人的比喻、誇張和擬人。

---

[87] 楊際光：〈靜空〉，見氏著：《雨天集》（香港：華英出版社，1968年初版），頁87。
[88] 楊際光：〈不朽的日子〉，見氏著：《雨天集》（香港：華英出版社，1968年初版），頁9。

〈歲月〉以一往情深的筆觸，懷念往日戀人，期待鴛夢重溫：「久久的遠離種植懷念的藤草，／靜候早是這生活唯一的顏色。／林風今夜止步，你來歸的預兆，／神祕的和平掛在窗前的風鈴上。」[89]所有這些詩篇證明懷舊鄉愁是楊際光離散詩學之情感結構。《雨天集》還有一輯曰「戀歌」，收錄若干首纏綿動人的情詩，例如〈懷人〉組詩三首，追思對象很可能是楊的第一任夫人、後來的旅法藝術家成之凡（1928-），這段隱祕的情感在楊氏晚年的散文集《純境可求》當中多次透露。

除了傷逝懷舊、急景流年這個主題以外，流寓香港的楊際光也嘗試在日常生活中發現詩意和溫情，玩味生命中的美好事物，獲得短暫的樂趣，保持心靈的溫潤和生機。例如：〈桂枝〉呈現如此清新俊爽的筆觸——

> 我們細心精擇的桂枝尚未凋零，
> 釋出柔弱的溫暖，久久的幽香，
> 彌漫於一室仲冬的寂寞，
> 在壁燈的寒影裡，掩住你孤傲的靦腆。[90]

詩人寂寞地困居在斗室，寒冬裡的桂枝看似柔弱，但是它的溫暖和芳香給詩人帶來安慰。這裡以「孤傲的靦腆」把桂枝給以擬人化，真是神來之筆，令人聯想到孔子的名言「歲寒，然後知松柏之後凋也」，暗喻離亂中的詩人保持著忠貞操守，這種寫法近似於中國古典文學之詠物起興、借景抒情的傳統，例如屈原的〈桔頌〉和張九齡的〈感遇〉。楊際光的其他詩篇也有精緻的技巧，令人讚歎不已。例如〈秋日〉有繁密的視覺意象，色彩濃豔多姿，見出才思

---

[89]　楊際光：〈歲月〉，見氏著：《雨天集》（香港：華英出版社，1968年），頁17。
[90]　楊際光：〈桂枝〉，見氏著：《雨天集》（香港：華英出版社，1968年），頁12。

的敏感細膩、驚人的想像力以及反抒情主義風格。[91]

在「阿克塞爾城堡」中低徊流連的楊際光，有時從象牙塔中探出頭來，把憂鬱的目光掃向社會現實，對冷戰年代表達關注。下面舉出三首詩為例證。〈憐惜〉推出繁複密集的意象，充滿隱喻象徵，似有國族寓言的意味——

> 每一片枯葉，是幻想中的翡翠；／夏蟬的叫噪，可成空洞的預言；／雲霧也能摘落，編制披身的薄紗；／一潭死水，竟是自覓的嚮導。／／木房的穢氣過分濃密，／乳鴿罔視一切確實的展望、／愛撫和苦勸，要將嫩弱的指爪，／踢撻歷史，墮入盲目的傾跌。／／當陳舊的祭壇被沖塌，／億萬年的精華毀於無理的毒火，／一切置於憎恨與詭譎的基礎上，／瘋狂做成慈憐，絞架貌似聖像。／／需要的惟有巨大的一個揭破，／牢記一朵不萎的玫瑰／尚放揚芬芳，漫灑真誠的引導，／再大聲唱起自然的頌歌。[92]

中共在大陸建立政權後，發起一連串的政治運動：「三反五反」、「鎮壓反革命」、「抗美援朝」、「反右運動」、「文化大革命」，導致現代中國人的文化傳統、政治生態和道德觀念遭受了巨大的破壞。題目中的「憐惜」大概指的是流寓香港的楊際光，面對中國大陸，看到文化大革命的肆虐，忍不住對陷身在政治風暴中的故國家園，油然而生憐惜之意。第一節中「枯葉」、「夏蟬」、「空洞的寓言」、「雲霧」、「薄紗」、「一潭死水」等意象，隱喻當時中國的政治烏托邦和貧瘠的思想文化。第二、三節寫道，高壓禁錮中的中國社會宛如狹窄污穢的「鴿子籠」（「木房」），年

91　楊際光：〈桂枝〉，見氏著：《雨天集》（香港：華英出版社，1968年），頁6-7。
92　楊際光：〈憐惜〉，見氏著：《雨天集》（香港：華英出版社，1968年），頁35-36。

輕人（「乳鴿」）出於狂熱的政治衝動，做出打倒傳統的激烈動作，從理性墜入盲目。神聖的祭壇倒塌，精華蕩然無存，瘋狂破壞的行為到處蔓延，浩劫降臨大地，反而披上了聖潔的外衣。最後一段指出，需要有人揭破這個謊言，珍視世間的美好事物（芬芳的「玫瑰」）。整首詩透過曲折隱晦的隱喻，針對冷戰年代中國大陸的瘋狂荒謬表達不忍明言的哀痛。〈曠野〉似乎影射風聲鶴唳的冷戰政治：抗議的聲音被壓抑，歡樂的歌聲被消音，美好的事物不復存在，詩人只能表達苦悶的沉默，如此而已。詩人寫道，狂風追逼之下，歡欣的靈感無從自由表達，被迫壓抑在內心。愉快的歌聲只存在於遠古的時代，至今已消失了良久，柔弱的夜鶯消失在灰色的詩篇裡。「你我」如敵對的日夜，鬥爭不已，只為控制世界。結尾寫道，「且仰望我的手臂，它有不朽的目標，／指向太大的無限。」[93]這裡的「你」似乎指稱曠野，「我」指的是詩人，在混亂的年代裡追逐藝術的純境，這個不朽的目標超越了人世的疏忽和無常。〈長存〉有抽象的哲理色彩：「我們將追尋憂患的到臨，／像希望的新生在經驗裡成形，／去了的，是曾不能祛除的歡樂，／還有將要僵化的人造的殘忍。／／不要探悉平庸，不要分辨始終，／讓我在一次叫喚中送給你，／不會蒼老，不會饑餓。／／」[94]詩人對混亂而緊張的冷戰世界表達失望和憂心，他認為憂患將臨，歡樂不再，而人間的暴行大行其道，平庸的惡貫穿的歷史的始終。在這樣殘酷的境遇中，詩人把「純境」的文藝送給朋友，因為它不像人類那樣有生理變化（衰老和饑餓），而是亙古長存，直到永遠。此外，《雨天集》的第四輯「開拓」當中還有幾首詩歌，似乎也是含蓄指向冷戰政治，例如〈自由〉、〈暴風的午晝〉、〈拓荒者的出發〉等。

---

[93] 楊際光：〈狂野〉，見氏著：《雨天集》（香港：華英出版社，1968年），頁74-75。
[94] 楊際光：〈長存〉，見氏著：《雨天集》（香港：華英出版社，1968年），頁91-92。

儘管如此，楊際光的人文關懷和文化理想，在光芒消失的時代，顯得冷靜而頑強，令人肅然起敬。〈風暴〉這樣寫道——

> 風暴踏過搖擺的樹木，
> 透過無邊陰暗的潮氣，
> 向我窗上的閃光投落，
> 我聽見隱約的
> 近處深深的忍受，還有
> 愛的漸漸的成熟。[95]

　　落木蕭蕭，風暴乍起，詩人在安穩的居所中隔窗遠眺，坦然面對人世的挫折和困頓，決心在忍耐中培養深沉的、成熟的愛。這種人生態度近似於存在主義哲學的「自我承擔和相互關情」，也令人想起德語詩人里爾克的名言：「有何勝利可言？／挺住意味著一切！」我認為，楊際光的抒情小詩〈生命〉可以說是《雨天集》的壓卷之作，完美表現他一生追逐的「純境」詩學——

> 排擠在創造和毀滅中間，
> 我手裡有初獲的幼種，
> 將長出不可知的花和葉子。
> 所以我能從無知裡，
> 對你說深奧的哲學，
> 且在冬天給你聽，
> 去春和明春的晚雪的聲音。[96]

---

[95]　楊際光：〈風暴〉，見氏著：《雨天集》（香港：華英出版社，1968年），頁153。
[96]　楊際光：〈生命〉，見氏著：《雨天集》（香港：華英出版社，1968年），頁89。

因為擁有一枚「幼種」，所以雖然歷經政治的劫難，深信會有枝繁葉茂的明天；能夠從狂暴的歷史洪流中，承傳人類的智慧，也懂得在冷酷的環境中，憶念和珍愛一切美好的事物。毫無疑問地，這枚種子就是信心、希望與愛。

　　楊際光的一生，流離失所，命途多舛，他浪跡海外五十三年，其中在香港十一年（1948-1959），在馬來西亞十五年（1959-1974），在美國二十七年（1974-2001）。由於亞洲冷戰政治的影響，他被迫放逐原鄉，永絕家園，再離散，再移民，在流寓生涯中孜孜追求「純境」詩學，他把文學作為抵抗和反叛污濁現實的工具，數十年後，依然念茲在茲，這種高蹈遺世的姿態見證了現代主義與社會大眾的疏離、自我孤立和轉向內心的傾向，在當時的香港文壇，自備一格，引人側目。陳智德指出，與力匡、徐訏不同，「綜觀楊際光的詩，始終選擇內在的自我探尋、建構自足的內在世界，而不選擇具體反映或批判外在現實。他是以自我建構的方式來回應外在現實的問題，以象徵和暗示作呈現，建造可供精神藏匿的純境，亦同時自覺到自我建構的局限。」[97]楊際光的好友李維陵認為，「楊際光的素質、型性和風格，是徹頭徹尾地屬於現代主義的範疇的，他具體地體現了現代詩的成熟，徬徨和摸索。」李同時也辯證地指出，現代詩的局限性在於：這些作家與多難的世界與多難的人類的命運是脫節的，如果他們不甘心於單純地自我禁錮或自我逃避，他們必須正視這個沉重的現實。[98]這個看法可謂至論，也是對現代主義之普遍缺失的一個批評。

---

[97]　陳智德：〈五〇年代的純境與新視角──論楊際光〉，香港《作家》第7期（2000年10月1日出版），頁125。
[98]　楊際光：《雨天集》（吉隆坡：雨林小站，2001年再版），頁143。

結語：重返冷戰年代

冷戰延續了40餘載，為世界歷史、政治格局和文化藝術造成巨大的衝擊。香港作為大英帝國的殖民地，在冷戰年代扮演著前沿的角色，無數南來文人在這個年代經歷了跨國流亡的苦難滄桑，鄭樹森指出——

> 在東西兩大陣營的冷戰氣氛中，左右雙方在1950-1960年代香港華文社會，一直在意識形態上角力。當時退守臺灣的國民黨政府仰仗美援維持，可說是自顧不暇。香港的右翼文化如無美國資金的初步灌溉，在當日香港的經濟環境，恐怕早就夭折，遑論日後的茁長壯大，成為本土和獨立自主的力量。同樣，左翼如無中國幕後支持，恐連較為弱勢的經營也無法維持。當年相當激烈的左右鬥爭，雖也產生不少張口見喉之作，但也形成不少報章、出版及雜誌為文學提供園地，間接孕育香港文學創作的局面。[99]

尤為重要者，1948年，英國殖民當局宣佈馬來亞、新加坡進入「緊急法令」時代，直到1960年才宣佈正式解除，而其導致的反共、恐共的後果，更是罄竹難書。力匡、楊際光在香港、馬來亞、新加坡的生活經驗和創作生涯，恰好籠罩在冷戰歷史的氛圍當中。所以，冷戰政治、跨國離散和文學想像在他們那裡有或顯或因、割捨不斷的關聯，二人的區別在於：香港階段的力匡，曾經深度介入冷戰宣傳，晚年定居在新加坡，則與中國的政治現實達成和解；楊際光終其一生，孜孜不倦建立「純境」詩學以安身立命，曲折回應

---

[99] 鄭樹森：〈遺忘的歷史・歷史的遺忘——五、六十年代的香港文學〉，黃繼持 盧瑋鑾 鄭樹森：《追跡香港文學》（香港：牛津大學出版社，1998年），頁4。

世界歷史的變化。1991年，東歐劇變，蘇聯瓦解，標誌著全球冷戰局面的正式結束，世界歷史進入所謂的「後冷戰時代」。然而進入二十一世紀以來，隨著中國崛起和超級大國的政治洗牌，地緣政治格局為之一變，冷戰的幽靈似乎捲土重來。在這種衝突複雜的歷史條件下，如果我們重返1950年代的亞洲，重審華語文學中的冷戰表述，也許可以提供一些新的批評思考。

三、詞客哀時且未還：燕歸來與跨國文化網路

（一）燕歸來與「友聯社」

1950年代的香港，正是冷戰政治的前沿，英國、美國、臺灣當局和中國政府都介入了香港事務，多種政治勢力在此角力。根據歷史學家的研究——

> 戰後歷任香港總督及其同事發現，香港陷入四面楚歌的境地。中華人民共和國政府（北京）和中華民國政府（臺灣）都把香港視為中國領土的一部分，也都暫時擱置主權要求，在這個殖民地展開針鋒相對的活動和宣傳。美國政府敵視中華人民共和國，全力扶持臺灣當局。為了進行反共產主義聖戰，美國大肆利用香港的間諜設施，竭力阻礙香港經濟的發展。作為香港名義上的主人，英國政府夾在中華人民共和國（政治上極為重要）與美國（經濟上不可或缺）之間，只是聽任事態的發展，避免開罪中美兩國。在香港居民看來，這些強國往往無視他們的利益，真正為他們著想的是殖民當局。[100]

---

[100] 法蘭克・韋爾什著，王皖強 黃亞紅譯：《香港史》（北京：中央編譯出版社，2007年），頁494。

所以不難理解，在1950-1960年代的香港、臺灣，許多文藝家、知識分子和社團機構曾與「美援文藝體制」保持割捨不斷的關係，有的學者對此已有深入細膩的論述。在眾多南來文人當中，燕歸來是最知名、最有代表性、也最少被研究的一位。

　　燕歸來，女，本名「邱然」，又名「燕雲」，洋名Maria Yen，祖籍江西寧都縣，1928年出生於北平。邱父是北京大學教授、著名教育家（邱椿，字大年，1897-1966），與錢穆為至交好友。燕歸來在北平度過童年時光，抗戰軍興，北平淪陷，她與家人流亡南方，光復後回到北平。1950年，燕歸來在北京大學念了半年英文系就出走香港。1955年，她創辦國際筆會（總部設於倫敦之「國際作者協會」）香港分會，她也是著名文教機構「友聯出版社」的主要創辦人，擔任友聯研究所祕書長。燕歸來在香港從事文教工作，擔任「民主中國青年大同盟」祕書長，後來被張發奎創辦的政治組織「第三勢力」吸收，深度介入冷戰宣傳，是反共陣營中的一員健將。[101]

　　燕歸來在1950年代末、1960年代初，短暫南來馬來亞，充當教師、作家及報人。1960年代中期，離開香港，前往德國漢堡大學，攻讀博士學位，1970年代畢業，在瑞士蘇黎世大學任教，定居於此。燕歸來在1980年代創建「裴斯泰洛齊項目」（裴氏為十八、十九世紀瑞士教育家）。1994年，北京舉辦「裴斯泰洛齊教育思想國際研討會」，此時已年屆66歲高齡的「邱然」，擔任會議主持人

---

[101] 《張發奎口述自傳》（臺北：亞太政治哲學文化公司，2017年）介紹了由美國扶植的以反共、反蔣、追求自由民主為己任的「第三勢力」。白垚在晚年回憶錄中指出，「第三勢力的說法不自今日始，以前，國民黨是第一勢力，共產黨是第二勢力，其他一切民主黨派，統稱第三勢力，1949年以後，共產黨取代國民黨，成第一勢力，國民黨在臺灣，成第二勢力，當年第三勢力的民主黨派，在共產黨的統戰下，已潰不成軍，代之而起的，是流亡海外的民主人士，既不折腰留大陸，亦不跨海赴臺灣，他們以各種方式批判國民黨和共產黨，大陸和臺灣不約而同，稱之為第三勢力。年老的多是國民黨、共產黨、民盟的舊黨員，品流複雜。當中最單純的要算友聯，他們年輕，最有理想。」參看白垚：《縷雲前書》（吉隆坡：有人出版社，2016年）上冊，頁116。

之一，正是：無可奈何花落去，似曾相識燕歸來。[102]燕歸來早年在香港受洗為天主教徒，終身未婚，晚年罹患老年痴呆症，住進瑞士的養老院，遲至2015年尚健在人間。[103]燕歸來是知名文化人，創作多樣化，出版兩部報告文學：《新民主在北大》（英文版名為 *Umbrella Garden: A Picture of Student Life in Red China*）和《紅旗下的大學生活》、兩部散文集《謝謝你們，雲、海、山》和《梅韻》、一部個人詩集《新綠》、一部合著詩集《夥伴》等。

　　燕歸來在香港之最主要的成就是創建「友聯出版社」[104]，這是當時著名的文化－學術－情報組織「友聯社」的旗下機構之一。何振亞回憶說，友聯社創辦於1949-1950年之間。[105]奚會暲指出，友聯社的真正主要創辦人是陳濯生（陳思明）、徐東濱、司馬長風、史誠之、邱然（燕歸來）。1951年左右，燕歸來到新亞書院拜謁其父邱椿的至交錢穆先生，請其介紹幾位出色的同學，後來，錢穆推薦新亞書院畢業生余英時出任《中國學生週報》首任總編輯，不過為期只有三個月。[106]友聯社的主要成員是一批剛剛大學畢業的年輕人，宗旨理念是三大口號「民主政治、公平經濟、自由文化」。[107]歷史學家余英時曾經談到友聯社的創辦經過和文化活動，也提到燕歸來是其核心人物，她憑藉個人的容貌氣質和外語優勢，經常接觸

102　參看百度百科詞典「邱然」條目（https://baike.baidu.com/item/%E9%82%B1%E7%87%95/7636782）。

103　根據燕歸來妹妹邱同提供的資料，參看北京師範大學官方網站發佈的消息《邱椿先生生前教育研究手稿捐贈北京師範大學圖書館》（https://fe.bnu.edu.cn/html/002/1/201509/18505.shtml）上網時間是2015年9月29日。

104　友聯出版社成立的成立時間是1951年4月，參看黃繼持 盧瑋鑾 鄭樹森主編：《香港文學大事年表1948-1969》（香港：香港中文大學人文學科研究所，1996年8月初版），頁26。

105　盧瑋鑾 熊志琴編著：《香港文化眾聲道》第一冊（香港：三聯書店，2014年），頁15。

106　盧瑋鑾 熊志琴編著：《香港文化眾聲道》第一冊，頁55。不過，根據友聯總經理何振亞的說法，許冠三是友聯的創辦人，但不久即推出該組織，和孫述憲一起創辦了平凡出版社，參看此書之頁11。

107　盧瑋鑾 熊志琴編著：《香港文化眾聲道》第一冊，頁11，頁86。

美國官方機構的人士。余氏根據個人的觀察，準確概括友聯的兩大特徵：其一是其跨國、跨地域的特色，影響力超出香港，遠及於東南亞和歐美華人社區；其二是深入淺出地結合傳統中國人文觀念和現代西方普世價值，對一代又一代的廣大青年人的價值觀發生了啟蒙作用。[108]根據盛紫娟的回憶，燕歸來很有組織能力，擅長籌措經費，所以友聯能夠不斷壯大，在經濟方面不但自立，更買下大片土地，蓋了房子，賣給已經在美國的友聯人。[109]根據奚會暲的證詞，燕歸來學成歸來，擔任友聯研究所所長，業務繁重，經常和研究員研討中共政治、經濟、文化方面的發展傾向，又為《祖國週刊》寫文章，接待歐美以及其他國家的中共黨史研究者，甚至組織一個顧問小組，成員都是哥倫比亞大學、加州大學、香港中文大學的專家學者。[110]《蕉風》的主編白垚以一貫的浮誇筆調讚揚她：「燕歸來更本北大的五四精神，在市井閭裡之間，庠序殿堂之上，以《紅旗下的大學生活》，為自由與奴役辯證，為理想與現實較量，其人其言其行，1980年代同屬北大的柴玲，庶幾近之。」[111]

有人指出，燕歸來當年拿出自己第一本書的版稅，與一群志同道合的朋友創辦「友聯出版社」，成為友聯真正的旗手。[112]關於友聯社、友聯出版社及其《中國學生週報》，學術界已有人進行了初步考察。[113]為了展開反共宣傳，介入文化冷戰，友聯出版社出版

---

[108] 余英時：《余英時回憶錄》（臺北：允晨文化，2018年），頁137-140。

[109] 盛紫娟：〈燕歸來——邱然〉，香港《文學評論》第15期(2011年8月15日出版)，頁97。

[110] 盧瑋鑾熊志琴編著：《香港文化眾聲道》第一冊，頁65。

[111] 白垚：《縷雲起於綠草：散文・詩・歌劇文本》（吉隆坡：大夢書房，2007年），頁48。

[112] 盛紫娟：〈燕歸來——邱然〉，香港《文學評論》第15期(2011年8月15日出版)，頁96。

[113] 檢索數據庫「中國知網」後發現，中國大陸期刊發表了六篇論文，包括趙稀方：〈民族主義與殖民主義——「友聯」及《中國學生週報》的思想悖論〉，瀋陽《社會科學輯刊》2017年第4期（2017年8月），頁105-171；古遠清：〈為香港文學的發展鋪平道路——五、六十年代《中國學生週報》的文藝評論〉，新鄉《管理教育學

了大量的報章雜誌:《兒童樂園》、《中國學生週報》、《大學生活》、《祖國週刊》,目標讀者涵蓋中小學生、大學生和普通成年人,還壟斷東南亞的中學華文教材市場,大規模地、長年不懈地編選《友聯活頁文選》。友聯研究所、友聯編譯所也編著大量出版物,其中一些有強烈的反共色彩,例如《反共鬥爭與人類前途》(陳濯生、徐東濱合著)、《中共怎樣對待學生》(徐東濱著)、《紅旗下的大學生活》(燕歸來著)、《新民主在北大》(燕歸來著)、《中共的高等教育》(徐東濱著)、《中共的文藝工作》(趙聰著)[114]。奚會暲坦率地說——

> 友聯研究所有很多關於中共的資料,那時候任何人研究中共問題都要到我們「研究所」來,譬如人家講中共的什麼「三反」、「五反」,你來看,資料都有了,不然你怎麼找?我們很多資料是難民逃出來時,我們跟他們收買報紙。「研究所」也出版書籍(奚按:包括《江青正傳》)。[115]

《中國學生週報》經常發佈新書廣告,例如燕歸來的《紅旗下的大學生活》、蕭濟容的《中共怎樣對待工商業者》、吳惠民的《中共怎樣對待學生》、史誠之的《論中共軍事發展》、蕭獨的

刊》1996年第5期(1996年10月),頁53-56;古遠清:〈發掘三四十年代文學寶藏,促進相關文學繁榮——七十年代前半期的香港《中國學生週報》〉,黃石《黃石教育學院學報》1996年第1期(1996年2月),頁11-13;周惠娟:〈《中國學生週報》與香港文學發展的關係〉,汕頭《華文文學》2002年第3期(2002年6月),頁79-80;王豔麗:〈《中國學生週報》與香港文學的本土化〉,北京《中國現代文學研究叢刊》2013年第10期(2013年10月),頁75-82;王豔麗 曹春玲:〈香港二十世紀五六十年代刊物對中華文學傳統的傳承——以《中國學生週報》等為例〉,南京《揚子江評論》2015年第1期(2015年2月),頁87-91。

[114] 金千里:〈50-70年代香港的文化重鎮〉,香港《文學研究》第7期(2007年9月),頁168-176。

[115] 盧瑋鑾熊志琴編著:《香港文化眾聲道》第一冊,頁65。

《什麼東西專政》、岳鴻文的《細菌戰》，這些書籍都有激烈的反共內容。[116]所以，友聯社旗下的這些組織兼有書刊出版、學術研究、情報搜集等多種功能。燕歸來與友聯社同仁從事這些文化活動的目的只有一個，那就是進行反共宣傳、推銷自由主義。作為當事人的何振亞，在半個世紀後接受採訪時坦率承認：「我們可以說，辦《中國學生週報》是為青年辦一份刊物，所謂編輯政策是沒有的，反共是有的，除了這個就沒有其他政策可言。」[117]

　　燕歸來等人支援的《中國學生週報》創辦於1952年7月25日，停刊於1974年，在這漫長的二十二年當中，一共出版1128期，堅持使用「中華民國」紀年。所刊載的文章之主要內容是什麼呢？一是廣泛持久的反共宣傳，二是宣揚西方的民主文化和自由教育，三是推廣新亞書院的新儒家論述和中華傳統文化。總體目標就是反共不反華、反共不反殖，對廣大華族青少年進行意識形態宣傳。不妨概述一些文章的內容。例如：〈發刊詞〉含沙射影地攻擊激進主義政治使得人類文明面臨危機、中國文化遭到破壞，青年人面對這股「歷史的逆流」，實在無法保持緘默。[118]海外華僑青年回國升學沒有前途。中國新興政黨令人幻滅，青年人需要從惶惑中找出一條正義的大道。吳宓教授發表了《悔過書》，落得斯文掃地。中學生為了評選「勞動模範」而被迫淪為苦工。[119]留美中國學生避免正面觸

---

[116] 關於這些新書廣告，可以參看香港《中國學生週報》第1期（1952年7月25日）、第5期（1952年8月22日）、第6期（1952年8月29日）、第13期（1952年10月17日）。

[117] 盧瑋鑾 熊志琴編著：《香港文化眾聲道》第一冊，頁20。在這本書的第36頁，何振亞說出了這樣露骨的話：「我們當時的目的不是為香港人而搞，我們總的目的，在意識形態上我們是反共。實際工作上，我們做文化工作，你說宣揚也好，改變也好，但最終我們走不出這條路，就衰落了。」

[118] 香港《中國學生週報》第1期（1952年7月25日）發刊詞〈負起時代的責任！〉，據說作者為徐東濱。

[119] 華僑中學春陽：〈也談「回國升學」〉；工藝學院子奇：〈一封公開的信〉；〈吳宓的醜態〉；〈學生作苦工〉，上述文章均刊於香港《中國學生週報》第5期（1952年8月22日）。

及政治問題，但是一致對中共大肆攻擊。[120]中山大學政治系教授作了自我檢討，毫無尊嚴可言。開封師範學院的教師不配「萬世師表」的美名，簡直是衣冠禽獸。青島中學生暑假不許回家，必須接受思想改造。重慶的小學教師待遇降低，標誌大陸教育制度的破產。武漢縣市的地方幹部掀起了「三靠」運動。北京市黨員幹部進行時事測試，結果發現，大多數人的成績不及格。[121]廣州中學教師被迫交納苛捐雜稅。[122]湖北宜昌師範學校進行思想檢查，共產幹部嚴刑拷打學生。上海學校的考生寥落，青年人拒絕升學讀書。[123]中共加強控制教育，實行「員生連保」的制度。[124]大陸學生的身體健康水準普遍降低，肺病、神經質和貧血症最為流行。[125]從海外回國的同學必然會受到中共的蒙蔽和利用，淪為可憐的待宰羔羊。[126]蘇聯教育現狀極其糟糕，工人子弟讀不起高中。[127]值得注意的是，在對中國和蘇聯的文教事業和社會風氣進行汙名化的同時，《中國學生週報》對西方和港澳的文教事業給予毫無保留的讚揚，推銷自由主義教育理念。例如：柏林的「國際學生之家」消除了國家之間的隔閡，扮演世界主義教育的角色。南斯拉夫學生建設學生城，打破國界，實現天下一家。美國國務院新聞處的書籍展覽琳琅滿目。[128]

---

[120] 〈我留美學生團體在舊金山集會〉，香港《中國學生週報》第9期（1952年9月19日）。

[121] 〈學人的悲哀〉，〈萬世師表〉，〈暑假不許回家〉，〈大陸教育破產〉，〈黨報與「三靠」〉，〈氣殺毛澤東！〉，上述文章見於香港《中國學生後報》第4期（1952年8月15日）。

[122] 〈苛雜捐獻教師叫苦〉，香港《中國學生週報》第10期（1952年9月26日）。

[123] 〈宜師進行思想檢查，共幹嚴刑吊打學生〉，〈大陸公私學校今年考生寥落〉，香港《中國學生週報》第17期（1952年11月14日）。

[124] 〈中共加強控制教育〉，香港《中國學生週報》第13期（1952年10月17日）。

[125] 〈中共奴役政策造成惡果，大陸學生健康普遍降低〉，香港《中國學生週報》第13期（1952年10月17日）。

[126] 嶺英中學野驢：〈送一個受騙回國的同學〉，香港《中國學生週報》第8期（1952年9月12日）。

[127] 〈蘇俄教育現狀〉，香港《中國學生週報》第17期（1952年11月14日）。

[128] 〈各國學生合作創辦柏林國際學生之家〉，〈南國青年展開建設，外籍學生協助進行〉，〈美新聞處展覽圖書〉，香港《中國學生週報》第7期（1952年9月5日）。

美國的洛克菲勒基金會造福人類，貢獻至大。[129]芬蘭青年在荒島上建立學生城。[130]西方十二國學生領袖在西德舉行會議討論學生與社會的關係。[131]美國公私團體慷慨撥款資助外國學生深造。[132]美國大學教育實現三種不同訓練。[133]美國熱心人士解決亞洲學生的困難，籌建東方學生之家。[134]美國的鄉村學校組織完美；澳門學生成立自由學聯，為民主中國的實現而奮鬥。[135]准此，《中國學生週報》講述的「中國故事」都是負面消息，試圖以文教事業為觀察角度，塑造一個專制極權、天怒人怨、黑暗動盪、民心喪盡的中國政治景觀。不妨總結一下本刊編輯的思考方式和編輯手法：其一是比較中西文化時採用二元對立、本質主義、西方主義的思維方式和價值判斷；其二是在觀察中國政治治理時採取以偏概全、斷章取義、誇大其詞、極端主義的立場，以及有選擇性的、故意篩選新聞、完全一邊倒的報導方式。這樣一來，廣大青少年讀者翻讀《中國學生週報》以後，他們看到的不是純粹的事實和客觀的知識，而是「政治化」的事實，「意識形態化」的事實，「新聞化」的事實，甚至是「娛樂化」的事實。

友聯社的一部分資金來源正是美國的「亞洲基金會」，背後勢力是美國中央情報局和國務院新聞處。友聯社之所以能夠與亞洲基金會發生關係，這中間的牽線人正是燕歸來、陳濯生等人，他們

---

[129] 〈洛克菲勒獎學金造福人類貢獻大〉，香港《中國學生週報》第8期（1952年9月12日）。

[130] 〈芬蘭青年開天闢地〉，香港《中國學生週報》第9期（1952年9月19日）。

[131] 〈十二國學生領袖在西德舉行回憶〉，香港《中國學生週報》第10期（1952年9月26日）。

[132] 〈美公司私團體撥專款資助外國學生深造〉，香港《中國學生週報》第20期（1952年12月5日）。

[133] 〈美國大學教育三種不同訓練〉，香港《中國學生週報》第14期（1952年10月24日）

[134] 〈美國熱心人士發起籌設東方學生之家〉，香港《中國學生週報》第14期（1952年10月24日）

[135] 〈組織完美的美國鄉村學校〉，〈澳門學生發出吼聲，自由學聯即將成立〉，香港《中國學生週報》第21期（1952年12月12日）。

通過中央大學教授何義均的介紹，結識了亞洲基金會第一任負責人 James Taylor Ivy，兩者一拍即合。[136]根據何振亞的說法，當時友聯社的所有出版物都接受其資助。[137]根據張詠梅的研究，當時香港有不少文化機構，例如張國興主持的「亞洲出版社」，謝澄平主持的「自由出版社」，接受美國官方和民間基金組織的資助，其中尤以「友聯出版社」的影響最大而且最持久——

> 它在全盛時期設有研究所、出版社、雜誌社、印刷廠、發行公司、書店等，形成一個全方位的制度系統，出版了一系列適合不同年齡階層讀者的雜誌，有《中國學生週報》、《大學生活》、《兒童樂園》、《祖國週刊》等，其中持續出版了二十多年的《中國學生週報》對香港文壇有深遠影響。此外，人人出版社出版的文藝雜誌《人人文學》和人人文叢，徐速主持的「高原出版社」出版的文藝雜誌《海瀾》和文藝叢書等，都在一定程度上直接或間接受到美援資助。[138]

在接受訪談的時候，友聯的工作人員孫述宇把反共的動機全盤托出——

> 基本上我們知道《週報》是給香港的中學生看的，希望能夠給他們最好的教育，這樣我們的使命就算是完成了，就是這樣。而這最好的教育，有一方面是談民主自由和反共的，這一點當然很明顯跟美國人的資助配合，美國人主要就是反共。其實美國人拿錢來……錢的來源當然是美國納稅人所納

---

[136] 盧瑋鑾 熊志琴編著：《香港文化眾聲道》第一冊，頁27，頁33。
[137] 盧瑋鑾 熊志琴編著：《香港文化眾聲道》第一冊，頁25。
[138] 張詠梅：《北窗下呢喃的燕語：力匡作品漫談》（香港：洪葉書店，1997），頁10。

的稅，美國政府透過CIA——我暫且當作是CIA——拿一筆
錢出來，在國外做這些宣傳和對抗蘇聯的工作。[139]

　　為了充分落實冷戰宣傳，燕歸來所屬的友聯社還插手東南亞華
人社區，積極創辦一個「跨國文化網路」。當時的馬來亞適逢「緊
急法令」（Emergency Act）時代，英國殖民當局正在忙於清剿馬
來亞共產黨（簡稱「馬共」），需要一些青年人從事文化傳媒的
活動。後來，麻六甲州長、土生華人梁宇皋（1888-1963）邀請友
聯社派人遠赴南洋，開展文化宣傳，合力反共，共襄盛舉。[140]1956
年，友聯決定在新馬發展業務，當時先後過去的人員有燕歸來、
余德寬、陳濯生、奚會暲等，財政來源除了馬國僑領梁宇皋的支
持，還有新加坡電影鉅子陸運濤（1915-1964）的贊助。這個跨國
文化網路乃是一個非政府組織（NGO），其服務對象是南洋華族
青少年，為此實施了全方位、多形式、本土化的發展戰略，意在
精心佈局，廣泛滲透，宣傳反共意識形態，推行西式民主自由，
而且以中華文化為本位，鞏固華人社群的文化認同[141]。奚會暲回憶
說——

　　　　友聯的業務範圍很廣，除了出版《週報》新馬版外，還辦華
　　　　文教科書、《蕉風》雜誌、書店等等。我和古梅主要辦《學
　　　　生週報》與學生活動，後來黎永振與劉國堅來加強陣容，

---

[139] 盧瑋鑾熊志琴編著：《香港文化眾聲道》第一冊，頁131。
[140] 盧瑋鑾熊志琴編著：《香港文化眾聲道》第一冊，頁21。
[141] 白垚的《縷雲起於綠草》（吉隆坡：大夢書房，2014年）的這一段話可為佐證：
「1951年，友聯社在香港成立，1952年出版《中國學生週報》，除香港本版外，還配
合海外情況，出版了馬新版、印尼版、泰國版，設立通訊部，廣徵通訊員，報導當
地學生活動，其中以馬新版的反應最好，銷量也多。吾道能傳浮海去，1956年，將馬
新版擴大，獨立在當地編輯印刷，正名《學生週報》。我初來吉隆坡時，即在《學
生週報》當編輯，兼通訊部工作，與通訊員聯絡。」參看此書之頁35。

《學生週報》在新加坡與馬來西亞各城市設立據點，招收中學優秀人才做通訊員。除了辦與香港相似的活動，例如合唱團、戲劇、文藝創作等外，那邊的工作主要還是對華僑青年宣揚民主思想與保存中華文化。[142]

友聯社還在馬來亞創辦「生活營」，派出專人與學員親密接觸，發表一系列專題講座，舉辦創作比賽和辯論會，旨在訓練青年領袖，介入文化冷戰，從事反共宣傳。[143]燕歸來是友聯的高層決策者，在發展迅速、人手不足的情況下，她不得不身兼數職，包括從事外務斡旋的工作，與亞洲協會、香港文化出版界、美國領事館廣泛溝通交流。燕歸來遠赴新、馬一段時間，除了寫作之外，還常常在僑界發表演講，介紹友聯，宣揚民主思想，甚至經常去農村和有華人居住的偏僻地區，發表不同演說，有時由梁宇皋陪同。[144]正當盛年的燕歸來，風神琳琅，舌粲蓮花，一時成為萬眾矚目的焦點。四十年後，白垚使用誇張濫情的筆觸，形容其魅力所在——

> 燕歸來又名燕雲，她的明朗如滿月在空，她的親和如初陽在野，她的凝引如磁心在極，讓早期《學生週報》、《蕉風》的讀者作者通訊員，自自然然地仰望她、接受她、親近她，環繞在她的周圍，桃李繽紛，暱稱「燕姐」。她行止如雲流水動，進退之間，揮灑自如。[145]

---

142 盧瑋鑾 熊志琴編著：《香港文化眾聲道》第一冊，頁60。
143 盧瑋鑾 熊志琴編著：《香港文化眾聲道》第一冊，頁58。關於生活營的文藝活動，白垚（劉國堅）在其晚年出版的兩卷本回憶錄《縷雲前書》當中有詳細的描述，參看本書卷六關於白垚的部分。
144 盧瑋鑾 熊志琴編著：《香港文化眾聲道》第一冊，頁63-65。
145 白垚：《縷雲起於綠草》，頁50。

白垚對燕歸來傾慕不已，在吉隆坡機場與其送別後，還偷偷寫下一首名為〈紅塵〉的小詩，盛讚燕歸來為「牽引眾星的女神」。白垚指出，燕歸來不但鳳儀秀整，而且擅長演講辯論，頗能在觀眾中引起轟動：「燕歸來的知性和理性，讓無數的街頭標語顯得淺薄，讓無數狂呼的口號啞然失聲。她讓村夫知理，讓村婦知權，讓徬徨的知判斷，讓躊躇的知抉擇，讓他們用自己的手，投下自主的一票，掀開這塊土地上的歷史新章。」[146]白垚的《縷雲起於綠草》之其中一節〈當年雲燕知何處〉動情地寫道，1956年，多才多藝的燕歸來在馬來亞的金馬崙高原，為《學生週報》生活營創作一首〈生活營歌〉，充滿青春熱血，擲地有聲，後來由《學生週報》社長奚會暲譜曲，在馬國廣為流傳。[147]白垚還提到，1958年，燕歸來從歐洲回到馬來亞，在生活營中主講兩個專題，其中一個題目是「什麼是民主」，她侃侃而談，思路清明，論證民主不僅是政治制度而且是生活方式。[148]甚至在六十年後，白垚濃墨重彩地描繪燕歸來的風儀和文章，幾乎用盡絕妙好詞，彷彿女神歸來，傾城傾國——

　　　　更可思可慕的是，她的光熱所在不限於她的文章和志業，更
　　　　在於她人生態度的健朗煦和，她言行舉止的磊落明亮，這些
　　　　優美的氣質，讓周圍的人仰望感應，群相影從。如此種種，

146　白垚：《縷雲起於綠草》，頁57。
147　白垚：《縷雲起於綠草》，頁53。一些詩句如下：「我們生活在大自然裡，大自然是我們的榜樣，我們的心地像太陽、像太陽一般磊落明亮，我們的意志像岩石、像岩石一樣的堅固剛強，我們的活力像松柏、像松柏一樣勁拔青蒼，來，來吧，年輕的兄弟姐妹們，讓我們一同工作，一同生長，工作生長」；詩的下半段是「我們的情誼，像不枯的泉水，永遠、永遠不相忘，我們的抱負像雄偉的堡壘，矗立在馬來亞的高原上，我們是真理的追求者，誘惑打不動我們的心，打擊不能令我們退縮徬徨，來，來吧，年輕的兄弟姐妹們，讓我們一同工作，一同生長，工作生長，在這廣闊的大自然裡，緊緊團結、團結，來實現我們的理想。」
148　白垚：《縷雲起於綠草》，頁55。

不因時日久遠而淡忘，不因地域區隔而疏離，無論何時何年何月，無論她飄泊到何處何方，依然是我們心中永遠的燕雲、燕歸來。[149]

實際上，友聯出版社、《蕉風》、《學生週報》和美援文化的暗通款曲，在當時的馬來亞已經引起左翼人士的覺察，並且受到他們的揭露和批判。白垚的回憶錄《縷雲前書》記載了燕歸來的回應，但是缺乏說服力，有自我開脫、避重就輕的意味。

即便如此，友聯社的影響力在1970年代開始走向消退，全盛期過去，失去了在香港和東南亞文化界的重要性，這基本上是歷史的必然。其原因有三：第一是中華人民共和國加入聯合國以後，亞洲基金會對友聯的經費支持完全停止了。第二是許多資深成員有了家累，友聯社出現人才老化和人才外流的現象。第三是友聯同仁堅持冷戰意識形態，沒有因時因地制宜，走不出畫地為牢的困局，而馬來西亞的友聯社完全企業化了，形勢比人強，徒喚奈何。[150]作為友聯社之核心人物的燕歸來，曾在冷戰風雲中成為時代的弄潮兒，後來淡出文化界，遠走歐洲，聲華刊落，也是意料中事。[151]

（二）在文學、政治與神學之間

燕歸來不僅是報人、社會活動家，也是作家、政治異見人士、自由主義知識分子，在早年出版過不少文學作品。她曾經奉命寫作兩部報告文學：《新民主在北大》、《紅旗下的大學生》[152]。

---

[149] 白垚：《縷雲起於綠草》，頁59。
[150] 盧瑋鑾 熊志琴編著：《香港文化眾聲道》第一冊，頁40，頁67，頁75，頁135。
[151] 根據白垚在《縷雲起於綠草》中的交代，1962年燕歸來離開吉隆坡，久無音信。1983年白垚與燕歸來在美國休士頓重逢。2003年，友聯社創社52周年紀念在舊金山舉行，燕歸來因為身體不好，未能與會。
[152] 燕歸來：《新民主在北大》（香港：自由出版社，1950年），《紅旗下的大學生活》（香港：友聯出版社，1952年》。

為了向英文讀者展開反共宣傳，燕歸來與居住在香港的美國新聞處文化部主任麥卡錫合作翻譯《紅旗下的大學生活》，由美國的麥克米倫出版公司出版（Maria Yen, *Umbrella Garden: A Picture of Student Life in Red China,* London: Macmillian, 1954），前面有麥卡錫（Richard M. McCarthy）寫的序言。《紅旗下的大學生活》有自序「寫在前面」，正文有兩個部分，分別是「唯物論下的物質生活」、「黨化精神生活」，主要內容是中國大陸高校的大學生的政治化的日常生活，語調是嘲諷、抨擊和哀歎，材料經過了故意篩選，這本書的小標題是：「改組和消滅資產階級」，「物質生活貧乏」，「身體健康狀況堪憂」，「校園變成了牢籠和戰場」，「處處紅旗飄揚」，「學生會組織嚴密」，「工作繁瑣」，「落伍的體育」，「無聲息的宗教生活」，「娛樂活動變成了改造工具」，「學生生活一再被干擾」，「勞動創造了虛榮的世界」，「大家庭壓碎了小家庭」，「精神生活一片灰色」，「戀愛和結婚受到束縛」。在《新民主在北大》一書的〈後記〉當中，燕歸來哀歎民主、科學、自由在北大的消失，她還對一些香港左翼青年的回國計畫表示憐憫和嘲諷，最後一句話是「我不阻止他們去，我等著他們歸來」。總的看來，作者現身說法，根據個人在北京的生活經驗，介紹中共統治下的高等教育和大學生的精神面貌，從事冷戰宣傳，達到反共的目的。根據王梅香的研究，英文版《紅旗下的大學生活》後來在1958年於香港重印，而且發行到新加坡、馬來西亞、緬甸、泰國、印尼等東南亞國家。1959年後更被翻譯成日文、韓文、德文、印地語等9種語言，擴大發行範圍，在全球範圍內突然走俏。這種把文學進行政治化處理、服務於國際化文化冷戰宣傳的現象，在1950年代非常普遍。[153]

---

[153] 王梅香的博士論文《隱蔽的權力：美援體制下的台港文學》之第四章第二節，討論燕歸來的報告文學《新民主在北大》和《紅旗下的大學生活》如何受到美國新聞宣傳處的資助，以新聞自由的名義，隱密進行反共宣傳。

燕歸來於1950年代在《祖國週刊》和《海瀾》等刊物發表詩作，她有一部與人合著的詩集《夥伴》（1952），一部獨著的詩集《新綠》（1954），兩部獨著的散文集《謝謝你們：雲、海、山！》（1952）、《梅韻》（1954）。這些作品引起馬華文壇批評家的注意。[154]1957年，燕歸來的散文〈舊曆年〉和〈繼續飄泊的生涯〉以及詩歌〈新綠〉被編入《友聯活頁文選》，成為南洋華人中學生的教材。[155]

　　散文集《謝謝你們，雲、海、山！》收錄9篇散文，以風景、離散和冷戰為關鍵字，表達一名文藝青年的孤獨抑鬱、苦悶徬徨、以及內心搏鬥、自我分析之後的決斷和奮鬥，傳達冷戰年代跨國離散者的抒情聲音。這是燕歸來在1950年離開大陸、流亡香港時的內心獨白，有強烈的個人色彩、私人敘事、青春的哀怨和悲歡、理想的幻滅和追逐、離散漂泊的落寞、感時憂國的情懷。《中國學生週報》的新書廣告讚揚這本書有冰心、朱自清散文的藝術風格。[156]在燕歸來筆下，大自然的流雲、大海、高山都是人格化的物體，映照出離鄉背井的燕歸來，投身政治運動、遭遇重重挫折，難免產生的孤獨苦悶。於是，她走向自然山水，遊目騁懷，移情體驗，視之為可以傾訴心事的知己，所以，山水風物象徵凜然不屈的道德人格，這是典型的中國古典文學的套路。這類作品經常有模式化、程式化的特點：首先，從優美的自然景物的描寫開始，繼之以觸景生情，回憶自己深陷於共產中國的政治風暴中的經歷，現身說法，指點迷津，充滿激烈偏執的說教，最後敘事者從這種個人經歷中幡然醒悟，或者重申自由主義信念、表達冷戰宣傳的壯志，或者面對自然山水，表達智慧和信心。例如〈隨著浮雲消逝了〉寫道，有人追名

---

[154] 馬摩西：〈海外詩人燕歸來〉，新加坡《蕉風》19期（1956年8月10日）

[155] 白垚：《縷雲起於綠草》，頁60。

[156] 參看香港《中國學生週報》第6期（1952年8月29日）。

逐利、互相排擠，迷戀權力崇拜和拜金主義，幹著低俗卑下的事，卻受到世人崇拜，而普通小人物固然有德行和理想，卻湮沒無聞，不受重視。作者猶豫不定，苦惱不已，後來在大自然美景中，她忽然受到啟發，決心擺脫庸俗人生觀，做出嚴肅莊重的決斷。[157]〈繼續飄泊的生涯〉充滿離散流亡途中的內心糾結和艱苦思考。作者寫道，漂泊流亡到香港之後，為繁重工作所苦，生活拮据，身心疲憊，心情孤獨寂寞，拒絕了親人的勸阻和建議，堅持在友聯社從事自認為「有意義的工作」，結果，來自左翼陣營的攻擊漸多，而自己遭到別人的誤解，猶豫不定，在街頭徘徊，觸景生情，思念家鄉親人。這裡的離散書寫融情於景，有強烈的浪漫抒情和個人想像。燕歸來在孤獨苦悶的抒情調子之外，想到友聯同人的援手和支持，重新確認人文理想的可貴、聲應氣求的重要和追逐夢想的信心，在結尾處，燕歸來動情地寫道——

> 在天空裡，一片片的雲，各自過著寂寞而動盪的生活，終日飄忽不定。但是這一群浮游的雲碰在一起，卻構成一幅清雅而美麗的圖畫。它們自己雖然並沒有意識到自己的美雅，然而站在他們之外的人們卻看得清清楚楚的，卻在窗內呆呆地欣賞。在地面上，一個個孤苦正直的大孩子，各自過著清寒而顛沛的歲月，終日勞碌無休，但是這一群飄泊的大孩子碰在一起，卻做出一般人所不敢做的事，寫下歷史可歌可泣的一頁。他們現在可能還沒有完全察覺自己的工作意義，更可能在摸索、苦難中哀傷，然而在他們之上的上帝卻看得清清楚楚的，卻在一旁叉著手，側著頭欣賞、讚許那些義勇的行為和聖潔的心！浮雲不斷的飛翔。他們懷念不懷念家，我不

[157] 燕歸來：《謝謝你們：雲、海、山！》（香港：友聯出版社，1952年），頁10-18。

知道。我依然想家。但是，共同完成那可歌可泣的一頁吧，
我決心繼續自己長期飄泊的生涯！[158]

〈比人聰明〉寫作者在一個夜晚，觀賞月亮和雲彩的內心獨
白，其中包括對於民主集中制的揶揄和嘲諷。[159]

〈笑〉的開篇寫燕歸來在香港的太陽下、沙灘上的休閒經歷，
回憶自己在北大讀書時的不愉快經歷，抨擊中國大陸的官僚習氣和
陳規陋習對大眾的惡劣影響，導致宣揚仇恨的政治學說趁虛而入，
左翼勢力壯大，而自己因為拒絕迎合，在大陸格格不入，只能飄泊
異鄉。[160]燕歸來回憶高級幹部在北大做演講的情形，為他宣揚的你
死我活的階級鬥爭學說所震撼，她批判校園內的個人崇拜風氣、缺
乏言論自由、扼殺真情流露、導致奴性教育。在篇末，燕歸來號召
大家起而反抗之，學習大海的真摯、豪爽、盡情的笑。[161]〈做第一
等人〉批判粗暴殘酷的教育制度，認為它製造出來的是自私自利、
卑鄙齷齪的第三等人。在這篇文章裏，燕歸來還批判了中國大陸的
思想改造運動、周揚的社會主義文藝政策，她希望中國人做態度客
觀、度量宏大、擁護真善美的人。她認為，這種人組成的黨團代表
了全人類的希望，這才是「第一等人」。燕歸來聲稱，她願意做第
一等人，生死以之，百折不撓。[162]〈愛和恨〉說自己離開家國、流
亡香港，投身於政治組織「第三勢力」，創辦友聯出版社，為文化
冷戰而激情投入，親戚朋友勸阻她不要染指政治，她辯解說自己是
出於對真善美的追求，以掃除中國政治的假惡醜為己任。[163]〈入深

158　燕歸來：《謝謝你們：雲、海、山！》，頁27-28。
159　燕歸來：《謝謝你們：雲、海、山！》，頁37。
160　燕歸來：《謝謝你們：雲、海、山！》，頁37-48。
161　燕歸來：《謝謝你們：雲、海、山！》，頁47-52。
162　燕歸來：《謝謝你們：雲、海、山！》，頁63-67。
163　燕歸來：《謝謝你們：雲、海、山！》，頁78-81。

山〉訴說自己在世間遇到一些難以相處和無法欣賞的人，感到孤獨失落、格格不入，只有走入深山，在自然美景中才遇到知音。[164]〈不動〉從高山雲彩的形象姿態中獲得頓悟，表達堅毅勇敢、奮鬥搏擊、自我犧牲、獻身人類的信念。[165]〈前面還有更高的山頭！〉充滿自我激勵的昂揚詞句，顯然有曲終奏雅、卒章顯志的用意。

燕歸來的散文集《梅韻》收錄作品13篇。開篇就是〈梅韻〉。作者對比美豔驕傲的桃花和嬌怯恬靜的梨花，進而採用擬人化手法，狀寫梅花的貞淑莊麗、灑脫端方——

> 沐浴在潔白的雪片裡的梅，是最美最明輝的時候。她有鑲嵌在孤傲裡的俊秀，也有填補在堅貞上的玲瓏，既不莊嚴得使人不敢接近，又不嬌豔得逗開你褻玩的意圖。而她的冰雪聰明更令人驚美：她能使百花所畏懼的風雪，在她身上反成了美的裝飾——使風增添了她的韻致，使雪襯托了她的清新堅忍。……如果你對祖國已失去信心，那麼我要提醒你，梅花是我們的國花，梅魂是我們的國魂；如果你想找回失落了的國魂，為什麼不去訪梅？[166]

燕歸來以梅花自喻和自勉，她把中國傳統文化符號轉化為個人的生命意志，致力於冷戰事業。〈無形〉批判一些「新的思想體系」和「野心家們的欲望」這些無形的力量，譴責欺騙驅使戰士們在戰場上彼此廝殺，淪為戰爭的炮灰。[167]〈舊曆年〉寫解放後的第一個除夕，爆竹聲疏疏落落，顯得比平時緊張和淒慘。燕歸來回首抗戰八年，批判日本軍閥和中國官僚，也批判內戰的炮聲連續滾過

---

164 燕歸來：《謝謝你們：雲、海、山！》，頁83-93。
165 燕歸來：《謝謝你們：雲、海、山！》，頁95-106。
166 燕歸來：《梅韻》（香港：中國學生週報社，1954年），頁5-8。
167 燕歸來：《梅韻》，頁13-16。

舊曆年，是一首正題歡樂副題哀傷的詩，但如果把自己每個舊曆年的經過依次記下來，卻是一部充滿了人生苦樂和哲學的小史。在黑暗中，想到那不可預測的明年今日，想到哀樂無常，想到人生，想到人類的命運，預感到再度離散，不自覺地跪在神像面前，含著忍不回去的熱淚，很久，很久，很久不肯起來……真的又離散了。歡樂的舊曆年和流亡生活緊密地扣在一起。但流亡歲月不單是淒苦的，而是既豐富又悲壯的。兒童時代像囚犯盼赦似的迎舊曆年，青年時代像路經匪窩似的希望快些過去，現在，雖然不到壯年，但激盪的時代卻促使我們有了更成熟的抱負和目標。如果有歹徒在騷擾某地，我們大概不應只保佑自己快點過去就算了。在今天，在祖國的大陸，你能說一個年關不是一重苦難的標記？震耳的爆竹響了，又響了，不像你兒童時代的爆竹，放開了你的心花；也不像二次大戰勝利前的爆竹，催下了你的淚水；更不像解放後的爆竹，衝擊了你的希望。震耳的爆竹又響了，它在慶賀你反抗的決心，歡送你毅然走上前線，預祝今天少數人的犧牲，在明年元旦換來整個苦難同胞的大赦。[168]

在冷戰導致的漂泊離散中，燕歸來撫今追昔，展望未來，把個人的苦難滄桑轉化為奮勇前行的力量，使得本文成為她的文學作品中最動人的抒情聲音。〈敵友之間〉呼籲自由世界的各國朋友團結起來，對抗他們的共同敵人。[169]令人驚異的是，作為天主教徒的燕歸來，一方面譴責激進政治和暴力革命，另一方面卻把自己期待的

---

[168] 燕歸來：《梅韻》，頁75-76。
[169] 燕歸來：《梅韻》，頁42。

暴力給以合法化和神聖化——

> 有一天，兩大壁壘的鬥爭會進入慘烈階段的。那時候，我們
> 要殺死很多敵人。你如果問我為什麼要殺他們，我只好說，
> 因為他們是共產黨。因為一萬個共產黨中間，也許有九千九
> 百九十九顆心是烏黑的，但也還有一顆是潔白的。這顆心恰巧
> 在無意間被我發現了。[170]

此文還回憶一個穿灰制服的青年共產黨人，燕歸來聲言他不再
是自己的朋友，因為對方無論出於何種原因而已經走入了共產黨陣
營，僅此一點，足以定位他是自己不共戴天的敵人了，因此她發誓
要放棄個人友情，訴諸暴力和殺戮。[171]。

緊接著，文章中出現了一段令人毛骨悚然的描寫，見證燕歸來
深陷意識形態的牢籠，孤憤決絕，無力自拔，把暴力給予審美化、
奇觀化和合法化了。〈活躍〉寫朋友們調侃燕歸來近來很活躍，而
她把自己的反共活動等同於耶穌忍辱負重、拯救世人的偉大行為，
這篇文章多次出現基督教典故，一種激進的宗教宣傳呼之欲出——

> 我走在肩負著十字架的隊伍裡面，被罪人們用最適合加上他
> 們自己身上的字眼咒罵著，也屢次被他們推倒，而且還不止
> 三次。我緊緊地咬著牙根忍受著，自己慢慢地爬起來，繼續
> 背著沉重的十字架跛行……我吞下了和耶穌所受的相似的委
> 曲。[172]

---

[170] 燕歸來：《梅韻》，頁43。
[171] 燕歸來：《梅韻》，頁46。
[172] 燕歸來：《梅韻》，頁49。

那時我被釘在十字架上，你們瞪著血流如注的我狂笑，我也看著被我踢死的人的屍體微笑。是的，我不該殺人，不過，我是在戰場上殺的。當耶穌被釘在十字架上的時候，身邊只有約翰一位宗徒，可是今天的信徒卻佈滿天下了；當我們死在我們的十字架上的時候，也許敵人的狂笑會暫時淹滅我們的微笑，不過若干年後，那最後勝利的微笑，難道還會是屬於敵人的？[173]

〈像新娘一樣〉把共產黨人貶斥得一無是處，以聖經典故為比方，把反共視為上帝指定的偉業。[174]〈常奏的心曲〉是散文集《梅韻》的壓卷，長達32頁，作於耶穌受難日，由「我」（燕歸來）向「你」（基督耶穌）表達一腔的熱愛、祈禱、懺悔和讚美，類似一篇懺悔錄和主禱文，其中談到自己的政治事業：「今天，不知道有多少人在忍受饑餓、奴役的痛苦！無論如何，我還算能得到溫飽，並且沒有受到統治者的直接迫害。耶穌，把你分給我的這份快樂，轉贈給那些最不幸的人吧！讓我只分擔你的痛苦，只分擔你的痛苦！」[175]這種宗教論述在燕歸來的作品中所在多有。她之皈依天主教，起因於離亂生涯和政治運動中遭到的風險和壓力，希望透過皈依宗教，安頓身心，一償所願。友聯社的同仁盛紫娟指出，燕歸來在1958年8月去羅馬攻讀神學，兩年後回到香港。奚會暲說過，燕歸來從無神論者變成虔誠的天主教徒，每天一定去望彌撒，她的大幅度轉變令同仁感到困惑不已。余英時也為此感到驚異：「她在香港時已信了天主教，中年以後（大約在七零年代末）她到德國去進了修道院，宗教信仰竟成為她的人生歸宿，這是我意想不到

---

[173] 燕歸來：《梅韻》，頁50。
[174] 燕歸來：《梅韻》，頁73，頁75。
[175] 燕歸來：《梅韻》，頁84。

的。」[176]

　　燕歸來另有詩集《新綠》，其中的意象多有古典文學的影子，例如：松、竹、梅、蘭之類，主題較多重複，多是宣揚自由世界、以維護真善美為己任，有其固定的寫作模式，手法比較稚嫩，技巧單調，想像力也很貧乏。這些詩歌大多以寫景抒情開篇，繼而說理議論，終以自我激勵的昂揚調子結束，有的通篇都是標語口號式的詩句，表達粗糙露骨的反共宣傳。這部詩集收錄20首新詩，寫於1953年3月到1954年1月。開篇就是〈新綠〉，最後兩節寫道——

> 力佈滿天下，／嫩占據尖端，／青草變天涯，／維護真善美的人們，／聽見了它們的話？／／散佈在宏偉自然中的話，／讓人們細細尋找，／新苗處處，／捲起自由浪潮；／追問新綠，／「又深、又廣、又高！」[177]

　　這裡的「新綠」隱喻燕歸來這批右翼青年，「力」就是他們的熱情、意志和理想的傳神寫照。〈鳥語〉中的「不倦鳥」任日沉月落，山呼海嘯，不斷飛翔，觀察世間，也曾窺見尊榮和屈辱，也曾熱淚長流，願意仍為飛鳥，不落塵俗，最後發出「血染碧海」的誓言，去追求「真理和道路」。[178]〈君子竹〉中的抒情主體是君子竹，它以堅挺筆直的枝子支撐軟弱的人心。[179]〈三個姑娘河裡走——仿民謠〉污蔑新婚姻法是表面文章，導致農村少女無法自由戀愛，後來被委員和村長凌辱了。[180]〈峰巒挺秀〉的抒情自我自比為

---

[176] 盛紫娟：〈燕歸來——邱然〉，香港《文學評論》第15期（2011年8月15日出版），頁96；盧瑋鑾 熊志琴編著：《香港文化眾聲道》第一冊，頁63-64；余英時：《余英時回憶錄》，頁138。

[177] 燕歸來：《新綠》（香港：友聯出版社，1954年），頁5-6。

[178] 燕歸來：《新綠》，頁22-26。

[179] 燕歸來：《新綠》，頁38。

[180] 燕歸來：《新綠》，頁47。

孤單的小樹，面對荒山絕壁、蒼空寒鴉，它無所畏懼，仍舊傲然挺立，自問自答。[181]〈向上探〉寫於1954年1月，批判宗教信仰自由的落空，表達燕歸來對天主教的虔誠信念。[182]〈雙十之禱〉寫於1953年10月，類似標語口號，在國民政府的國慶日，燕歸來提醒人們：「昨天是封建專制，／今天是暴政極權，／革命尚未成功，／不許收弓斂箭！」[183]〈雄獅〉寫一名少女在深山中救起一隻垂死的雄獅，詠物起興，以此為喻，鼓舞青年同盟軍奮力作戰。〈跨上戰馬〉寫詩人披甲上陣，跨上戰馬，反擊暴君，追求民主和主權。陳智德說：「燕歸來的詩作大多以寫景為題材，但在婉約的詩句中，另有『反共』寄託，寫景的氣氛中，間有『豺狼橫臥要津』、『山腰出現鐵騎』、『大雪阻隔了倦鳥歸家』的詩句，自比激烈的口號高明，也點出當年一整代『破國亡家』者的集體處境。」[184]這是大體準確的看法。

燕歸來和同仁合著的詩集《夥伴》在1952年9月出版第一版，當年10月推出第二版，其中包括燕歸來自己創作的10首新詩，內容大多是她剛到香港不久的內心狀態。序言如此寫道——

> 把這本小小的詩集，鄭重地呈現在讀者之前。詩，是心聲；是情感的精練表現；是人性的發抒；是靈性觀照與感性奔流的融煉。這裡選錄的詩是幾個年青詩人的作品。他們有熱情，有理想，有憤懣，也有哀傷。時代的混亂和人生的暗影折磨著他們的心靈，但他們勇毅的心靈要探求光明的希望。光明和希望屬於一切勇毅的心靈。把這本小小的詩集，鄭重地呈現給一切勇毅的心靈。

---

[181] 燕歸來：《新綠》，頁51。
[182] 燕歸來：《新綠》，頁95-97。
[183] 燕歸來：《新綠》，頁63-64。
[184] 轉引自黃梅雨：〈似曾相識燕歸來〉，吉隆坡《南洋商報》2006年5月18日。

〈同同〉寫自己回憶十年前厭棄人世，傷心絕望，離群索居，孤獨苦悶，如今長大成人，環顧世界，找不到純潔的愛和善的蹤影，也沒有真摯的笑和美的贈送，於是，抒情自我希望上天降下狂風霹靂和閃電暴雨，毀滅世界萬物。[185]這顯然有些幼稚的憤世嫉俗的味道了。〈夜曲〉寫詩人在微風輕拂的夜晚，輾轉不寐，夜夜懷念古都北平，感嘆自己偏偏生在「紅潮氾濫」的動盪時代，被迫獨自流亡，品味淒清和悲戚的滋味。篇末這樣寫道：

> 願微風送來小舟，
> 願窗簾化作長堤，
> 恰恰攔住紅潮，
> 恰恰由南而北，
> 恰恰載我歸去。[186]

白垚認為，燕歸來雖然沒有寫出以馬來亞為背景的文學作品，但是，「歷史已經證明，她為友聯社闡述的文化自由理念，在生活營播下的文學自由創作精神，通過《學生週報》和《蕉風》的實踐，豈止跨進馬華文壇的門檻，且直入馬華文學的殿堂，扳倒神祇，改變了二十世紀馬華文學的整個精神面貌。」[187]這番話儘管有些誇大其辭和歪曲事實，還是肯定了燕歸來對友聯社立下的汗馬功勞。

概而言之，燕歸來作為社會活動家和文化名人，在香港、東南亞創辦跨國宣傳機構和報章雜誌，是這方面的文化建制的重要推手。友聯社是冷戰年代裡重要的跨國組織，具有綜合性、系統化、制度化、國際化的特點。燕歸來以文化參與的方式，組織出版社和

---

[185] 燕歸來等：《夥伴》（香港：友聯出版社，1952年），頁16-18。
[186] 燕歸來等：《夥伴》，頁46-48。
[187] 白垚：《縷雲起於綠草》（八打靈再也：大夢書房，2007年），頁60。

研究所等文教機構，從事政治宣傳、情報搜集、學術研究的三重工作。她參與創辦《祖國週刊》、《中國學生週報》等報章雜誌，擴大發行，遠至東南亞，建構國際性的文化網路，改編和翻譯代表性的反共文藝作品，形成跨語言、跨區域、跨媒介的宣傳活動。燕歸來等友聯同仁，講究本土化、在地化的發展策略，設置文化生活營、野餐會、演講辯論、徵文比賽等活動，聯絡作者、編者、讀者，提供一個交流互動的平臺，收編東南亞華人青年，深入廣泛地從事冷戰宣傳，對抗方興未艾的共產運動，宣揚民主自由和普世人權。

和其他作家比較起來，燕歸來還有兩點值得矚目，即，她的「女性作家」身份和「宗教信徒」身份，這使得她的作品在冷戰、離散、國族、文學這四個關鍵字上，又增加了「性別」與「神學」的兩個維度。所以，冷戰政治、文化參與、宗教神學，在燕歸來那裡，是交相為用，互為表裡的。由此產生如下四個問題：第一，她在離散境遇中表述國族政治，情動於衷，託物言志，揮筆寫下的散文與詩歌，從中國古典文學中選擇意象套語，移情於自然山水，後者是道德人格和政治理念的投射，她在表達文化冷戰這個主題上顯出固化、模式化、程式化的特色。第二，論及國族政治和國際時事，燕歸來的思維方式在自由世界／共產中國的二元對立的框架中展開，具有簡單化、極端化、本質主義的特點。第三，燕歸來在離散境遇中表述政治議題時，她的「女性身份」被自動遮蔽和壓抑了，沒有走向跨國女性主義或者跨國弱裔化，而是自覺轉換為「去性別化」、中性化、甚至男性化的人物角色，戴著人格面具強力發聲，帶有陽剛氣質和雄渾崇高的風格，弔詭地回歸和鞏固了父權制民族－國家的話語實踐，而女性的自我認同和性別政治遭到了擱置、遺忘和遮蔽的命運。第四，燕歸來的冷戰敘事常有宗教意識的流露，主要是天主教思想。眾所周知，忍耐順從、反對暴力是聖經

的大宗論述，而燕歸來鼓吹的暴力論調與之背道而馳，難以自圓其說，這構成了一道諷刺性的文學風景線。

四、（偽）自傳及其不滿：白垚、冷戰與馬華文學

　　從友聯社走出來的中堅分子為數眾多，白垚即是其中之一。白垚，本名劉國堅（1934-2015），出生於中國廣東東莞縣鄉下，在故鄉接受私塾教育。1949年，中華人民共和國成立。白垚與家人流亡香港，他從培正中學高中畢業，旋即去臺灣留學，在臺灣大學歷史系讀本科。1957年11月，大學畢業後回到香港小住的白垚，四處謀職，有幸被招聘到友聯社。不久受命南下新加坡，主編《蕉風》和《學生週報》。兩年後，兩刊遷到吉隆坡，他又前往馬國，董理編務。白垚活躍於大馬文教界與表演藝術界，曾以「劉戈」的筆名寫出歌劇〈漢麗寶〉、〈中國寡婦山〉。1981年，不知何故，白垚舉家移民美國。2007年，七十三歲的白垚，出版平生第一部著作《縷雲起於綠草》，含小說、詩、劇本、散文、雜集，皇皇500餘頁。2015年，白垚在美國去世，身後出版兩大本的回憶錄《縷雲前書》，還是未竟之作。白垚在其漫長的一生中，輾轉漂泊，放逐流亡於六個國家和地區：中國大陸、香港、臺灣、新加坡、馬來西亞、美國，而他與冷戰政治、馬華文學的複雜糾葛，則是其中兩大亮點，值得反覆探討和辯難。

（一）馬華文學拓荒者

　　白垚的主要職業是報章編輯，同時從事新詩、散文、劇本寫作，被公認為馬華文學的拓荒者之一。白垚的貢獻首先在於馬華新詩的革新，推動現代主義，據其自述：「馬華文壇的文學反叛，始於現代詩，1950年代的新詩再革命，始於《蕉風》。1955年《蕉

風》在新加坡創刊。1959年遷吉隆坡出版，以『新詩再革命』突破文學的慣性，1969年以『播散現代主義』增生文壇的氣力。」[188]溫仁平在〈白垚——現代主義的弄潮兒〉一文中提到，1978年他參加馬華文學研討會，討論馬華現代主義的源流，認為白垚的〈麻河靜立〉可能是第一首馬華現代詩。溫從《蕉風》與《學生週報》尋找資料，然後精準指出：「那年代現實主義所謂realism，真是磐石一塊，新加坡與半島的左翼文藝理論家完全控制了話語權：苗秀、趙戎、忠揚、杜紅、韓山元、陳雪風」，他們與新加坡學運關係密切，以魯迅為精神導師，高舉民族主義和愛國主義大旗，現代主義文學處境艱難。[189]受中國「五四」運動的影響，新、馬華文新詩長期以來以寫實主義為大宗，感時憂國，涕淚飄零。至於1950年代末、1960年代初，英國殖民當局為了防範共產主義，禁止新、馬從中國大陸進口書籍，新、馬作家被迫轉而閱讀來自臺灣、香港的文學書刊。臺灣詩壇當時是三大流派的崛起和競爭：紀弦的「現代詩社」，覃子豪的「藍星詩社」，洛夫和瘂弦的「創世紀詩社」。此時，白垚恰好在臺灣大學歷史系讀書，熱衷於校園文學，接觸臺灣現代詩，受其濡染甚深。

1959年3月，第137期的《學生週報》首刊現代詩，白垚發表小詩〈麻河靜立〉。一個月後，《蕉風》改版，主題是陳思明的人本文學與魯文的個體主義。1959年4月，白垚以「凌冷」的筆名發表詩論〈新詩的再革命〉[190]，根據新詩發展史的路線和馬來亞華文的

188 白垚：《縷雲起於綠草》，頁83。
189 白垚：《縷雲前書》下冊（吉隆坡：有人出版社，2016年），頁448。
190 凌冷：〈新詩的再革命〉，見《蕉風》第78期（1959年4月），頁19。白垚此文發表後引起文壇爭端，白垚在回憶錄中辯駁道：「議者把『橫的移植』等同落地生根，作為攻訐的主標，卻是個美麗的誤會。『橫的移植』原來只是在個純粹的文學論點，意指新詩縱的繼承之外的取向，並無他意，但當年的文壇氣候失續，理性思維走入落葉歸根的政治傾向死胡同，視之遂為寇仇。這種與草根訴求脫序的文壇氣候，在馬來歷史新開的春天裡，無疑是個自閉的冬天。歷史的發展十分弔詭，出乎意料的是，『橫的移植』沾了落地生根的光，惡毒的攻訐竟成美好的幫襯，反而

環境，提出五點主張：1，新詩是舊詩橫的移植，不是縱的繼承；2，格律與韻腳的廢除；3，由內容決定形式；4，主知與主情；5，新與舊、好與壞的選擇，亦即詩質的革命。不妨比較他的詩觀和紀弦的異同：

1. 我們是有所揚棄並發揚光大地，包含了自波特萊爾以降一切新興詩派之精神與要素的現代派的一群。
2. 我們認為「新詩乃是橫的移植，而非縱的繼承」。這是一個總的看法，一個基本的出發點，無論是理論的建立或創作的實踐。
3. 詩的新大陸的探險，詩的處女地之開拓。新的內容之表現；新的形式之創造；新的工具之發見；新的手法之發明。
4. 知性之強調。
5. 追求詩的純粹性。
6. 愛國、反共。擁護自由與民主。

　　兩者有三項相似，可見影響與接受的密切關係。不過，白垚的新詩論述有其脈絡化、歷史化的長遠思考，他誠懇說道：「我不會忘記自己是華人，我也知道我是馬來亞華人。什麼樣的土地，什麼樣的陽光和水分，就結什麼樣的果子。」[191]他聯繫馬來亞華人移民史，認為馬華詩人沒有可以縱向繼承的文學傳統，而只能展開橫向的移植。他批判當時馬華詩壇被追求格律的形式主義所籠罩，認為這違背了中國「五四」新詩運動的使命，現在必須撥亂反正。數十年後，垂暮之年的白垚，回憶此事，儼然自比為胡適之：「新詩

渲染了新詩再革命的草根色彩，喚醒不滿文壇現實的個人意識，助長反叛文學的聲勢，把現代詩在海上推湧成潮。」參看白垚：《縷雲前書》下冊，頁368-369。
[191] 白垚：《縷雲前書》上冊（吉隆坡：有人出版社，2016年），頁367。

再革命的五點主張，除『橫的移植』外，其餘四點是借五四的火把，照當下的天空，把『文學改良芻議』的部分主張，籠統地再說一遍，都在理性思考、傳統抉擇、誠心正意的範疇內，是中學課本都有的課文。」[192]1959年5月，《蕉風》發表白垚的〈新詩的道路〉[193]，縱論「五四」以來中國新詩的發展，批判新馬華文詩對形式主義的迷戀和對自由體的濫用，主張學習臺灣現代詩人瘂弦、吳望堯、瓊虹的作品，創作自由體的馬華現代詩。

這裡有必要介紹白垚的文學觀。在現代詩寫作上，白垚獨推中國早期象徵主義詩人梁宗岱的純詩理論：「所謂純詩，便是像音樂一樣，它自己成為一個絕對獨立、絕對自由，比現世更純粹、更不朽的宇宙。」[194]在怡保召開的座談會上，他指出現代詩受到文學工具論和欣賞主題論的桎梏，喪失了創新活力，是故，白垚主張撥亂反正——

> 今日，我們必要將文學與政治徹底分開。尤其是詩歌，一向被工具論者明捧暗降，稱作最厲害的戰鬥工具，如果真的是利器，也應該握在詩人的手裡，不應握在政客的手裡。這把劍，應該捍衛文學自由，不應作為爭權的武器。但並不表示我們脫離政治現實而生活。在政治上，詩人有他另一套法寶，與詩創作是兩件不同的事，在實際政治上，詩人將運用他神聖的一票。[195]

白垚標榜，他們主編的《蕉風》拒絕把文學附庸於政治之下：「在《學生週報》、《蕉風》的生活營中，陳思明、燕歸來、申青

---

[192] 白垚：《縷雲前書》上冊，頁50。
[193] 凌冷：〈新詩的道路〉，吉隆坡《蕉風》第79期（1959年5月），頁4-7。
[194] 白垚：《縷雲前書》下冊，頁369。
[195] 白垚：《縷雲前書》下冊，頁379。

多次闡述三個有關人民福祉的理念，在政治上的民主，在經濟上的公平，在文化上的自由。《蕉風》在這種理念下創刊，歷任編輯，有最大的自由發揮空間，以文化上的理性意識，創造刊物的風格。」[196] 不過令人納罕的是，既然「友聯社」本身就是一個旗幟鮮明的反共組織，那麼白垚所標榜的「純文學」又從何說起呢？白垚天真地相信，詩人在政治民主和文化自由的環境中才能充分發揮才華、暢所欲言，文學只有擺脫專制政治的束縛，才能有廣闊發現的前景——

> 詩人會選擇一個崇尚自由的政府，只有在一個自由的社會，才能夠讓詩人有充分機會寫出自己的心聲。詩人會鄙棄一個專制的政府，在一個專制的環境下，他的一切必須接受當權者的控制，這正是文學創作的致命傷。詩人會知道怎樣運用這種神聖的權利，這與他作為一個詩人或工作毫無關聯，他不願受影響，他不需要文學指導，不需要政治文人的勸誘。[197]

這當然是右傾幼稚病的簡單化思考，因為二者之間不存在因果性的邏輯關係，文學成就之高下優劣取決於作家的天賦、毅力、知識基礎，以及外在的客觀環境等多種條件，況且一個國家的政體性質未必就是個人的自由選擇的結果。白垚闡述個人的文學理念，針對寫實主義窮追猛打，經常喪失了中立公正的立場——

> 南洋文場是中國文場的邊緣地帶，二十世紀1950年代以來，中國文場盛行文學為政治服務的寫實主義。文學附庸政治，黨同伐異自是其常態，不足為怪。邊緣地帶的散兵游勇，流風所及，也點指兵兵，亦在意料之中。1942年，毛澤東《在

---

[196] 白垚：《縷雲起於綠草》，頁68。
[197] 白垚：《縷雲前書》下冊（吉隆坡：有人出版社，2016年），頁379。

延安文藝座談會上的講話》以後，寫實主義在中國即真風告逝，大偽斯興。1955年，毛先生意猶未盡，又搞文藝整風，繼續對準作家文人，這一回主角是胡風。[198]

在白垚的心目中，左翼思潮和寫實主義簡直是一無是處，因為它們淪為政治意識形態的傳聲筒。弔詭的是，在另一個場所，白垚盛讚胡風是真正知識分子的良心，傲骨嶙峋，九死不悔，然而白垚卻忘了胡風恰恰是一個寫實主義的吹鼓手。胡風早年匿名撰文，激烈反共，[199]後來投身激進政治，以魯迅弟子自居，儼然是左翼文學批評的一代宗師，這又與白垚標榜的「自由主義」發生了矛盾，豈非白日見鬼、咄咄怪事？

白垚在馬國的工作職責是編輯文藝刊物，處理友聯社的文化事業和反共活動：「我從此置身於《學生週報》與《蕉風》二刊，以友聯社為中心，在吉隆坡和八打靈再也兩城工作生活，旁及南北三村六鎮的九個通訊部。」[200]友聯在營利事業之外，另設「友聯文化協會」，主理青年文化活動，由陳思明兼會長，白垚負責實際會務，會務包括兩刊作者的聯絡，通訊部、學友會的活動，舉辦生活營、野餐會、文藝講座，也贊助社會文化團體的活動。白垚是一個和讀者、作者、代理者關係密切的編輯，定期和他們聚會，聽取意見，分享文化經驗。[201]

白垚的文學創作值得稍作介紹。搜集在《縷雲起與綠草》中的新詩，內容以寫景抒情居多，意象文字取材中國古典詩歌，風格溫婉輕靈，含蓄蘊藉。舉凡愛情、鄉愁、友誼、寫人記事，都是白垚

---

[198] 白垚：《縷雲起於綠草》，頁67。
[199] 商金林：〈《胡風全集》中的空缺及修改〉，北京《新文學史料》2009年第4期（2009年11月），頁107-121。
[200] 白垚：《縷雲起於綠草》，頁5。
[201] 白垚：《縷雲起於綠草》，頁35。

吟詠的對象，惜乎技巧單薄，佳作無多。白垚作為詩人，他的表現令人失望，也許作為一名編輯，他更為稱職。

（二）文化認同的轉向

在《縷雲起於綠草》自序中，白垚深情寫道：「土地的愛，是飄泊者心中永遠的痛。飄泊的途中，我在燕歸來的散文中，讀到飄泊者離開鄉土的憂傷。」不過，和燕歸來、力匡、楊際光最大的區別是，白垚作為離散華人和南來文人，在馬來亞新邦初造之際，高瞻遠矚地指出，「國族認同」（national identity）不等於「文化認同」（cultural identity），他非常重視後者，反覆強調在地化、本土化、馬來亞化的意義和重要性。根據白垚的親身見證，在1950-1960年代的馬來亞，「當時華人的話題，是落地生根與落葉歸根的爭論。」[202]白垚和友聯諸子及時意識到了這一點，特意在《蕉風》封面上標明「純馬來亞化」的創刊意識，觸及寫實主義的創作與文學理論，都以馬來亞化作結。燕歸來與友聯同人編輯的《友聯活頁文選》，在馬來亞新邦初建之際，結合當地關係，鼓吹學校教科書的馬來亞化。《蕉風》從第37期開始標榜「以南洋視野，增持在地元素」。半個世紀後，白垚撰寫回憶錄，充分肯定落地生根和本土化的重要意義──

> 二十世紀1950年代，九州鐵鑄，四海沸騰，遂將秦火作航燈者眾，熙熙攘攘的咸陽道上，多少英雄競折腰，趨炎附勢的文人，取經借鏡的政客，更比比皆是。幾位華族的馬來亞開國先賢，卻在獨立運動中高瞻遠矚，從落葉歸根的危言高論下突圍，力排眾議，宣導華人在馬來亞落地生根。這

---

[202] 白垚：《縷雲起於綠草》，頁71。

種做法，顯然不合時宜，當衣冠上國的情緒高昂時，更無須無比的道德勇氣，但卻為後代在當地奠下了挺身而立的基石，讓子子孫孫可以理直氣壯，向這片土地的山川河嶽，勇敢發言。梁啟超的南洋美洲的說法，似乎有其真知灼見的寓意。[203]

回顧往事，白垚現身說法，沾沾自喜，他這樣說道：1950年代以他為代表的這批南來文人，致力於馬來亞獨立和冷戰政治宣傳，正像東歐劇變之後上臺的捷克總統哈威爾（Václav Havel，1936-2011）一樣，彰顯政治良知、道德勇氣與文化人格。現在看來，白垚的這種說法當然有點自以為是、自吹自擂。因為白垚有強烈自覺的本土化意識，他能夠在馬來亞定居數十年，安適自在，產生情感歸屬、地方感和文化認同。多年以後，他棲居美國，在人生暮年，夢回故國山河，回憶當年在馬來亞的僑居生活，傷逝懷舊之外，筆端洋溢著脈脈溫情——

> 夜來幽夢忽還鄉。夢到的不是中國南方的巷陌，不是祖居的堂前大屋，不是兒時的燈前舊事，卻是《蕉風》《學生週報》的編輯室，是八打靈再也的早晨，是麻河靜靜的水流，是麻六甲中國山上的夕陽，是怡保街頭的黃昏，是檳城沙灘上的明月，是歌樂節的混聲四部大合唱，是舞臺上飄忽的歌聲，是學友會中的年輕笑語，是金馬崙高原的山中夜雨，淚影珠光。橫流顧影千尋遠，何處江山不故人。
>
> 域外斜陽，煙波萬里，問鄉關何處，想的念的，正是那二十四載的居停。[204]

---

[203] 白垚：《縷雲起於綠草》，頁25-26。
[204] 白垚：《縷雲起於綠草》，頁26。

他盛讚吉隆坡的華族保存傳統中華文化，花果飄零，靈根自植，有禮失求諸野的意味：「漂泊者離凱父母之邦，定居在外，華人的意識形態，時日久了，漸漸演變，漸漸與宗土不一樣了。歷史的發展，十分弔詭，失之於朝的，常能得之於野，人文變易，遠離膝下的子孫，卻為祖宗文化傳薪遞火，弦歌處處，海外田園，漢唐圖畫。吉隆坡的學校名字更添想像，叫尊孔、坤成、循人、中華，比中國的還中國，都源遠流長。」[205]《縷雲前書》通過燕婕（燕歸來）的發言，表達自己主張的落地生根和文化認同：「華人成為馬來亞公民，立刻背負兩種負擔，一方是源頭，來自血濃於水的民族情懷，是源遠流長的中華文化。一方是立地生根的新邦新國，是子孫後代安身立命的基石。承先而啟後，是人生重大的轉折。在文化情懷與家國的時空定位之間，在數典忘祖與背叛國家之間，步步雷池，成為公民之後，在面對抉擇的時候，儘量執中持平，拒絕極端。」[206]這倒是一番因地制宜的真知灼見了。

早在1960年代，白垚博稽史籍，以「劉戈」的筆名創作三部歌劇：〈漢麗寶〉、〈龍舟三十六拍〉、〈中國寡婦山〉，吟詠歷史人物和民間傳說，自詡為「三部史詩」，後來由音樂家譜曲，在吉隆坡搬上銀幕，好評如潮。「漢麗寶」是明憲宗的妹妹，這名十八歲的少女肩負和親的重擔，在明朝官兵的護衛下，長途跋涉，不遠萬里，下嫁麻六甲王朝的國王。定居番邦之後，她與隨行的五百多個宮女，融入在地，繁衍生息，促進兩國友情、種族融合和中華文化的海外傳播。這個史詩既是帝制中國的王朝政治的動人一頁，也是近代以來離散華人的身世寫照。根據白垚自述，他創作這個歌劇與當時吉隆坡的人文環境有關。1960年前後，馬來亞歷史新開，國都初定，白垚目睹新邦初造、民心歡騰的時局，情動於衷之下，

---

[205] 白垚：《縷雲前書》下冊，頁305。
[206] 白垚：《縷雲前書》下冊，頁130。

借此歌劇表達其種族融合、中馬邦交、多元文化的理念。是故，白垚喚起歷史記憶，寫下歌劇文本，藉以鞏固華族的文化認同和在地化的國族意識。進而言之，〈漢麗寶公主〉透過明代歷史故事的改編，指向當下的馬來西亞社會現實，提倡多元文化，反對沙文主義。白垚在回憶錄中介紹過他對王昭君和親故事的看法，這個互文的作品可以視為創作〈漢麗寶公主〉的意圖：「有中原心態的人，多不願談和親的事，像談王昭君，只談獨留青塚向黃昏，不談單于死後王昭君再婚的事，死節，是他們的心中標準。」[207]在引用杜甫、李白、王安石吟詠昭君的詩句之外，白垚深刻指出：「這些杜撰，這些傳說，可能是上國衣冠一廂情願的心態。真正情況是昭君在匈奴漢國，放開了中原心態，適應新的環境。這牽扯到一個如何適應如何抉擇的問題了。……（省略號為引者所加）王昭君命運的悲劇，在大漢沙文主義的心中，是一個悲劇，一個美麗的中國水鄉女子，宮中的麗人，皇帝的寵愛，怎麼可能和野蠻人有共同的語言呢？」[208]反對中原心態、大漢族中心主義，主張民族融合、文化多元主義，這是白垚的最重要的觀點。其實，白垚這種針對歷史故事的政治利用，例證所在多有，馬克思主義歷史學家翦伯贊，著有遊記散文〈內蒙訪古〉，其與白垚的看法如出一轍，都是強調女性受難與國族榮耀的關係。

白垚的自傳提到馬來亞的兩位現代娘惹：怡保的廣東人「梁谷蘭」從美國波士頓大學畢業，檳城的福建人「林寶玲」從英國劍橋大學取得法律和音樂雙學位。這個小插曲的主題是文化認同、文化混雜。林寶玲說出自己的政黨背景，她特意把國家認同與文化認同區分開來：「作為一個公民，愛國是不一定要愛政權的。作為娘

---

[207] 白垚：《縷雲前書》下冊，頁346。
[208] 白垚：《縷雲前書》下冊，頁346。

惹，我們只有文化認同的危機，沒有政權認同的危機。」[209]檳城的海峽華人公會舉辦過系列講座，邀請林寶玲主講，題目是〈我們在哪裡？——海峽華人在莫迪卡時代中身分的肯定〉。林寶玲的演講主題涉及海外華人包括土生華人的文化認同，強調落地生根的必然性和重要性，她正確指出：「今天的唐山已不同於我們祖先離開時的唐山，我們的身分與唐山人已有不同意義。無論我們的祖先什麼時候離開唐山，無論我們的血統是皇家小姐，或是窮人苦力，或是封建王朝的叛逆者，我們有一個共同的名字，娘惹峇峇。」毫無疑問地，林寶玲具有長距民族主義（long distance nationalism）的大度從容、宏觀多元角度的意識、公義的社會理念，她從上一代的舊式娘惹峇峇，談到建國途中的新一代娘惹、峇峇，從娘惹、峇峇家庭的英語教育背景，談到西方現代思潮的交融，從唐山原鄉意識的疏離，到文化多元的接納，旁徵博引，峰迴路轉，最後回到娘惹、峇峇身份的自我認定，順理成章地做出關於公民權的如下結論——

> 今天的娘惹峇峇，又不同舊時代的娘惹峇峇，在馬來亞建國途中，娘惹峇峇有了新的身分，有了新的意義，不再是遊走在中國、英國、與海峽殖民地的三不孤兒。舊時，你有中國人血統，中國人不承認你是中國人，你有英國國籍，英國人把你看成領養的義子，在南洋，你是個兩頭不到地的孤兒。從今以後，不同了，我們娘惹峇峇，是這個新國家的公民。[210]

　　從「移民」到「遺民」再到「公民」，白垚假託筆下人物之口，深刻觸及現代世界的身分認同的歷史性變化及其內在原因。應

---

[209] 白垚：《縷雲前書》上冊，頁366。
[210] 白垚：《縷雲前書》上冊，頁391。

該指出的是，新、馬華語文學中的娘惹、峇峇，長期以來受到新客華人和文化民族主義者的譴責，一直背負著沈默的原罪形象。只有少數作家例如魯白野（威北華）才給與娘惹、峇峇以正面積極的評價。[211]同時，林寶玲舉出曾錦文、吳世榮、鐘樂臣的例證，她正確指出，善用英語、巫語的峇峇，並不見得不會說華語，因為他們都是方言群會館及宗祠的領袖，峇峇也不是對中國完全沒有感情、不懂或不接受中國文化，「這樣的多元信念，在文化不斷被種族化的環境裡，應給予充分肯定。在多元種族建國的過程中，需要的不是以單一文化吸引單一族群的視線，妄自尊大，也不是以極端的語言，投族群的所好，取悅於民。而在於對社會公義的追求，在於多元理念的堅持。」[212]白垚還提到馬來亞的華人女生「孔蘭書」，她參加過友聯社在南洋組織的文藝活動，與燕歸來交流過關於文化認同的思考，燕歸來提醒孔蘭書，在馬來亞即將建國之際，廣大華人應該認識到文化認同與政權認同是兩件事，她坦誠相告孔蘭書——

> 我的中國情懷，與實體國家無關，其實是一種文化的眷戀，是一種文化鄉愁。[213]

這其實就是後來的杜維明提出的「文化中國」論述，強調國族認同和文化身分的分離，把邊緣視為中心，以彈性的手法和開放的眼光，在深遠廣闊的歷史視野中思考文化－政治的相關議題。雖然我們不清楚這番言論，到底是白垚在1950年代的原創觀點？還是他飽經世事、深思明辨之後的事後追認？但是，其中的文化論述，顯然有積極合理的一面。

---

[211] 張松建：〈族群與國族的變奏：魯白野的文化－政治論述〉，參看氏著：《重見家國：海外漢語文學新論》（北京：北京大學出版社，2019年），頁169-173。

[212] 白垚：《縷雲前書》上冊，頁392。

[213] 白垚：《縷雲前書》下冊，頁45。

（三）文化冷戰在南洋

值得重視的是，白垚當年積極參與文化冷戰，主編《蕉風》、《學生週報》的文藝副刊，組織文化生活營，向青年人灌輸西式民主政治與自由文化的理念，反對共產主義意識形態。他盛讚南下新馬的友聯諸子：「南洋是文化衝突的風暴中心，在那樣動盪的環境中，發展文教事業，需要毅力，也需要理想。石誠志、程維蒼、燕婕、徐心嶽等人，已成為自由主義知識分子的風向標針。」[214]根據白垚的交代，吉隆坡生活營的第六個講座是徐心岳主講的「新人文主義」，副標題則是「友聯的自由文化理念」，可見友聯社建構的跨國文化網路，在推銷普世價值上的雄心抱負。關於自己主編的報章雜誌和從事的文教活動，白垚的回憶錄坦率交待了他的反共意圖：「《學生週報》在星馬有九個通訊部，通訊員全是在校學生和文藝工作者，通訊部在學生課餘舉辦文化活動，培養自由文化精神，其實是一種文化播種工作，一種在意識形態上，與共產主義唯物思想爭持與抗衡的文化工作。」[215]例如：《蕉風》第168期發表署名「章鏗」的文章〈毛先生的文藝妙論〉，批判毛澤東《在延安文藝座談會上的講話》。《蕉風》第236期發表黃潤岳的雜文〈左傾的文人——懷念許傑大襟兄〉。黃是南京國民政府駐馬來亞領事館工作人員，政治立場傾向於國民黨，後來獲得英國殖民當局的允許，沒有跟隨國府遷臺而是選擇居留馬來亞。黃自覺抵制左翼思潮，也經常受到左翼人士的騷擾。這兩個事件反映出刊物的編輯方針和政治立場。

厚厚兩大冊的《縷雲前書》是白垚晚年撰寫的自傳。彼時已是二十一世紀，他追思往事，論及反共和冷戰，立場一如既往，不忘

---

[214] 白垚：《縷雲前書》上冊，頁117。
[215] 白垚：《縷雲前書》上冊，頁37。

初心。下面這段話聽來特別刺耳——

> 對當年的馬來亞華人來說，是落葉歸根與立地生根之間的選
> 擇，是暴力革命與憲制鬥爭之間的分別，是共產主義與民主
> 制度之間的取向。四十六年過去了，今日，這句話依然問得
> 一些人汗顏。[216]

　　白垚的回憶錄視共產主義若洪水猛獸，經常大加鞭撻，毫不心
慈手軟，他肆力宣揚文化冷戰和西方民主，而對殖民帝國在南洋的
奴役統治，抱著不置可否的態度，冷眼旁觀，毫無批判精神，端的
令人困惑。針對英國殖民當局頒佈的緊急法令、營建新村運動及其
累累罪惡，白垚輕描淡寫，一筆帶過，令人大惑不解：「早期的新
村，為疏離馬共的影響而遷建，其得失成敗，自有春秋公論。」[217]
接下來，他筆鋒一轉，諷刺新村華人對左翼思潮、新中國政權、國
際共產主義運動的同情和支持——

> 新村村民幾全為華人，歷史上的漢唐圖畫，依然魂牽夢繫，
> 艱辛的歲月中，更增幻想。熱迷燕薊的潮流未退，沉波蓄
> 勢，水靜而河。風雨人生，今日的父族輩，生正逢時，在起
> 伏不定的潮流裡，幾番激盪，幾許浮沉。[218]

　　由此可見白垚思想中的矛盾和弔詭：他支持馬來亞國家獨立，
但是回避對英國殖民主義的譴責；他讚揚新邦初建和多元文化，但
是對馬國的制度化種族主義，不置一詞；他譴責南洋華人對新中國

---

[216] 白垚：《縷雲前書》上冊，頁62。
[217] 白垚：《縷雲前書》上冊，頁48。
[218] 白垚：《縷雲前書》上冊，頁49。

的支持和憧憬，他宣導落地生根、本土化，自己後來卻悄悄移民美國，一走了之；他譴責革命文學、文學為政治服務，他標榜純文學和現代主義，但是他所從屬的友聯社卻依靠美國政府的金援，打著文學創作的招牌，致力於文化冷戰和反共宣傳。毫無疑問地，白垚的長篇大論的自傳，語言拖泥帶水，不斷自我重複，論述疊床架屋，頭緒混亂紛雜，而且字裡行間有太多的自吹自擂、自我粉飾、自我辯解、自我洗白的意味。在寫作策略上，白垚使用誇張放大、詩學修辭、編排情節，訴諸文白夾雜的文風，鑲嵌含沙射影的典故，使用浪漫傳奇的私人敘事。例如：他挪借李白的詩句「四海南奔似永嘉」，把共產政權類比為五胡亂華，顯得不倫不類。值得玩味的是，作為「中國人」，白垚歷經離亂，南下遷徙「馬來亞」。作為「歷史學者」，白垚以古喻今，撫今追昔，寫作「現代文學」。作為「文人」，他介入冷戰「政治」，宣示自由民主，對抗共產主義。在白垚那裡，中國歷史、現代文學、本土馬來亞、冷戰意識形態，四者之間存在盤根錯節的糾葛和張力。

　　白垚的回憶錄嚴厲批判南洋的左翼思潮和馬共的武裝鬥爭，在在凸顯出其冷戰思維，終其一生而不變，令人歎為觀止。這本書通過筆下人物李耀桐的口，揭示新加坡和香港的政治形勢上的差異：「在香港，右強左弱，反共識形勢比人強，新加坡完全相反，共產黨控制了那裡的工會，也掌握了學生會、同鄉會，甚至商會的組織和活動。」[219]書中人物「傅冬藍」是一個例子。她回憶起自己在新加坡中學度過的時光，現身說法，揭露左派學生吸收她進讀書會，閱讀蘇聯的宣傳文學《卓婭和舒拉的故事》，傅冬藍被大公無私的道德價值和視死如歸的烈士精神所感動，歡欣鼓舞，傾向左派。後

---

[219] 白垚：《縷雲前書》上冊，頁138。

來，馬共暗殺檳城鐘靈中學的校長陳充恩，華人受到池魚之殃，一些左派學生理想破滅，徬徨無奈之下，人生開始轉向。[220]傅冬藍提到，馬來亞文化界和輿論界同情馬共和左派，做個左派是當時的時尚，是思想前進的表態和身分進步的象徵，韓素音就是一個地道的左派，她的小說《生死戀》（*A Many-Splendored Thing*）和由之改編而成的電影在當時很受大眾歡迎。下面這段話透露了當時友聯社同人在冷戰背景下，從事反共宣傳、批判政治中國、建設文化中國的願景：「這是一個迷失混亂的年代，新加坡的學生，把文化祖國與政治祖國混在一起，相信為共產黨奮鬥就是為祖國奮鬥，在認同中迷失自己。」[221]必須指出，無論南來知識分子燕婕、羅南穆、朱運興，還是馬來亞娘惹梁谷蘭、林寶玲、馬來亞政治人物沙頓，其實都是白垚的人格面具和傳聲筒，例如這段話──

> 燕婕的心事沉入過去，她焦急，她痛心，這片土地，對共產黨的文化觀瞭解太少，共產主義容不了中華文化，他們隱藏了馬克思的本質，披上了中華文化的外衣，矇騙天真的孩子。共產黨利用同學對中華文化的追慕，號召學生爭取她已經拋棄的東西，把社會推到災難的逆境裡去，利用民主的字眼，換取專制的實質。
>
> 八年前，她為中國共產黨的奪取政權出過力，也認為他們會給社會帶來民主與公平。七年前，她看到了共產黨摧毀了中華文化，從毀滅的痛苦中覺醒。如果，必須經歷死亡才可獲得新生，代價太大了，為什麼不從歷史吸取教訓？為什麼不詳細比較，從蒙昧中解放，從禁忌中突圍。[222]

---

[220] 白垚：《縷雲前書》上冊，頁138-139。
[221] 白垚：《縷雲前書》上冊，頁144。
[222] 白垚：《縷雲前書》下冊，頁91。

本書提到，白垚參觀新加坡中正中學，內心湧起波瀾，對喧騰的左翼政治大加鞭撻。新加坡的華夏學會是華人文化社團，有一次，講座的主持人邀請政論家羅南穆發表演講。羅南穆相信費邊社會主義的實際與馬列社會主義的虛妄，他以南洋大學的創辦為例證，對比中共的批判「武訓興學」。在回答聽眾的提問中，羅南穆批判馬克思主義學說和中國政治運動——

> 馬克思的第一教條，就是共產黨人無祖國，這正是共產主義違反人性的地方，也令共產黨人在南洋的處境陷入兩難。如果是真正的馬克思信徒，便沒有祖國，但愛祖國文化是人的天性，也就是人性。如果你愛祖國，你就不是真正的馬克思信徒，這是辯證唯物解釋不了的問題。[223]

羅南穆在回答一位聽眾的提問時，批判南洋社會的左翼思潮、南洋華人的長距民族主義和政治狂熱——

> 海外華人遠離鄉土，但比唐山人更愛中國文化，這就是為什麼有華夏學會這麼一個組織的存在，但一般人在政治愛國的狂熱下，把焚書的秦火，誤作導航的燈塔，並不知道中國文化在唐山正飽受摧殘批判，還以為擁護中國的新政權，就等同為中華文化奮鬥，這是政治祖國與文化祖國的混淆，也是南洋一帶進步人士的一個誤解。[224]

這本書中的「他」（白垚的化身）大為佩服羅南穆的分析，他回應說，自己對政治沒有興趣，可是來到南洋不到兩個月，感受

---

[223] 白垚：《縷雲前書》上冊，頁299。
[224] 白垚：《縷雲前書》上冊，頁299。

到社會不同階層的難以名狀的政治狂熱。此外，白垚的回憶錄把馬共的失敗歸咎於沒有把馬克思主義普遍原理和馬來亞具體實踐相結合，到了後來，馬共訴諸暴力活動，連出昏招，暗殺陳充恩、葛尼、小橡膠園主等一眾人士，頓時失去了群眾支持，而又諉過於他人，毫無擔當精神。「神欲其亡，先令其狂」，這正是馬共在滅亡之前的瘋狂先兆。而且，馬共沒有成功聯合反政府力量，而是依然遵照中共的路線，繼續武裝鬥爭，把自己的活動範圍局限於馬、泰邊境，企圖建立毛主義模式的政權，又在民間發動極左學運，而且興起內鬥和肅反，導致馬共元氣大傷。[225]應該說，白垚的這些觀點都是精闢深刻的歷史分析，也許還有不少後見之明，未必是他在1950-1960年代的真實看法。

終其一生，白垚都在堅持冷戰意識形態。在晚年的回憶錄當中，他竭力批判中共政權，堅決果斷，一如其舊。此書提到，1957年大陸興起了「反右運動」和批判「人性論」。當時的陳伯莊老先生，雖然身處海外，但是對共產政權的預言，對中華文化的願景，對政治風暴中的中外文學，均有深刻犀利的觀察和高瞻遠矚的預言。陳伯莊善意地提醒白垚：不必拘泥於歷史記憶，要有高遠的人文想像，以及唐吉訶德式的孤芳自賞的精神，需要耐得住孤獨寂寞，面對不斷的挑戰，「雖千萬人，吾往矣」，做想做該做的事。作家文人受盡折磨傷害，無奈之後，投袂而起，準備以筆為劍，與威權殊死搏鬥。准此，一個人對抗龐大的政權，他對其自己的作品，要有淪為「地下文學」的心理準備，耐得住發表無望的孤獨。陳氏意猶未盡，還引用唐吉訶德的四句名句，與白垚共勉——

　　忍受那不能忍受的苦痛，

---

[225] 白垚：《縷雲前書》上冊，頁360-361。

跋涉那不堪跋涉的泥濘，

承擔那承擔不了的風雨，

探索那探索不及的星辰。[226]

　　根據《縷雲前書》的記載，1950年代在馬國的北海舉行過一場關於小我與大我的辯論賽，燕婕（燕歸來）抨擊犧牲小我而成全大我的集體主義，她將辯論賽定位為一場關於「自由民主」與「專制極權」的辯論，全力推銷普世價值，但令人失望的是，她對這種普世價值本身缺乏批判性思考，完全是一邊倒的民主拜物教、西方主義：「所有的集體主義，都有專制的本質，都與自由民主對立。在集體主義眼中，爭自由，只是一個政權的口號，一旦掌權了，自由是過了時的法國革命教條。國家所需要的，是鐵的紀律，是控制人民的言行自由。他們利用語言的裝飾，以沒有國、哪有家？來強調集體主義，以犧牲小我、成全大我來烘托集體主義。」[227]燕婕進一步論辯道——

十八世紀便有哲學家分析，在專制的政制下，人民無祖國。沒有民主的人民，根本就沒有祖國可言。因為這個時候，國家存在的目的，不再是實現自由平等，且時常逃離法治約束，而少數人的獨斷，經常凌駕於眾人幸福之下。最終，國家淪為壓迫人民的機構，國家不再是執行普遍人民意志的機關，反而成了扭曲、反噬人民的權力怪獸。這樣的國家，值得用「犧牲小我、完成大我」為它犧牲嗎？[228]

[226] 白垚：《縷雲前書》上冊，頁119-121。
[227] 白垚：《縷雲前書》下冊，頁57-58。
[228] 白垚：《縷雲前書》下冊，頁58。

燕歸來宣揚的自由主義論調，不脫西方近代政治哲學的常識，顯出她對社會主義中國的政體缺乏歷史的分析和同情的理解。白垚在回憶錄中宣揚「人權高於主權」的右翼論調，他借著描寫燕婕的內心活動，曲折強烈地表達一己之政見，暗示超越民族－國家的世界主義（cosmopolitanism）之可貴——

> 有一種主義，在義大利叫做法西斯主義，在德國叫做納粹主義，在中國叫做愛國主義。羅素早說了，愛國主義是流氓無賴的避難所。同學們明白嗎？在沒有祖國之前，個人早就存在了。這是人權的基調。沒有人民，哪有國？人權比政權重要一百倍，自由比專政重要一千倍，人民的福祉比政府的利益重要一萬倍。同學們明白嗎？沒有人民，國家什麼都不是，統治者什麼都不是。你有權高叫愛國，你如果用愛國主義騙我去愛共產主義，你是出賣人權，把人權賣給獨裁暴政。故園風雨中，今天，中國共產政權，在大陸行的是這一套，但他們仍然以團結就是力量在海外號召青年愛國，返回中國大陸。[229]

　　白垚高談的「人權無國界」、「個人高於國家」，其實沒有新鮮深刻的內容，既沒有顧及人權的歷史發展和民族特性，也沒有考慮到人權得以存在的物質基礎和制度框架，說來說去，無非是一些凌空蹈虛的政治幻覺，一種「庸俗自由主義」的陳腔濫調，而《管子・牧民》早就說過這種格言：「倉廩實而知禮節，衣食足而知榮辱。」此外，白垚還堅信，現代版本的民主政治包括五項內容，即，人權保障、民選議會、憲法制定、文人政府、三權鼎立。白垚

---

[229] 白垚：《縷雲前書》下冊，頁92。

假借《蕉風》主編方天（張國燾之子張海威）的話，舉出王實味的悲劇例證，批判共產政權對文學創作的壓制。

《縷雲前書》記述燕歸來發表的一場公開講座，集中表達白垚等友聯社同人的政治理念。燕歸來苦口婆心教導青年學生發現民主與專制的區別、自由與奴役的距離：「凡將一種價值當作絕對價值，要為它無條件現身的政治組織，都有專制本質。法西斯、納粹、蘇維埃、民主集中制，都有這種本質。新中國的一黨專政，本質上，也不是民主制度，與自由更沾不上邊。」[230]她鼓勵青年人從生活的細微處著手，堅持民主理念，發光發熱，照亮溫暖周圍的人，她相信只有民主能保障集會自由、罷課自由、說話自由。不過我認為，這裡的關鍵問題是，在1950-1960年代的馬來亞，正值英國殖民主義統治和馬國政府的種族主義統治大行其道，燕歸來如此鼓吹的民主自由和普世人權，真的可以在馬來亞實現嗎？如此堅決的政治自由主義理念，也許又是白垚的後見之明（hindsight）在暗中作祟？據說，燕歸來對費邊派作家蕭伯納、韋伯、威爾斯和伍爾芙很有研究。她認為，英國費邊社對現代中國自由主義的影響很大，「費邊主義」在中國是激進暴力的反義詞，「大致說來，中國的自由主義有兩個來源：來自美國約翰杜威（John Dewey）的實驗主義，可稱為民主自由主義，以胡適、傅斯年為達標。來自英國哈洛德拉斯基（Harold Laski）的費邊主義，可稱為社會民主主義，以張君勱、張東蓀為代表。」[231]她一針見血地指出，中國現代自由主義的主流不是胡適代表的新自由主義而是張君勱的社會民主主義，中國知識階層秉承費邊的思想傳統，在如何改造中國的問題上，採取一種緩進、非暴力的合法漸進的理性路徑。中國自由主義經過三十多年的現實觀照，不斷修正對社會的認識，得到三個理念：政治

---

[230] 白垚：《縷雲前書》下冊，頁52。
[231] 白垚：《縷雲前書》下冊，頁33-34。

民主，經濟平等，文化自由。這三大原則其實就是友聯社的創立原則。緊接著，燕歸來以中國自由主義的理念幻滅而結束了她的這次煞費苦心的講座。[232]

晚年的白垚，為文不夠「清通簡要」，顯得有些絮絮叨叨。他的兩大冊回憶錄《縷雲前書》，充斥著激烈的反共言論和冷戰宣傳，以及關於民主政治和自由文化的狂熱說教，連篇累牘，令人不忍卒讀。例如：兩位名叫「石誠志」、「余行博」的友聯社同人，主張堂堂正正地、大張旗鼓地從事「文化反共」，具有諷刺意味的是，他們將其提高到中華民族和全人類偉大事業的高度——

> 反對新中國，是因為新中國是共產主義的中國。反對共產主義，是全人類的事業，有錢出錢，有力出力，只嫌其少，不計其多。反對共產主義，也是中華民族的歷史事業，堂堂正正的反共，無所謂陰謀詭計，我們在文化上反共，因為文化是知識分子的強項。[233]

> 我們不為任何政權反共，我們為自由文化工作，我們為民主的生活工作，我們為公平的社會工作。如果中國共產黨尊重中華文化，如果中國共產黨變民主了，如果中國共產黨尊重人民的自由了，如果中國共產黨實質上不是共產黨了，我們就不反對中國共產黨。但是，我們依然反共，反對共產主義，因為反共是歷史事業。[234]

可以想見，友聯社如此激烈的冷戰宣傳必然會激起左翼人士

---

[232] 白垚：《縷雲前書》下冊，頁37。
[233] 白垚：《縷雲前書》下冊，頁149。
[234] 白垚：《縷雲前書》下冊，頁149-150。

的強烈反彈。白垚也坦率承認，麻坡、檳城、新加坡、吉隆坡、怡保的通訊員、賣報員，曾收到左派學生散發的傳單，指責《學生週報》的活動是依照美國對東南亞華僑政策的指導方針，是美國帝國主義的陰謀。友聯社詭辯說：友聯在前，美國在後，如果真有這份檔，是美國人抄襲了我們的工作理念，是我們指導了美國人的工作。友聯社的負責人石誠志還說：「友聯的組成，基本上是一個文化機構，民主、自由、公平，是正面的提出我們的工作理念，如果那份傳單羅列的內容是真的，我們是播早春的種子，指導了美國人的思想，領導了美國人反共，是美國人的老師。」[235]這裡的回應缺乏堂堂正正的擔當精神，反而有點裝模作樣、強詞奪理了。

　　還有一個重大問題是，如何看待全球範圍內的資本主義、殖民主義、帝國主義針對其他國家／地區的侵略、殖民和剝削？白垚的回憶錄罕有正面論及這個問題。本書中的一個初中學生「凌小雁」，在馬來亞獨立半年後，與其他朋友論辯，反駁殖民主義侵略是為了經濟掠奪和資本主義觀念侵略的論點，他一廂情願地認為，英國殖民主義東來是為了香料，也帶來了政治制度，他自作多情地為資本主義辯護：「資本主義不是貶義詞，沒有資本主義，就不會有今天的現代化，就不會那麼有體面地、以民主選舉的方式獨立。我說的是英國人，荷蘭和法國的殖民地不一樣，英國人撒下現代化的種子。」[236]總而言之，在這本回憶錄中，白垚借筆下人物之口，激烈反對共產主義、馬克思主義、暴力革命和階級鬥爭學說、集體主義、民主集中制，他鼓吹憲政體制、民主共和、自由文化、人性論、普世人權等價值觀，走向完全一邊倒的論述。白垚的論述策略是：反共，不反中，也不反殖民主義。關於殖民主義、帝國主義帶給弱小民族和殖民地的創傷苦難，白垚毫無興趣，不置一詞。由此

---

[235] 白垚：《縷雲前書》下冊，頁147-148。
[236] 白垚：《縷雲前書》下冊，頁214。

亦可見，白垚對西方國家的民主政治和自由文化充滿了西方主義（Occidentalism）的認識，缺乏真正的批評思考和深入分析，他的論述暴露出獨斷論、二元對立、本質主義的頑強特性。

白垚對1950年代的中國政體一筆抹殺，這個階段屬於「傳統／經典社會主義」的歷史時期，實驗糾錯，在所難免。從1976年到2015年，中國適逢改革開放，介入全球化和國際經濟秩序，大規模吸收資本主義因素，進入德里克所謂的「後革命時代」（Post-revolutionary Era）、「後社會主義時代」（Post-socialist Era），在這漫長的四十年當中，經濟騰飛，科技進步，軍事強大，中國崛起引起全球矚目，導致西方國家拋出了「中國威脅論」。那麼，在這種滄桑巨變的歷史條件下，白垚又該如何解釋中國、理解世界呢？同時，他所豔羨的歐美國家也出現了文化衰落和政治危機的亂象，他又該如何敘述、分析和再評價？針對中國、馬來亞、西方國家的歷史變化，白垚又該如何與時俱進、修訂己見呢？我們注意到，在白垚的自傳當中，他觀察中國、東南亞和世界歷史，儘管時移世易、風起雲湧，但是他堅持成見，一如既往。《縷雲起於綠草》出版於2007年，《縷雲前傳》出版於2016年，距離白垚移居吉隆坡，已五十餘年；距離冷戰終結也有二十五年了，而白垚的冷戰思維，一如其舊，令人困惑不已。不過，對於這位頑強、頑固的自由主義戰士來說，這倒是「求仁得仁」、「有始有終」了。

進而言之，白垚的著作還有其他問題，值得稍作思考。如前所述，《縷雲前書》的中心主題是冷戰政治、在地化與公民權、文化認同。白垚頌揚1957年8月31日，馬來亞的新邦初造、國族認同的轉向，他沒有批判馬國憲法中的制度化種族主義。1969年爆發了「五一三事件」，造成馬國華人的創傷心理，迄今尚未撫平。白垚當時就住在吉隆坡，見證這次種族清洗的危害和後果，這也是馬華文學的大宗題材，然而白垚的自傳對其不置一詞，究竟所為何事？

《縷雲前書》作於二十一世紀，大有事後諸葛的味道。白垚回望文化與政治的問題，許多議論未必是他當年的觀點，必然有所修飾、增補、回避、誇張、自我辯解、自我撇清的意圖。此外，本書的文體亦頗為駁雜混亂，紀實性和虛構性的界限模糊不清，屬於小說、散文、回憶錄、自傳的混合物，也許稱其為「偽自傳」更為貼切？准此，白垚的這本回憶錄，既重申他的冷戰意識形態，也暴露了他的政治理念的錯漏和缺失，這就是「作為毀容的自傳」，[237]

---

[237] 「作為毀容的自傳」的說法來自于美國耶魯大學批評家保羅德曼，參看他的《解構之圖》（李自修譯，中國社會科學出版社，1998年）之頁190-203。

後記

　　《華語文學十五家：審美、政治與文化》是一本關於海外華語文學的論文集，也是我獨立完成的第六本書。關於收進此書中的七篇論文的寫作緣起，這裡稍作交待。

　　2015年5月下旬，我應邀出席在香港嶺南大學舉辦的「梁秉鈞國際學術研討會」，宣讀會議論文〈亞洲的滋味：梁秉鈞的食饌詩學及其文化政治〉，後來發表於北京的《中國現代文學研究叢刊》2016年第6期。此文在2017年3月榮獲《中國現代文學研究叢刊》2016年度優秀論文獎。

　　2015年11月，我參加在臺灣東華大學舉辦的「楊牧研究國際研討會」，宣讀會議論文〈詩史之際：楊牧的歷史詩學〉。後來，根據一些學者的回饋意見，我對此文加以修訂，發表於臺北的《中外文學》2017年第1期。

　　2016年6月，我向新加坡藝術理事會提交的科研項目《後殖民新加坡之華語文學的國族敘事》獲得研發基金的支持，後來完成的論文〈郭寶崑：從戲劇藝術家到公共知識分子〉就是成果之一。

　　2016年下半年，我在美國哈佛大學費正清中國研究中心擔任訪問學人。在訪學期間，我完成了論文〈文化中國與臺灣經驗：張錯的離散詩學〉，後來發表於北京的《中國現代文學研究叢刊》2017年第12期。2018年8月初，我申請的科研項目《冷戰的文學再現：新加坡、馬來西亞、印度尼西亞的比較》獲得新加坡教育部一級科

研基金的贊助，論文〈詞客哀時且未還：燕歸來、白垚與文化冷戰〉算是一個階段性的成果。此外，我還完成了論文〈亞洲冷戰年代的抒情詩人：論力匡、楊際光〉。這兩篇關於冷戰研究的論文合併為本書的第六卷，並且更換為現在的標題。

2019年6月，我有幸榮獲臺灣的「外籍學人漢學研究基金」，在臺灣的漢學研究中心、臺灣大學臺文所擔任訪問學人。在台灣期間，完成科研專案「跨國現代主義：臺灣現代詩對新加坡的影響」，這是一個長達六萬多字的論文。此文後來拆分為三個獨立的論文，已經發表或即將發表於北京的《中國現代文學研究叢刊》2019年第12期、南京的《世界華文文學論壇》2020年第1、2期。

關於本書的題目，略作解釋如下。這七篇長文涉及臺灣、香港、新加坡、馬來西亞的十五位華語作家，而有不同的焦點問題。論及臺灣現代詩對新加坡的影響，我的重心是分析詩文本的「審美」素質。最後的那篇論文，研討冷戰「政治」的議題。其餘四篇論文，論述歷史、離散、食物、表演藝術，則是以「文化」認同為中心關懷。

學術研究是一項艱苦寂寞的事業。我懷著謙卑感恩的心情，感謝海內外的師長和友人們。感謝劉宏、解志熙、王德威、奚密、賀麥曉、黃美娥等前輩，他們以各種方式給我支持和幫助，使得我的研究工作得以順利進行。感謝劉秀美、李怡、陳豔、李良、張勇、田剛、王鵬程、冷霜、李松、劉奎、付國鋒、季劍青、李躍力，他們促成論文的發表和本書的出版，或者邀請我在各種場合分享我的科研成果。感謝游俊豪、張曦娜、郭永秀、梁春芳、張萊英、張森林、蔣承耘，他們為我的科研給與鼓勵和支持，或者幫忙提供了一些圖書資料。

這些研究成果受到四個科研基金的資助，感謝臺灣外籍學人漢學研究基金、新加坡國家藝術理事會研發基金（NAC R & D Grant）、

新加坡南洋理工大學文學院科研激勵基金（HASS Incentive Grant）、新加坡教育部一級科研基金（MOE Tier 1 Grant）。我也感謝南洋理工大學圖書館、新加坡國立大學圖書館、哈佛大學圖書館、臺灣的漢學研究中心、臺灣大學圖書館，在借閱書刊資料方面給與的協助。

拙著有機會在秀威出版社出版，我感到非常榮幸。石書豪先生高效細致的編輯工作，使得此書很快問世，我向他表示很大的敬意和感激。

路漫漫其修遠兮，吾將上下而求索⋯⋯

2020年5月9日，改定於星洲之停雲堂

語言文學類　PG2402　文學視界114

華語文學十五家：審美、政治與文化

作　　者／張松建
責任編輯／石書豪
圖文排版／楊家齊
封面設計／劉肇昇

發　行　人／宋政坤
法律顧問／毛國樑　律師
出版發行／秀威資訊科技股份有限公司
　　　　　114台北市內湖區瑞光路76巷65號1樓
　　　　　電話：+886-2-2796-3638　傳真：+886-2-2796-1377
　　　　　http://www.showwe.com.tw
劃撥帳號／19563868　戶名：秀威資訊科技股份有限公司
　　　　　讀者服務信箱：service@showwe.com.tw
展售門市／國家書店（松江門市）
　　　　　104台北市中山區松江路209號1樓
　　　　　電話：+886-2-2518-0207　傳真：+886-2-2518-0778
網路訂購／秀威網路書店：https://store.showwe.tw
　　　　　國家網路書店：https://www.govbooks.com.tw

2020年7月　BOD一版
定價：450元
版權所有　翻印必究
本書如有缺頁、破損或裝訂錯誤，請寄回更換

國家圖書館出版品預行編目

華語文學十五家：審美、政治與文化 / 張松建著.
　-- 一版. -- 臺北市：秀威資訊科技, 2020.07
　　　面；　公分. -- (語言文學類；PG2402) (文學
視界；114)
　BOD版
　ISBN 978-986-326-816-1(平裝)

　1. 華語語系文學　2. 文學評論　3. 文集

850.92　　　　　　　　　　　　　　109006571

讀 者 回 函 卡

感謝您購買本書，為提升服務品質，請填妥以下資料，將讀者回函卡直接寄
回或傳真本公司，收到您的寶貴意見後，我們會收藏記錄及檢討，謝謝！
如您需要了解本公司最新出版書目、購書優惠或企劃活動，歡迎您上網查詢
或下載相關資料：http:// www.showwe.com.tw

您購買的書名：＿＿＿＿＿＿＿＿＿＿＿＿＿＿＿＿＿＿＿＿＿＿＿＿

出生日期：＿＿＿＿＿年＿＿＿＿＿月＿＿＿＿＿日

學歷：□高中 (含) 以下　　□大專　　□研究所 (含) 以上

職業：□製造業　□金融業　□資訊業　□軍警　□傳播業　□自由業
　　　□服務業　□公務員　□教職　　□學生　□家管　　□其它＿＿＿

購書地點：□網路書店　□實體書店　□書展　□郵購　□贈閱　□其他

您從何得知本書的消息？
　□網路書店　□實體書店　□網路搜尋　□電子報　□書訊　□雜誌
　□傳播媒體　□親友推薦　□網站推薦　□部落格　□其他＿＿＿＿＿

您對本書的評價：(請填代號　1.非常滿意　2.滿意　3.尚可　4.再改進)
　封面設計＿＿＿　版面編排＿＿＿　內容＿＿＿　文／譯筆＿＿＿　價格＿＿＿

讀完書後您覺得：
　□很有收穫　□有收穫　□收穫不多　□沒收穫

對我們的建議：＿＿＿＿＿＿＿＿＿＿＿＿＿＿＿＿＿＿＿＿＿＿＿＿＿

＿＿＿＿＿＿＿＿＿＿＿＿＿＿＿＿＿＿＿＿＿＿＿＿＿＿＿＿＿＿＿＿

＿＿＿＿＿＿＿＿＿＿＿＿＿＿＿＿＿＿＿＿＿＿＿＿＿＿＿＿＿＿＿＿

＿＿＿＿＿＿＿＿＿＿＿＿＿＿＿＿＿＿＿＿＿＿＿＿＿＿＿＿＿＿＿＿

11466
台北市內湖區瑞光路 76 巷 65 號 1 樓
秀威資訊科技股份有限公司　　　收
BOD 數位出版事業部

....

（請沿線對折寄回，謝謝！）

姓　　名：＿＿＿＿＿＿＿＿＿　年齡：＿＿＿＿　性別：□女　□男

郵遞區號：□□□□□

地　　址：＿＿＿＿＿＿＿＿＿＿＿＿＿＿＿＿＿＿＿＿＿＿＿

聯絡電話：(日) ＿＿＿＿＿＿＿＿＿＿　(夜) ＿＿＿＿＿＿＿＿＿＿

E-mail：＿＿＿＿＿＿＿＿＿＿＿＿＿＿＿＿＿＿＿＿＿＿＿＿